本书为2015年国家社会科学基金项目"中国当代诗歌副文本资料整理与研究(1949—1966)"(15XZW029)成果,得到"龙岩学院高端人才培育计划"资助。

中国当代诗歌
副文本研究

巫洪亮 著

中国社会科学出版社

图书在版编目(CIP)数据

中国当代诗歌副文本研究/巫洪亮著. —北京：中国社会科学出版社，2023.5
ISBN 978-7-5227-1869-9

Ⅰ.①中… Ⅱ.①巫… Ⅲ.①诗歌研究—中国—当代 Ⅳ.①I207.22

中国国家版本馆 CIP 数据核字(2023)第 076374 号

出 版 人	赵剑英
责任编辑	陈肖静
责任校对	刘 娟
责任印制	戴 宽

出　　版	中国社会科学出版社
社　　址	北京鼓楼西大街甲 158 号
邮　　编	100720
网　　址	http://www.csspw.cn
发 行 部	010-84083685
门 市 部	010-84029450
经　　销	新华书店及其他书店
印　　刷	北京明恒达印务有限公司
装　　订	廊坊市广阳区广增装订厂
版　　次	2023 年 5 月第 1 版
印　　次	2023 年 5 月第 1 次印刷
开　　本	710×1000　1/16
印　　张	22.5
插　　页	2
字　　数	326 千字
定　　价	119.00 元

凡购买中国社会科学出版社图书，如有质量问题请与本社营销中心联系调换
电话：010-84083683
版权所有　侵权必究

目　录

序言 …………………………………………………………… （1）

绪论 …………………………………………………………… （1）

第一章　当代诗集序跋研究 ………………………………… （7）
 第一节　当代诗选序跋与诗歌"二次传播" ……………… （7）
 第二节　当代诗集序跋与诗歌"倡懂"阅读现象 ………… （20）
 第三节　当代诗集序跋的言者身份与话语修辞 ………… （33）
 第四节　当代朗诵诗经典沉浮及朗诵诗选编纂难题
    ——以序跋为中心的考察 …………………… （43）

第二章　当代诗集广告研究 ………………………………… （61）
 第一节　当代诗集广告形式与推送方式 ………………… （61）
 第二节　当代诗集广告与诗歌形象的修复及重构 ……… （69）
 第三节　当代诗集命名与诗歌"辨识度"传播 …………… （79）

第三章　当代诗刊副文本研究 ……………………………… （91）
 第一节　《大众诗歌》与新中国成立初期诗刊话语转型 …（91）
 第二节　《人民诗歌》与新中国成立初期"人民
    话语"的建构 ………………………………… （102）

第三节　《诗刊》"编后记"与编者话语的修辞建构 ………… (119)

第四章　当代诗歌与图像关联研究 ……………………… (126)
　　第一节　当代诗歌传播中的诗画互文现象 ……………… (126)
　　第二节　《群众诗画》与当代通俗文艺报刊的沉浮 ……… (142)
　　第三节　《群众诗画》与当代政治文化的诗画互文传播 … (164)

第五章　当代诗人日记、书信、自传研究
　　　　——以郭小川为个案 ……………………………… (183)
　　第一节　郭小川情书与情诗的互文性解读 ……………… (183)
　　第二节　郭小川诗歌困境与当代诗歌批评生态 ………… (193)
　　第三节　"戏迷"郭小川及其诗歌戏剧与戏曲化追求 …… (213)

主要参考文献 ……………………………………………… (235)

附录一　《诗选》(1953—1958)序言 …………………… (243)
　　一　《诗选(1953—1955)》序言 ………………… 袁水拍(243)
　　二　《诗选(1956)》序言 ………………………… 臧克家(254)
　　三　《诗选(1957)》序言 ………………………… 臧克家(264)
　　四　《诗选(1958)》序言 ………………………… 徐　迟(270)

附录二　新中国成立十周年诗选序跋 …………………… (278)
　　一　《十年诗抄》前言 …………………………… 冯　至(278)
　　二　《难忘的春天》后记 ………………………… 李　季(279)
　　三　《田间诗抄》小引 …………………………… 田　间(282)
　　四　《放歌集》后记 ……………………………… 贺敬之(284)
　　五　《迎春橘颂》序 ……………………………… 阮章竞(285)
　　六　《和平的最强音》后记 ……………………… 石方禹(287)
　　七　《繁星集》后记 ……………………………… 严　阵(289)

八 《春莺颂》后记 …………………………………… 袁水拍(289)
九 《迎着阳光》自序 ………………………………… 戈壁舟(290)
十 《召树屯》前记 …………………… 陈贵培 刘 绮 王 松(291)
十一 写《百鸟衣》的一些感受和体会 ……………… 韦其麟(298)

附录三 其他重要诗选序跋 ………………………………… (304)
一 五四以来新诗发展的一个轮廓(代序) ………… 臧克家(304)
二 关于编选工作的几点说明 ……………………… 臧克家(328)
三 《工人诗歌一百首》内容提要 …………………………… (329)
四 《工人诗歌一百首》序言 ………………………… 茅 盾(330)
五 《战士诗歌一百首》内容提要 …………………………… (334)
六 《战士诗歌一百首》序 …………………………………… (335)
七 《百花齐放》后记 ………………………………… 郭沫若(337)
八 《西郊集》后记 …………………………………… 冯 至(338)
九 《回声续集》后记 ………………………………… 蔡其矫(340)
十 《夜歌和白天的歌》重版印记 …………………… 何其芳(342)
十一 《刘大白诗选》出版说明 ……………………………… (344)
十二 《殷夫诗文选集》本书出版说明 ……………………… (345)
十三 《马凡陀山歌》出版说明 ……………………………… (345)

后记 ……………………………………………………………… (348)

序　言

黄发有

2021年12月31日，洪亮通过微信发来短信，希望我为他即将出版的专著《中国当代诗歌副文本研究》写几句话，我第一时间答应了。因为杂事缠身，天天忙于开会和写材料，我一拖拖了两个多月，才有空阅读书稿。看着电脑屏幕上的一行行文字，我的脑海里总会闪现洪亮朴实的身影。洪亮出生于福建永定的一个客家山村，为人忠厚，做事踏实，具有吃苦耐劳的品质和坚韧不拔的毅力。他2001年从福建师范大学本科毕业后，到龙岩师专外语系担任辅导员。工作两年后，他于2003年考入福建师大攻读硕士学位，毕业后回到龙岩学院任教。又过了两年，他精进不已，于2008年考入福建师大攻读博士学位，2011年按期获得博士学位。2016年6月，他进入南京大学文学院从事博士后研究，我是他的合作导师。2016年年底，我调离南大，他的合作导师改为沈卫威教授。我的老家上杭和永定相邻，两地的风土人情颇为相近。本科毕业后，我自己也在龙岩这座山城工作了一段时间。在洪亮的周围，有我的一些亲戚、同学和朋友，所以每次见到他，都觉得很亲切。现在会有一些身边的人将洪亮视为成功人士，但他们并不了解洪亮付出了多大的努力。而且，在一个日益功利化的大环境中，越来越多的人看重的是世俗的名利，他们衡量学术价值的砝码是名位与金钱。洪亮从来没在我面前抱怨过什么，他总是以谦和的姿态面对世界，对一切都心怀感恩。我心里很清楚，他肯定时不时会有一种孤独感，因为洪亮走过的道路，我更早就走过。如果不是对读书和研究有持久的热情，学术的道路崎岖不平，很容易半途而废。有趣的是，一个人痴迷学术，放弃各种机会，往往是身边的亲友首先表示怀疑。至于那些视你为怪物的目光或言论，见多了也就不觉得奇怪了。

巫洪亮主持两项国家社科基金项目、一项教育部社科基金项目和多项福建省社科项目，在《文艺研究》《当代作家评论》《北京社会科学》等刊物发表二十余篇学术论文。在今天的学术环境中，对于一个偏居小城的地方高校的学者而言，要取得这样的学术成就有很高的难度。有不少大刊物在遴选稿件时会设置学术门槛，那就是先看作者所在单位的学术地位，一看是地方院校作者的来稿，就直接拒稿了。洪亮在自己的投稿经历中，肯定吃过很多的闭门羹，当然这种挫败并没有让洪亮感到气馁，而是激励他不断提高自己的学术水平，用过硬的学术质量去打动学术期刊的编辑。

《中国当代诗歌副文本研究》是洪亮主持的国家社科基金项目的结项成果。我认为这部书稿有三个显著特点。一是论从史出。洪亮有扎实的史料功夫，他持之以恒，孜孜矻矻，在当代诗歌史研究领域打了一口深井，就像石油钻探一样，先是以敏锐的问题意识，探明储油区块，然后注意方法，循序渐进。书中的论述言必有据，没有随意的发挥，从原始材料中提炼出学术观点。副文本是附属的文本，其价值很容易被忽略，常常被人视为可有可无的边角料。洪亮是一个精耕细作的有心人，从沙里淘金，从不同形式的当代诗歌副文本中发现种种问题，积沙成塔，串珠成链，还原出当代诗歌中被遮蔽的历史景观。他从细节入手，有些局部做得细致入微，就像是工笔细描。另外，他注意到了不同碎片之间的内在关联，观察到当代诗歌研究中的一些历史盲点，抓住一些被轻慢的历史线索，独辟蹊径，勾勒出当代诗歌发展的别样的脉络。

二是边缘突破。洪亮主持的另一项国家社科基金项目为"百年中国朗诵诗与诗朗诵史料整理与研究"，他善于发现被学术界忽略的研究领域，经过长期的史料积累，展开系统而深入的研究。像诗集的序跋、诗集的广告、诗刊副文本、诗歌与图像的关系等研究对象，很少有人进行专门研究。以当代诗歌报刊为例，研究《诗刊》《星星》的成果颇丰，但很少有研究者提及《大众诗歌》《人民诗歌》《群众诗画》等报刊。对于一个生活在东南山城的学者而言，要获取或查阅这些资料，跟生活在学术中心的研究者相比，付出的辛劳要大得多。身处边缘的洪亮利用边缘材料，在边缘地带寻求突破。事实上，在当代诗歌副文本的背后，牵涉副文本与正文本、当代诗歌的生产与传播、图文关系、作者编者与读者的多重互动。基于此，作者对当代诗歌副文本的研究不是静态的分析，而是在动态的框架中考察当代诗歌场、媒介场、社会场之间的复杂关系。在多样的、不同性质的场域或系统的交互作用处，因为某些因素或系统属性的差别和协合作用，导致场域或系统发生变化，形成了独特的边缘效应或周边效应。这部著作注意到了副文本在复杂的文本系统中的边缘效应，这是很有意味的发现。

三是守正创新。洪亮的研究路子很正，下足了"笨"功夫，没有走捷径，他的学问是慢慢地磨出来的。他长期研究当代诗歌史，依据的又是少人关注的副文本，在一个冷僻的研究领域自得其乐。按照常理推测，长期经营一片小的领地，视野容易受到限制。值得肯定的是，这部著作的学术视野开阔，在学术方法上也进行了自觉的探索，颇有新意。这部著作通过对新材料的挖掘与阐释，打捞起一些沉没了的诗坛往事，发掘了一些被遗忘的诗歌细节。洪亮综合运用文学、文献学、新闻传播学、社会学的理论与方法，通过学科的交叉与互动，寻找新的阐释路径，从原始材料中发现新的问题。他没有抱住史料不放，而是紧贴史料，在筛选、还原、阐释史料的过程中展现自己的史识。书中对意识形态嵌入诗歌副文本的多种方式的考察，对特殊年代诗歌创作、评论、编辑、宣传、阅读的独特方式的梳理，都不再是单线的、武断的阐释，而是在一个立体的、旋转的视域中呈现其丰富性与复杂性。总体来看，在当代诗歌的历史化进程中，这部专著迈出了扎实的一步，具有积极的推动作用。当然，如果能够在细节梳理与宏观把握方面结合得更加紧密一些，论述会更有深度。

在我看来，这部著作标志着洪亮的学术研究达到了一个新的高度。可以预测的是，洪亮未来的学术生涯依然寂寞，在寂寞中也会有发现和收获的喜悦，期待他在寂寞中发出更为灿烂的光芒，照亮自己，也给那些有共同学术追求的学者带来温暖和启示。

2022 年 3 月 9 日于山东济南

绪　论

一　当代诗歌副文本资料整理与研究的现状[①]

20世纪90年代以来，一些学者在中国当代诗歌（1949—1966）（以下简称：当代诗歌）及其副文本研究方面取得了不少扎实的成果，整体研究之现状评述如下：

一是"问题诗歌史"的写作。洪子诚的《中国当代新诗史》、王光明的《现代汉诗的百年演变》、程光炜的《中国当代诗歌史》、吴思敬的《20世纪中国新诗理论史（上、下册）》等都是"问题诗歌史"的典范之作。这些诗歌史力图在重返历史现场与钩沉历史细节中，构建反思空间和对话平台，聚焦诗歌发展中的若干重大问题，以历史照亮现实与未来，观察诗歌发展过程的复杂性。这种以问题穿透历史，呈现诗歌的生成机制与内在理路的研究方式，使当代诗歌研究突破以"诗美"为唯一价值标尺的藩篱，由此获得新的可能性，这是目前学界有效推进"当代"诗歌研究的重要方式。

二是中国新诗档案（1949—1966）、新诗编年史和序跋选。刘福春的系列论文《中国新诗档案》，以编年史的方式重构1949—1958年中国内地诗坛的版图，具体而客观地梳理当代诗坛发生的重要诗歌事件，揭示诗歌演进的基本轨迹及其复杂性，有效地提升了人们触摸当

[①] 本书重点聚焦1949—1966年这一特定历史时期的中国当代诗歌副文本，部分章节将探究20世纪70年代之后的诗歌副文本现象。

代诗歌历史现场的"真实感"。另外，他的《中国新诗编年史》（上、下卷）突出问题意识，努力还原中国现当代新诗发展的丰富与复杂面貌，是一部具有里程碑意义的新诗编年史。黄礼孩的《新诗90年序跋选集》也收录了不少当代诗歌序跋资料，这些成果为人们提供了包括序跋、广告在内的许多有价值的副文本资料。

三是当代诗歌与文学期刊关系研究。连敏的博士学位论文《〈诗刊〉（1957—1964）研究》以《诗刊》（1957—1964）为研究对象，运用文本细读的方式和新历史主义、新批评、结构主义等批评方法，以跨学科知识体系深入揭示当代诗歌历史场域中新诗的新特征、新功能与形象。由于论者把研究重心放在期刊历史变迁的"真实"情状的描述上，有意无意忽视了对一些重要问题和现象的探究。

四是当代诗歌现象研究。其一，"新民歌运动"现象研究。谢保杰的《1958年新民歌运动的历史描述》通过对"新民歌运动"的"发动、开展以及落潮整个过程的描述与呈现"，考察20世纪50年代中后期"文艺与政治、文艺与群众、文艺与知识分子之间的关系和纠葛"；其二，"泛政治化"现象研究。方涛的《论当代诗歌泛政治化抒情模式的形成与消解》从"取材的倾向上"和"言辞系统"等角度探讨当代诗歌抒情模式"泛政治化"现象；其三，作家转型现象研究。宋炳辉的《新中国的穆旦：翻译与创作》和易彬的《"穆旦"与"查良铮"在1950年代的沉浮》都以穆旦为个案，考察知识分子的艰难转型背后的复杂心路历程；其四，诗歌选本现象研究。陈宗俊的《"十七年"新诗选本与"人民诗歌"的构建》论及"十七年"诗歌选本与出版机制、诗人身份认同、"人民诗歌"建构和文学批评之间的内在关联，徐勇的系列论文《选本编纂与当代"选学"构筑的理论问题》《选本批评与当代诗歌创作场域的构筑》《选本编纂与当代文学批评模式的演变》《"非正式"选本与当代新诗的发展演变》等，探讨选本编纂当代诗歌生产、接受与批评问题。

五是当代诗歌副文本研究。金宏宇的《中国现代文学副文本研究》深入考察现代文学文本周边的序跋、题辞、图像、注释、广告、笔名等副文本资料，比较系统地研究了现代文学副文本多重价值。金宏宇的论文《中国现代文学的副文本》辩证地分析了副文本的价值与负面效应，朱桃香的论文《副文本对阐释复杂文本的叙事诗学价值》梳理了副文本理论发展过程，探究了副文本的叙事诗学价值。龚桂林的《"十七年"小说的副文本研究》较深入研究了当代小说的副文本。彭林祥的《作为副文本的新文学序跋》和《作为版本批评资源的新文学序跋》探讨了新文学序跋之于正文本意义生成的价值及其版本学价值，陈宗俊的《〈诗刊〉（1957—1964）"编者按"研究》揭示"编者按"背后所显示的当代诗歌与政治间的复杂关系，及其这种关系背后的某些历史细节。胡明宇的博士学位论文《文学广告视角的现代文学传播研究》透过典型文学广告的剖析，再现现代文学的发生过程，这些新的文本观察视角对拓宽当代诗歌文本研究视野具有重要的启示意义。

总之，近年来当代诗歌及文学副文本研究整体态势和局限体现为：其一，当代诗歌研究中的问题意识日渐凸显；其二，研究者不断重回诗歌历史发展的原点，探寻新的研究路径，呈现诗歌发展的复杂景观和多重面相，但对当代诗歌现象进行整体、多维审思的研究成果还不多见；其三，当代学人把目光主要集中于现代文学副文本研究，而对当代诗歌的副文本资料的整理与研究仍缺乏针对性、系统性和深入性，尚有相当大的进一步拓展的研究空间。

二　当代诗歌副文本资料研究的多维意义、思路与方法

金宏宇认为，"中国现代文学文本是一个由正文本和大量副文本组合而成的文本共同体"，"许多副文本都被精心地编织，它们参与到了整个文本结构和意义的建构之中"[①]，其实中国当代文学文本亦是由正文本和副文本构筑的庞大的文本体系，副文本对于深度阐发当代文学正文本的复杂意涵，以及立体多维透视当代文学现象具有重要的作用。本书将借助文献学方法全面系统整理当代诗歌副文本资料，这既

---

① 金宏宇：《中国现代文学的副文本》，《中国社会科学》2012 年第 6 期。

为丰富和细化当代诗歌史料，重构诗歌版图寻找到新的突破口，又能促进当代文学研究史料学风的扎实推广，推动当代文学研究范式的转变。

如前所述，当代诗歌的副文本沉淀着丰富的诗歌细节，交织着复杂的政治文化脉络，尘封着许多有待发掘的诗坛往事，它一方面有利于人们触摸当代诗歌生产、传播和接受的"原生形态"的历史现场，从另一个角度观察政治与文化相互叠合的文学场域中，"新的人民的诗歌"成长的内在肌理，以及新的诗学理念、诗歌经典的艰难建构过程，重绘当代诗歌地图；另一方面还有利于深化正副文本之间的互文性研究，拓宽诗歌正文本复杂性的解读空间，有效深化和推进当代诗歌研究。更重要的是，通过分析意识形态嵌入诗歌副文本的复杂而微妙方式，以及正副文本的巧妙组合形成大众化的言像系统、传播系统和阐释系统，这不仅有助于我们总结审美意识形态转化和社会主义先进文化及核心价值传播的经验，提高党的文化领导力，还有助于人们反思中国当代诗歌发展的深层问题，为繁荣当代文艺创作提供历史镜鉴。

为此，本书的研究对象是当代诗歌副文本，具体包括中国当代出版的新诗选集的版权页、内容提要、序跋、编辑说明、题辞，封面与插图，当时的批评与文学广告；各级诗刊和诗报的广告、封面、图像、发刊词、编后记、编者按、引语等；当时具有代表性的新诗作品的副标题、注释，以及与正文本相关联的私人信函与日记、访谈录或诗讯等，拟对以下问题展开深入探讨：

（一）当代诗歌副文本的价值指涉研究。主要探讨政治文化思潮裹挟下，当代诗歌副文本呈现何种独特功能与特性？如何用学理眼光重估当代诗歌副文本的价值？诗歌副文本和正文本之间如何相互吸收与转化，在相互牵制中形成一个立体多维的文本网络？等等。（二）当代诗集序跋研究。主要研究当代诗歌序跋的独特作用，以及它与诗歌正文本的互文关系，比如诗歌序跋与当代诗歌的传播与阅读、诗学理念转变、诗歌经典打造、版本变迁和理想诗歌写作范式建构的之间存在哪些深层关联？诗歌序跋之于意识形态镜象构造和知识分子主体转型有何意义？又怎样重识诗歌序跋的诗歌史意义？等等。（三）当代诗集、诗作、诗刊和诗报广告研究。重点探究中国当代文学广告与现代文学广告之间有何异同？这时期的广告文本具有哪些殊异功能和艺术价值，包含了哪些复杂的诗坛信息？采用了哪些编码方式和修辞策略？它们对诗集、诗作、诗刊和诗报的发行与传播，读者审美趣味的重塑，诗歌经典生成和诗歌新形象的建构具有哪些深刻影响？等等。（四）当代诗刊、诗报的发刊词、编后记、稿约和编者按研究。主要研究主流意识形态、文学思潮和文艺政策如何影响诗刊诗报发刊词的话语修辞的？发刊词在塑造期刊形象与"新的人民的诗歌"新形象，确立自身特殊角色和合法地位方面发挥哪些作用？编后记、稿约和编者按如何形成"三位一体"的权力网络，对诗歌生产主体"怎么写"和"写什么"进行隐蔽地规训？等等。（五）当代诗歌副文本之图像、题辞研究。重点探讨当代诗集、诗刊和诗报中的图像有哪些类型和特征？这些图像与诗歌正文本之间如何形成有机整体，又如何促进诗歌意境的营构、诗情抒发和审美特质的生成？诗歌接受者如何在消费图像同时消费诗歌，推动当代诗歌大众化进程？当代诗歌的图像史和诗歌史之间有何深层关联？等等。（六）当代诗歌副文本之私人日记、书信和诗讯研究。主要探究这些问题：现已公开的当代诗人日记和书信有哪些？这些私有化的"外文本"夹杂着哪些复杂人事纠葛和意识形态嬗变信息？显露了诗人何种隐秘的诗歌观念和心路历程？如何理性地重估这些史料的价值？诗讯传递出诗坛哪些动态信息？它们对丰富诗歌正文本的复杂性解读和诗歌地图重构具有哪些作用？等等。进言之，如何有效整合中国当代诗歌副文本资料，探究诗歌正副文本的互文关系，在接近原生态的诗歌场域中，构建一种富有张力的立体的文本空间，重绘富有特色的当代诗歌地图？这种新的诗歌地图将呈现哪些新面相和具有哪些局限性？它对当代诗歌史书写有何新的启示？这些都是当代诗歌副文本研究中有待深入研讨的问题。

为了使研究内容能具体深入展开，本书拟采用以下研究思路：首先，在搜集与整理当代诗歌副文本原始资料的基础上，查阅和研读相关理论著作；其次，综合运用跨学科知识从不同角度透析当代诗歌副文本的多维价值，以及对诗歌生产、传播和接受产生的复杂影响；最后，尝试选取若干种诗歌副文本资料为研究个案深化当代诗歌研究。总体依照史料呈现、理论分析、个案剖析和总结提炼的基本思路进行研究。同时运用如下研究方法：1. 文献法。按照不同标准分类整理相关原始文献，摘取其中有价值和具有代表性的资料，作为本研究的论据。2. 理论分析法。综合运用"互文性"理论、福柯的权力谱系学、哈贝马斯的"公共空间"、布迪厄的"文学场"、阿尔都塞的意识形态询唤说、葛兰西的文化领导权、韦伯和哈贝马斯的合法性理论、布鲁姆的文学经典理论，以及大众传播学、修辞学、符号学等跨学科理论，作为深化课题研究的理论依据。3. 个案研究法。进行副文本生成与变迁现象的个案研究，力图从点上深化本选题的研究。

第一章　当代诗集序跋研究

在 1949—1966 年中国大陆诗坛出版了难以计数的诗集，这些诗集基本上都附上序言或跋文。相对于诗歌"正文本"而言，诗集中的序跋属于"副文本"，那么，在政治与文化深度耦合并逐渐走向"一体化"传播与接受语境里建设"新的人民的文艺"，诗集序跋的文本风貌与价值指向究竟发生了哪些"有意味"的变化？含纳了哪些丰富的诗歌流变信息？肩担着哪些文艺新功能？对诗歌"二次传播"和"倡懂"阅读产生哪些复杂影响？序跋的言者身份与话语修辞之间存在哪些内在关联？等等，都是饶有趣味且值得深入探究的问题。事实上，诗集序跋不仅包含着选家特定的编纂意图与审美趣尚，独特的诗美理念与经典意识，还承载意识形态变动与时代文风潮异动的信号，同时也暗含着诗人的隐秘心路历程和复杂的身份意识。本章试图探讨当代诗选序跋与诗歌"二次传播"关系，当代诗集序跋与诗歌"倡懂"阅读之关联，当代诗集序跋的言者身份与话语修辞之间的隐秘勾连。

第一节　当代诗选序跋与诗歌"二次传播"

20 世纪 90 年代以来，在当代诗歌传媒研究中出现了一种"冷热不均"的现象，包括《诗刊》《星星》等在内的有影响力诗刊吸引了许多研究者的青睐，而那些曾经深刻规约着 1949—1966 年诗歌诗风生成与递变的为数众多的诗歌选本，至今仍处于被历史遗忘的角落，一些饶有意味的现象与问题依然未得到认真清理与反思，比如在当代政治与文化相互胶着的文学传播语境中，人们是如何策划和编选诗歌选本的？这些诗歌选本对再造诗歌传播主体，建构"新的人民的诗歌"传播形象，提升诗歌的"二次传播"效能有何深远意义？诗歌选本传播具有何种鲜明的特征，出现了哪些不容忽视的隐性问题？这些问题对诗歌选本的编选产生哪些复杂影响？事实上，在传播媒介并不发达的1949—1966年，诗刊和报纸是诗歌诞生和成长的理想的摇篮与沃土，诗歌传媒的性质、栏目的设置、"把关人"的编辑理念、编辑策略等，对诗歌生产、传播与接受形成了强大规约力量。如果说诗歌在期刊与报纸的传播属于"首次传播"，那么借助诗歌选本进行的传播则属于"二次传播"。本节拟从当代诗歌选本序跋所体现的编选法则分析入手，探究它们在诗歌的"二次传播"中所呈现的独特效果与特征。

一　诗选序跋与编选法则

在20世纪50—60年代，"为了扩大'人民文艺'的传播范围，增强其传播效率和能量，文艺界采取各项措施，促进各种措施相互配合"①。许多出版社出版和发行了大量从"当时发表作品挑选出来的"诗歌选本②，这些选本为诗歌的"二次传播"提供了重要的传播媒介。那么，在文学媒介受国家相关权力机构全面收编与管控的传播网络中，人们究竟采取何种策略提升诗歌的传播效能呢？翻检这些选本，不难发现，诗歌编选者通过回应政治、社会和诗坛关切，提升诗歌的传播热度。其中以诗选确证民族与国家认同是诗选家重要的编选法则之一。比如萧三主编的《革命烈士诗抄》旨在通过"诗抄"暴露"一切反革命、反动派的极端残暴、极端凶恶"，展现"中国革命的胜利，真不是轻易得来的"，"我们今天自由的生活是无数烈士用生命和鲜血换来

---

① 武新军：《人民文艺的传播网络与传播机制》，《文艺研究》2011年第8期。
② 丁力：《北京的早晨·后记》，北京出版社1959年版，第92页。

的",意在唤醒民众的革命历史记忆。为此,"全国各地许多同志都在写革命回忆录",并且这些回忆录"很受读者的欢迎"①。与此同时,诸如《红岩》《红日》《林海雪原》等小说大规模发行,也在读者中掀起一股阅读革命历史小说的热潮。在纸张相对紧张的年代里,《革命烈士诗抄》通过发现、搜集和出版"烈士遗诗",回应国家关切问题,自然能得到有力的出版资助或支持,董必武、林泊渠、郭沫若、吴玉章、谢觉哉等革命先辈或文坛权威都为这本诗选题词。当然,在文学的革命历史叙事被广泛接受与认同的文化语境中,《革命烈士诗抄》作为一种进行爱国主义和气节教育的读本,契合了20世纪50—60年代读者的阅读期待和审美趣尚,因而能吸引更多读者的阅读注意,当时不少读者对这一选本评价甚高:"你要学习写诗吗?就写这样的诗歌吧!你要学习做人吗?向这样的人学习吧!"②"诗抄"得到了众多读者的广泛好评是显而易见的。诗选满足了读者"英雄崇拜"精神渴求的热望,一定程度上提升了选本的阅读量。另外,该选本还附上每位烈士的生平简介,这些"副文本"资料与诗歌"正文本"形成互文关系,有助于拓宽诗歌的阐释空间和"二次传播"效能,《革命烈士诗抄》发行量高达750000册,由重庆出版社编选的《囚歌》也发行了55000册,这些发行量从一个侧面反映了"诗抄"的传播广度。

此外,"国家形象"的建构也是重要维度之一。最明显的是,当代诗选参与到"爱好和平的国家"形象打造潮流之中。比如1952年人民文学出版社出版了萧三的《和平之路》,1958年作家出版社又出版了他的《友谊之歌》,这两部自选集收录的很大部分是"保卫世界和平,反对美国侵略"③,"赞美中苏友谊和保卫和平的诗"④。1950年前后受世界和平运动的影响,国内和平签名运动如火如荼地展开,因此

---

① 萧三:《革命烈士诗抄》,中国青年出版社1962年版,第386页。
② 萧三:《革命烈士诗抄》,中国青年出版社1962年版,第386页。
③ 萧三:《和平之路》,人民文学出版社1958年版,第243页。
④ 萧三:《友谊之歌》,作家出版社1958年版,第1页。

许多以"和平"为主题的诗选被列入出版社的出版计划，这些选本中的诗歌传达了中国人民反对美帝国主义发动战争和支援世界和平运动的声音，努力向世界呈现新的民族国家形象。

当代诗选的另一编选法则是以选集回应各种政治、文化和生产运动。由于20世纪50年代的"文化、文学出版都是一种行政行为，它规范着出版的流程和各个环节"①，因而对于当代诗歌编选者而言，选本编选要讲求现实针对性和时效性，要紧随政治文化运动和生产运动适时推出，及时回应政治与社会关切，才能在政治助推下实现"二次传播"。比如当时出版了"抗美援朝诗选""反右诗选""大跃进民歌选""石油工人诗选""铁路工人创作诗歌选"，等等。作为诗选编选者不仅要有较强的政治敏锐性，同时还须借助序跋等"副文本"来凸显选本经由诗的"聚合反应"而生成的独特价值，比如诗选《万人高唱公社好》中"出版者的话"这样写道："为了回击敌对阶级的咒骂，为了驳斥右倾机会主义的谬误，为了保卫总路线、大跃进和人民公社，我们特地编选了这本《万人高唱公社好》"，它从"各个方面表达了上海郊区农民热烈爱护人民公社的思想情感"②。这样的"序言"具有鲜明的阐释意图，将原本散见于各种媒介的诗歌意识形态功能加以集中放大，昭彰诗歌的战斗功能和辩护价值，同时在20世纪50—60年代，此类序文"是一篇最自然的'广告'"③，能有效切中当时读者的爱国情怀。可以说，诗选迅疾地回应了时代政治或社会舆论的焦点问题，抬升了诗歌文本的意识形态属性和入选诗歌的关注度，这种诗歌的"二次传播"是基于现实宣传需要，由掌握媒介资源的权力主体或诗坛权威人士策划或发起的诗歌传播，有异常显豁的行政化色彩。1959年由红旗杂志社出版的《红旗歌谣》刊载了郭沫若、周扬的"编者的话"，其中重点交代了编选的缘由、法则、策略和不足之处，序文高度肯定了新民歌的价值："这种新民歌同旧时代的民歌比较，具有迥

---

① 王本朝：《中国当代文学制度研究》，新星出版社2007年版，第154—156页。
② 上海文艺出版社编：《万人高唱公社好》，上海文艺出版社1959年版，第1页。
③ 王玥琳：《论著作序在文学传播、接受中的特点与作用》，《中国文学研究》2015年第3期。

然不同的新内容和新风格,在它的面前,连诗三百篇也要逊色了。"①这篇序言就像一则明星广告,名人效应与威权"磁场"可产生强大的向心力,对促进"大跃进"新民歌的"二次传播"发挥重要的作用。《红旗歌谣》出版后在中国诗坛产生了广泛影响,当时许多诗歌接受者对这本选集评价甚高。北京印刷厂很多工人看完后兴奋地说:"这本书真够意思",工人诗人李学鳌高度肯定《红旗歌谣》的价值,认为其"不仅是歌谣中的一面红旗,新诗中的一面红旗,而且是整个无产阶级文学艺术中的一面红旗",未央则认为诗选是社会主义文艺"新腔"中的精品,张志民"怀着无限的喜悦接到刚出版的《红旗歌谣》,当即读了两遍",他感慨道:"大跃进以来所出现的几亿首民歌,真是珠山宝海,而从这珠山宝海中选出来的《红旗歌谣》更是宝中之宝,珠中之珠了。"顾工更深情地说:"我喜欢读诗,读过不少诗集,但要问哪本使我最难忘?哪本最激荡我的胸怀?我说:是郭沫若和周扬编的《红旗歌谣》。"② 无论是普通读者,还是业已成名的诗人都对《红旗歌谣》赞誉有加,其传播范围之广、影响之深可见一斑,这从一个侧面说明"大跃进"新民歌借助名人的威望和选本权威性,成功实现了诗歌的"二次传播"。

诗歌选本除了即时回应政治运动,也与当时热火朝天的生产建设相互联动。比如1955年作家出版社编辑部编选了经济建设诗集《建设的歌》,其旨趣在于"同工业化的汽笛和机械声一起,同农业化的脚步声和耕地声一起,我们的歌声应该响遍工厂、响遍田野、响遍祖国和世界"。诗选与生产建设保持高度同步,是当代诗歌编选一个重要法则。因为在编选者看来:"诗,是富于战斗性和群众性的武器,它总是常常站在其他一切文学样式之前,最迅速地来反映和迎接一个新的时代。"③ 这是诗选通过即时感应时代经济建设脉搏加速诗歌"二次传播"重要方式。当然,为了满足诗歌接受者的阅读期待和影响他们瞩目的焦点,使诗歌"二次传播"更加高效,编选者在"辑集的时

---

① 郭沫若、周扬:《红旗歌谣》,红旗杂志社1959年版,第1页。
② 李学鳌、张志明等:《〈红旗歌谣〉颂》,《人民文学》1960年第3期。
③ 作家出版社编辑部编:《建设者的歌》,作家出版社1956年版,第1—2页。

候，按照题材分成了六辑"："从胜利走向胜利""钢铁的花朵哗笑着""我们的决心比天高，认准社会主义大道一条""地下的音乐激动他们的心灵""咱们英雄日日夜夜在开路""应知圣人非个人，圣人者谁盖人民"①。这六辑分别涉及工业和农业两大题材，具体分为草原建设、公路建设、钢铁生产、农业生产、石油工程建设等，以形象或富有诗意的语言来概括，旨在突出若干类诗歌主题，相对于分散在"全国各地主要报刊上所发表"的诗歌"首次"传播，这种人为调节和干预"二次传播"内容，以大视角、多方位、集束呈现等传播方式，有利于形成传播亮点和特色，比较容易吸引读者的眼球，提高读者购买和阅读诗选的意愿。

  以诗选回应诗坛关切是当代诗选的又一编选法则。所谓的"诗坛关切"是指20世纪50—60年代诗歌转型与发展所遭遇的难题，主要是诗人转型和诗歌经典建构两方面焦点与热点问题。在当代时期许多诗选成为诗人自觉转型的努力与实绩一种证明。比如，1959年冯至编选和出版了《十年诗抄》，他在《前言》与《后记》中说，他之所以"决定出版这部集子"，就在于回击"别有居心的'右派分子'"的"恶毒叫嚣"，即有人"指着我的脸骂我，说我解放后写的诗没人爱看"，新中国"'冻结'我写诗"②。他要用《诗选》证明尽管"这些诗在质量上是粗糙的"，但"比起解放前的诗，我是走上了正确的道路，这条道路不是旁的，就是一切为了人民，不是为了自己"③。换言之，冯至编选诗集旨在表明1949年之后和他一样自觉"走正确道路"的诗人的发展空间并未受限，而是为他们敞开了一条"康庄大道"。他把《十年诗抄》作为自我重塑所付出的艰辛努力，以及实现"粗糙"收获的一种明证。由于在20世纪50年代许多业已成名的现代诗人面临着主体改造和角色转换的问题，因而借助诗选的"二次传播"向外界传递一个强烈的信号：现代诗人的转型何以可能？当然，还有

---

  ① 作家出版社编辑部编：《建设者的歌》，作家出版社1956年版，第1—2页。
  ② 冯至：《十年诗抄》，人民文学出版社1959年版，第105页。
  ③ 冯至：《十年诗抄》，人民文学出版社1959年版，第2页。

一些诗选是为了展示诗人自我转型的轨迹，比如严阵以"惭愧"的心情来编选《唱给延河》，因为他生活在延安"丰富多彩的现实里，不懂得或没有能力去歌唱火热的斗争，歌唱翻天覆地的人物、事件，却写下了这些和广大人民要求不相符的诗篇"①。为此，诗选分三辑："星的歌""漠地诗抄"和"唱给延河"，其中"星的歌"大多属于"沉湎于回忆中的作品"，而"唱给延河"则被认为是延安整风运动后"投身到自我改造的烈火里"所写的"无力的诗篇"。诗选的分类编选背后隐藏着诗人转型的心路历程，如此看来，该选本编选初衷与其说是"纪念"延安生活，不如说是回应当代诗坛的热点问题——知识分子自我改造的必要性与可能性。这种诗选的编选法则在一定程度上提高了诗歌的受众关注度和传播有效性，当代诗歌的影响力与此类诗选"二次传播"的推波助澜有密切关联。

　　诗歌经典化是当代诗歌成长和秩序重建的重要问题，诗歌选本是诗歌经典建构的一种有效手段。1956—1959年人民文学出版社和作家出版社先后出版了四本具有相当权威性的《诗选》，编选者在"编选说明"或"编选例言"中指出入选的诗作都是"所发表的一些我们认为比较好的作品"②，是"较有影响、同时在创作方面表现了新的良好的探求的作品"③。诚如有论者所言，"文学经典往往是在读者的阅读和学者的批评过程中逐渐形成的"④，入选《诗选》的诗歌是诗界权威机构从众多期刊和报纸中以特定的价值认定体系筛选出来的，这种"好中选优"的遴选方式，自然会影响读者的阅读期待和阅读注意。与此同时，《诗选》基本上都附上序言，序言的作者通常是掌握诗坛话语权的诗评家，这些诗评家往往将诗歌文本置于特定的政治文化网络中，在描述诗歌审美风尚和诗体样式嬗变之迹象与征兆，以及分析诗与时代联结的紧密度的基础上判定诗歌价值，这不仅可加速入选诗

---

① 严阵：《唱给延河》，文化生活出版社1950年版，第173—175页。
② 中国作家协会编：《诗选》（1953—1955），人民文学出版社1956年版，第1页。
③ 中国作家协会编：《诗选》（1956），人民文学出版社1957年版，第1页。
④ 傅承州：《从话本选本看话本经典的形成》，《文艺研究》2010年第1期。

歌的"经典化"进程，还可以调动读者的阅读兴趣。《诗选》（1953—1955）、《诗选》（1956）、《诗选》（1957）和《诗选》（1958）的印数分别高达22000册、108000册、70000册和55000册，可见"这些选集受到了广大读者和作者的欢迎"①。可以说，无论是《诗选》的编选者、序言作者的身份，还是出版社级别，都具有相当的"权威性"，选本所具有的"象征性的资本"以及文化"名人"助推所形成的特殊"光环效应"，有力地拉升了诗歌的经典价值，吸引众多《诗选》拥趸者的青睐目光，这使得《诗选》发行量高达几万甚至十几万册，极大地拓宽诗歌的"二次传播"的渠道和范围。

在当代诗歌经典化过程中，现代诗歌经典秩序的重构也是诗坛主持者必须着力解决的棘手问题。因为经典秩序的重构可以为诗歌发展扫清道路和指明方向，促使"新的人民的诗歌"在经典的"示范"中健康茁壮成长。这方面最具影响力的是臧克家编的《中国新诗选》（1919—1949），该诗选是表面上"是一本以青年读者为对象的诗选"②，是为了满足青年读者的阅读需求。实际上，在编选过程中编选者对入选的诗人及诗作的选择，以及序言对评价对象的褒与贬，都是一种"有意味"的经典遴选行为和经典秩序重构方式。臧克家以革命/反动、进步/落后、主流/逆流等二元对立的标尺审定现代诗歌，于是，"象征诗派""新月派"和"中国新诗派"等诗歌流派的诗作绝大多数被拒于经典的大门之外，这预示着1949年以降这些诗派将面临着被"边缘化"的命运，意味着这一时期诗歌经典的理想审美范式已经发生了重大的变化，也表明"革命""阶级""战斗""集体主义"等成为文学经典认定和秩序构建的新的关键要素。《中国新诗选》（1919—1949）因涉及许多仍健在的现代诗人的排序及其诗作的筛选等问题，因此那些在现代诗坛业已成名的诗人确实比较关注。而对于1949年之后成长起来的诗人而言，他们也期望从诗

---

① 中国作家协会编：《诗选》（1956），人民文学出版社1957年版，第1页。
② 臧克家：《中国新诗选》（1919—1949），中国青年出版社1957年版，第1页。

歌经典秩序"有意味"的位移与异动背后,观察当代变化多端的诗歌创作潮流。尤其是对于"广大青年"读者来说,因为他们"知识不足,时间有限,无法阅读所有我国古典的和'五四'以来的优秀文学作品(包括诗歌),因而,他们迫切希望有经验的文艺工作者,能把过去的(特别是'五四'以来的)小说、剧本、散文和诗歌,分别为他们编选几本,使他们在有限时间内,初步了解这个时期创作的基本情况。他们曾不断地向报社、出版社和有关部门写信"①。由此可见,不管是声名大噪的现代诗人,还是处在成长期的"新诗人"或"知识不足,时间有限"的青年读者,他们对《中国新诗选》(1919—1949)都各自怀有较高期待,不同群体的阅读期待有效地提升了诗歌"二次传播"的强度与广度。

  选本既是诗歌价值增值和经典建构过程,又是诗歌"由'角落'走向'中心'"和"知名度大为提升"的过程。② 为此,诗选成为诗坛新秀成长的重要平台与阶梯,让那些原本处于边缘地带的"新人"及其诗歌在不同媒介上闪亮登场且声名鹊起,一些"工农兵"诗人曾借助诗选的传播力量迅速从无法说到学会说再到大胆说,从文化的荒芜之地走向文化的前台。比如1958年由诗刊社编的《工人诗歌一百首》选录了"大跃进"时期四十八位工人所写的一百首诗歌,该选集由"以扶植、培养和服务青年为己任"的中国青年出版社出版,"书前,茅盾同志写了一篇序言,对工人诗歌创作作了深刻的分析,书后,编有一辑'工人谈诗'的附录,许多工人读者对于诗歌创作提出了许多精辟的见解"③。其中,时任文化部部长的茅盾在序言中对工人诗歌作了极高的评价:"'劳者歌其事,何必专业化;发挥创造性,开一代诗风",而且提出:"我们的专业诗人有不少地方应该向业余的工人作

---

  ① 大尹:《有关"中国新诗选"的几件事》,《读书月报》1956年第10期。
  ② 方长安:《角落到中心的位移——选本与戴望舒〈雨巷〉的经典化》,《福建论坛》2015年第7期。
  ③ 诗刊社编:《工人诗歌一百首》,中国青年出版社1958年版,第1—3页。

家学习。"① 在政治文化相互胶合的年代里，文学文本价值通常由文坛/政治权威作出最终裁定，茅盾把工人诗歌价值提升到"开一代诗风"的高度，而且对专业诗人和业余诗人的诗歌价值作了等级划分，这种带有权威性质的"序言"有效判定了工人诗歌文本的时代价值，并在广泛传播中实现价值增殖，吸引更多读者和诗歌写作者的注意。当时张光年也为《北京工人诗百首》写序高度赞扬工人诗歌的意义："工人诗，工人画/工人诗画意义大/冲天干劲就是诗/快马加鞭就是画"，② 这种带有"威权"性质的"定评"使"工农兵"诗歌不断价值化，并且作为一种理想的诗歌范式得到更广泛的认同与膜拜。可见，诗选的"二次传播"对扩大"工农兵"诗人的影响，培养和优化当代诗歌的写作队伍发挥着极为重要的作用。除此之外，诸如《万里红光飘彩霞》（安徽人民出版社）、《人民英雄颂赞》（生活·读书·新知三联书店）、《王老九诗选》（通俗读物出版社）、《紧握武器》（山东人民出版社）、《大巴山的早晨》（重庆人民出版社）、《上海组诗》（中国青年出版社）等都是20世纪50—60年代推介新人的有影响力的诗选，这些选本让诗坛新秀"集结势力以集团的力量冲击固化的诗坛秩序，为自己赢得一席之地"③。

综上所述，当代诗选作为诗歌实现"二次传播"的重要方式，它们以诗的主题、题材、风格为分类依据和集结准则，回应国家、社会和诗坛关切，回应政治文化运动、经济和文化建设等领域热点问题，实现选本编选法则与国家主流意识形态的深度"耦合"，借此拓宽诗歌传播渠道与范围，提升诗歌的传播效能，促使"新的人民的诗歌"以新的集结与呈现方式、新的阵容与面相，不断进入读者的阅读视野，并在政治、经济和文化动员以及重塑民众精神风貌等方面发挥积极作用。

---

① 诗刊社编：《工人诗歌一百首》，中国青年出版社1958年版，第1—3页。
② 张光年：《北京工人诗百首·序言》，北京出版社1959年版，第1页。
③ 罗执廷：《论当代诗歌传播体制中的选本传播》，《云南社会科学》2012年第6期。

二 诗选的编选与传播问题

虽说当代诗选极大地改变了诗歌"首次传播"所遭遇的效能逐渐衰减的局面,但是在具体运作过程中编选者有意无意地忽略审美趣尚多样化的读者"真实"的阅读需求与感受,力求以文学秩序重构和新文学理想范式构想为导向,以国家计划方式向读者发行选本的诗歌传播模式。虽然从表面上看20世纪50—60年代读者具有是否购买或阅读诗选的选择空间,但是在当时"文化、文学出版都是一种行政行为,它规范着出版的流程和各个环节","它的出版数量和出版内容并不是完全根据市场需求","由于出版与发行、销售的分家,很容易造成出版的积压和重复出版的局面"[①]。在此种传播和接受语境中,原本存在分层与差异的读者被抽象为一种"本质化"的形象符号,他们复杂的阅读诉求被极度化约为某种特定的类型,加之,当代诗歌选本的类型、题材和风格选择出发点是基于重塑诗人诗学理念和培养读者新的美学趣味的需要,因而诗歌接受者可选择的阅读空间极度受限。比如《中国新诗选》(1919—1949)编选时"主要着眼于有进步影响的诗人,着眼于思想性较强的诗"[②],而不是充分展示不同风格与流派诗歌的实绩。为此,诗选从选题策划到具体编选再到出版流通的多重环节中"读者"的类型被重重"锁定",许多读者为此可能陷入没有选择的选择桎梏之维。总体而言,当代诗选的"二次传播"大致有两种特征:一是选本信息的编码与解码是在一个媒介和信息较为稀缺的相对封闭的空间中进行的,严格服从于宣传、教育与鼓动民众,引领诗歌潮流之目的,通过类型化的诗歌符码高密度传播,刷新读者的诗歌记忆,让他们认同并接受"新的人民的诗歌"理念;二是任何进入诗选文本空间的读者,极易被强大的高度"同质化"的信息流所包围,很大程度上只能反复接受题材重大、诗绪健康、诗质纯粹、诗风朴素、

---

① 王本朝:《中国当代文学制度研究》,新星出版社2007年版,第154—156页。
② 大伊:《有关〈中国新诗选〉的几件事》,《读书月报》1956年第10期。

诗语通俗的诗歌，选本会"产生一种无法抗拒的传播力量"，"直接击中受众目标"①。这种传播有益性主要是以强大的信息攻势，改变人们从单一的诗美维度审定诗歌价值的习性，更新人们对诗歌经典标准和理想诗歌范式的认知，为"新的人民的诗歌"新秩序的建构摇旗呐喊。不过，当代诗选的"二次传播"特征给诗歌选本的生产、传播与接受带来诸多不容忽视的问题。

首先，当代诗选编选动机与选本质量偏低问题。在20世纪50—60年代，受诗选编选法则的规约的影响，绝大多数诗选家编选动机都具有比较鲜明的意识形态色彩。尤其是在1959年新中国成立十周年之际，诗选家们普遍怀有"以诗献礼"的编选动机。比如田间坦言他编选《英雄的赞歌》的目的在于"把一粒火星献给祖国和他的战士们"②，戈壁舟谦恭地说："将这本诗集作为新中国成立十年献礼，相当菲薄"③，臧克家则略显惭愧地说："伟大的祖国，十年来飞跃前进，发出万丈光芒，在短诗方面，我只能写出这几十首来作为它十周年的献礼。"④ 从这些序跋中的自谦之词背后，可以感受到"当代"诗人"以诗献礼"的赤诚与急切——"作为微薄的献礼和赤诚的祝贺。"⑤ 这种编选方式能够充分利用"周年庆典"等关键性的纪念日，彰显新中国成立十周年诗歌发展的新气象，以政治/文化热点刺激新的阅读需求，形成一种充满蓬勃生机的出版局面。

其次，当代诗选编选主体"集体化"与选本风貌单一问题。"集体写作是在1942年之后才开始在解放区的文学创作中广泛盛行的"⑥，它作为一种创作经验在1949年之后得到延续。当代诗选传播要求最大限度防止个人编选可能发生的方向性偏失，减少"思想错误的产生"

---

① 杜志红：《论商业行为中的强制传播现象》，《现代传播》2008年第5期。
② 田间：《校后小记》，《英雄的赞歌》，作家出版社1959年版，第131页。
③ 戈壁舟：《我迎着阳光·自序》，人民文学出版社1959年版，第2页。
④ 臧克家：《欢呼集》，人民文学出版社1959年版，第119页。
⑤ 王维州：《可爱的时代》，湖北人民出版社1959年版，第72页。
⑥ 郭国昌：《集体写作与解放区的文学大众化思潮》，《中国现代文学研究丛刊》2013年第6期。

或者减轻因错误"所应承担的责任"①，因而，当代诗选编选主体也推崇集体而非个人，集体编选成为诗歌选本生产的一道独特的景观。比如当时曾出版发行了广东省交通厅编的《公路运输职工创作诗歌选》、上海工人文化宫编的《英雄时代英雄歌》、贵州工人社编的《工人歌唱大跃进》、人民交通出版社编的《筑路工人创作诗歌选》、中共柘溪水力发电工程局党委宣传部编的《红宝石之歌》、中共武汉钢铁公司委员会宣传部编的《钢铁的诗》、广东人民出版社编的《青年诗选》、河南省文联编的《晨歌》，等等。在文学与政治相互胶合的年代，这种以单位或部门等集体编选的诗选，固然可以避免因个人立场或审美偏见带来的未知风险，但是却难以彰显选家的独特眼光和远见卓识。可以说，这些诗选几乎都是从思潮而非诗美的角度甄别诗歌的质量与价值，更重要的是，编选者以"我们"而非"我"的身份出现，有些诗选仅仅按"作者编列次序"或按"作品的写作时间为序"②，并无独特的编选原则，有些就是为了对"工人群众文艺创作有所推动"③。由于这些集体编选的诗选一味注重诗歌的教化功能和传播的即时效应，多数选本特色不够鲜明，常给人留下"千书一面"的负面印象，这种"单一化"的诗歌选本风貌很难持续深度激发读者的阅读渴望，一旦出版与发行的数量与读者的"真实"需求出现脱节，就很容易出现"出版的积压和重复出版的局面"。

最后，当代诗选编选中重"编"轻"选"和重"量"轻"质"问题。在20世纪50—60年代，为了最大限度释放诗歌的"二次传播"的效能，各级文化主管部门或出版社往往采取"以量取胜"的方式，即通过提高诗歌的入选量和诗选的出版量来提升诗选的"二次传播"力量，这导致选本编选过程中重"编"轻"选"和重"量"轻"质"问题发生。比如刘岚山曾批评北京出版社编选的《北京的诗》，认为"有些诗选得多了些，不够精粹"，"在选收的诗中有些诗并不好"：

---

① 袁盛勇：《延安时期的集体创作》，《中山大学学报》2005年第3期。
② 湖北人民出版社编：《钢城的诗》，湖北人民出版社1959年版，第110页。
③ 贵州人民出版社编：《工人歌唱大跃进》，贵州人民出版社1960年版，第1页。

例如《北京——我心中的故乡》中写一个边疆的青年到北京才三天,便说得一口熟练的北京话,惹得一位老大爷的发问,回答的是"哪个孩子不会喊妈妈?哪个青年不会说故乡的语言?"因为,"北京——我心中的故乡"。这便是这首诗的全部。很明显,这里有所谓的"激情",那只是"矫情"。如果有所谓的"巧思",那也只是"虚构"。①

从这段不乏尖锐的批评中可以看到,《北京——我心中的故乡》这样构思和情感明显"失真"的带有"硬伤"的诗作也被编入诗选,这很可能与编选者采取重"编"轻"选"和重"量"轻"质"的方式凑足"一百首"诗歌有关。这种现象显然不是个案,和选本《北京的诗》一样,诸如1958—1959年出版的难以计数的"大跃进"歌谣选,还有《工人诗歌一百首》(中国青年出版社)、《战士诗歌一百首》(中国青年出版社)、《农民诗歌一百首》(东北新华书店)等以"百首"命名的诗选,以及郭沫若的《潮汐集》《长春集》等不少个人诗歌自选集也都存在类似问题。随着文学思潮的变化,这种重"编"轻"选"的现象逐渐蔓延开来,一些诗选家的心态也变得越来越浮躁,他们很难拥有足够的时间、耐心和适宜的空间磨砺独到的编选眼光,编选一部理念清晰独特、体例富有创意、呈现方式独具想象力的诗选。

第二节　当代诗集序跋与诗歌"倡懂"阅读现象

新诗的大众化作为中国现代诗坛兴起一股诗学潮流,曾引起许多诗人和诗论者的广泛关注、深入论辩和潜心实验。1949年新中国成立,当代文艺工作者对"新的人民的诗歌"成长之路进行了全新设计,果断而坚决地阻断新诗纯诗化的发展空间,竭力推动现代"左

---

① 刘岚山:《歌唱北京的诗》(评介),《诗刊》1957年第12期。

翼"诗人执着探求而又未竟的诗歌大众化进程。"随着人民本位得到无可置疑的加强，通俗、简洁、明朗的风格，用大众的语言表现大众的生活和情感，这样的诗学要求和原则，越来越演变为一种政治进步的要求"①，也就是，"懂"的诗歌写作逐渐成为当代诗坛的强旺潮流。不过，这种以"懂"为旨归的诗歌合法性地位并非一劳永逸，在现代新诗"贵族化"美学传统生成的巨大压力场中，在"保守"诗人诗学观念及审美习性的影响下，其外部合法空间赢取和内在美学合法性建设，必须经历一个曲折、复杂而艰难的建构过程。

一 "倡懂"阅读与写作潮流的生成

新中国成立之初，虽然在"新的人民的文艺"召唤下，众多知识分子自觉进行自我转型，但受传统审美惯性和纯诗诗学观念的影响和制约，一些在现代从事纯诗写作的诗人，时有"晦涩"诗歌发表并进入读者的阅读视野中，这些诗歌无形中对"倡懂"写作构成潜在威胁。比如在20世纪30年代就开始新诗形式和节奏试验的林庚，新中国成立后就在《大众诗歌》第2期发表了"秋风真叫高的天/黄昏走过了人山人海去/这里有思想的再来/这里有问题的在改"等诗句被指"内容和语言""晦涩难懂"，有人批评道："在我们已经确定了首先为工农兵方向的今天，诗歌是不应当再晦涩了，可是在今天的诗歌创作中，我们仍然不时看到写得很晦涩的作品"②，更有甚者，像卞之琳发现了当代诗歌"易懂而不耐人寻味"问题之后，总是喜欢进行"反懂"诗歌试验。1954年他"又发表了一组农村诗歌（五首），但又是奇句充满，难读难讲，读者又向诗人提出过意见"。1958年他还在《诗刊》上发表《十三陵水库工地杂诗》（组诗），而这组诗仍旧出现了诸如"摔脱了大衣抓扁担/人海里洗一个风沙澡"，"墨守自然的城规/等季节推移运转/调集来八方风雨/就凭一声雷说'干'"等一些

---

① 刘继业：《新诗的大众化和纯诗化》，北京大学出版社2008年版，第178—182页。
② 陆希治：《起码的要求》，《文艺报》1950年第8期。

"使人摸不透奥秘"的诗句①。可见,"懂"的诗歌要获得现代诗坛声名鹊起的追求纯诗写作诗人的广泛认同,显然不是一件易事。尽管这些诗人没有公开质疑和批评大众化诗学,但他们始终坚持"反懂"的诗歌实践,意在表明一些诗人对诗歌现状的担忧与不安,表明他们对全面推行"懂"的诗歌书写的质询,甚至产生了"认同焦虑",由此可见,当代"倡懂"诗歌生产合法性"始终是一个需要不断被证明的问题"②。

诚然,这些诗人生产的"反懂"诗歌之所以能够见诸于报端,和当时一些期刊的"暧昧"态度是密不可分的,这一点可从《大众诗歌》的创刊词中得到证明:

> 人民大众的文化水平不同,思想力、感受力的大小不同,也就规定了诗歌的创作不能固定一个形式,事实上,诗人所选择的主题、所表现的内容绝不能一致,它的形式也一定容许多样的尝试与发展。但有一个标准,必须使你所用的语言,表现的形式做到通俗易懂,群众喜爱接受……这里所说的通俗易懂,既不等于"迁就群众",也不反对"提高的艺术形式"③。

从这段文字的表述重心,可以看到在追求文学"一体化"的年代,文学生产和传播也存在一些"弹性"的空间,《大众诗歌》编辑与其说要把"懂"作为遴选诗歌的唯一标准,不如说采取"门户开放"的策略,提倡诗歌内容和形式的"多样化",因为"大众"是一个"文化水平""思想力"和"感受力"存在差异的复杂群体,所以"懂"的标准应该多样性,这无疑为"反懂"诗歌的潜滋暗长预留了足够的空间。事实上,和《大众诗歌》一样,《诗刊》《人民文学》《新观察》《萌芽》和《文艺劳动》等期刊都曾经为"晦涩"诗歌的

---

① 徐桑榆:《奥秘越少越好》,《诗刊》1958年第5期。
② 周宪:《"合法化"论争与认同焦虑》,《南京大学学报》2006年第5期。
③ 编辑部:《大众诗歌创刊了》,《大众诗歌》1950年第1期。

生长提供了温润的土壤,这些诗歌连同这些期刊在一定程度上削弱了"懂"诗歌外部空间建构。可以说,一种新的诗歌创作潮流占据主导地位后,可能在文化转轨期受到传统或新生成的诗歌潮流影响、制约和冲击,其原本相对比较坚实的合法地位为此遭到削弱、撼动甚至出现危机。

为了缓释"晦涩"诗歌带来显在或隐性的压力,排除诗歌"倡懂"建构过程中的干扰因素,当代诗坛采取各种策略。其一,期刊的批评与自我批评。20世纪50—60年代,相关部门借鉴了延安时期的文化治理方式,掌握媒介的文化领导权,促进刊物的转型发展。比如《大众诗歌》接二连三的"出格"之举很快引起注意。1950年《文艺报》多次批评《大众诗歌》出现的问题,尖锐地指出"《大众诗歌》这样的刊物的负责同志也是应该受到批评,登载了这样的作品,编辑同志没有觉察出来它的错误,也是负有责任的","《大众诗歌》社编者在工作上是缺乏严肃、认真、负责的态度,以致使该刊经常充满着内容空洞、标语口号、纯粹形式出发的诗作,我们希望该刊对于这件事也应该进行深刻检讨"[1]。同年,中共中央发出《关于在报纸刊物上展开批评和自我批评的决定》,在这样的文化语境中,主编沙鸥和王亚平不能不思考《大众诗歌》的办刊策略。当时"读者"批评意见也是一种重要的规约力量。《诗刊》1958年第5期刊登了题为《对卞之琳〈十三陵水库工地杂诗〉的意见》批评文章,认为"这组诗在思想感情、语言逻辑、表现手法方面,都有一些使人摸不透的奥秘。我认为它妨碍正确、生动的表达思想感情,破坏艺术画面,损害甚至歪曲艺术形象"[2]。《诗刊》这种"自我批评"举措实际也是一种"自我保护"策略。当时《文艺报》经常刊发批评文章,批评一些刊物里边的作品"非常不口语化,它们出现在工人群众的通俗刊物上,是很不妥的","希望这些问题能引起大家的重视"[3]。媒介舆论促使刊物的编辑

---

[1] 编辑部:《欢迎这样的批评》,《文艺报》1950年第8期。
[2] 徐桑榆:《奥秘越少越好》,《诗刊》1958年第5期。
[3] 编辑部:《文艺动态》,《文艺报》1951年第2期。

转换自身的角色,即由风格迥异诗歌的"扶持者"变为"倡懂"写作合法性的守护者和支持者,极大地提高了主流诗歌的认可度。其二,诗人"道德"压力下的诗学理念重建。诚如有论者所言,20世纪50—60年代是一个崇尚"乌托邦式的社会理想,以及文学的道德承担"的时代,"道德问题"时常"被有效地当作一种权力工具使用"①。也即"道德"作为"一种权力的工具",捍卫"懂"的诗歌合法性。以围绕王亚平的《愤怒的火箭》诗歌批评为例,批评者从"道德"角度查找出现"粗制滥造"诗歌的原因,那就是"对待生活的态度不严肃","对人民当中所发生的新鲜事物漠不关心",同时指出他"轻率潦草"的态度,给"初学作者"造成了不良的影响②。同样,何其芳也因《回答》一诗存在不少晦涩诗句而遭遇"道德"方面质询:"这股'奇艺的风',是什么风?那个'火一样灼热的字'是什么字?又为什么'我让它在我的唇边变为沉默'呢?那种深得像海水一样的情感,是对祖国、对党、对人民的热爱?为什么它是'那样狭窄,那样苛刻?'"③这里,一连串的"问号",与其说是"读者"的诗歌语义的不解与困惑,不如说是批评者对诗人情感的"真挚性"和道德的"纯洁性"质疑和拷问。由于当代知识分子情感和精神取向被染上浓重的道德色彩,"晦涩和不懂的诗歌的出现,往往被视为诗作者小资产阶级立场的表现"④,是道德失范的表现。"晦涩"已不再是诗歌的"结构性和本体性"的诗学问题,而是关乎崇高与卑下、无私与自私、真诚与虚伪的道德问题。难怪卞之琳发出这样的感慨:"长期以来,在国内,'难懂'二字,对于一位诗人的压力很大"⑤。当政治文化语境发生转变,诗歌艺术探索所承载的道德重荷越来越明显,许多对"反懂"诗歌写作前景抱以期待的诗人,要么改弦易辙,努力创作语

---

① 洪子诚:《"当代"批评家的道德问题》,《南方文坛》2011年第5期。
② 编辑部:《欢迎这样的批评》,《文艺报》1950年第8期。
③ 曹阳:《不健康的感情》,《文艺报》1955年第6期。
④ 刘继业:《新诗的大众化和纯诗化》,北京大学出版社2008年版,第178—182页。
⑤ 卞之琳:《今日新诗面临的艺术问题》,《诗探索》1981年第3期。

言"顺口入耳"、思想"浅近直白"和情感"纯粹赤诚"的诗歌，满足"工农兵"对"懂"的诗歌阅读诉求，要么暂时或彻底放弃"反懂"诗歌实验，在当代诗坛中渐趋消隐。由此可见，诗歌写作的"泛道德化"所生成的压力场，不仅有效地化解了"倡懂"写作认同过程中负面信息，为诗人重塑自身审美趣味和诗歌理念，构筑起一片单向度的文化转型空间，并提供强大而无形的精神自新驱动装置，最终使他们自觉自愿地成为"懂"诗歌生产的忠实倡导者和践行者。

二 "倡懂"写作的认同与建构

"倡懂"写作要真正获得当代诗人广泛认同还须拿出"实绩"，否则一切先行的"理论"可能都是"空中楼阁"，难以释放持久的魅力。为此，当代诗坛的主持者力图通过开辟新的诗歌传播空间、再造新的诗歌生产主体、打造诗歌经典和创新诗歌实验等方式，为"懂"的诗歌写作重新"赋魅"，从而扩大其影响力并提高其认可度。

策划新的诗歌专栏，传递"懂"的诗歌形象的正能量。在一个传媒并不十分发达的 20 世纪 50—60 年代，以"懂"为旨归的大众化诗歌实践，要赢取更加广阔的生存和发展空间，很大程度上仰赖于纸质媒介所搭建的平台。因为只有为这类诗歌传播开辟新的空间，提高其在刊物中的比重和分量，才能更好地形成一股新的诗歌创作潮流，吸引更多的诗人加入创作队伍中，逐步完善其知识结构，壮大诗歌生产实力，而以"实绩"扎根诗坛并获得更多读者认可。此外，特定的栏目设置在重建新的诗歌美学原则方面发挥重要作用，它能逐渐改变"知识精英"读者的审美眼光，引起他们的重视、注意并产生强烈的阅读兴趣，使"懂"的诗歌观念和欣赏方式根植于当代诗人的知识谱系中。

虽说 1950 年创刊的《大众诗歌》因出现"晦涩"诗歌屡次被点名批评，但它总体上还是刊发"群众喜爱的通俗诗歌，或者说大众化的诗歌"。编辑部以一种高调姿态欢迎"懂"的诗歌生产："以通俗易懂、又能恰当表现内容者为好"①。为此，在第 2 期上专设了"工人诗选"和"战士诗选"和"民歌民谣"栏目，尽管这些栏目诗歌所发表的"工人"和"战士"的诗歌约 30 首，但这些"顺口入耳"和"浅俗直白"的诗作，无疑释放了一个新的重要信号，那就是原本难以登上大雅之堂的引车卖浆之流的"业余"之作，如今应该在诗坛占据重要的位置，可以和"专业诗人"抒写的诗歌享有同等的传播空间和同样的审美价值。创办于 1950 年的《人民诗歌》也设置了"工人诗选"和"战士诗选"栏目，而这一"传统"在国家级期刊《诗刊》中得到延续，四川《星星》创刊号也开辟了"兵之歌"和"劳动曲"栏目。可以说，新中国成立后绝大多数的诗歌刊物都设置了"工农兵"诗歌专栏，在文艺为"工农兵"服务的文化语境中，这些栏目"工农兵"业余诗人所写诗歌都是以"晓畅易懂"为美学原则的，它们既可以"医治"专业诗人"语言上故意雕琢"和"多半是西洋化"的毛病，又可以极大发挥栏目的集束作用，有力地提高"工农兵"诗歌的辐射效应和影响力，为"懂"的诗歌写作赢得广大读者认同搭建一个醒目的有效传播平台。与此同时，《诗刊》还请茅盾、老舍等文艺界知名人士对这些栏目中的诗歌进行点评，茅盾以为"我们的专业诗人有不少地方应当向业余工人作家们学习"，因为他们努力"发挥创造性，开一代诗风"②，老舍则高度肯定"工人诗歌"栏目的创设是诗坛的"一件大喜事"，因为这些诗歌语言"较比爽朗，现成，比某些诗人的怪话好得多"③。《文艺报》也对《湖北文艺》《河北文艺》和《山东文艺》"工农"栏目及其所刊发的诗歌进行高度评价。在评论中，论者基本上采用仰视的目光极力颂扬"工农兵"诗人以"懂"为美的审美追求："生活化的语言与知识分子惯用的语言比较起来，就显得它生动、亲切、深刻"④。

---

① 编辑部：《大众诗歌征稿简则》，《大众诗歌》1950 年第 7 期。
② 茅盾：《工人诗歌百首读后感》，《诗刊》1956 年第 5 期。
③ 老舍：《大喜事》，《诗刊》1956 年第 5 期。
④ 毕革飞：《快板诗人王老九》，《文艺报》1958 年第 16 期。

培育新的"工农兵"诗歌生产者，是巩固"懂"的诗歌写作另一种重要策略。在当代诗坛主持者看来，"专业诗人"的诗歌缺点总是有很多，他们的诗歌"只会耍些字眼儿，组成些奇怪的句子"①，"语言上故意雕琢"和"西洋化"②。既然"专业诗人"难以保证生产出"懂"的诗歌，那就调整诗人的队伍结构，即再造"工农兵"新诗人。事实上，在20世纪30年代文艺大众化运动中，不少人就提出要"提选和训练工农大众作家"③，"要在工农中间，造出真正的普洛作家"④。不过，在当时培养"工农兵"作家的工作难以全面展开，更多时候只是知识分子的一种理论设想。新中国成立后，这一设想具备了付诸实践的可能和条件。具体的措施有：一、部分工人被选派到文学研究所进修学习，提高他们的写作水平；二、经常召开工人作家座谈会，交流创作的心得与体会；三、组织开展工人业余文艺活动，培养工厂的文艺骨干；四、举行各种文艺竞赛活动，激发"工农兵"的创作热情；五、重点造就一批有潜力的"工农"诗人，确立他们在文坛的地位。这些举措的积极效应相当明显，以农民诗人王老九为例，他名噪一时，是民间文艺研究会和中国作家协会的理事。由于他诗歌创作的艺术资源主要来自民间的故事、谚语和传说等，同时借鉴快板、歌谣和唱词等表现形式，因而整体上具有"懂"的诗歌通俗、晓畅和明朗等显著特征。相较于卞之琳、何其芳、林庚和王亚平等艺术储备较完备且背负着较深厚诗歌传统的现代诗人，王老九为代表的"工农"诗人对"懂"的诗歌理念追求单纯而执着。这些"懂"的诗歌"忠实"支持者在写作道路上走得自信、坚定而乐观，逐渐成长为追求国家"懂"的诗歌潮流的一支新生力量。

　　为了建构"懂"的诗歌新形象，当时不仅有计划地培养"工农"作家，同时还有意识地推出一些"工农兵"诗人诗集和民间歌谣选，

---

① 老舍：《大喜事》，《诗刊》1956年第5期。
② 茅盾：《工人诗歌百首读后感》，《诗刊》，1956年第5期。
③ 洛扬：《论文学的大众化》，《文学》1932年第1期。
④ 何大白：《文学的大众化与大众文学》，《北斗》1932年第3、4合期。

通过收集、整理和遴选一批诗歌，打造"懂"的诗歌经典，改变这些"下里巴人"诗歌艺术价值形象。比如1953—1958年先后由中国作家协会和作家出版社编选的大型诗歌选集《诗选》，入选的诗歌既有来自"专业诗人"之笔，也有出自"农民、工人和部队中的诗人"之手①，1956年的《诗选》序言给予工人诗人温承训诗歌极高赞誉："这些诗的思想情感，是从深厚生活里提炼出来的"，"它是一种现实生活的声音，这声音引导人往高处走"②。这些溢美之言在"工人"诗歌经典化过程中发挥重要的作用。最具代表性的是郭沫若与周扬合编的《红旗歌谣》，其中"懂"是遴选"新民歌"所遵循的一个重要准则。虽说这些诗歌大多出自"无名"之辈工农之手，但编选者对其经典价值进行了厘定，认为这些"诗歌和劳动在社会主义、共产主义新思想的基础上重新结合起来，正是在这个意义上，新民歌可以说是群众共产主义文艺的萌芽。这是社会主义时代的新国风"③。可以说，《红旗歌谣》的权威性和示范性，不仅为"工农"诗歌"正名"，同时也重塑"懂"的诗歌的新形象，提升了知识精英对此类诗歌的认同感。

为了让"懂"的诗歌写作给人们留下一种顺应时代潮流的积极印象，当代诗坛还掀起了持续时间长且规模较大的朗诵诗运动。新中国成立初期，艾青曾发起过"多写朗诵诗"的呼吁："写新诗的朋友们，应该从朗诵诗中试验各种形式，来摸索创造新的形式，从朗诵的考验中来改造诗的形式，改造新诗的语言"，"应把新诗朗诵当做我们宣传鼓动的一种重要的方法，让新诗到广大群众中去，让它去经受新的考验"④。显然，艾青之所以号召诗坛的"朋友们"为朗诵诗的建设而努力，一方面是基于现代朗诵诗的创作经验，即朗诵诗"句子精练而又浅显易懂"，语言"口语化"和比喻"明朗"的特质⑤，能更好地使

---

① 袁水拍：《诗选（1953—1955）》，人民文学出版社1956年版，第1页。
② 臧克家：《诗选（1956）》，人民文学出版社1957年版，第4页。
③ 郭沫若、周扬：《编者的话》，《红旗歌谣》，红旗杂志社1959年版，第3页。
④ 艾青：《多写朗诵诗》，《大众诗歌》1950年第5期。
⑤ 艾青：《多写朗诵诗》，《大众诗歌》1950年第5期。

诗歌和人民"发生交情",是"懂"的诗歌写作一种具体尝试与努力方式,另一方面也是回应时代对文艺提出的新诉求,即朗诵诗是建设"新的人民的诗歌"合乎时代潮流的诗歌实验。当代诗歌工作者正是通过朗诵诗运动提高人们对"懂"诗歌写作的意义认同。在这种情势下,当代朗诵诗实验得到了"专业诗人"的重视和听众的欢迎,包括《文艺报》《大众诗歌》和《诗刊》等刊物经常在"诗讯"或"文讯"等栏目中宣传报道全国各地举行的朗诵诗活动。尤其是20世纪60年代,朗诵诗生产与传播呈现异常繁荣的局面。袁水拍还谈到当时的热闹场景,即北京开展的几次诗歌朗诵会"学生、工人等青年群众排队买票,很快就卖完,买不到的在会场门口等待退票,再买不到,在门外听录音车的广播"①。诗朗诵活动如此兴盛,从一个侧面也反映了朗诵诗写作的活跃。就现实效果而言,这些诉诸于听觉的朗诵诗,不仅"使群众能够听懂,而且使广大读者、听众喜闻乐见"②,"受到革命的思想教育,培养高尚的道德情操","它已经走到大庭广众之中,凭声音扩大自己的影响"。更为重要的是,朗诵诗"接受了群众的检验",较好地"解决它的语言、形式问题","使新诗真正成为群众的民族的社会主义的新诗歌"③,或者说成为当代理想的诗歌范型。由此观之,朗诵诗运动的稳步推进及其所取得的实绩进一步巩固了"懂"的诗歌写作地位。

此外,"懂"的诗歌写作的确立与巩固仍需应对各种批评与质疑的声音。《文艺报》的《新语丝》栏目就曾发表楼适夷的《懂与不懂》文章:

> 文章写给人看,必须使人看懂,这是天经地义,无可非议的道理。可是懂与不懂,常常因人而异,某些人懂的,另一些人不一定都懂,即使同以某些读者为对象,在这些读者之中,也不能不有一些程度的参差,也许这个懂了,那个还是不懂。于是不懂

---

① 袁水拍:《朗诵诗值得搞》,《诗刊》1963年第2期。
② 朱风之:《我们需要朗诵诗》,《延河》1964年第11期。
③ 臧克家:《听诗纪感》,《诗刊》1963年第2期。

的人就提出批评,认为文章本身有问题,不该用那样的字眼,不该用那样的典故,有时竟出人意外的是极平常普通的成语和常识。
……

人在没长牙之前,人家当然只能给他准备流质和软和的食物,可是既长了牙齿,有时就得咬嚼一些生硬的东西,这对于牙齿来说是有益无害的[①]。

这里,尽管论者一开始并未否定作品使人"懂"的重要性和必要性,但他鲜明地指出了造成"懂"与"不懂"原因的复杂性,这既道出了"倡懂"写作的难处,同时又把"不懂"的责任从作者转移到读者身上。更重要的是,他认为"咬嚼一些生硬的东西,这对于牙齿来说是有益无害",也就是,作为读者阅读一些"反懂"的作品对提高自身的阅读能力是有所助益的,这实际上从另一个维度肯定了"反懂"写作的意义与价值。虽然这些批评声音是在1956年政治文化语境相对宽松时发出的,但它并没有引起众多知识分子的"共鸣"。

三 诗集序跋与诗歌"倡懂"阅读

从前述的分析,可以发现"倡懂"是1949—1966年文学生产和接受过程中一股强劲的潮流。在这种文学创作和出版语境中,诗集的序跋和内容提要、内容简介和内容说明等副文本的功能[②],很大程度上就在于满足读者"倡懂"的阅读需求。当时一些读者强烈呼吁出版社要重视序跋和内容提要的编写工作:"刊不刊载内容提要,看来似乎是一件小事。但是出版社却没有注意到:你们省略了它,会给读者和宣传推广者带来多大的不便!"因为"不论哪一类书籍都是名目繁多、深浅不一,内容也各有千秋",所以"全书所论及的或描写的是哪些问题、有没有什么特点,等等,都需要有必要的说明","书籍的内容或类似的说明文

---

① 楼适夷:《懂与不懂》,《文艺报》1956年第24期。
② 虽然当时许多诗集不一定有"序言",但一般都有"内容提要"或"内容说明"等,为此,实际上"内容提要"具有"序言"文本类似功能。

字并非可有可无","希望我们的作者、译者和出版者不要等闲视之"①。这种阅读诉求既与广大读者阅读能力偏低有关,也和部分书籍内容比较复杂深奥不易把握密不可分。在文艺为工农兵服务的传播和接受语境中,出版社相当重视内容提要的编写工作,试图通过"内容提要"来降低阅读诗集的难度和传播的速度与广度,为此,当时诗集的"内容提要"呈现如下特征:一是用浅近的语言描述诗集的内容构成及来源,比如"这个诗集分四个部分,收有七十四首短诗"②,"本书共收长短诗四十三篇,是从1955年11月到1956年2月的全国各报刊上辑录出来的,这些诗,主要是对农业合作化的歌颂"③,这些内容既可以让诗集的"宣传推广者"推销书籍提供参考,又可以让读者节省时间快速把握诗集的主要内容;二是言简意赅地阐发诗选的价值指向、风格特色和编选意义。比如《钢铁江山》"内容提要"中这样写道:"作者以年青一代的满腔热情,歌颂了领导我国人民在伟大的社会主义建设取得辉煌成就的党和毛主席,歌颂了我国人民的革命传统和在建设中的英雄气概"④,《藏族情歌》则指出"这些情歌朴素优美,情感丰富;有美丽的意境,有轻健的旋律。是我国可贵的民间遗产一部分"⑤。此类述评旨在简要点明诗集的文学价值和美学风貌,使读者在未进行"正文本"的深度阅读之前,对选本的编选目的、独特价值有初步的判断。从某种意义上说,"内容提要"成为普通读者进入诗歌殿堂的台阶,它以通俗易懂、简明扼要地方式诱导读者的阅读兴趣和阅读注意力。

诚然,在"十七年"时期诗集的序言和后记与诗歌"倡懂"阅读亦分不开。当时许多诗集的序言就是扩充版"内容提要",以《友谊之歌》的序言为例,编者交代了编写的目的:"为了进一步向广大的读者群众进行中苏友谊的宣传教育",选本的内容与价值:"本集所搜

---

① 予庭、林平:《"内容提要"说》,《读书月报》1956年第11期。
② 文莽彦:《井冈山诗抄》,作家出版社1958年版,第1页。
③ 《农村,在高潮中》,作家出版社1956年版,第1页。
④ 傅仇:《钢铁江山》,中国青年出版社1960年版,第1页。
⑤ 周良沛:《藏族情歌》,长江文艺出版社1956年版,第1页。

集的作品,就是中苏友谊的真实记录与反映,它们是我国人民伟大的盟邦苏联所给予的巨大援助发自肺腑的赞歌",诗歌编选范围:"这集子更集中地表现中苏友好同盟互助条约的签订以来这十年中的友谊"①。这些都是"内容提要"的基本要素,只不过"序言"对中苏友谊发展的历史、意义作了详细的阐述,这其实也是让读者更具体深入地了解历史,更好地理解选集中诗歌的历史内涵和时代意义,以及诗与时代政治、历史合法性见之间的内在关联。同样,诗集的"后记"亦是有助于读者解读诗歌的重要的副文本,比如严阵的《喜报》"后记"叙述了诗歌写作的时间与地点:"这个集子里收进的诗,大部分都是 1958 年我在安徽省当涂县农村深入生活时所写的",诗集命名的由来:"1958 年,是伟大的一年。在这一年里,我们祖国以万马奔腾、一日千里的气势飞跃前进。谁不能喜气洋洋、放声歌唱呢?这些诗就是我在这种感情的冲激之下写的。因此,我把它叫作'喜歌'。"②这些看似无关紧要的"后记"实际上起到辅助读者掌握诗歌写作语境和诗集命名的意图,尤其是关于"喜报"的题解,读者能大致知晓诗集的书写内容和抒情姿态。总之,当代诗集的序跋书写模式、文本功能与当代诗歌阅读"倡懂"潮流息息相关。

不过,序跋不仅要让读者读得懂书籍的内容,同时也要让读者看得懂作者、译者、出版社的思想立场和基本态度。《读书月报》曾发表评论文章说:"本来出版一部书,无论作者译者也好,编辑出版也好,都有责任向读者交代出书的目的何在,如何写起来,讲什么,解决了什么问题,还没有解决什么问题,或书中哪些问题解决得很好或很不好,哪些东西是消极的因素,应当批判,等等。序言和后记就是交代这些东西的武器,就是作者、出版者跟读者直接说话。"③ 在论者看来,序跋的写作不仅要有鲜明的问题意识,同时还要有对问题的批判意识。现实情形是,1958 年前后"写序跋的志气不很昂扬",尤其

---

① 《友谊之歌》,春风文艺出版社 1960 年版,第 1 页。
② 严阵:《喜歌》,作家出版社 1959 年版,第 1 页。
③ 《大胆放手写序言》,《读书月报》1958 年第 8 期。

是一些外国文学译本要么让"人们看了作者的原序,只能坠入五里雾中",要么"前言、后记、出版这本书的说明之类的说明一个字也没有"。这导致一个严重的问题就是"丧失了引导读者正确地对待这本或那本书籍的机会,歌唱新的独创性的作品就失去了向读者推荐的重要阵地,而某些可以出版,但带有错误的或消极因素的书籍,因为缺乏战斗性的序跋,也就不能提醒读者注意"[1]。这就意味着序跋的功能还在于以清晰的语言传达作者、出版者对所编选作品的认知与评价,发挥序跋批判性的"战斗功能"。更为重要的是,尽管某些文学选本序跋有错误,但"坏事可以变成好事,可以从中吸取经验教训,把错误的序跋变成正确的,把不好的序跋变成好的"[2]。

第三节　当代诗集序跋的言者身份与话语修辞

在20世纪中国现当代诗歌研究版图中,相较于被反复深入阐发与读解的诗歌文本,作为"副文本"资料的诗歌序跋一直在学界遭受"冷遇",迄今为止不仅少有研究者对序跋资料进行细致的钩沉考证与爬梳剔抉,也尚未有一部系统探究中国现当代诗歌序跋的专著面世,这不能不说是新诗研究的一种缺憾。事实上,在1949—1966年政治与文化相互叠合的时代语境里,诗歌序跋作为进入诗歌文本世界的"门槛",不但含纳着丰富的诗歌理念与诗美风尚的嬗变信息,也尘封着许多重返诗歌历史现场时亟待探寻的诗坛往事。

1959年新中国成立十周年之际,人民文学出版社隆重推出了展现"新的人民的文学"建设实绩的丛书,其中诗歌部分出版了郭沫若的《骆驼集》、袁水拍的《春莺颂》、臧克家的《欢呼集》、冯至的《十年诗抄》、贺敬之的《放歌集》、阮章竞的《迎春橘颂》、郭小川的《月下集》、田间的《田间诗抄》、闻捷的《生活的赞歌》、石方禹的

---

[1] 《大胆放手写序言》,《读书月报》1958年第8期。
[2] 《大胆放手写序言》,《读书月报》1958年第8期。

《和平的最强音》、戈壁舟的《我迎着阳光》、张志民的《村风》、严阵的《繁星集》、韦其麟的《百依鸟》、岩叠等整理的《召树屯》等。若从诗选编选者的身份类别角度看，既有现代诗坛业已成名而后加入当代诗歌创作队伍的"老诗人"，又有"共和国"时期逐渐成长起来的"新诗人"，还有部分少数民族诗人和文化工作者，更为重要的是，这些编选者"作为角色承担者的个人，以角色丛的形式出场"①。那么，在诗选序跋中言说者的身份如何影响文本话语修辞行为的？他们又借助哪些话语策略实现特定身份的修辞建构？诗人的角色意识与诗选诗歌经典遴选之间存在何种关联？这些有待详察的问题可以探微文化转型期诗人复杂心路历程并由此照亮序跋文本世界。本文试图以1959年人民文学出版社编辑和发行的诗歌"献礼丛书"中的序跋为剖析对象，探究编选者的言说身份与修辞行为之间的内在隐秘关联。

一 文艺管理者/诗人的身份建构与修辞行为

与作家出版社"专出当代新创作"不同的是，人民文学出版社主要是"选拔兄弟出版社出版后经过一定时间考验的优秀新作"②，为了提高丛书的质量和传播效应，1959年人民文学出版社出版诗集遴选诗人时，重点关注诗歌艺术造诣较高且新中国成立后担任一定文艺管理职务的诗人，如表1-1所示：

表1-1　　　　　部分编选者所担任的职务

编选者	担任职务（1959年）
郭沫若	中华全国文学艺术界联合会主席、中国人民政治协商会议副主席、政务院副总理、文化教育委员会主任、中国科学院院长、中国民间文艺研究会理事长
袁水拍	《人民日报》文艺部主任、《人民文学》和《诗刊》编委
臧克家	中国作家协会书记处书记、《诗刊》主编
郭小川	中国作家协会党组副书记、书记处书记兼秘书长，《诗刊》编委

---

① 谭学纯：《广义修辞学三层面：主体间关系及相关问题》，《当代修辞学》2016年第1期。
② 郑效洵：《最初十年间的人民文学出版社》，《新文学史料》1991年第1期。

由表1－1可知，在"建国十周年诗选集"的作者名单中有很大一部分是文艺管理者，与此同时，他们在当代诗坛中又以诗人身份彰显自身。一般而言，文艺管理者属于显在角色，而诗人则属于隐在角色，双重身份潜在规约了诗歌序跋言说主体的话语修辞行为。

郭沫若作为时任中华全国文学艺术界联合会主席，其特殊的身份在诗选"前记"中留下了鲜明的印痕。他说："诗的选辑，主要是由人民文学出版社负责进行的，我只略略有些增删"①，这句话简要交代诗选编选的方式与过程，但其角色意识却在陈述中不知不觉地显露出来。

袁水拍善于利用"后记"富有"意味"的重复性话语修辞凸显自身的言说身份，他说："我写的东西""十分贫乏，无论就题材内容来讲，还是就思想感情来讲。这都是由于我接触群众生活太少，参加实际斗争太少，思想水平底，对生活的认识狭窄而又肤浅"，在最后一段他又重复道："我所尊敬的同志们指点我要深入群众生活，要在斗争中锻炼自己。"② 在短短不到三百字的后记里，袁水拍对自己的思想与创作进行了低调评价，但自谦之词背后是高调的重复——即反复强调"群众生活"和"实际斗争"之于诗人精神塑形与诗歌文本生产的意义，同时"题材""思想""群众""生活""斗争"是20世纪50年代文坛常出现的"高频"热词。他的身份意识不知不觉地在其反复而高调的话语修辞与话语选择中显露出来。

和袁水拍一样，臧克家在《欢呼集》的后记里表达了一个文艺管理者眼中诗歌经典的遴选标尺。他说这部选集是从《臧克家诗选》《一颗星》和《春风集》三部"集子里挑选出来的"，"这十年来，因为身体实在太差，不但不能深入斗争生活，走马观花的时候也很少。虽然对新事物的感觉并不太迟钝，终于受到限制，不能够深刻的用诗句去表现轰轰烈烈的伟大现实生活"，"朋友们和读者们，对于我的一

---

① 郭沫若：《骆驼集》，人民文学出版社1959年版，第1页。
② 袁水拍：《春莺颂》，人民文学出版社1959年版，第91页。

些爱国主义、歌唱卫星、赞颂苏联和重大政治事件的抒情诗以及'海滨杂诗'比较欣赏，是有理由的"①。这里，臧克家以"身体实在太差"为由，以"虽不能至，然心向往之"的姿态表达了对理想的诗歌经典范式的执着追求，即诗歌应"表现轰轰烈烈的伟大现实生活"，这些诗歌理念表现出他习惯于从诗与时代重大政治事件联结的紧密程度来判定诗歌的价值。

郭小川作为中国作协党组副书记、书记处书记兼秘书长，这一特定的身份激发了他敏锐的角色意识。他在《权当序言》中旗帜鲜明地表达了自我的战斗姿态："我愿意让这支笔蘸满了战斗的热情，帮助我们的读者，首先是青年读者生长革命的意志，勇敢地投入'火热的斗争'"，在短短几十个字的表述中，郭小川选择了"战斗的热情""革命的意志""火热的斗争"这些负载着革命能量与热力的语词，念念不忘斗争精神之于诗歌价值生成的重大意义："和我的许多同志一样，我所向往的文学是斗争的文学。"② 新中国成立之后，"新的人民的文艺"建设者积极参与到当代主流文艺观念的阐释与传播中，郭小川作为当代诗坛的"战士诗人"和文艺管理者，他坚持把"战斗性"作为估定诗歌经典价值的准绳。

从前述分析可知，无论是郭沫若与袁水拍，还是臧克家与郭小川，文艺管理者的特殊身份使得其在貌似殊异的诗集自序中，对诗歌价值的自评、诗学理念的阐释、创作道路的回顾都具有话语修辞的趋同性，即在序跋的言说中，比其他人更加自觉强调诗与政治现实、群众生活、阶级斗争之间的瞬时关联，更加高调倡扬诗歌的意识形态属性和功利性价值取向，借此引领诗歌主流话语和凝聚诗坛共识。值得注意的是，他们另一重身份是诗人，诗人的身份意识亦顽强地戳入序跋文本的话语修辞之中。郭沫若在序言中谦虚地说："如果让我来选择时，可能一首也选不出来"，此番感慨是一个"诗人郭沫若"的肺腑之言。也

---

① 臧克家：《欢呼集》，人民文学出版社1959年版，第119页。
② 郭小川：《月下集》，人民文学出版社1959年版，第2页。

即是，作为"五四"诗坛的闯将，虽然郭沫若1949年之后创作了许多诗作，其诗歌理念已和《女神》时代大异其趣，但是在他内心深处的审美世界中，不时流露出对这些诗歌的审美特质和艺术价值的怀疑与质询，他不无坦诚地说："自从担负了国家的行政工作，事务繁忙；文艺女神离开我愈来愈远了，不是他抛弃了我，而是我身不由己、被迫地疏远了他。有时候内心深处感受到难言的隐衷。"① 可见，郭沫若在序跋的字里行间也曲折隐晦地表达了对"文艺女神"的向往和对自己在1949—1959年的诗歌收成的不满。"诗人袁水拍"在诗集后记里也针对诗歌的艺术问题进行了反思："掌握诗的艺术是不容易的，在编的时候再读一遍，就更觉得他们在艺术上的缺点是触目的，有些诗散文化，有些诗整齐一些，却也并不显得不随便——还是太粗糙。"② 尽管这些话含有一定的自谦成分，但亦不乏真诚自省意味，它表现出一个诗人对诗歌本体问题的忧虑。诗人角色意识最为鲜明与自觉的是郭小川，他在诗集的序言里以充满个性的见解传达了当代诗人独特的诗学追求，他说："文学毕竟是文学，这里需要许多新颖而独特的东西"，"它应当是从海洋中提炼出来的不同凡响的、光璨璨的晶体"，诗歌的思想"不是现成的流行的政治语言的翻版，而应当是作者的创见"，当代诗人作家应有"自己的风格，自己的特色，即使他的作品不署名，你可以大致猜中是他的"，"我越来越有一个顽固的观念：一个诗作者一定要有独特的风格"③。郭小川的诗人身份深深规约着其诗学理念与话语修辞选择，"新颖""独特""创见""特色"等语词在其诗歌序跋中密集闪现，显示出一个诗人对"新的人民的诗歌"诗质、诗体和诗风的独特理解与追求，如此"标新立异"的艺术追求逐渐形成一种稳定的文化心理结构，让郭小川始终未停下探索的脚步，但是文艺管理者与诗人双重角色之间产生难以消除的心理矛盾与冲突，让他陷入了深重的焦虑与痛苦之中，他的诗歌文本也因此充满诗性张

---

① 黄淳浩：《郭沫若致陈明远——新发现的郭老书信二十九封》，《郭沫若学刊》1992年第2期。
② 袁水拍：《春莺颂》，人民文学出版社1959年版，第91页。
③ 郭小川：《月下集》，人民文学出版社1959年版，第2—3页。

力——一种集体与个体、共性与个性、时代潮流与美学特色等多重元素巧妙融合产生的审美张力。

应该说，郭沫若、袁水拍、臧克家和郭小川都兼具文艺管理者和诗人双重身份，但在序跋的具体书写过程，这些身份并非处于同一层面而是有显有隐、有主有次。一般而言，文艺管理者为显性和主导身份，诗人则为隐性和次要身份。这种显性/隐性身份在序跋里表现为有关诗的意识形态属性和诗本体叙述比例的差异，郭沫若仅用一句话论及诗的本体问题，袁水拍也只有两三句话反思自身诗歌的问题，臧克家通篇未涉及诗歌的艺术问题，这说明他们始终把文艺管理者的身份放在第一位，力图通过序跋来展现一个文艺管理者的责任担当与价值持守。相较于郭沫若、袁水拍和臧克家，郭小川的双重身份虽有主次之别，但在《权当序言》中总体呈现纠结状态，他的诗集序言大量运用转折句式来实现诗学理念的艰难言说：

"当然，这种创见，也只能是在党的、马克思主义的精神的光照下的，是从人民中来的，但是，它同时是作者自己的，是新颖而独特的，是经过作者的提炼和加工的，是通过一种巧妙而奇特的构思自然而然表现出来的"①。

"好的作家""他的精神状态一定是非常崇高的，他永远和生活联系在一起，而且用共产主义的锐利的目光去观察和理解一切，然而，他却有自己观察生活的方法，他有自己的独到的见解"②。

"民族化、群众化，这是忠实于社会主义文学的共同的准则，这是共同性；然而，在形式上，甚至在体裁上都可以和应该有独创性。"③

从上述援引来看，郭小川使用"但是""然而"转折连词来曲折

---

① 郭小川：《月下集》，人民文学出版社1959年版，第3页。
② 郭小川：《月下集》，人民文学出版社1959年版，第4页。
③ 郭小川：《月下集》，人民文学出版社1959年版，第6页。

表达自身正统而又新异的诗歌理念:一方面希望诗歌筑牢意识形态的"防火墙"——要求诗人要有"共产主义的锐利的目光",要在"党的、马克思主义的精神"照耀下实现诗的"民族化、群众化",另一方面力挺诗歌应凸显独异的本体特质——提倡诗歌"巧妙而奇特的构思""独到的见解""形式上"的"独创性"。在这些转折复句中,前一句对诗人及其诗歌精神资源与形式提出了严苛的要求,后一句则强烈呼吁创作主体应始终坚守诗艺的独创性,前一句突出文艺管理者的一种立场坚守,后一句体现一个艺术上勇于探险的诗人的远见卓识。当然,转折复句语义重心明显偏向后一句,这种偏向表明郭小川对诗人身份的张扬,以及对诗歌价值要素的把握与发现。在政治与文化相互胶合的言说语境里,同一行为主体不同角色意识背后折射出郭小川在融入共性与守望个性之间,探求相互促进、融合发展的诗学之路,"意味着言说者的自我认知与听话者对言说者的期望内在化的统一"①,不过,随着激进文化思潮的不断发展,这种主次未作细分、等级并不十分鲜明的多重身份建构,使郭小川时常陷入身份焦虑之中,《权当序言》是人们观察其不太和谐的角色意识与艰难言说之间微妙关联的重要窗口。

二 "自省者"/诗人的身份建构与修辞行为

与郭沫若、袁水拍、臧克家和郭小川不太相同的是,冯至在20世纪50年代主要执教于北京大学西语系,他身上作为文艺管理者的角色意识比较模糊,更多是学者兼诗人形象留存在人们的记忆之中。引人深思的是,《十年诗抄》的序跋由"前言"和"附录"两部分组成,序与跋之间构成富有意味的互文关系。冯至在序跋中以"自否者"与诗人双重身份呈现自身。所谓"自省者"是指新中国成立之后,包括冯至在内的曾经追求新诗纯诗化的现代诗人进入当代诗坛后,为了适应和赶上频繁调整与急剧变化的"新的人民的诗歌"建设进程,始终

---

① 陈佳璇:《言者身份与修辞力量》,《当代修辞学》2011年第2期。

在不断自省中实现艺术革新，在焦虑中紧跟时代文学的前进步伐。冯至曾在《自传》一诗中这样写道："三十年代我否定过我二十年代的诗歌/五十年代我否定过我四十年代的创作/六十年代，七十年代把过去的一切都说成错/八十年代又悔恨否定的事物怎么那么多/于是又否定了过去的那些否定/我这一生都像是在'否定'里生活。"① 那么，"一生都像是在'否定'里生活"的冯至在序跋中如何以"自省者"身份进行言说呢？综观之，他主要通过重构"过去"实现自我贬抑。他说："《西郊集》原有一篇《后记》，里边的许多话还是我现在所要说的，因此把它印在后边作为附录"②，冯至在"附录"中对自我诗歌成长之路进行多重修辞建构：其一，"不健康"的开端。他这样描述自己的诗歌起点：

"远在一九二一年，我是一个没满十六岁的青年"，一天，看到邮务员"手里握着一束信件，有时把信件投入几家紧紧关闭的门缝里。我看着这个景象脑子里起了幻想，……我当时根据这点空洞的、不切实际的想象，写下了我年青时期的第一部诗集里的第一首诗。我写诗是这样开始的"，"这不能说是一个好的开端。这个开端不是健康的，它不能预示什么远大前途"③。

冯至所提的"第一首诗"就是《绿衣人》，诗歌以"苍夷满目的时代"中"绿衣邮夫"手中的"家信"为触发想象的媒介，书写"家信"引发诗人的家国忧思。本来这是一首以小窥大方式洞察动荡年代人的心灵真实的佳构，但冯至却对这种独特想象做出了"不是健康的"而是"空洞的、不切实际的"否定性评价，他将自我从特定时代语境中抽离出来，以"新的人民的诗歌"工作者应有的创作姿态和精神境界来评骘过往创作的优劣。其二，前途迷茫的过程和微少的收

---

① 陆耀东：《冯至传》，北京十月文艺出版社2003年版，第268页。
② 冯至：《十年诗抄》，人民文学出版社1959年版，第2页。
③ 冯至：《十年诗抄》，人民文学出版社1959年版，第103页。

获。他这样评价自己 1921—1931 年的诗歌创作：

> 此后十年内，我虽然不断地写诗，诗里也向往光明，诅咒黑暗，但基本的调子只表达了小资产阶级知识青年的一些稀薄的、廉价的哀愁，很少接触到广大人民的苦难和斗争。所以写着写着，就写不下去了，到一九三一年以后，我竟有一个长时期停止了诗的写作。抗日战争期间，我一度又写诗，但是写了不久，又是同样的写不下去了。①

1957 年冯至在写这篇跋的时候已经习惯从一个诗人的阶级身份入手，研判其诗歌道路选择正确与否，他认为自己过去的"小资产阶级"身份，不仅使诗歌里的哀愁显得"稀薄"与"廉价"，甚至成为诗歌"写不好"与"写不下去"的根源，在此情形下，唯有实现写作身份与姿态的转变，才能拥有发展前途与未来。可见，冯至作为"共和国"诗歌工作者的角色意识，使他不但否定了自己的诗歌创作起点，而且也否定了十年来的诗歌写作过程与成绩。当然，这种对往昔的"自省"是为了证明现在的进步：

> "新中国的诞生使每个中国人民经历了一次新生。"我于是"又把诗当作我生命里的一部分，不肯割舍。诗里的基本调子和过去的也迥然不同了，有信心，有前途，歌颂中国共产党，歌颂共产党领导下的伟大的事业。同时对于人民的敌人也给以讽刺和攻击"②。

从诗歌"写不下去"到把它当作生命里"不肯割舍"的一部分，从诗歌基调的"哀愁"到"有信心"的高亢，从诗歌道路的"不能预

---

① 冯至：《十年诗抄》，人民文学出版社 1959 年版，第 104 页。
② 冯至：《十年诗抄》，人民文学出版社 1959 年版，第 104 页。

示什么远大前途"到"有前途",从诗歌内容的"不切实际"到具体明确——"歌颂中国共产党"、"讽刺和攻击"敌人,它呈现了一个自觉接受改造和主动转型的知识分子对合法的诗人身份的敏感与警惕,以及试图在"自省"中浴火重生——重新站位与归队,借此获得主流诗坛悦纳与认同的渴念。

倘若深入细究,冯至的"自省"与"进步"逻辑总缺乏强有力的说服力,难免受到那些依然持现代纯诗审美标准的诗人的讥评与嘲讽,于是就出现了一些奇特现象:"有人给诗人们写了'公开信',说当前的诗歌界是处于'冻结'状态,还有人指着我的脸骂我,说我解放后写的诗没人爱看"[①]。批评者的观点相当明确,即新的文学生产语境不是解放了诗歌而是"冻结"了诗歌,冯至新中国成立后的创作不是"进步"而是"退步",冯至为了"回击"这些"叫嚣",守卫自身诗歌理念的正确性,对此种偏见发起了猛烈地抨击:"他这样说,无非是表示他对'解放'这两个字有不共戴天的仇恨而已"[②],一个在中国现代诗坛上颇具影响力的现代派诗人,通过如此激烈的言辞地进行"自省"与"回击"来重塑自我,其意图相当明确:"但愿我这一滴清水真正地投到了海里","我同时希望将来有更多的海水投入我们波澜壮阔的大海"[③],从中可以窥见20世纪50—60年代当代诗人转型的紧张与复杂面相。

如果说冯至的"自省者"身份是凸显的,那么其诗人身份则是隐在的,他在序跋中表现出一位诗人对诗歌艺术得失的关切。比如他说《十年诗抄》删去了《西郊集》中的五首诗,"是因为它们缺乏诗应具有的艺术性,读起来和散文写的一般短论差不多",选集里的五十首诗"艺术上也存在许多缺陷",而《西郊集》里的诗"在质量上是粗糙的","在诗的语言上,还要尽更大的努力"[④]。这些言说是否有自谦

[①] 冯至:《十年诗抄》,人民文学出版社1959年版,第104—105页。
[②] 冯至:《十年诗抄》,人民文学出版社1959年版,第104页。
[③] 冯至:《十年诗抄》,人民文学出版社1959年版,第2页。
[④] 冯至:《十年诗抄》,人民文学出版社1959年版,第105页。

之意暂且不论，单就其对诗艺、诗质和诗语的自觉或不自觉的反复申说，可察觉作为诗人的冯至对"何以为诗"问题依然耿耿于怀。不过，相较于郭小川"纠结"角色意识，冯至的双重身份总体处于一种相对谐和的状态。

由前述的分析可知，在"建国十周年诗选集"序跋中，文艺管理者和"自省者"是编选者的显性身份，而诗人始终是贯串诗歌序跋的隐性身份，双重身份意识内在地规约着其"说什么"和"怎么说"。透过序跋的话语修辞行为分析，我们可观察当代知识分子（诗人）精神的多维侧面和同中有异的心态构成，辨析当代诗人追慕的理想的写作伦理和诗歌范式。事实上，这些差异化的角色意识，不仅制约着诗人的言说向度，同时也影响他们对诗歌经典遴尺度的把握——选什么与怎么选。诗人角色意识与诗歌经典生成的关联研究，亦是一个相当有趣且值得深入探究的课题。

第四节　当代朗诵诗经典沉浮及朗诵诗选编纂难题
——以序跋为中心的考察

在20世纪中国当代诗歌的生产与传播过程中，当代诗人编纂了大量诗歌选本，这些诗选不仅以集束方式促进了当代诗歌的"二次传播"，同时又有效地推进当代诗歌的经典化进程。近些年来，中国当代诗选编纂过程中出现的独特而复杂现象吸引了不少学者的关注目光，但迄今为止鲜少有人对中国当代朗诵诗选本资料进行系统整理和深入研究，许多问题依然悬而不决，比如在中国当代出版史上究竟出版发行了哪些重要的朗诵诗选本？朗诵诗选本编纂依循哪些独特编纂法则？编选者如何通过选本重构朗诵诗经典？当代朗诵诗选编选与传播存在哪些深层问题？等等。本节试图以1949年以来的中国当代朗诵诗选为考察对象，以序跋文本为研究中心，探究中国当代朗诵诗经典重构中各种力量的角逐与协商，由此产生的经典文本沉浮现象，以及朗诵诗选编纂的难题。

一　当代朗诵诗经典的沉浮现象

反复翻检和仔细比较中国当代不同版本的朗诵诗选目录，可以发现一个重要而有趣的现象，那就是版本之间的选目差异性大于相似性，或者说，选家之间的分歧多于共识。这形成了当代朗诵诗经典文本出现"有意味"的升沉起伏现象，这些现象主要包括以下几种类型：

其一，经典文本的"快升速沉"现象。所谓"快升速沉"是指一些朗诵诗在特定时期迅速升温，时过境迁之后这些昔日流行一时文本在日后的选本中鲜少出现。比如20世纪50—60年代马雅可夫斯基"被当作革命诗人的旗帜、典范对待"，"没有任何外国诗人在哪个年代享受这样的殊荣"[1]，许多出版社出版了大量的单行本，沈阳市文学艺术工作者联合会编印的《朗诵诗选》，曾选了他的《关于库茨涅茨克的建设和库茨涅茨克人们的故事》《拍马屁的人》两首诗作为朗诵诗。1964年清华大学学生文艺社编的《朗诵诗选》"外国诗"栏目则选了马雅可夫斯基的《海燕》《向左进行曲（给水兵们）》《败类》《摩天楼的横断面》《百老汇》《最好的诗》《青年近卫军》《青春的秘密》八首诗歌。这说明马雅可夫斯基的一些诗歌（尤其是政治抒情诗）在20世纪50—60年代诗歌朗诵活动中曾经被广泛传播，被奉为当代朗诵诗中的经典。然而在"80年代后期到90年代初"，随着"时代政治氛围的变化"和"一些材料的陆续披露"，马雅可夫斯基逐渐淡出读者的视野[2]，与此同步的是，在20世纪80年代的朗诵诗选本中，几乎不见马雅可夫斯基诗歌的踪影。编者在序言或后记中也很少提及马雅可夫斯基的名字，也未对不选这位曾经红极一时诗人诗歌做必要的交代和解释。叙述的空白有时意味着遗忘，也即是朗诵诗选的筛选机制形成一股强大的遗忘力量，使马雅可夫斯基的诗作在朗诵诗选中迅速沉落。

---

[1] 洪子诚：《死亡还是重生？——当代中国的马雅可夫斯基》，《文艺研究》2019年第1期。
[2] 洪子诚：《死亡还是重生？——当代中国的马雅可夫斯基》，《文艺研究》2019年第1期。

另一个具有代表性的例子是高兰的朗诵诗。高兰是一名在抗日战争中成长起来并在"共和国"时期充满活力的专力于朗诵诗创作和诗歌朗诵活动的诗人和朗诵家，其诗《哭亡女苏菲》曾打动无数读者和听众的心，成为朗诵诗中的经典之作，先后选入了他的诗选集《高兰朗诵诗》（上海建中出版社1949年版）、《高兰朗诵诗选》（新文艺出版社1956年版）、《高兰朗诵诗选》（山东文艺出版社1987年版）。可以说，以《哭亡女苏菲》为代表的一系列经典朗诵诗奠定了高兰在中国现当代朗诵诗史中的地位。耐人寻味的是，这首经典朗诵诗除了在高兰朗诵诗选出现，20世纪50—90年代的其他朗诵诗选中几乎不选该诗，1987年高兰逝世之后，其经典朗诵诗更少被一些选家看中。于是，《哭亡女苏菲》在高兰自选集中保持经典位置，而在他人的选集中逐渐被冷落，其中的缘由自然很复杂，有待有心的研究者进一步观察与分析。不过，高兰在其自选集的序言中道出了他选《哭亡女苏菲》的"犹豫不决"：

  由于某些作品，在今天看来已有未必合适之处，确使我反复考虑犹豫不决，例如"哭亡女苏菲"一诗，就是在付印之顷才最终决定选入的。觉得这首诗，无论如何在我写作的当时，确实是一种真情实感。通过对一个孩子的死亡的哀悼，对当时国统区的黑暗的反动统治所造成的，人民大众的饥饿、贫病、流离、死亡，提出控诉和抗议，根据当时一些朗诵者的反映，也还有它的感染力。当然，这样的日子已经一去不复返了，但是正如陆定一同志所说的："没有旧社会就难以衬托新社会"。用他来和"我的生活，好！好！好！"做一对比，也有它的一定的意义，因而就保留下来[①]。

从高兰自述可知，他之所以在当时编选朗诵诗选时是否选《哭亡女苏菲》显得犹豫不决，关键在于这首诗"已有未必合适之处"，即

[①] 高兰：《后记》，《高兰朗诵诗选》，新文艺出版社1956年版，第109—110页。

诗歌所批判的"旧社会""已经一去不复返",此诗基调低沉、情绪感伤又缺少给人信心与力量的结局,与20世纪50年代主流诗歌的价值取向和审美风尚相去甚远,其入选朗诵诗选确实有些不合时宜。但高兰对这首诗显然情有独钟且难以割舍,因而还是在"付印之顷"将其收入自选集。当然,即便如此在政治与文化相互胶合和文学生产语境变幻莫测的年代里,入选这首诗依然存在未知的可能,因此高兰援引时任中宣部部长陆定一的话"没有旧社会就难以衬托新社会",对选该诗的意义的价值进行必要的解释,即书写旧社会的苦难可以反衬新中国的幸福生活。在1987年编选的《高兰朗诵诗选·前言》也对选《哭亡女苏菲》的必要性进行解释与说明:

> 近几年来,我不断收到一些诗歌爱好者的来信。竟有不少的同志在谈诗论文之余,向我索取抗战时期写的一首诗——《哭亡女苏菲》,并谈及他们怎样搜求而未能得到的情形,使我深受感动。为此,我不惮麻烦地从一位师友仅存的一本上海版的选集中抄下该诗,寄给他们。①

高兰虽然认为包括自己的《哭亡女苏菲》在内的许多旧作都是属于"昨日黄花",出版的价值不大,出版社"愿意出版者甚少"②,这虽说有自谦的成分,但也意在说明他之所以继续选《哭亡女苏菲》主要是该诗在读者中广泛传播,许多人能"背诵如流",是为了满足读者强烈的阅读需求。由此可见,高兰还是要在序言中对选编《哭亡女苏菲》这首诗的缘由做较为详细的交代,并继续阐发该诗再次入选自选集的意义和价值。从这些分析可知,尽管高兰始终让《哭亡女苏菲》占据《高兰朗诵诗选》中的经典地位,但是却无法改变被同时代的其他朗诵诗选所遗忘的现实。其中的重要原因在于朗诵诗选往往最

---

① 高兰:《前言》,《高兰朗诵诗选》,山东文艺出版社1987年版,第1页。
② 高兰:《前言》,《高兰朗诵诗选》,山东文艺出版社1987年版,第2页。

迅速、直接地回应不同时代的方针政策与社会现实需求。若从现实功利价值的维度进行考量，《哭亡女苏菲》与诗选出版发行的年代"已有未必合适"之处，其意义与价值已迅速滑落，连高兰自己都犹豫不决或深表怀疑，因此，除极少数的诗选有收录之外①，别的诗选家不选这首诗就在情理之中了。

其二，朗诵诗经典文本的"升沉交替"现象。所谓升沉交替是指一些诗人的部分朗诵诗逐渐淡出经典的行列，而另一些诗歌被新的朗诵诗选吸纳，荣登经典宝座。诚如有论者所言，"当代文学的经典化路径往往复杂、曲折，是由不同时期、不同领域多种政治文化需求与作家、批评家、研究者、读者共同促成的"②，当代朗诵诗的经典文本的升沉起伏亦是多重力量的角逐和相互协同作用下发生的。我们不妨以朗诵诗选编选者如何遴选艾青诗歌为例来反观这一现象。艾青是20世纪30年代业已成名，50年代和80年代诗坛比较活跃的诗人，他的诗歌入选不同版本的朗诵诗选情况比较复杂，从中可以看出当代朗诵诗经典的艰难建构过程。

表1-2　　　　　　　　艾青诗歌入选朗诵诗选一览表

题目	选集名称	编选者	出版社及出版时间
亚细亚人，起来 幸福的国土	《朗诵诗歌选》	山东师范学院中国语文系	内部刊物，1954年
黑人居住的地方	《朗诵诗选》	沈阳市文学艺术者工作联合会	内部刊物，1955年
雪落在中国的土地上	《朗诵诗》	雷抒雁、程步涛	花城出版社，1985年
一个黑人姑娘在歌唱	《中学生朗诵诗选》	司徒杰	花城出版社，1986年
莱茵河流过的地方	《朗诵诗选》	诗刊社	安徽文艺出版社，1987年
花样滑冰	《诗朗诵朗诵诗》	梁理森、黄绍清	广西师范大学出版社，1990年

---

① 仅有山东师范学院编选的《朗诵诗歌选》选了《英雄的朝鲜，让我们为你祝福》一首诗。
② 付祥喜：《当代文学经典化的路径及其内涵——以〈团泊洼的秋天〉为例》，《文艺研究》2019年第3期。

续表

题目	选集名称	编选者	出版社及出版时间
大堰河——我的保姆	《世纪风——朗诵诗选》	石太瑞、崔合美	湖南文艺出版社,1991年
我爱这土地 雪落在中国的土地上	《世纪心声——朗诵诗选》	上海市作家协会诗歌委员会	上海文艺出版社,1999年
大上海	《祖国颂朗诵诗选》	王燕生	湖南文艺出版社,1999年
大上海 大堰河——我的保姆	《铁锤与镰刀的交响——庆祝建党八十周年朗诵诗选》	舒畅	湖南文艺出版社,2001年
红旗	《南湖放歌:献给中国共产党成立80周年朗诵诗选》	李瑛、张永健	长江文艺出版社,2001年
我爱这土地	《节日朗诵诗选》	李小雨	湖南文艺出版社,2004年
光的赞歌	《祖国,为你歌——1949—2009朗诵诗选》	雷抒雁、程步涛	安徽文艺出版社,2009年

从表1-2中可以发现,艾青虽然有不少诗歌入选朗诵诗选,但是在20世纪50—90年代编选者之间达成的共识度不高,每部朗诵诗选所选的诗歌都不太一样,仅有《大堰河——我的保姆》《雪落在中国的土地上》《我爱这土地》《雪落在中国的土地上》《大上海》四首诗歌被两次选入,其他的诗歌仅被收录一次,这就意味着入选朗诵诗选的诗歌和走马灯一样更换频繁,真可谓此起彼落、升沉交替。出现这种现象的原因比较复杂,大致有以下几个方面:(一)朗诵诗的性质与功能与文本沉浮。20世纪50年代,臧克家说:"现在的诗歌朗诵可以说是诗歌生命的扩大,诗歌朗诵逐渐形成一种运动,这种运动实际上就是诗歌与广大人民群众更密切、更直接结合的运动,也就是诗歌更好地为政治服务,更有效地发挥它的武器作用和教育作用的运动。"[①] 20世纪80年代,随着广播和电视的出现,朗诵诗的传播途径

---

① 臧克家:《诗的朗诵》,山东师范学院中国语文系编《朗诵诗歌选》,内刊1954年版,第79页。

更加多元,"作为宣传,这被称为'立体'的宣传。它的影响和作用,远远超过了书刊报纸等古老的平面宣传形式"①。朗诵诗的生成与发展与"运动""武器""教育""宣传"等关键词相生相伴,也就是说,朗诵诗是通过诉诸于人们的听觉、视觉扩大其传播的范围与效应,借此配合各种政治文化运动,发挥诗歌鼓动、宣传和教育民众的作用,这一功能要求诗歌编选者能敏锐感应时代之变,回应各种政治文化等活动对遴选朗诵诗提出的新的标尺,即"内容具有现实性"和"适宜朗诵"②。在20世纪50年代抗美援朝的浪潮中,艾青的《亚细亚,起来》契合时代潮流且包含"挺起我们的胸膛,/我们要做自由人。/亚洲人民团结起来,/和美国强盗拼"等鼓动性诗句,自然易于入选朗诵诗选,《幸福的国土》歌颂了苏联这一"幸福的国土,/人民快乐而又健康,/就连最遥远的边疆,/也荡漾着欢乐的波浪……";《黑人居住的地方》描绘了黑人居住的地方"互相牵连又互相挤,/歪歪扭扭一排挤压着一排",和白人居住的地方"一幢幢高楼直矗到天上,/一阵阵传来爵士乐的声响"形成强烈的对比与反差,表现出诗人对黑人受压迫命运的同情。这些诗歌具有打击敌人、团结人民和教育人民的作用,因而被选入当时的朗诵诗选。不过,1957年艾青被划为"右派"。1964年清华大学学生文艺社编的《朗诵诗选》和1965年诗刊社编选的《朗诵诗选》,艾青无一首诗歌入选,这种"落选"意味着其被冷落与忘却。直至20世纪80年代中后期,艾青诗歌才在朗诵诗选中回归,但此时回归的已不再是那些50年代"经典"诗作,而是《雪落在中国的土地上》《大堰河——我的保姆》《我爱这土地》等在诸多文学史版本中逐渐沉淀下来的经典。艾青的朗诵诗经由20世纪50年代"升",20世纪60—70年代"沉",再到80年代中后期的"升",历经升沉起伏之后,编选家才慢慢达成共识。(二)主题导向与文本的升沉。当代朗诵诗选编选的重要原则是围绕特定主题展开。

---

① 雷抒雁:《小引》,《朗诵诗》,花城出版社1985年版,第1页。
② 山东师范学院中国语文系编:《后记》,《朗诵诗歌选》,内刊1954年版,第87页。

这种编选方式一方面有利于相同主题的诗歌以集束方式推送和传播，另一方面则将与某一主题不相符的朗诵诗拒之于选本之外，一类文本被照亮彰显了主题同时，其他众多文本被忽略或遗忘。以艾青的诗歌为例，当代有许多主题朗诵诗选，如《雷锋之歌朗诵诗选》《童话寓言朗诵诗选》等，艾青诗歌较少涉此类主题，其诗无法选入这些诗选就在情理之中了。当然，事情的另一面是，当代朗诵诗选大多数是歌颂祖国为主题，如《祖国颂朗诵诗选》《庆祝建党八十周年朗诵诗选》《献给中国共产党成立80周年朗诵诗选》《南湖放歌：献给中国共产党成立80周年朗诵诗选》《祖国，为你歌——1949—2009朗诵诗选》等等。诚如雷抒雁所言："编选一本六十年诗选，并非易事。在浩如烟海的各种诗集和选本中徜徉，取舍之难，不亚于一位电影导演挑选演员。当然，首先着眼的是主题和题材，这是必须的。因为，这是一本献给祖国六十华诞的圣礼。歌颂祖国、歌颂山河、歌颂人民、歌颂新生活、歌颂发展变化着的世界。"① 在这种编选策略的影响下，编选者大多重回历史腹地寻找艾青具有爱国主义精神的诗篇，因为艾青诗歌浓郁的爱国之心与忧国之情，以及对光明的颂赞，使诗歌的主题与朗诵诗选的主题契合度高，因而时过境迁之后仍然具有穿越时空的魅力。当然，其间也存在分歧。大多数重回20世纪30年代，相中了《大堰河——我的保姆》《我爱这土地》等主题契合且艺术上为上乘的佳作，而有人则重回20世纪70年代末，最终锁定了《光的赞歌》，认为"《光的赞歌》是一个高峰。当年，这首诗被朗诵时，几乎成了文坛的一件盛事"②。有编者说："朗诵诗也应该是好诗"，同时也应注意"适合朗诵的特点"③。而艾青20世纪50年代诗歌因在诗艺上乏善可陈，几乎被选家们忽略。当然，众多现当代文学史对艾青经典诗歌的

---

① 雷抒雁、程步涛编：《祖国，为你歌——1949—2009朗诵诗选》，安徽文艺出版社2009年版，第3页。

② 雷抒雁、程步涛编：《祖国，为你歌——1949—2009朗诵诗选》，安徽文艺出版社2009年版，第4页。

③ 殷之光、朱先树：《编选说明》，《朗诵诗》，人民文学出版社1985年版。

认定，也无形中给编选者许多暗示和压力，要在20世纪50年代的诗歌中重新遴选出诗歌经典显然不是一件易事。

其三，朗诵诗文本的"微升微沉"现象。正如有论者所言，"'政治抒情诗'当然比较适合在公众场合朗诵"①。郭小川和贺敬之以其富有时代特色的"政治抒情诗"而享誉中国当代诗坛，他们的"政治抒情诗"具有高昂激越的情感、饱满的战斗精神及强大的鼓动效应，具有"宣传作用、感染作用、教化作用"②，因而倍受朗诵诗编选者的关注与青睐。

表1-3　　　　　　　朗诵诗选中的郭小川和贺敬之诗歌比较

郭小川诗歌	贺敬之诗歌	选集名称	编选者	出版社及出版时间
向困难进军	放声歌唱（片段）	《朗诵诗选》	清华大学学生文艺社	内刊，1964年
乡村大道	桂林山水歌			
甘蔗林——青纱帐	三峡门——梳妆台			
秋歌	回延安			
	雷锋之歌（片段）			
甘蔗林——青纱帐	雷锋之歌（片段）	《朗诵诗选》	诗刊社	作家出版社，1965年
向困难进军	西去列车的窗口			
煤都夜景	三峡门——梳妆台			
	回延安			
	三峡门——梳妆台	《朗诵诗》	雷抒雁、程步涛	花城出版社，1985年
秋歌	雷锋之歌（节选）	《朗诵诗》	殷之光、朱先树	人民文学出版社，1985年
	三峡门——梳妆台			
少年宫	三峡门——梳妆台	《中学生朗诵诗选》	司徒杰	花城出版社，1986年

---

① 雷抒雁、程步涛编：《祖国，为你歌——1949—2009朗诵诗选》，安徽文艺出版社2009年版，第5页。

② 李瑛、张永健：《南湖放歌：献给中国共产党成立80周年朗诵诗选》，长江文艺出版社2001年版，第6页。

续表

郭小川诗歌	贺敬之诗歌	选集名称	编选者	出版社及出版时间
向困难进军	三峡门——梳妆台	《世纪风——朗诵诗选》	石太瑞、崔合美	湖南文艺出版社，1991年
乡村大道	桂林山水歌	《诗朗诵诗教学》	梁理森、黄绍清	广西师范大学出版社，1993年
乡村大道	桂林山水歌	《世纪心声——朗诵诗选》	上海市作家协会诗歌委员会	上海文艺出版社，1999年
向困难进军	三峡门——梳妆台	《铁锤与镰刀的交响——庆祝建党八十周年朗诵诗选》	舒畅	湖南文艺出版社，2001年
甘蔗林——青纱帐				
自己的志愿	三峡门——梳妆台	《南湖放歌：献给中国共产党成立80周年朗诵诗选》	李瑛、张永健	长江文艺出版社，2001年
闪耀吧，青春的火光	回延安	《祖国，为你歌——1949—2009朗诵诗选》	雷抒雁、程步涛	安徽文艺出版社，2009年
甘蔗林——青纱帐	回延安	节日朗诵诗选	李小雨	湖南文艺出版社，2004年
	桂林山水歌			

从表1-3中可以发现，郭小川和贺敬之的"政治抒情诗"在当代朗诵诗选中始终保持相对稳定的位置。贺敬之的诗歌最为稳定，不外乎《回延安》《桂林山水歌》《三峡门——梳妆台》《雷锋之歌》《放声歌唱》，只是偶见《西去列车的窗口》，其中《三峡门——梳妆台》被选10次，占所列诗选的61%，其他的《回延安》《桂林山水歌》等被选4次左右。由此可见，贺敬之所入选的诗歌对时代英雄的颂赞、对祖国山水的讴歌，加上澎湃的政治激情、强烈的节奏和高亢的基调，比较契合编选者选辑朗诵诗的标准，因此编选者之间容易达成"共识"。与此相比照的是，郭小川的政治抒情诗入选朗诵诗选的情况相对复杂一些，除了《甘蔗林——青纱帐》《向困难进军》被选录4次以及《乡村大道》被选录3次，其他基本上被选1—2次，尤其是《煤

都夜景》《自己的志愿》和《少年宫》等出现 1 次之后便再也没有出现过。这就说明这些诗歌经典化程度不高,《煤都夜景》过于鲜明的时代痕迹、《自己的志愿》过于急切的政治表白①、《少年宫》题材过于小众化等因素都使得这些诗歌生命力急剧萎缩。中国当代朗诵诗编选比较偏向时代感鲜明、语言晓畅、情绪饱满、篇幅适中的诗歌,郭小川和贺敬之的不少"政治抒情诗"刚好符合这些标准,而且在具体的诗歌朗诵实践中确实可以起到较好的鼓动作用,于是这些诗歌在文学史家、听众、朗诵者、编选者、出版社反复甄选中脱颖而出,历经微小的变动中上升为朗诵诗的经典诗作。

其四,朗诵诗经典文本"非升即沉"现象。在当代朗诵诗的遴选过程中,一些编选者试图编纂一部融入自身独特眼光的诗选,但这些诗歌较难得到其他编选者的认同,最终无法获得多方持续"接力"的可能而处于沉寂的状态。我们以胡风的《时间开始了》为例来分析这一现象。2009 年,雷抒雁的朗诵诗选《祖国,为你而歌》开篇的第一首选了胡风的《时间开始了》,并且交代了编选的理由:

> 在新中国成立的短短三个月内,胡风一气呵成了四千六百行的自由体抒情唱诗《时间开始了》。其中包括《欢乐颂》《光荣赞》《青年曲》《英雄谱》《胜利颂》五个乐篇。"被认为是气魄宏大地写出了一个革命知识分子对中国人民胜利的歌颂和人民英雄的礼赞。"(王瑶《中国新文学史稿》)②

雷抒雁援引了王瑶《中国文学史稿》中对《时间开始了》的评

---

① 尽管编者认为《自己的志愿》"以诗人兼战士的身份在歌颂党和无产阶级事业",诗歌"以其高昂奋发的情绪,积极乐观的精神和豪壮的阳刚之美,以鲜明的无产阶级战士的形象与完美的艺术受到人们的广泛欢迎",但是仍然无法抹去诗人过于直露的政治表白带来的艺术粗糙化。参见李瑛、张永健《南湖放歌:献给中国共产党成立 80 周年朗诵诗选》,长江文艺出版社 2001 年版,第 3 页。

② 雷抒雁、程步涛编:《祖国,为你歌——1949—2009 朗诵诗选》,安徽文艺出版社 2009 年版,第 3 页。

价，突出诗歌宏大的气魄、高扬的时代主旋律和崇高的诗歌美学，旨在证明选《时间开始了》一诗的合法性、必要性和重要性。与此相对应，其他朗诵诗大多选何其芳的《我们最伟大的节日》、公木的《中华人民共和国颂歌》、舒婷的《祖国啊，我亲爱的祖国》、陈辉的《为祖国而歌》、未央的《祖国我回来了》、叶文福《祖国啊我要燃烧》等歌颂祖国的经典诗篇，几乎不选《时间开始了》一诗。尽管雷抒雁把这首诗歌置于选录首位，亦在序言中给予极高的评价，但其他编选者很难就这首诗可否作为祖国颂歌的经典之作达成共识，于是该诗被大多数朗诵诗选编者所拒斥，其命运如昙花一现般短暂。那么，为什么《时间开始了》会遭遇如此尴尬的局面呢？这与此诗曾引发争议有关。20世纪50年代《时间开始了》发表之后，评论界对其褒贬不一，而且批评和质疑之声占据上风，比如《大众诗歌》1950年第6期就发表了黄药眠的《评时间开始了!》，指出了诗中存在的不容忽视的问题，即作者"自己缺乏他所歌颂的英雄们的素质，因此在歌颂革命，歌颂领袖，歌颂人民的时候，他并不能把握到真实，他往往逞一时的冲动性热情，一片空喊，而中间更间杂着许多作者自己个人情感，自己的牢骚，和从过去残留下来的许多失败主义的哀伤"①，论者以郭沫若的《新华颂》和何其芳的《我们最伟大的节日》等理想颂歌范式为参照，检视了《时间开始了》在英雄形象的建构、情感基调的把握、抒情姿态的呈现等方面隐藏的问题，也正是这些问题以及在诗歌中"对'小我'经验的表达，才使得它与《我们最伟大的节日》（何其芳）、《新华颂》（郭沫若）、《和平最强音》（石方禹）等单纯表达宏大意识的政治抒情诗区别了开来，从而使得《时间开始了》在新中国成立初期的诗坛上显得标高独异"②。尽管20世纪80年代以来人们对这首诗歌的价值进行了肯定性重估，但是"标高独异"也就意味着"曲高和寡"，所以除了极个别的朗诵诗选家愿意选，其他人则有意或无意

---

① 黄药眠：《评时间开始了!》，《大众诗歌》1950年第6期。
② 张丹：《〈时间开始了〉的两个版本与改写向度》，《文艺报》2016年7月20日，第8版。

中避开这一仍有可能引发论争的诗歌。可以说，《时间开始了》"旋起旋落"命运从一个侧面彰昭了中国当代朗诵诗编选可能遭遇的难题。

二 当代朗诵诗选的编纂难题

从中国当代朗诵诗经典沉浮中，可以发现"选什么""怎么选"遭遇不少难题。雷抒雁曾说："从浩如烟海的诗篇中，选一部适合朗诵的诗，挺难。"① 这些难题使得当代朗诵诗选编纂存在一些棘手的问题。

首先，朗诵诗的"好坏"标准问题。有人说："检验一首朗诵诗好坏的渠道毕竟是朗诵者的嘴巴，以及听众们的耳朵"②，不过除了"朗诵者的嘴巴"和"听众的耳朵"，朗诵诗文本的质量亦至关重要。那么什么是"好的朗诵诗"？中国当代诗坛出现的"好诗"是否皆是"好的朗诵诗"？"好的朗诵诗"与"好诗"之间存在哪些差异？诚如一些编选者坦言，诗"如果仅限于文本解读，反复推敲，或仔细咀嚼，很能品出些诗味来。但要拿给演员，到大庭广众之中去朗诵，就很难有好的效果"③。这也就是说一些意象繁复、语言晦涩和主题多义的富有诗味的"好诗"，并不见得是"好的朗诵诗"，即"并不是每一首好诗，每一个好的作品都适合朗诵的。即使在适合朗诵的作品中，也往往会发现其中有些不好懂、不顺耳的字句"④。那么朗诵诗还应具备哪些特有的质素呢？雷抒雁认为："朗诵诗除了有一般诗歌相同的诗意，还应具有自己的特点：一、主题相对明朗积极；二、情绪或悲或喜应该鲜明而饱满；三、语言更顺畅、通晓，易于为大众所接受；

---

① 雷抒雁、程步涛编：《祖国，为你歌——1949—2009 朗诵诗选》，安徽文艺出版社 2009 年版，第 5 页。
② 雷抒雁：《小引》，《朗诵诗》，花城出版社 1985 年版，第 5 页。
③ 雷抒雁、程步涛编：《祖国，为你歌——1949—2009 朗诵诗选》，安徽文艺出版社 2009 年版，第 5 页。
④ 黎铿：《朗诵书简》，广州文艺界诗朗诵工委会编：《朗诵艺术文选》，内刊 1964 年版，第 54 页。

四、诗歌的节奏,或抑扬顿挫,构成一种内在的音乐性。"① 主题的积极性、情绪的饱满性、语言的通俗性、节奏的音乐性是朗诵诗区别于一般的诗的重要特征。这就给编选者提出了一些难题,比如一些诗歌虽然在艺术上属上乘之作,但却不适合朗诵;一些适合朗诵的诗,艺术上却比较粗糙。有些朗诵诗本身质量不高,"只是一时让听众高兴,却是经不起咀嚼回味,也经不起时间的考验"②,尤其是一些政治抒情情感激越与澎湃,在朗诵过程中容易营造一种比较浓厚的鼓动性氛围,问题是,不少的政治抒情诗存在抽象地说教,甚至"极为简单和随意地使用了一些新闻或政策的语言入诗,看似站得很高,调子很响,却十分空洞概念","极为败坏读者的口味"③。为此,如何在诗意性与可诵性之间进行适度平衡性选择,显然不易把握,很容易顾此失彼,尤其是以"政治抒情诗"为主的朗诵诗选更是如此。许多专门为朗诵活动而写的"朗诵诗"实为应景之作,光有很响的调子却在文本的旅行中最终"行之不远"。

其次,如何遴选境外朗诵诗问题。翻检中国当代朗诵诗选可发现一个重要的现象,即各种选本所选入的中国大陆之外的诗歌甚少,朗诵诗文本的遴选对象与范围基本处于窄化状态。据不完全统计,遴选境外诗人诗作的选本情况如下:

表1-4

题目	作者	选本
关于库茨涅茨克的地方建设和库茨涅茨克人们的故事 拍马屁的人	苏联马雅可夫斯基	沈阳市文学艺术者工作联合会编《朗诵诗选》(1955)

---

① 雷抒雁、程步涛编:《祖国,为你歌——1949—2009朗诵诗选》,安徽文艺出版社2009年版,第4页。
② 闻山:《听朗诵诗有感》,广州文艺界诗朗诵工委会编:《朗诵艺术文选》,内刊1964年版,第134页。
③ 雷抒雁、程步涛编:《祖国,为你歌——1949—2009朗诵诗选》,安徽文艺出版社2009年版,第4页。

续表

题目	作者	选本
海燕	苏联高尔基	清华大学学生文艺社编《朗诵诗选》(1965)
向左进行曲	苏联马雅可夫斯基	
败类		
摩天楼的横断面		
百老汇		
最好的诗		
青年近卫军		
青春的秘密		
我们的青年时代	苏联叶·多尔马托夫斯基	
诗七首	印度尼西亚约多	
致革命的儿子	阿尔巴尼亚德拉戈·西里奇	
共产主义之歌	阿尔巴尼亚季·舒泰利奇	
千里马铜像	朝鲜崔承七	
即使处死千百次	朝鲜朱淳	
鸭绿江	朝鲜赵灵出	
剑	越南范能洪	
敌人来了	越南青海	
写给妈妈	古巴德尔马	
流不尽的血	古巴尼古拉斯·纪廉	
给美国佬	古巴费·里·埃尔南德斯	
我歌唱我的美国	美国黑人朗斯顿·休兹	
台湾一定要回归祖国	中国台湾陈连生	陕西省朗诵艺术研究会编《中国新时期朗诵诗选》(1986)
祖国，我也是您的儿女呀	中国台湾廖群	
清明节	中国台湾王卫丰	
春寒	中国台湾曹希元	
写给故乡	中国台湾蒋勋	
乡愁	中国台湾余光中	
月是故乡明	中国台湾张默	
中国的太阳	中国台湾金剑	
我的灵魂	中国台湾痖弦	
中国要开始一个新的时代	中国香港原甸	

续表

题目	作者	选本
爱的梦	中国香港张诗剑	梁里森、黄绍清编《诗朗诵 朗诵的诗》(1990)
月的甜和咸	中国香港原甸	
香港，你这娇灵的女孩	中国香港张诗剑	
梅的礼赞	中国台湾王禄松	
故乡水	中国香港张思鉴	
台湾一定要回归祖国	中国台湾陈连生	
月是故乡明	中国台湾张默	李小雨编《节日朗诵诗选》(2004)
祖国，我也是你的儿女呀！	中国台湾廖群	
乡愁四韵	中国台湾余光中	
致大海	俄国普希金	

由表1-4可见，20世纪50—60年代主要选马雅可夫斯基、高尔基等为代表的苏联诗人作品，以及古巴、越南、朝鲜等社会主义阵营的诗人作品，编选的理由是："七大洲的风雨，亿万人的斗争，筑成了时代的铜墙铁壁，我们和世界三分之二受难兄弟休戚相关，并肩作战！"[①] 这些诗歌所含纳的鲜明的阶级意志、远大的革命理想、共同战斗的兄弟情谊等，能较好地融入当时日趋激进化左翼文学思潮之中，可以作为中国当代朗诵诗重要的域外资源。随着新时期文学创作语境的变迁，人们对1949—1966年所崇奉的外国诗歌认可度在不断下降，追捧热情也急剧降温，朗诵诗选的编选者更多关注各种新崛起的诗群和流派，于是1980—2000年的朗诵诗选鲜少遴选外国诗，只是一些选本零星收录了中国香港和中国台湾的少部分诗人抒写乡愁的诗作，外国诗在朗诵诗选中持续遇冷。"其实诗歌朗诵，并非中国之粹，在国外，诗歌朗诵诗很普通的事情。"[②] 那么，为什么大多数朗诵诗选非常谨慎地对待外国诗呢？虽然很少有人在序跋中叙述对外国朗诵诗的态度与看法，也未具体解释不选此类

---

① 清华大学学生文艺社编：《朗诵诗选》，内刊1964年版，第8页。
② 雷抒雁、程步涛编：《祖国，为你歌——1949—2009朗诵诗选》，安徽文艺出版社2009年版，第2页。

诗歌的原因，但我们大致可以推断其中所面临的难题，主要是大多数当代朗诵诗选出版初衷是配合各种"节日庆典"，过于贴近现实的编选追求和对宣传教育功能的倚重，使得这类诗选的主题预设和栏目设置比较难寻找到匹配度较高的外国朗诵诗，而且许多朗诵诗选标题含有"中国新时期""共和国60年"等限定词语，有些纯属于个人命名的诗选集，不选外国诗就在情理之中了。不过，因缺乏一种多元开放的选诗策略，朗诵诗资源逐渐窄化，诗歌选目常给人似曾相识之感。

最后，朗诵诗自选集的选编问题。中国当代朗诵诗选有很大部分属于个人自选集，这些自选集主要有《高兰朗诵诗选》《纪宇朗诵诗》《炼虹朗诵诗选》《寻觅——八行体朗诵诗选》《雷天放朗诵诗选》《朗诵中国——朱海朗诵诗选》等，大部分以个人命名的自选集，这些集子有些是"在不同场合朗诵过"的诗歌（如《高兰朗诵诗选》），有些是为"搞一个'个人诗歌朗诵欣赏会'"而准备的（如《炼虹朗诵诗选》），有些是"应邀创作的"（如雷天放《雷天放朗诵诗选》），有些是个人带有实验性质的朗诵诗写作（如《寻觅——八行体朗诵诗选》），有些是为电台所写的"广播朗诵诗"（如《纪宇朗诵诗选》），有些是为国家级大型文化活动而撰写的朗诵诗（如《朱海朗诵诗选》），不一而足。尽管编选的动机不尽相同，但是其出发点基本上都是为朗诵活动而写。此类个人自选集追求功利性的写作伦理，编选目的是展示个人在朗诵诗道路上的艰难跋涉，或者彰显自我的写作实力并提高自身的声誉。不过其中也存在不少问题，最明显的是自选集甄选尺度过宽问题，即朗诵诗自选集"好诗"标准把控偏宽，"选"的功能弱化，"集"的痕迹明显，所以有些选集中的诗歌良莠不齐，使得大多数个人朗诵诗选"厚"而不"重"。虽然有些诗选广告宣称"百位名人朗诵过的时代诗篇，中国最震撼的朗诵诗歌读本"[①]，但当代诗坛的重要诗评家对此却不置一词。许多朗诵诗选也鲜少选一些自选集里的诗

---

① 朱海：《自述》，《朗诵中国——朱海朗诵诗选》，红旗出版社2014年版，腰封。

歌，这些朗诵诗及选本能否成为经典并载入史册仍需假以时日。另外，个人自选集的编选缺乏创意，编选体例大多以时间先后为序简单编排，少有突破与创新、给人耳目一新的感觉。一些自选集里的朗诵诗本身质量平平，加上乏善可陈的编选体例，加速了选本影响力的式微。

第二章　当代诗集广告研究

翻检1949—1966年的报刊，可以看到难以计数的诗集广告，这些广告不仅有效地修复与重构了"新的人民的诗歌"形象，同时极大地提升了当代诗歌的传播速度、"辨识度"与效能。本章拟从诗集广告类型与编码方式，诗集广告与诗歌形象修复与重构，诗集命名与诗歌"辨识度"传播等维度，考察当代诗集广告殊异风貌与多维价值。

第一节　当代诗集广告形式与推送方式

当代报刊通常会安排一定的版面刊登书籍广告，这些广告一般文字符号为主，文字与图像符号并举为辅，形式丰富多样，大致可以划分为以下几种类型：

一　条目型广告

在20世纪50—60年代，由于纸质供应相对紧张，大多数"书籍的定价还相当高"，"对群众利益和读者需要照顾不周到"[①]。为了节约有限的版面资源，"当代"诗集广告策划人常常采用"书目+编选（译）者+出版社+定价"方式进行广告信息编码。如《读书月报》"新书月

[①] 叶圣陶：《一年来的出版工作》，见袁亮主编《中华人民共和国出版史料》第2卷，中国书籍出版社1996年版，第624页。

报"和"新书林"栏目的诗集广告就是显例(如下图):

每月新书

詩歌、韵文

毛主席詩詞十八首講解 臧克家講解、周振甫注釋		青 年	0.26
孔雀 白樺著		青 年	0.54
長虹 化石等		作 家	0.29
歌唱長江大橋 中国音乐家协会武汉分会編		長江文艺	0.09
馬雅可夫斯基選集(平) 余振譯		人 文	2.30
莫阿比特獄中詩鈔 (苏)穆薩·加里尔著、苏杭譯		人 文	0.40
尤若夫詩選 孙用、高恩德、博丰譯		人 文	0.38
游思集 (印)泰戈尔著、湯永寬譯		新文艺	0.50
米列詩選 (美)米列著、袁可嘉譯		新文艺	0.40

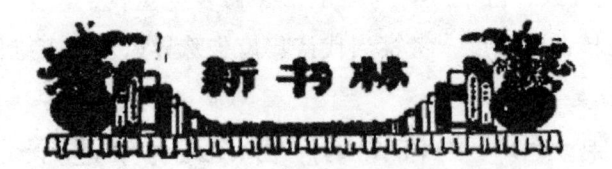

新书林

鋼鉄工人之歌 中共鞍山市委宣傳部編		辽宁人民	0.14
社員短歌集 田間选輯		中国青年	0.54
大躍进之歌		北 京	0.75
陕西新民歌三百首 中共陕西省委宣傳部編		东风文艺	0.95
万人心通共产党		东风文艺	0.10
战士詩集 中国人民解放軍0161部队政治部編		广西僮族自治区人民出版社	0.13
大躍进歌謠选 中共青海省委民族民歌收集整理办公室編		青海人民	0.26
千軍万馬鬧爭耕 中共江西省委宣傳部編		江西人民	0.19
白雾把山谷填平 中国人民解放軍0924部队三部編		云南人民	0.20
工矿短詩集 边疆文艺社編		云南人民	0.16
愤怒的火焰(反对美英侵略中东詩选) 山东省文学艺术工作者联合会編		山东人民	0.17

《文艺报》有时亦采用这种广告形式，如下图：

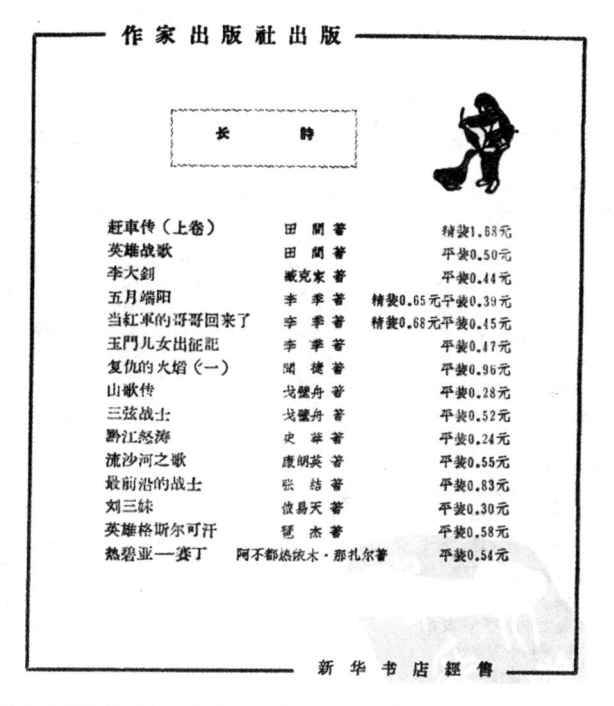

作家出版社出版		
长诗		
赶车传（上卷）	田间 著	精装1.68元
英雄战歌	田间 著	平装0.50元
李大钊	臧克家 著	平装0.44元
五月端阳	李季 著	精装0.65元 平装0.39元
当红军的哥哥回来了	李季 著	精装0.68元 平装0.45元
玉门儿女出征记	李季 著	平装0.47元
复仇的火焰（一）	闻捷 著	平装0.96元
山歌传	戈壁舟 著	平装0.28元
三弦战士	戈壁舟 著	平装0.52元
黔江怒涛	史苇 著	平装0.24元
流沙河之歌	康朗英 著	平装0.55元
最前沿的战士	张结 著	平装0.83元
刘三妹	傲易天 著	平装0.30元
英雄格斯尔可汗	琶杰 著	平装0.58元
热碧亚—赛丁	阿不都热依木·那扎尔 著	平装0.54元
新华书店经售		

　　从上图中可以发现，这种诗集广告以简约为基本原则，为读者或书籍收藏爱好者提供作者、书名、出版社、装帧形式、价格等信息，"广告是一种特殊的大众传播形式，广告最终的目的，是要把有关商品、观念等信息告知消费者，在消费者的心目中形成深刻的印象，促成消费者的购买行为"①，这类广告编码简洁明了，有助于受众在短时间内高效、快捷地获取广告中的有效信息，激发受众的阅读期待和潜在的购买意愿。

二　梗概型广告

　　当时相当多的诗集广告采用内容梗概方式，让读者在言简意赅的简介中了解诗集的精彩内容与别样的艺术特质，引发诗歌爱好者的阅读兴趣。如果说目录型广告只能通过诗集命名和作者等信息，大致推

---

① 李夏凌：《浅谈书籍装帧设计的广告传播效应》，《出版发行研究》2009年第4期。

63

断诗集的基本内容,那么,梗概型广告则用更加详细的信息和更加有效的说服方式引发受众的阅读注意。以《文艺报》的几则诗集广告为例:

殷夫诗文选集

殷夫是中国无产阶级的优秀的战士和诗人。他的诗,充满革命的热情和理想,是"五四"以来诗歌创作中优秀的遗产之一。他前期的诗是一个热情纯真的少年对没落的封建家庭和旧社会的反叛宣言;后期的诗则激情地歌颂了中国工人阶级英勇的斗争,是大革命以后中国工人阶级再仆再踬的进军号音和激奋的战鼓。

一九五一年曾由新文学选集编辑委员会编印过一册'殷夫选集',此次经人民文学出版社多方苋集遗稿,增大了篇幅。增编的诗绝大部分是从他生前未经发表的'孩儿塔'手稿中选出的。

定价 6,600 元

好! 马雅可夫斯基著

'好!'是诗人马雅可夫斯基为纪念十月革命十周年而写的长诗,是他的最重要的作品之一。诗人在这部作品中通过具体的历史事件,写出了苏联人民在共产党领导之下进行的革命斗争及建设社会主义的胜利。

诗人从布雷什维克的宣传鼓动写起,在全诗中写到俄国工人的准备起义,冬宫的占领,克伦斯基及其临时政府的垮台,国内战争,新的劳动态度及爱国主义('共产主义义务星期六'运动),西欧及美国帝国主义分子想奴役和消灭社会主义国家的企图,苏联人民如何克服了饥饿、寒冷,战胜了白匪及外国干涉者,以极大的热情建设社会主义的社会。

这篇长诗的主角就是苏联人民,在最后几章中,诗人以鲜明有力的笔调写出了苏维埃的代表们,捍卫苏联人民和平劳动的红军战士们。

(余振译 人民文学出版社出版 定价0.55元)

谈诗的技巧 伊萨柯夫斯基著

本书是苏联著名诗人伊萨柯夫斯基的论文集,共包括论文六篇,给初学写诗的人的信十七封。作者根据多年写诗的经验,在这些论文和书信中深入浅出地解答了诗歌创作的某些重要问题,如关于创作与生活、诗的思想性、诗的技巧、诗与民歌,接受古典遗产、诗人的修养与天才等问题,并且对於歌词的写作特别作了详细而具体的说明。

(作家出版社出版 定价0.56元)

黑鳗 艾青著

这部长诗,是作者根据民间传说写成的一部新作,作品通过一个青年渔夫——陈全寻找乐土的故事,表现了人民对於残暴的压迫阶级的反抗,展示出人民追求自由与幸福的生活的斗争图景。原诗发表於一九五五年四月号"人民文学"杂志上,此次印成单行本,作者又作了一些必要的修改。

(定价0.23元)

金沙江藏族歌谣选 中央民族歌舞团创作研究室编选

本书共收藏族歌谣一百九十三首,分为四辑:第一辑是对共产党、毛主席及新社会新生活的歌颂;第二辑是对旧社会贫困不安的生活的控诉和对反动统治者的诅咒与反抗;第三辑是描写爱情和反抗婚姻不自由的痛苦的;第四辑包括赞颂乡土风物及描写青年人幸福相会的歌谣和一部分舞曲的歌词。这些歌谣主要产生於中甸、巴塘两个地区,也有从其他地方搜集来的。从这些歌谣中,我们可以看到藏族人民对祖国、对党、对领袖、对新生活以及对自己家乡的无比热爱,可以看到藏族人民对旧社会和反动统治者的极端憎恨,也可以看到丰富多彩的藏族歌谣的民族特色。(定价0.40元)

这几则广告由"诗集名称+作者(编选者)+内容简介+定价+出版社"几部分组成。与条目型广告不同的是,梗概型广告增加了内容简介部分,它以两三百字的篇幅介绍诗集的写作语境、基本内容、思想倾向、版本流变和诗美特质等。其中《殷夫诗文选集》在简述无产阶级诗人殷夫诗文前后期风格的变化的基础上,重点阐明诗文选的史料价值,诗文选史料的"新"与"全"是其特色与亮点。马雅可夫斯基《好!》的广告重点凸显诗集的经典性,同时诗歌还具有出色的革命宣传、鼓动效果,这是广告说服读者购买与阅读长诗《好!》的若干理由。艾青的《黑鳗》广告突出修改的"单行本"故事性强特点,《金沙江藏族歌谣选》的广告既揭示这本歌谣选与诗歌主流融会贯通之处,更彰显诗歌所呈现的富有民族特色的乡土风物与爱情追求。这些梗概型的书籍广告散发着迷人的艺术性与书卷气,犹如一张张吸引人眼球而又启人心智的"读书指南",成为展示诗集所蕴藏的审美价值与革命动员功能的名片。

三 评论型广告

在《读书月报》中存在不少评论型的诗集广告,相较于梗概型书籍广告,这类广告篇幅较长,以诗评家的独特眼光,通过对诗集细致的文本分析,从诗歌的思想特质、构思技巧和语言运用等方面提炼出诗集的独特风格与特色。如王树芬为闻捷的诗集《天山牧歌》写了一篇《边疆的歌声》的评论文章(如下图),这篇文章相当于一份颇有分量的广告极大地拉升了诗集的推广、传播价值与效应。

《边疆的歌声》指出闻捷的诗集《天山牧歌》可让读者感受到少数

民族"不仅仅在变,人的精神面貌也在变"①,其别致之处在于新鲜的异域风情、强烈的节奏、轻柔的格调、生动形象的语言。这种诗集评论与诗集广告具有相类似功能,即通过有深度的评论引起读者的阅读兴趣,引导具有较高品鉴能力的读者发现和体验诗集的独特魅力。与此同时,这些评论不仅开启了诗集走向经典化的旅程,也建构了诗人及其诗歌价值新形象,为诗集赋魅并提升其影响力与传播广度。

如果说广告的类型体现了20世纪50—60年代书籍广告设计者的创意,那么广告的推送方式则体现广告传播者的智慧。也就是说,当代诗集广告通常在哪一时间节点,以何种组合方式向读者推送?这是值得我们深入探究的问题。翻检当时的报刊,可以发现当代诗集广告的推送方式主要有以下几种:

首先,定期推送权威出版社的新版、重版书籍。这是最为当年最为流行和常见推送方式,比如《文艺报》长期推送人民文学出版社和作家出版社出版的书籍(如下图):

---

① 王树芬:《边疆的歌声》,《读书月报》1957年第2期。

在当时人民文学出版社和作家出版社出版了一批影响广泛的书籍，在文学界具有较高的影响力，是打造经典文集的重要基地，这种集中推送重要出版社新作的广告模式，虽然涉及的文类较多，有小说、诗歌、散文、戏剧和文学评论等，但确实可以提高诗集的美誉度和认可度。

其次，贴合现实设置专题进行集束推送。当时的报刊常围绕某一政治文化运动或周年纪念日，推出一批具有相似主题的诗集，借此凸显诗与时代政治文化之间的内在关联（如下图）。

上面四则广告分别围绕"贯彻婚姻法运动"、少数民族文学作品、"庆祝罗马尼亚人民共和国建国10周年"、"纪念五四运动四十周年"设置专题，诗集广告结合当时读者普遍关注的热点话题以特定的专题形式实现集结推送，易于引起读者阅读注意，在扩大诗集的影响力的同时，提高广告的接受实效。

当然，由于20世纪50—60年代传播媒介主要以纸质的报纸杂志为主，诗集广告的传播媒介相对单一，亦存在书籍广告缺少一些创意设计等问题，以《人民诗歌》中的广告为例：

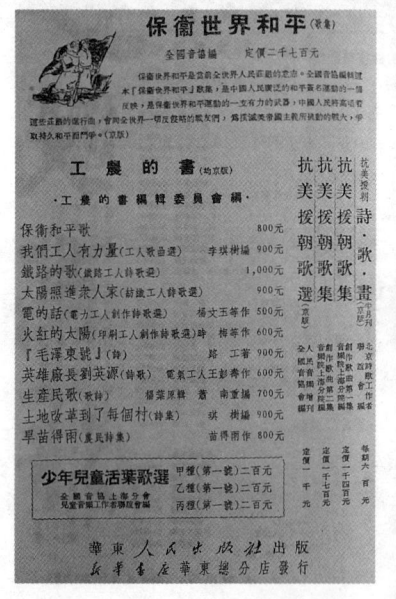

以上两则广告设计极为相似，都是以"文字为主，图像为辅"，图像所占的比例极小，版面设计大体相近。更为重要的是，《保卫世界和平》文字内容一样，只是配图有所差异，一个是扛枪的战士保卫和平，另一个是"和平鸽"象征和平，图像未给读者立体呈现书籍的封面设计与装帧样式，对于一些读者（尤其是书籍收藏爱好者）来说不能不说是一种遗憾。为了在有限的版面中容纳更多广告信息，导致广告设计中文字占比过高，久而久之容易让读者产生阅读疲劳，一定程度上又降低了广告传播的持久吸引力。

第二节 当代诗集广告与诗歌形象的修复及重构

自 20 世纪 90 年代以来,"新诗的形象被矮化、丑化到了最高限度"①,尤其是随着互联网时代的到来,网络诗歌写作门槛不断降低,诗歌自我复制和相互克隆现象呈扩张和蔓延态势,诗歌自我炒作与恶搞事件时有发生,"新诗的形象"持续受损的形势依然严峻,这种现状使得新诗"边缘化"局面在不断加剧。事实上,现代新诗自诞生伊始,各种质疑和批评之声就不绝于耳,为此,一批诗人和诗评家殚精竭虑地建构与守护流派纷呈、形态殊异、诗情万种的新诗合法性形象。诗歌形象是人们对诗思、诗绪、诗语、诗体等形象要素的总体感觉、印象和综合评价,它对诗歌的生产、流通、接受等各个环节都产生重要影响,良好而富有个性的诗歌形象不仅能争取更多诗歌消费者的青睐目光,获得同行的赞许与认同,赢得更丰富的象征资本和拓宽诗歌的传播空间,还能不断吸引诗歌爱好者加入写作队伍中,壮大实力实现诗歌的真正繁荣发展,反之亦然。诗歌形象重构作为一项系统而复杂的工程,曾引起一些诗人和诗评家的关注,但迄今为止,人们不但对诗歌形象打造的重要性与必要性认识不足,而且对怎样塑造和塑造怎样的当代诗歌形象尚未达成"共识"。本节试图以 1949—1966 年诗歌广告文本为考察中心,探究当代诗歌广告之于诗歌形象重构的重要意义、基本向度与内在难度,为重建当代诗歌形象提供历史镜鉴。

一 当代诗歌广告与诗歌形象重构

中国新诗自五四诞生伊始,就以西方现代诗歌的话语资源为依托,以"反叛者"的姿态努力挣脱和僭越古典诗歌传统,建构一种顺应时代文化趣尚的合法形象。"追新逐变"的现代诗人为了让新诗尽快站稳脚跟并成熟起来,在不断探求和实验中修正新诗的形象。如果说"新月

---

① 罗振亚:《面向新世纪的突围:诗歌形象的重构》,《东岳论丛》2011 年第 12 期。

派"诗歌是对新诗草创期过于"散文化"形象的修正，那么"现代派"诗歌则对追求"三美"特质的"新月派"诗歌形象的二度修正，而中国新诗派诗歌则在诗歌现代技巧的"中国化"方面再度修正了20世纪30年代现代主义诗歌的形象，正是在诗歌形象的不断修正中，现代新诗的合法地位得到有效确立与巩固。从某种意义上说，人们对诗歌的形象记忆与新诗的正当性生成有着唇齿相依的密切关系，正因如此，现代新诗的建设者力图通过诗歌实验和理论建构，对特定类型的诗歌正面形象"进行唤起、保存和巩固"，实现诗人话语权力的"自我辩护"，并争取读者对某种诗歌审美风尚的"信任、认同和拥护"①。

在1949年第一次"文代会"上，文艺界的主持者绘制了构建"新的人民的文艺"的蓝图，力图全面大力推动当代文学转型。不过，在文学转轨的进程中，旧文学传统的审美范式对当代读者和文艺工作者依然产生持续影响。一些诗人和读者对解放区的歌谣体和当代颂歌的诗体形态和审美风尚颇有微词："有不少年青的文艺学习者说，'我们读歌谣体的诗总觉得不能满足，我们还是很爱自由体的'"②；还有诗人说，"目前关于歌颂方面的诗"，"存在着感情的浮夸，沉醉在个人的'热情主义'里面，面对着光明的人物，显出一副手忙脚乱的像，也许是感情泛滥，常常是急不择言"③，当代颂歌因感情浮夸和泛滥也给人留下太多消极印象。牛汉更是抱怨多多，认为"目前形式主义泛滥，实在喧哗得令人心痛"，"诗里没有血肉，因此没有热，冰冷冷的，干巴巴的"，"《大众诗歌》里没有诗歌，谁也不理睬它"，甚至毫不留情地指出"王亚平、沙鸥、田间……的诗，实在不是好诗"，而是"真正的僵诗（尸）！"④。使用"形式主义""冰冷""干巴""僵诗"等负面语词足见他对当代诗歌颇有讥评。无论是当代主流诗人邹荻帆还是带有思想锋芒的牛汉，都留存着因审美歧见而产生了对当代

---

① 王海洲：《合法性的争夺——政治记忆的多重刻写》，江苏人民出版社2008年版，第25页。
② 冯至：《自由体与歌谣体》，《文艺报》1950年第12期。
③ 邹荻帆：《关于歌颂》，《文艺报》1950年第12期。
④ 牛汉：《致胡风》，见《命运的档案》，武汉出版社2000年版，第36页。

诗歌形象的负面记忆,更为危险的是,这种负面记忆很容易凝定成某种审美偏见使诗歌形象不断受损,继而降低人们对当代诗歌的认同感,形成一股阻碍当代诗歌建构的强大暗流。为此,如何通过文学传播媒介修复"新的人民的诗歌"形象,有效消除诗歌负面形象的消极影响就迫在眉睫了。

诚如有论者所言,"每一次哲学的革命中偶像破坏的修辞都有一个人皆熟悉的仪式:被拒斥的形象都被冠以人造品、幻觉、庸俗、非理性的污名;而新的形象则被冠以自然、理性和启蒙的美名"[①]。同样,当代诗歌的生产与传播者一方面进行"偶像破坏修辞",通过接连不断的诗歌批判冠以现代"自由诗"晦涩、病态、反动等"污名",竭力阻断现代新诗"纯诗化"和"贵族化"的发展路径,另一方面则充分发挥诗歌广告强大的符号系统,冠以当代诗歌敢于担当、传递正能量、新鲜、活泼、通俗易懂等"美名"。从某种意义上说,当代诗歌广告不仅发挥着诗歌(诗集)的发表(出版)预告作用,更重要的是在引导读者的文化消费时悄然进行记忆的意识形态刻写,隐蔽地改写人们心目中"何为诗"和"诗何为"的观念,并生成一种关于当代诗歌新形象的认知与记忆。那么,诗歌广告文本如何修复与重构当代诗歌形象呢?事实上,诗歌形象包括无形和有形两个维度,所谓无形部分是指诗歌可被感知与意会的内在精神向度与外在价值指向,而有形形象则指诗歌的诗形、诗绪、诗体和诗语等显在特征,当代诗歌广告正是从这两个维度重构"新的人民的诗歌"形象的。

左翼文学"坚信文学促进社会革命进程之伟力作用的浪漫想象,将文学推向了显赫的革命舞台","将文学社会作用和功能视为文学最高价值追求"[②],当代诗歌作为左翼文学的有机组成部分,自然也崇尚文学实用价值,在这种文学观念的牵导下,当代诗歌广告的撰写者首先从诗歌之于"促进社会革命进程"和"社会作用和功能"维度重构

---

① [美]汤姆·米歇尔:《图像学:形象 文本 意识形态》,陈永国译,北京大学出版社2012年版,第208页。
② 贾振勇:《中国左翼文学思潮意识形态的内在矛盾性》,《文学评论》2005年第6期。

诗歌形象，进而获得更多口碑传播。比如楼栖的叙事长诗《鸳鸯子》的广告这样写道：

> 这部千余行长诗，是作者用山歌形式写的叙事诗。鸳鸯子是农村妇女的一个典型，贯串着她半生悲惨的生涯，反映了南方几页悲壮的史诗，从第一次土地革命到最近农民大翻身，都在《鸳鸯子》里反映出来了。①

广告告诉人们阅读这首诗歌有助于把握，以鸳鸯子为代表的南方妇女的悲惨命运史和政治翻身历程，并由此窥见中国广大底层民众艰难的政治、经济和文化翻身过程，它以点带面的方式提示我们个人翻身与新的民族国家政权建立之间有着密切关联。广告凸显了鸳鸯子形象的典型价值，借此彰昭"新的人民的诗歌"的新形象。有些广告则充分阐发诗集中革命历史故事的镜鉴意义：

> 这本诗集，是作者十年来所写的抒情诗的结集，……全书反映了中国在抗日战争期间，青年知识分子所遭受的迫害和对旧社会所进行的反抗，以及他们为理想而投身革命的经历。

这则广告简要地叙述了知识青年"受压迫—反抗—革命"的人生历程，力图放大当代诗歌担负历史重任的形象，也就是说，与一些供躲进象牙塔之中的诗人相互酬唱、娱情和玩味的现代诗歌不同，当代诗歌追求以诗为史、以史明鉴，激发和平年代民众继续"革命"的勇气和激情，为当代青年的成长指明一条富有意义的人生道路，这从一个侧面显示了当代诗歌勇于担当的形象。此外，还有些广告努力打造诗歌文本在传播时代"正能量"方面的新气象：

---

① 本节所引用的诗歌广告文献均参考刘福春的《中国新诗编年史》（上卷），人民文学出版社2012年版，第393—707页。

这些诗企图表现出中国人民志愿军对祖国、毛主席的爱，对荣誉的理解，他们经受的锻炼，力量的源泉，和伟大的国际主义精神；以及朝鲜人民坚强不屈的意志，和必胜的信念。

这一广告极力展示严阵的诗集《战斗的旗》所传递的时代正能量，及其对提高读者认识抗美援朝战争、中朝友谊和军人荣誉的意义。这些正能量——包括情感正能量（对祖国和领袖的忠诚与爱）、精神正能量（高度的荣誉感、不屈的意志、必胜的信念），不仅显示了中国人民志愿军的特殊风范，更重要的是展示了诗歌传媒传播时代正能量的主动性和自觉性，这种诗歌形象可催生许多积极的心理暗示，尤其是可让当代诗歌接受者阅读诗集之后受到精神洗礼，获得一种"高尚的人""纯粹的人"和"脱离低级趣味的人"的象征身份，因为诗歌消费往往"带有社会、文化、象征和心理意味，并且成为一种社会地位、身份和满足心理需求的建构手段"①。这样一来，诗歌形象的象征性价值不断增值，形象的魅力自然得到提升。

综观之，这些广告打造了当代诗歌在文化"启蒙"、责任担当、传播"正能量"和"动员"群众等方面的完美新形象，这种价值形象与中国现代主义诗歌诗歌广告所塑造的新诗形象大异其趣，以戴望舒诗集《望舒草》的广告为例：

戴望舒先生的诗，是近年来新诗坛的尤物。凡读过他的诗的人，都能感受到一种特殊的魅惑。这种魅惑，不是文字的，也不是音节的，而是一种诗的情绪的魅惑。

诗如"尤物"，给人特殊的"情绪魅惑"，诗似乎是贴近现代人高贵心灵、复杂情绪与心智，与政治和经济保持远距离关系的一种"超

---

① 孙守安：《广告文化学：现代广告的文化解读与批判》，东北大学出版社2008年版，第77页。

然"者形象，它的象征性价值在于赋予阅读者脱俗、高雅、高贵的身份。显然，诗集《望舒草》诗歌广告告知我们，现代派诗歌注重"内在的、自足的艺术价值和艺术规律，寻求新诗的自律性和独立的艺术地位"①，它以简明、别样、持久和富有魅力的形象彰显自身。从更广泛的意义上说，这是诗歌广告书写者所设计的中国现代主义诗歌的形象识别符码与体系，此种形象符码与"新的人民的诗歌"所强调诗的"实用性、功利性、社会性、政治性"价值形象存在巨大的反差，因而顺势成为当代诗歌广告重要的解构对象和超越起点。

为了由里到外"包装"当代诗歌形象，广告策划者也非常注重诗歌的有形形象塑造，他们从诗风、诗情、诗语、诗体等形象要素入手，在广告语的反复描摹中凸显当代诗歌清新质朴、通俗易懂和简洁明快的新风貌。

首先，当代诗歌广告文本所强力塑造"新的人民的诗歌"之优美、简洁、素朴和明快风格特征。比如，一些广告如此介绍诗集的特色，认为李季的《玉门诗抄》"以真挚的感情、简洁的风格"见长；魏巍的《黎明的风景》"在风格的优美上，在人物事件的刻画上，表现得深刻而生动"；孙敬轩的《唱给浑河》诗句"朴素热情"，"内容清新，格调亦较为明朗"。《南海渔歌》则"笔调清新、朴实，具有民歌风味"。如果说现代"纯诗"以繁富、晦涩、感伤之风彰显特色，那么当代诗歌则以"简洁""优美""朴素""明朗"等特质凸显个性，于是，广告书写者就把这些富有个性特征的语词，作为当代诗歌的重要识别码进行广告编码和形象打造、宣传，让读者在广告信息的接受中增进对当代诗歌的个性品质的了解并达成某种"共识"，改变自身的审美偏好和阅读习性，最终经过广告长期累积效应，培养一批追求和守卫新的诗美原则的忠实阅读者。

其次，当代诗歌广告努力呈现"新的人民的诗歌"诗情的真挚性、激进性和豪迈性。当代诗歌广告通过反复、强调等手法描述诗歌

---

① 刘继业：《新诗的大众化与纯诗化》，北京大学出版社2008年版，第1页。

的情绪特征："这本集子以尖锐的笔锋、无情讽刺的烈火，把胡风反革命集团最阴险、最恶毒的嘴脸暴露出来"（《肃清胡风反革命集团讽刺诗选》），"诗人的情绪是紧密结合我们这个时代的"（《致以石油工人的敬礼》），"《天山牧歌》洋溢着时代的感情"，它是"显示生活、人民的思想、诗人的热情共同凝结成的艺术品"（《天山牧歌》）。应该说，这些广告词的话语修辞从情感诉求层面渲染了诗集的感情色彩，紧紧抓住了当代阅读者特殊的情绪或情感反应，尤其满足了那些渴望实现政治、经济和文化翻身的广大民众，对激越、亢奋和豪迈情感的深情期待，能够有效触发他们的需求兴奋点，唤起他们情感共鸣和精神震颤，继而影响其现实行动与表现。当代诗歌广告以隐蔽的方式影响人们对诗歌诗情的选择性注意、选择性理解和选择性记忆，从而刷新自我记忆中的"新的人民的诗歌"形象。

最后，当代诗歌广告竭力展现其诗语的质朴与通俗，以及诗体的民族化、大众化。比如有些广告这样突出诗语特质：骆文的《一颗红心为革命》"以丰富的感情，写下了风韵清新、语言质朴的诗篇"，诗集《双反战歌》则"一翻开书，容易令人感觉到：它所用的语言，流利、通俗"。有些广告这样叙述诗体特征：戈壁舟的《山歌传》"用的是山歌联唱的形式"，闻捷的《复仇的火焰》在语言形式上，"显然不是一般的半自由体，而是吸收了新疆各民族民歌的某些因素的新形式"，张志民的《礼花赞》"作品形式除一部分自由体外，大部分为作者操纵熟练的民歌体"，作者"纯熟地运用农民语言，朴素，练达，充满了生活情趣"。广告文本不仅满足了国家权力主体所提出的，创作群众喜闻乐见的民族化和大众化的文艺作品的刚性需求，同时也注意到了普通民众阅读水平和阅读习惯。语言浅近与通俗，诗体的民族化与大众化庶几成为"新的人民的诗歌"重要的看点、亮点和卖点之一。这些广告一定程度上消解了现代新诗给人留下的"雅致"与"高贵"印象，重塑当代诗歌作为"下里巴人"的形象特质，不但促使读者摆脱阅读诗歌的恐惧感和惶惑感，而且激发他们购买诗集和阅读诗歌的欲望与热情，让他们在近乎浅近的语言狂欢和"民族化"诗体形式的迷恋中，体验文化翻身愉悦感、尊严感和神圣感。综上所述，从表面上看，读者在诗歌广告中读到的是诗集的内容和艺术特征的介绍，实际上在广告话语修辞的强大攻势下，暗中接受的是这些信息：什么样的诗歌理念和审美趣尚才"正统"，什么样的诗歌价值指向才有"意义"，什么样的诗歌才是理想的诗歌范式，说白了，诗歌广告通过长期高密度的信息传播，有效地激发和制约了读者对当代诗歌理想形象的想象与追寻。

二 当代诗歌广告书写问题

虽说在当代诗歌广告文本的编码与解码过程中，"新的人民的诗歌"新异与合法形象被逐渐建构起来，此举极大地推动了当代诗歌的生产、传播与阅读，但是当代诗歌广告书写存在许多诸多不容忽视的问题，这些问题影响了其形象塑造和传播效果。

其一，当代诗歌广告编码方式模式化。当代诗歌广告撰写者习惯用一些老套的语句和叙述方式，文本中的某些元素反复出现，广告构思思维定式，语言生成自动化。具体而突出的问题是，许多广告实际上就是内容摘要和作品简介，不仅缺乏个性也无明显的新意。比如《文艺报》1950年第5期刊登的艾青《欢呼集》广告：

> 这是日本投降以后五年来诗人对国内外重大政治诗情所发出的声音，有对人民胜利、人民领袖热情的欢呼；有对保卫世界和平的坚强号召；有给战争贩子沉重打击的正义歌声和辛辣讽刺。

显然，这是一则"内容简介"式的诗集广告，广告设计者意图鲜明：一是有意规避从共时性和历史性维度，阐明这本诗集的独特艺术风格与个性；二是着力从诗与主流意识形态关联角度，发掘《欢呼集》对时代政治的回应，凸显诗集工具性价值。20世纪50—60年代诗歌广告大多数就是诗集内容的扼要陈述，许多广告编码规则都大同小异："这是×××选集。共分×辑，第一辑写××，第二辑写××，第三辑写××";"这本诗集分××卷,×卷反映了××,××卷反映了××";"这些诗写出了××,也写出了××。从这些诗我们看到××,也体会到××";等等。当广告用语和思维表达的个性被磨平,特定的编码程式定型之后,广告文本的丰富性、创意性和诱导性就被大幅度削平,当广告中高度模式化的"套话"不断蔓延并最终成为文本构成的固定"螺丝钉"时,接受者的思维习惯和审美视野皆受到钳制,甚至产生严重而顽固的语用惯性或思维惰性。与此同时,失去创意和策划的诗歌广告,在具体的信息传播过程不仅容易使阅读者产生审美疲劳,还可能减少其被关注度,降低读者阅读诗集的兴趣和购买诗集的意愿,这自然也使当代诗歌形象不易保持长盛不衰的魅力。

相较于陷入"模式化"编码方式桎梏中的当代诗歌广告,现代诗歌广告不论是文本修辞的可读性和感染性,还是编码规则的多样性方面都有许多可圈可点之处,且以李金发《食客与凶年》诗集广告为例:

> 以前李先生出了一本诗集叫《微雨》,因为要把异国情调移植到文学中来,诗笔难免不合中国人的胃口一点。因此,差不多个个读者在说"微雨难读"。然而,读微雨的总是很多,难读也要读;这是为什么呢?,现在李先生又出了一部诗集,异国情调的描绘,始终是他的"特点",而诗笔却与以前不同了,读者见了,一定比第一集微雨更欢喜读。

这则广告颇具修辞诱惑性,它采用悖谬修辞手法:"差不多个个读者在说'微雨难读'。然而,读微雨的总是很多,难读也要读",诗歌"难读"却读众多多,这种传播中的悖谬现象很容易激发接受者的探究兴趣,而后广告又揭示《食客与凶年》之于《微雨》的传承性与变异性,且信誓旦旦:"读者见了,一定比第一集微雨更欢喜读"。与"当代"诗歌广告词的平庸乏味和实效性底下相比,这种广告编码方

第二章 当代诗集广告研究

77

式渗透了撰写者的真性情，不落俗套的广告语给人以新鲜和陌生之感，具有很强"人文性质、思想文化性质和商业销售性质"①，对读者产生的劝诱性是可想而知的，它给那些"爱读诗的人"带来极大的话语诱导，许多人禁不住要一睹为快。

其二，当代诗歌广告"书卷气"缺失而"匠气"十足。如果说现代诗歌广告既有鲜明的"商业气"又不时显露出浓厚的"书卷气"，那么当代诗歌广告则"书卷气"缺失而"匠气"十足。现代诗歌广告的字里行间散发着浓郁的"书卷气"："在这里充满了热烈又悲哀的气息，他的和谐而又浏亮的调子，更非近来一般新诗作家所可企及，此书印刷装订，精雅美观，与内容相称"（王独清:《圣母像前》），诗集用"上等道林纸精印，三十二开本，一百余页"（刘大白:《邮吻》），"这篇是零乱的梦境，可又是一个有机体；将时间空间的远距离用联想组织在短短的午梦和小小的篇幅里"（卞之琳:《组织与距离》）。可以说，这些广告无论是对诗集装帧与用纸的介绍，还是对诗歌特质的精彩评点，都透露出文人雅士那种内化于心而外化于形的对精粹、雅致和富有品位艺术的追求，以及对内宇宙的探微与谛听，文字生灵动而活泼。而当代诗歌广告风格出现新的变化。以《中国人民志愿军诗选》广告为例：

> 这本诗选，通过朴素生动的语言，传达了中国人民志愿军的伟大的爱国主义和国际主义的思想感情，并反映了他们的崇高的英雄品质。这是为保卫祖国安全的战士们的正义的呼声，是世界和平的进军号。

这则广告文字表述严肃而谨严，少有陌生化的语词组合和耐人寻味的句子，更缺少新鲜、灵动和冲击力的广告语。在政治与文化相互胶合的20世纪50—60年代，诗歌广告内容刻写了时代印痕，言语一

---

① 吴福辉:《以广告为中心的文学编年史写作断想》,《汉语言文学研究》2012年第4期。

板一眼，对于那些艺术修养比较高的读者而言，他们几乎难以感受到到带有生命体温和充满智趣的广告文本带来的精神愉悦一定程度上增加了"新的人民的诗歌"形象重构的难度。

诚然，当代形象的修复与重构是在诗人、诗评家、媒体人和读者等多方合力下完成的，诗歌广告策划者与书写者在加速诗集的发行与流通，和诗歌形象重构方面发挥了重要的作用。虽说诗歌或诗集本身的思想和审美价值对诗歌形象的构建至关重要，但在互联网高度发达的今天，诗歌广告在帮助新诗逐渐摆脱"被矮化、丑化"的形象危机的意义与价值，亦值得我们重新审视与估量。

第三节　当代诗集命名与诗歌"辨识度"传播

在1949—1966年的中国内地诗坛出版了许多诗集，它们以大视角、多方位和集束呈现的方式有效地推动了当代诗歌传播与接受。诗集题名作为一种具有鲜明"识别度"的指代或表征性符号，既暗含着当代诗人对理想诗歌范式的理解与探求，又显示出特定政治文化语境规约下创作主体诗歌理念和心态嬗变的轨迹，同时还折射当代诗歌编选者为提高诗歌"辨识度"而采取的殊异的传播策略。诚如有论者所言："书名是对书籍内容的精练概括，处于书籍显眼的位置，以书名做广告，具有事半功倍的效果。"[①] 本节试图以当代诗集命名为考察中心，探究文化与政治高度胶合的20世纪50—60年代，诗集命名的创新法则与诗歌"辨识度"传播的内在关联，以及由此引发的诸多不可预料的矛盾和问题。

一　诗集命名法则与诗歌"辨识度"传播

诚如有论者所言："在中国现代诗歌发展史上，具有共同文化背景、思想观念、诗歌观念和艺术追求的诗人们形成一个诗歌共同体，

---

① 马秀文：《我国古代书籍广告略论》，《图书馆工作与研究》2014年第7期。

一个诗歌共同体形成一种独特的审美范式"①,1949年以降,新中国的诗歌工作者作为"一个诗歌共同体"开始推动诗歌审美范式在诗歌题材选择、价值指向、文体样式、语言特质、抒情/叙事策略及诗美追求等方面的转型,努力提高"新的人民的诗歌"的"辨识度"传播。这里所谓的"辨识度"是指"新的人民的诗歌"作为新中国文化权力主体所构想的理想的诗歌范式,有别于既往已存的现代诗歌传统的生产、传播和接受方式,以及诗歌文本所具有的独异的精神特质和审美趣尚。在当代文学演化逐渐走向"一体化"的文化语境中,"新的人民的诗歌"传播的"辨识度"是一种"群体"大于"个体""整体"多于"局部"和"宏观"超越"微观"的诗歌复合形象"识别度"。那么,当代诗集编选者究竟采取哪些富有时代特色的命名法则打造诗歌的"辨识度"呢?

首先,以"题材"为诗集的价值标识,凸显诗集命名的题材导向。在20世纪50—60年代,"'题材'被认为是关系到对社会生活本质'反映'的'真实'程度,也关系到'文学方向'确立的重要因素"②,题材问题在当代文学生产中变得如此敏感与重要,自然会引起诗选家们的高度关注与重视,它逐渐成为文坛的热点与焦点问题,潜在规导与影响人们对诗集命名的基本取向。《人民诗丛》总序曾这样写道:"由于我们渴望的信念实现了,我们所追求的日子到来了,一切行动、事件和崭新的人物都显示着新时代的活力在跳动,这一切开拓了新诗笔触的领域。'大众方向'是新诗歌的大宪章,传统的抒写个人感触的美的观念,转移到斗争、生产和战争的群众性行动中来了"③,这意味着"十七年"诗歌的题材选择从"个人感触"转移到"斗争、生产和战争"等领域,从诗人隐秘而幽深的"内宇宙"挪移到与政权合法性建构的历史与现实之中。因而在诗集的名称中,当代

---

① 吕周聚:《论中国现代诗歌审美范式的历史转型》,《首都师范大学学报》(社会科学版)2014年第4期。
② 洪子诚:《中国当代文学史》,北京大学出版社1999年版,第81页。
③ 《人民诗丛·总序》,正风出版社1950年版,第1页。

诗人很少涉及与时代保持遥远距离的"个人的感触",而是在"历史与现实"的双重维度中,以工农业生产、革命历史等题材为导向,寻求诗集命名与热门题材之间的关联(如表2-1所示):

表2-1

题材	诗集名称
农村	《村风》《火热的乡村》《山寨水乡集》《初耕》《青纱集》《麦苗青青》《农村墙头诗选》《草原夜景》《送"北大荒"》
工业	《印刷工人之歌》《工人集》《铁匠传记及其他》《玉门诗抄》《三门峡诗抄》《钢水沸腾》《炼钢曲》《钢铁江山》《冶金工人诗歌选》《烟囱》《煤山上》
革命历史	《通过封锁线》《战地上的一支芙蓉花》《渡江赞》《火线诗集》《送军粮》《唱给延河》《延河照样流》《静静的哨所》《革命烈士诗抄》《红旗、红马、红缨枪》《东海水兵诗歌选》

由表2-1可知,这些诗集命名传递出鲜明的"题材"等级意识,诗集命名者往往从"农村""工业"和"革命历史"等重大题材入手,从空间与时间层面出发,选择"乡村""煤山""战地"和"延河"等富有时代特色的词语,借助"麦苗""钢铁""红旗"和"红马"等借代修辞手法,凸显诗集名称与"重大"题材的联结,因为"题材的'大'或者'小',相对地规定着、影响着作品所能容纳的生活内容与历史内容"①,在此情形下,以诗名回应当代文学创作的热点题材,不仅能使诗集更加醒目,吸引读者更多的阅读注意,同时还能点亮诗集的价值,使其更具沉甸感和分量感。进一步说,直接或间接以"重大"题材镶入诗集命名可以有效地提高"十七年"诗歌的"辨识度"。因为纵观现代诗坛普遍流行的诸如《惠的风》《恋中的心影》《春水》《春云》《情诗》《游子的哀歌》《心琴》等诗集命名,所关涉的很大程度是纯粹个人一缕情思、哀叹与感悟。新中国成立之后,"新的人民的诗歌"建设者们力求突破这种曾经一度彰显现代诗人细腻情感、敏感神经和幽微生命体悟的命名传统,阻断抒发"小资产阶级"知识分子复杂情志的"纯诗"诗学资源,极力倡扬个体融入集

---

① 贾霁:《对于电影作品的题材问题的意见》,《文艺报》1953年第7期。

体、"小我"融入"大我"的主体观念,寻求诗与现实的政治文化运动、生产建设和阶级斗争的相互联动。在这一新的文化生产语境里,诗集名称融入并突出题材要素显然相当契合时宜,它能够有效超越现代诗集命名的强大惯性与传统,重建和彰显一种具有较高"辨识度"、有中国气派与特色的,可以表征"新的人民的诗歌"新气象的命名符号系统,从而赢得读者更加热切的关注目光。

有趣的是,虽然一些诗集的命名能与时代流行的"大"题材相匹配,但是名称所包含的时代特质"识别度"不是太高,这就必须通过"内容提要"等副文本进行补充和修正。比如从《山寨水乡集》命名可看出这是一部农村题材诗集,问题是,"山寨"和"水乡"这些符号容易让人唤起对古代"田园诗"的记忆,这种记忆又容易诱发人们的归隐念想,这显然与时代主潮相悖逆,于是,诗集的"内容提要"对题名进行意义的"修补"与"限定":这本诗选"描写鄂西的山区、田野和三峡的自然风光和乡土人情",目的是"通过对自然山川的描写和对新人新事的歌颂","感受作者的爱国激情","描写鱼米之乡的美丽富饶风貌和农村的新人新事新气象",意在展现"农业的飞速发展和农村社员精神面貌的巨大变化,以及他们的幸福多彩的现实生活"[①],这样一来,"内容提要"对题目内涵与外延进行意义的"增补",形成一种"有意味"的互文关系,深深"锁定"了诗集题名的意涵。

其次,以诗歌的动员力量为诗集传播效能标识,彰显诗集命名符号所蕴含的强大的革命精神与情感能量。抗战时期,中国共产党人建立了具有广泛和深远影响的抗日文化统一战线,累积了较为丰富的文化动员经验,在这些经验中文艺的宣传、教育和鼓动功能受到左翼作家的高度重视并被极力放大。1949年之后,"新的人民的文艺"设计者力求依凭文化动员的传统经验,借助文学动员力量来为新的民族国家凝魂聚气,为时代经济、政治和文化建设凝心聚力。为此,"动员""作为中国的某种'隐形'的政治—文化结构","呈现在当代文学之

---

① 刘不朽、管和用:《山寨水乡集》,湖北人民出版社1963年版,第1页。

中，并控制着当代文学的写作"①，使得文学文本浸染浓重的政治文化色彩，布满煽情性的话语修辞。此类"动员"文本对民众起到全面启蒙的作用，既培养他们的"主人翁"意识和集体意识，又激发他们的政治和文化参与热情，同时还提升他们将革命精神外化为现实行动的主动性和自觉性。在文学肩负着艰巨的时代重任的年代，"十七年"诗集命名通过选择富有动员感召力的语词张扬革命的精神力量和情感能量，借此提高诗集的效能"识别度"，具体表现为以下三个方面：

一是把"英雄"作为诗集命名的常见或必备符码。冯雪峰曾指出："创造正面的、新人物的艺术形象现在成为一个非常迫切的要求，十分尖锐地提在我们面前"，这些"新型的英雄""身上集萃着工人阶级和劳动人民的创造性智慧和一切新的、在生长着的崇高的品质"②，可以说，打造一批具有"崇高性格和品质"和榜样力量的时代英雄，成为当代文坛一股强旺的创作潮流，于是，"英雄"很快上升为1949—1966年传播媒介中广泛流行的"高能"热词。受此影响这一具有精神感召力的"英雄"符号，也在"十七年"诗集的封面上"四面开花"，比如《黄河英雄赞》（王亚平，1950）、《英雄碑》（吕剑，1951）、《人民英雄赞》、《英雄与孩子》、《英雄的造船厂》、《毛主席的小英雄》（柯仲平，1955）、《英雄人民战斗在十三陵水库》（1958）、《英雄之歌》（山东省群英会诗歌朗诵广播会诗选，1960）、《英雄歌》（田间，1959）、《英雄战歌》（田间，1959）、《英雄岩》（那沙，1960）等。从这些诗集命名来看，它们采取"英雄+身份（工农兵、儿童）"或"英雄+空间（工农业生产或战争空间）"的命名法则。总体而言，"英雄"字样在现代诗集名称中较少出现，但在"十七年"诗集的封面上"英雄"却如此频繁、密集地"亮相"，其背后隐含着特定时代人们心理诉求的变化和诗歌理念的嬗变。高岗在《英雄之歌》的后记中谈到，之所以以"英雄之歌"为诗集名称，是为了凸显"人民军队以无比的英勇与

---

① 蔡翔：《革命/叙述：中国社会主义文学——文化想象（1949—1966）》，北京大学出版社2010年版，第73页。
② 冯雪峰：《英雄和群众及其他》，《文艺报》1953年第24期。

顽强，为人民事业不惜牺牲一切的战斗精神"，回应青年们对"他们最喜欢的人民军队战胜敌人的故事"的"无休止的询问"，并"向参与作战的英雄们的致敬"①。由此可见，以带有"英雄"字样的书名，既可以满足和平年代青年们对英雄的崇拜与仰慕，吸引他们的眼球，又能让诗歌融入文学创作的主潮之中，因为"描写先进分子或英雄人物的高贵品质加以突出的描写，以教育全体人民，这是我们的现实主义——社会主义现实主义文学的最根本的任务"②。也就是说，在一个由"思"转向"信"的文学接受语境里，英雄作为一种完美化的形象符号所隐藏的"精神密码"和呈现的"崇高美学"，可以"教育人民"让他们在认识英雄的同时认同英雄，以完型化的英雄符号为"镜像"不断重塑自身，广泛地影响和带动民众在生产建设和阶级斗争中不断制造新的英雄形象，实现文学动员民众的价值诉求。由此可见，诗作为民众精神动员的"武器"这一诗学理念正潜在影响着诗人的话语选择。"英雄"语词在媒介传播出现的频率之高，以及在诗人和民众心目中的位置与分量之重，使其迅速演化为20世纪50—60年代影响人们观念系统和行为实践的极具"标识性"的符码，这一符码有效地提高了"十七年"诗集名称的"响亮度"和"辨识度"。

二是用"鲜亮"且蕴含革命美学因子的语词进行诗名编码。在现代诗集命名中常出现一些具有明显消极意味的暗淡语词（如表2-2所示），这些语词表征负面的情绪或态度：

表2-2

诗集名称	诗名隐含的负面情绪或态度
《歧路》（周作人）、《新的彷徨》（杨宗禹）、《漂泊者之歌》（刘岚山）、《挣扎》（青萍）	歧路彷徨与选择
《夜哭》（焦菊隐）、《惆怅》（邹蕴真）、《低诉》（陆晶清）、《苦诉》（冰痕）、《青春的哀歌》（邵冠华）	灵魂的苦与哀

---

① 高岗：《英雄之歌·后记》，天下出版社1951年版，第83—84页。
② 冯雪峰：《论〈保卫延安〉的成就及其重要性》，《文艺报》1954年第15期。

续表

诗集名称	诗名隐含的负面情绪或态度
《孤寂》（张蓬洲）、《孤零》（于赓虞）	无处皈依的孤独
《残梦》（孟超）、《良夜与恶梦》（石民）	残缺的梦魇
《死前》（王独清）、《魔鬼的舞蹈》、《花一般的罪恶》（邵洵美）	死亡的恐惧

如表2-2所示，许多现代诗集的命名隐含着不少的消极情绪，有些诗集"表现的情思""十分的宏深与凄艳"，给人以"天国的启示，死之地狱的战栗"[①]，有些甚至"全部尽是悲哀郁痛的歌唱，在热情的飞迸中高呼狂喊出'恋'与'思'的苦闷，'爱'与'死'的忧烦"[②]，这些诗名虽然具有"内倾型"诗人所恋慕与追寻的别样的诗意之美，但是暗色的语词可能使读者一味拘囿于自我"内宇宙"的逡巡与眷顾，沉迷于自我精神疗伤与救赎，而忽略诗歌与历史现实的直接关联，无法冲破个人的"小天地"而汇入时代的洪流之中。为此，在20世纪50—60年代文化动员的语境里，"十七年"诗人力图改变把诗歌当作精神贵族艺术"奢侈品"的命名方式，防止消极情绪的侵袭，努力从诗集的命名中传递时代的正面情感能量（如表2-3所示）：

表2-3

诗集名称	诗名隐含的革命美学因子
《战斗的旗》（严阵）、《奔腾的马蹄》（卢芒）、《胜利的红星》、《保卫红领巾》（袁鹰）、《怒潮澎湃》（解放台湾诗集）	战斗的信心与豪情
《献给火的年代》（李瑛）、《火热的乡村》（王书华）、《欢歌集》（万里浪）、《欢呼十三陵水库》、《喜报》（郑成义）、《娄山笑了》（丁戈）、《社办林场放光芒》	火热的建设激情与收获的喜悦
《为了金色的理想》（纪鹏）、《发光的日子》（丁力）、《春华初集》（田奇）、《大地春早》（未央）、《我迎着阳光》（戈壁舟）、《东方升起的朝霞》	富于朝气的青春梦想
《红都集》、《天安门上的红灯》、《红花满山》（李瑛）、《红旗下》、《红百合花》	"红色"意象里的喜庆与蓬勃生命力

[①] 刘福春：《中国新诗编年史》（上卷），人民文学出版社2013年版，第126页。
[②] 刘福春：《中国新诗编年史》（上卷），人民文学出版社2013年版，第105页。

由表2-3可知，无论是战斗的豪情也好，还是火热的建设激情也罢，不论是富有朝气的青春梦想，还是欢庆的喜悦，都能有效激发人们内心所潜藏的革命与战斗力量——一种催人奋进与向上，给人希望与自信的力量。诸如"火热""战斗""欢呼""阳光""朝霞""红旗"等"十七年"诗集命名中常见的"鲜亮"的语词，所聚集的积极力量形成了特殊的话语场域，表现出"英雄的人民在紧张、愉快地战斗着、劳动着"的新状态①，展现了像"那满山满谷红花"般"战士的生命和青春"②，以及"坚强的战斗意志，英勇的牺牲精神"③，显露出工人阶级"豪迈的英雄气概"和冲天的"革命干劲"④。诗集命名既折射了新的民族国家国民精神的新面貌，又反映了"十七年"诗歌的价值新指向——高扬时代主旋律与扎根现实土壤，"结结实实地踏在民众的命运'脉搏'上"⑤，以醒目的含纳革命与战斗美学的符号组合彰昭诗集的"辨识度"。

三是以"颂""歌"与"唱"为诗名的核心关键字，强化命名关联性。歌唱新中国、赞美新时代成为文学创作的主流。与此相关联的是，"××+颂""××+歌"和"××+唱"成为"十七年"诗集命名的流行模式（见表2-4）。

表2-4

高频字眼	诗集名称
颂	《祖国颂》（诗刊社）、《山城颂》（中国作家协会四川分会）、《红旗颂》（蔡天心）、《红旗颂》（张蒲家）、《红旗颂》（张志民）、《铜锣颂》（瞿钢）、《白杨颂》（雁翼）、《两都颂》（郭小川）、《迎春橘颂》（阮章竞）、《十月颂歌》（郭沫若等）、《光辉颂》、《人民英雄颂赞》（苗培时）
歌/唱	《歌唱红旗》（戈振樱）、《唱给浑河》（孙静轩）、《歌唱南泥湾》（师田手）、《放歌集》（贺敬之）、《五岭笙歌》（关振东）、《唱给地球》、《唱给祖国》（雁翼）、《火光中的歌》（顾工）、《十月的歌》（陈辉）、《友谊之歌》（萧三）

---

① 纪鹏：《为了金色的理想》，解放军文艺出版社1959年版，第88页。
② 李瑛：《红花满山·题记》，人民文学出版社1973年版，第1页。
③ 方冰：《战斗的乡村》，作家出版社1957年版，第160页。
④ 中共抚顺矿区委员会宣传部编：《矿工战歌·前记》，辽宁人民出版社1958年版，第1页。
⑤ 张均：《重估社会主义文学"遗产"》，《文学评论》2016年第5期。

由表2-4可以发现，"颂""歌""唱"等关键字"争先恐后"地奔向诗集的封面"舞台"，这意味着颂歌/赞歌已然成为1949—1966年中国内地诗坛极为盛行的诗歌样式，这类颂歌通常以仰视的视角、赤诚的心态、纯粹的情感和欢快的节奏，赞颂新的民族国家在经济、政治和文化方面的新气象。徐迟在《祖国颂》的序言中写道："人们说，梦是美丽的。但在我们伟大的祖国，现实比梦更美丽。在我们的祖国，多少现实看起来好像奇迹，多少现实听起来好像神话一般！只有短短十年时间，我们收拾了旧中国破烂的摊子，成长为青春的中国，飞跃前进"[①]。这里，话语主体用"青春""美丽""奇迹"和"神话"等语词，向人们构建了一个新生国家焕然一新的景象。如此众多的诗集命名都带有"颂"与"歌"字样，这些"颂歌体"诗歌通常在"过去—现在—未来"的时空维度中，构造了国家新图景和新风采，一方面有效地重塑民众的"家—国"想象和政治记忆，另一方面又唤醒了民众实现全面"翻身"之后的获得感。简言之，"十七年"诗人精心遴选了一批关键字作为诗集题名的核心符码，这些符码为诗集抹上了一层鲜艳的时代色彩。

二 当代诗集命名的隐性问题

梳理"十七年"诗集命名所表现出来的"有意味"的变化，可以发现"追新逐变"的当代诗人对"新的人民的诗歌"理想范式的真诚期待与执着探求，这种理想的诗歌范式表现为：追求"重大化"的诗歌题材，具有显著动员效应诗歌功能，传递社会"正面力量"的诗歌情感，这些追求折射了创作主体以诗参与历史建构与现实政治的渴念。问题是，这种纯粹以文学的最佳现实效用为旨归的文学生产、传播与接受理念，也给"十七年"诗集的命名带来了复杂影响。进言之，虽然"十七年"诗人采取了多样化的命名策略从整体上加速了诗集的"辨识度"传播，但是这些具有一定"创新"思维的命名方式一旦固

---

① 徐迟：《祖国颂·序言》，中国青年出版社1959年版，第1—2页。

化并被广泛模仿，又使诗集命名陷入"程式化"生产泥淖之中，其个性变得越来越模糊，"辨识度"渐趋式微，具体问题表现在以下两个方面：

首先，"十七年"诗集命名的高度趋同化问题。所谓"趋同化"是指命名所选择的词语以及词语组合，都出现"类同化"和"同质化"的倾向。其中，最为显著的表现就是语词组合相似。以"A+B"型最为常见，有时是A为"常量"B为"变量"，比如孙静轩的《唱给浑河》和雁翼的《唱给地球》、《唱给祖国》，采用"唱给"（常量）加"浑河""地球""祖国"（变量）的命名方式，有时是A为"变量"B为"常量"，比如顾工的《火光中的歌》、陈辉的《十月的歌》和萧三的《友谊之歌》，采用"火光中""十月""友谊"（变量）加"的"或"之"（助词）再加"歌"（常量）的命名方式；有时A与B同时为"变量"，但语词组合趋近，比如《战斗的旗》《奔腾的马蹄》《胜利的红星》《火热的乡村》《发光的日子》等诗集名称，基本采用"形容词+名词"的偏正结构，这种命名技巧与策略使得不少诗集题名呈现明显的"类同化"倾向。产生这种现象的原因大致有：一是诗集编撰者为了解决"工农兵"读者诗歌整体接受能力普遍偏弱的问题，力求通过言简意赅、指向明确的模式化语词组合，规避题名意涵的典雅、晦涩和艰深，让读者阅读诗名后无须冥思苦想就能唤起直接、简单的联想。比如万里浪曾说他的诗集之所以取名为《欢歌集》，就在于通过这一超越隐喻和象征的诗名来增进人们对时代的感知与体认："我们生活在毛泽东时代，这是一个唱欢歌的时代，唱颂歌的时代，唱赞歌的时代！"[①] 在一个尊崇"工农兵"审美趣尚的文学接受语境里，此种拒绝"陌生化"命名方式，比较容易契合"工农"大众的接受心理和习惯，久而久之也就使诗人生成一种"自动化"思维惯性和命名的方式；二是当"类同化"诗集命名被看成"工农兵"喜闻乐见的诗歌风尚并不断流行开来时，这种命名法则逐渐在诗人中间达成

---

① 万里浪：《欢歌集·后记》，江西人民出版社1960年版，第64页。

"共识",继而不断上升为一种"超常规"的力量,促使其他诗人自觉消解自身"标新立异"的个性化艺术追求,"调整自己适合于社会风尚",从自身"所属的共同体中获得一个好名声",因为他们"担心被具有权威评判作用的公众的态度所孤立"①,而被迫或主动迎合被普遍认同的诗集命名方式,并渐渐形成一种思维定式和话语表达成规,潜在地牵导着诗人的语词选择、遣词造句方式和话语修辞策略。在这种情形之下,一些诗集题名甚至出现"撞车"现象,比如蔡天心、张蒲家、张志民三位诗人都有一个同名的诗集——《红旗颂》,如此"雷同"诗名不但掩盖了诗集的别样风采,而且极大消解了此类诗集在诗坛中的"识别度"。由此可见,"十七年"诗人一方面竭力超越现代诗集命名传统,以新异的诗集命名提高"新的人民的诗歌"的"显示度",另一方面又不知不觉陷入题名的竞相"复制"和盲目跟风的迷阵之中,这使得题名符号难以彰显诗人独特的文化个性,诗集"辨识度"传播的持续性强劲动力不断衰减与弱灭。

其次,诗集命名偏重于探求诗名与意识形态的内在勾连。翻检1949—1966年的诗集,不难发现,绝大多数诗集题名都以内容为导向,聚焦诗与革命历史、政治文化运动、工农业生产建设和阶级斗争等外部的关联。比如陈山的《开国集》主要"对新中国成立以来一些重要事件的刻画和关注"②,文莽彦的《井冈山诗抄》"主要是反映井冈山和南昌城的斗争及其传说故事的诗"③,宇宙的《英雄的赞歌》则"展示武钢建设的宏伟图景,歌颂为这一工程做出巨大贡献的劳动英雄"④。这些诗集命名要么以重要的时间节点为依据,要么以重要的革命圣地为对象,要么以英雄人物为核心,特定的时间、地点和人物都隐含着鲜明的主流意识形态。另外,如果从诗集的副文本资料所编织

---

① [德]伊丽莎白·诺尔-诺依曼:《沉默的螺旋:舆论——我们的社会皮肤》,董璐译,北京大学出版 2013 年版,第 68 页。
② 陈山:《开国集》,新文艺出版社 1950 年版,第 1 页。
③ 宇宙:《英雄的赞歌》,湖北人民出版社 1959 年版,第 1 页。
④ 文莽彦:《井冈山诗抄》,作家出版社 1958 年版,第 1 页。

的文本网络来看,题名、内容提要和序跋之间形成互文关系,内容提要或序跋往往"锁定"题名的阐释向度与空间。比如,严阵的一部诗集名曰《山丹集》,题名的由来与"山丹花"有关,在陕北人的心目中火红艳丽的"山丹花"属于"爱情之花",在延安时期山丹花则被赋予了新的时代内涵,成为革命的象征,倘若以混合了爱情与革命元素的"山丹花"意象作为诗名,容易使读者在初读诗名时产生歧义,于是,严阵在后记中介绍了"山丹集"题名的缘由:"每当长夏,走进草原深处,在那遍地碧绿的背景上,可以看到成片的山丹花,鲜明艳丽,如同炽燃的野火,它,常常使我想到人们开辟创造的热情,和这块可爱的土地上蓬勃昌盛的景象。我爱山丹花,故名山丹集。"① 这里,山丹花成为"开辟创造的热情"和"蓬勃昌盛的景象"的隐喻,后记明确了诗名的革命性意涵,固化了题名的意识形态属性。随着文学思潮的不断激进化,诗集题名愈发显得单薄、粗糙和僵硬,令人深感战斗激情有余而诗意回味不足。总之,经过"十七年"诗人的积极探索和努力实践,当代诗集题名确实突破了现代诗集命名传统范式产生的思维桎梏,拥有了独具时代特质的命名法则与命名符码,促进了诗歌"辨识度"传播,与此同时,它又生成另一种隐蔽的思维惯性,强大的语词选择与组合规则,最终演变为一股潜在的"自反"力量消解题名的新颖度和显示度。

---

① 严阵:《山丹集·后记》,北方文艺出版社1963年版,第132页。

第三章 当代诗刊副文本研究

在当代诗刊的"正文本"周边存在发刊词、编后记、编者按、稿约、诗讯、启事、诗评等副文本资料,深入分析这些副文本资料,既可以窥见时代语境嬗变、文学思潮涌动与期刊格局调整在诗刊上留下的深刻印痕,又可以见出刊物的主持人在刊物定位、办刊方略、编辑理念和发行流通等方面独特追求。本章拟以《大众诗歌》《人民诗歌》《诗刊》等刊物为考察中心,探究当代诗歌副文本资料与诗刊话语转型、人民话语建构、编者话语修辞之间的内在关联。

第一节 《大众诗歌》与新中国成立初期诗刊话语转型

20世纪90年代以降,1949—1966年发行的文学期刊逐渐成为研究者考察文学生产机制、研判思潮流变轨迹、诊断文学发展症状和观察读者趣味嬗变的重要史料。受此研究语境的影响,诸如《文艺报》《人民文学》《诗刊》《文艺学习》《星星》等一些有力推动当代文学生成与发展的主流期刊受到学界格外关注。相形之下,1949年前后,一些身处新旧时代交替的巨大历史旋涡中,努力寻求蜕变新生,生命如"昙花一现"般短暂的文学期刊,却渐渐淡出了当代学人的研究视野。

《大众诗歌》是新中国成立初期相对沉寂的中国内地诗坛诞生的有广泛影响的诗刊,现已鲜少有人知晓或提及。它的前身是《诗号角》,于1948年8月由北大一些思想上较"进步"的大学生联合创办的诗刊,出版经费全部由发起成员之一赵立生承担,1949年11月停刊,共出刊8期。同年12月《诗号角》进行人员重组,拟更名为《大众诗歌》。1950年1月,《大众诗歌》在北京创刊,"大众书店出版发行"①,由具有丰富编辑经验的沙鸥和王亚平担任主编,晏明任执行编辑,编委会成员有沙鸥、艾青、臧克家、田间、徐迟、力扬、晏明、王亚平、袁水拍和赵立生。耐人寻味的是,这一有许多"老诗人"加盟的诗刊,只发行12期就停刊了。它如朝露般转瞬即逝的生命给我们留下了深深的遗憾,也不禁让人产生长久的疑惑:《大众诗歌》以何种姿态适应新的逐渐倾斜的文学场?在顺应不可逆转的文学"一体化"潮流,与适度追求同人期刊的独特风尚之间,它采取哪些复杂的转型策略?它究竟遭遇哪些难以突围的转型困境?本节以1950年《大众诗歌》(第1—12期)为考察对象,以话语转型为切入点,沿着期刊的诞生、成长与消亡的轨迹,从期刊的话语空间设计与秩序重构两个维度,深入其生命成长的复杂文化网络和"真实"的文本腹地,揭示新中国成立初期诗刊转型的复杂与艰难,及其最终不幸"夭折"背后的多重生存困境。

一 《大众诗歌》话语转型的向度与策略

文学期刊是知识分子进行交流的重要空间之一,其所建构的传播空间的属性、向度和自由度深刻制约着知识分子话语权的实现机制与路径。随着新中国的成立,新政权希望通过掌握当代传媒的领导权,重组文学期刊话语空间的基本构造,建立一系列言说规则,构筑新的期刊话语空间。由于当代媒介性质的变化,《大众诗歌》"积极以《人民文学》为模仿对象,大幅调整其编辑风格"来推动自身转型,适应新的文化形势与读者的阅读需求②。不过,办刊人如何建构一种有利于适度保持期

---

① 赵立生:《回忆诗号角》,载《新文学史料》2012年第2期。
② 张均:《50年代文学中的同人刊物问题》,《文艺争鸣》2008年第12期。

刊的独特风貌，又有利于充分调动创作主体写作热情，同时还能满足工农兵阅读需求的媒介空间，是一件相当繁难之事。为此，《大众诗歌》负责人审时度势，采取一系列措施，设计一种内部充满活力的诗歌传播空间。这些措施主要有以下几个方面：其一，期刊更名与建构修辞幻象。《大众诗歌》命名的由来应追溯到另一诗刊《诗号角》，"1949年11月出版了第八期《诗号角》以后，有些诗人（主要是沙鸥）认为《诗号角》这个刊名也不够大众化，不易为工农兵所理解，于12月改组，成立《大众诗歌》社"①。刊物以"诗号角"命名表达了赵立生等发起者对诗歌的新期待："我们相信诗是一种有力的战斗武器"②，但这种命名容易被人误认为是知识分子的"诗号角"，而更名为《大众诗歌》则更能"为工农兵所理解"。更为重要的是，沙鸥等人试图设计一种带有鲜明倾向性的命名符号，既标明刊物新的身份特征、读者定位、审美风尚和价值追求，又呈现诗刊在新的文化语境里求新自变和主动转型的姿态。其二，寻找"元话语"与期刊合法性建构。《大众诗歌》创刊号的扉页印有"诗言志"三个大字。从某种意义上说，"诗言志"就是《大众诗歌》话语系统中的"元话语"，"权力中心制定统一的包容一切的'元话语'，它以'唯一真理'、'最高准则'、'至善思想'的面目出现，从而使一切其他话语成为边缘、派生"③。从更广泛意义上说，在新中国成立初期，"诗言志"作为刊物的"元话语"，本身具有丰富或多元的阐释空间，即"诗言志"中的"志"既可以指知识分子充满个性的情志，也可解释为"革命之志，无产阶级之志，社会主义和共产主义之志"④。这种策略选择，一方面让编者、作者和读者对诗刊的发展路向达成某种共识，另一方面又能够在"元话语"所敞开的多元阐释空间中获得属于同人诗刊特有的言说空间。比如，《大众诗歌》的"发刊词"认为"人民大众的文化水平不同，思想力、感受力的大小

---

① 赵立生：《回忆诗号角》，《新文学史料》2012年第2期。
② 赵立生：《回忆诗号角》，《新文学史料》2012年第2期。
③ 葛红兵：《权力分割与文化资源的分配》，《求是学刊》1997年第4期。
④ 丁力：《诗言志》，《诗刊》1961年第1期。

不同，也就规定了诗歌的创作不能固定一个形式"，而"非要迁就他们（指大众——引者注），没有原则的迎合他们，那就有当尾巴和流入庸俗的危险"①。创办者在这里表达了追求包容性发展的办刊愿望，"诗言志"这一"元话语"为确立与巩固期刊的地位，寻求诗歌创作"多样的尝试与发展"的办刊思路提供了有效的理论支撑②。其三，融入集体话语与重建期刊新形象。诗的大众化是20世纪50年代诗歌创作的主流，《大众诗歌》从创刊伊始就迅速融入当代诗歌的创作主潮中，发刊词发出了强有力的号召，"在如此新的形势，新任务下"，"诗人不允许躲在自我小圈子里，要面向人民大众，走进人民大众中间，和他们一同呼吸、一同感受、一同生活、一同提高、一同前进"，要把"创作人民大众所喜爱的诗歌作品"，作为"中国诗人们当前严肃而神圣的任务"③，把"反映人民现实的各种诗歌创作"作为征稿的重要标准④。这些努力旨在让《大众诗歌》顺应当代诗歌大众化潮流，以合乎人民期待的期刊新形象参与到"新的人民的文艺"理想蓝图的构建中。就现实情形而言，《大众诗歌》也确实在刊物的大众化方面进行了积极探索与尝试，比如开辟"工人诗选""战士诗选"专栏，这种专栏设计思路被后来《诗刊》《星星》等期刊效仿。再如刊发苗培时的《煤篙尖上论英雄》《生产方法大改良》等作品，不断培养和推出一批工农兵诗人，力求从诗人的身份属性、知识结构和心智系统等方面，为诗歌大众化转型寻找新的突破口。此外，注重凸显诗歌文本对意识形态话语的诗性转换，也是《大众诗歌》稿件的遴选标准，如歌颂中苏友谊（《苏联赞》《中苏友好同盟万岁》《毛主席苏联过新年》）、歌颂领袖（《大船的舵手》《毛泽东的语言》等）、歌颂英雄（《英雄的娘》《英雄的赞歌》）等诗歌占据了刊物大量版面。《大众诗歌》甚至还把重大节日和重要政治事件作为栏目设置的依据，特设

---

① 《大众诗歌创刊了》，《大众诗歌》1950年第1期。
② 《大众诗歌创刊了》，《大众诗歌》1950年第1期。
③ 《大众诗歌创刊了》，《大众诗歌》1950年第1期。
④ 《大众诗歌征稿简则》，《大众诗歌》1950年第7期。

"反对美帝侵略台湾朝鲜特辑""庆祝中华人民共和国国庆特辑"和"抗美援朝特辑"。这些特辑中政治话语已经全面渗透到诗歌的肌理之中,这是诗刊由个人话语向集体话语转型的重要表征。

二 《大众诗歌》的话语冲突与话语秩序重构

1942年毛泽东《在延安文艺座谈会上的讲话》(以下简称《讲话》)的发表,"标志着红色革命文学话语秩序在延安已基本建立"①,它以纲领性的文件规定了"工农兵在文学话语中拥有最大限度的'被生产'权"②,但刚性的文艺政策如何落"实"落"微"?《大众诗歌》在努力探索。首先,提升工农兵言说空间。《大众诗歌》创刊伊始编者所预设的读者是"文化水平不同,思想力、感受力大小不同"的"人民大众",由于编辑对刊物的服务对象——"人民大众"的"生活、思想、情感、语言,懂得不多,体验不够"③,加之他们"原决定以工农兵知识分子为对象,可是在思想上没有明确起来"④,因此造成刊物第1—6期知识分子诗作居多。林庚的诗歌《人民的日子》后来受到《文艺报》的严厉指责,"在我们已经确定了首先为工农兵方向的今天,诗歌是不应当再晦涩了,可是在今天的诗歌创作中,我们仍然不时看到写得很晦涩的作品",出现"玩弄词句的莫名奇妙的分行","用大众不懂的典故"⑤,这里"首先为工农兵"就指出了问题的要害,即《大众诗歌》未充分重视工农兵读者的阅读需求。当时就连编委会也不得不承认,在诗刊第1—6期中"初期发表的作品,还是知识分子写作的占多数",而能适合工农兵阅读需求的"稿子无论在内容上和艺术上都是贫弱的"⑥,更为重要的是,知识分子写工农兵的诗作本身不多,工农兵作者写自己的作品就更少了。以第1期为例,

---

① 李遇春:《革命文学秩序中话语等级形态分析》,《江汉论坛》2004年第7期。
② 李遇春:《革命文学秩序中话语等级形态分析》,《江汉论坛》2004年第7期。
③ 《把我们的工作改进一步》,《大众诗歌》1950年第9期。
④ 《把我们的工作改进一步》,《大众诗歌》1950年第9期。
⑤ 陆希治:《起码的要求》,《文艺报》1950年第8期。
⑥ 《把我们的工作改进一步》,《大众诗歌》1950年第9期。

这一期共发表诗作二十篇,其中十六篇(占80%)出自"老诗人"之手,尽管第6期和第8期开辟了工农兵诗选(歌谣选)栏目,但是相较于强势的知识分子话语,工农兵话语总体呈现弱势状态。这显然与期刊创办者将诗歌阅读对象定位于较为宽泛的大众而非仅限于工农兵有关。其次,主流话语与知识分子的话语失范。《大众诗歌》曾刊载知识分子话语失范的诗作,如沙鸥的《驴大夫》。沙鸥的寓言诗《驴大夫》写"驴大夫"因延误了患重病的小山羊的最佳救治时机,导致小山羊夭折,讽刺当时社会生活中存在的官僚主义作风。这首诗受到《文艺报》的点名批评,批评者认为其缺点主要有:一是作者"采取了不恰当的比喻,用驴来代表被批评的人"。二是诗歌"把环境不正确地违反现实地写得那样黑暗与阴冷"①。其实,《驴大夫》所涉及的问题有两个方面,即批判立场和话语修辞问题。《讲话》指出:"对于革命的文艺家,暴露的对象,只能是侵略者、剥削者、压迫者及其在人民中所遗留的恶劣影响,而不是人民大众。"②沙鸥错把"自己队伍"中的医生当成敌人来讽刺,由于在20世纪50年代文学作品常被认为是对现实的映射,因而试图通过文学来"介入"现实或对现实进行修辞重构是一种考验创作主体勇气与智慧的行为。《驴大夫》的话语修辞动机和修辞效果出现明显的错位,这种带有消极意义的话语修辞行为显然不利于建构理想的"新的人民的文艺"话语秩序。

福柯说,"话语并非仅是斗争或控制系统的记录,亦存在为了话语及用话语而进行的斗争,因而话语乃是必须控制的力量"③。1950年中共中央发出《关于在报纸刊物上展开批评和自我批评的决定》,在这一新的文学生产语境里,诗刊编辑们始终承受着来自各方面的压力,他们"尽量配合政治任务,发表了一些作品,在宣传教育群众上收到

---

① 段星灿:《评驴大夫》,《文艺报》1951年第1期。
② 毛泽东:《毛泽东选集》(第三卷),人民出版社1991年版,第872页。
③ [法]米歇尔·福柯:《话语的秩序》,许宝强、袁伟编,肖涛译,《语言与翻译的政治》,中央编译出版社2001年版,第16页。

了相当的效果"①，也采取了还不少措施向外界传递刊物主动适应新形势的积极信号：其一，刊发《北京诗歌工作者座谈诗人莱尼斯》一文，表明刊物主要作者正在接受思想改造和更新诗歌理念。参与此次座谈会的诗人有艾青、田间、臧克家、沙鸥、邹荻帆、王知远、徐放、方明、吕剑等。艾青表示"这个片子教育人们应该向人民群众学习，和人民群众一起生活斗争"，"诗人只有首先从人民群众中得到教育，他的创作才能反转来在人民群众中起到教育作用"。邹荻帆认为影片"告诉我们怎样才是发展为人民服务的诗人这个过程"，"怎样才是一个为群众服务的诗人"。田间则从"一个革命工作者（革命诗人）如何成长"中"受到了很大的教育"②。这些诗人是《大众诗歌》的中坚力量，将他们的座谈会发言刊登在1950年第5期上，说明诗刊的编者希望借助这篇宣传报道，表明虽然《大众诗歌》在办刊过程中出现一些问题，但是刊物的主要撰稿人正自觉接受思想观念改造，并努力推进知识分子话语向人民话语的转变。其二，期刊的自我整改。1950年第9期编委会发表了《把我们的工作改进一步》一文，对前期的办刊工作进行总结和反思，坦诚地指出刊物在实际运作过程中面临的问题：一是在读者定位方面"相当长的时期中"，"是模糊的、朦胧的"；二是在诗歌批评方面"注意得很迟，作得也很差"，"对作者与对读者都还缺乏严肃的负责态度"；三是在稿件选择方面"有很多失误的地方，有些稿子不应该刊出的，也轻率地刊出了"③。从发刊词中创办者信心满满地表示"大众诗歌的创作会有一个新的起色！新的面貌！新的进展"④，到这篇言辞恳切的工作回顾里编委会成员"请求读者们给我们监督，给我们提意见"⑤，不难发现《大众诗歌》正接受来自文艺主管部门和读者的监督。比如，在选稿方面，从第9期开始侧重于刊发

---

① 《把我们的工作改进一步》，《大众诗歌》1950年第9期。
② 赵立生：《回忆诗号角》，《新文学史料》2012年第2期。
③ 《把我们的工作改进一步》，《大众诗歌》1950年第9期。
④ 《大众诗歌创刊了》，《大众诗歌》1950年第1期。
⑤ 《把我们的工作改进一步》，《大众诗歌》1950年第9期。

"反映工农兵生活"和"工农兵自己的作品"①,借此扩大工农兵诗歌的发表空间。尽管此举收效甚微,但他们确实付出了真诚的努力。在栏目设置方面,第9期之后增设歌谣专栏和重大政治事件专辑,一方面突出工农兵诗歌的主导地位,另一方面强化刊物批评功能。在诗歌批评方面,《大众诗歌》早在1950年第6期之后就专设"论文"或"批评"栏目,每期发一篇评论文章,增强刊物的"战斗性"。例如,陈尧光的《不要虚浮的感情》对冀汸的《春天来了》一诗进行分析,指出其诗歌的问题:"吐露着的语言虽然是冲洗过的,却仍包蕴着感伤的气氛","一付革命者的外貌","时时流露出资产阶级的意识和幻想"②。《大众诗歌》在诗歌批评中进行话语类型的等级划分,建立纯净、健康和有序的有利于"新的人民的诗歌"发展的传播空间。总之,在新中国成立初期《大众诗歌》主持者努力调整刊物定位、栏目安排和用稿标准,在不断反思与改革中重构诗刊话语体系,探求诗刊的转型发展之路。

三 《大众诗歌》的话语转型困境

值得深究的是,在20世纪50年代尽管《大众诗歌》"对新文学秩序与话语规范显示了足够的殷勤"③,但出满12期后不得不宣告停刊。当事人对停刊的原因做出了不同解释,有人认为,是《文艺报》"以评文及通讯员和读者来信等形式"多次点名批评,"以致造成《大众诗歌》的领导存在问题"④,还有人认为,"这种'大众化'的方向,可能不为大众所喜闻乐见"⑤,故而主动停刊。这些解释大体契合历史实际,不过从话语困境角度切入1950年诗刊的具体现实,或许更有助于我们发现导致《大众诗歌》匆匆走向生命终点的更深层与复杂的原因。

---

① 《把我们的工作改进一步》,《大众诗歌》1950年第9期。
② 陈尧光:《不要虚浮的感情》,《大众诗歌》1950年第7期。
③ 张均:《50年代文学中的同人刊物问题》,《文艺争鸣》2008年第12期。
④ 晏明:《飘飘何所似,天地一沙鸥(上)——记老诗人、诗评家、编辑家沙鸥》,《新文学史料》2001年第2期。
⑤ 赵立生:《回忆诗号角》,《新文学史料》2012年第2期。

一是棘手的话语权力分配。在20世纪50年代,《大众诗歌》把郭沫若亲笔签名的《关于诗歌的一些意见》作为创刊号首篇文章,同时在这一期刊发由郭沫若推荐的一首诗《给母亲》,原文甚至附上推荐信,这些"有意味"的编辑策略表明编者重视作者的特殊身份,借此显示期刊对文坛"老诗人"的尊重。但事情的复杂性在于,要向权威诗人或诗评家频繁地成功约稿,显然是一件不太现实的事情,郭沫若仅在该刊第1期发表文章后,再也没有现身就是显例。此外,作为一份有独特追求的诗刊,编者又似乎不太愿意过度压缩知识权力在话语权力配置中的比例。于是,他们一方面大量刊发"圈子"内诗人的作品,另一方面经常发表一些诗人召开各种座谈会的报道。据统计,在第1—12期中,王亚平诗作计六篇,沙鸥诗作计六篇,晏明诗作计五篇,田间诗作计五篇,林庚诗作计四篇,徐迟诗作计四篇,另外,艾青、臧克家、吕剑、冯至、柯仲平、公木、严阵、力扬、端木蕻良等诗人也发表作品两篇以上。由于"圈子"内诗人的诗作占去了大量版面,严重挤兑了其他诗人的话语空间,期刊"每期要收到一百多篇稿件","好些可用的稿子都没法刊出"①。想通过增辟"信箱栏"来"为读者们解答一些有关诗歌的问题",缓和刊物与读者之间的紧张关系,结果这一设想没有付诸实践。在这种情形下,《大众诗歌》的编者不仅对来稿未"做到及时退稿",也没有"仔细具体帮助投稿者怎样地修改",表现出"不够慎重的态度"②。于是,刊物与普通读者关系就变得越来越紧张,许多读者就写信到《文艺报》批评《大众诗歌》,而恰好1950年全国又掀起报刊的"批评与自我批评"运动,《大众诗歌》很快就被推到了舆论的风口浪尖。那么,依照《讲话》精神,工农兵拥有比知识分子更多的话语权,为何编者不把更多话语空间让渡给工农兵呢?从表面看,编辑部确实在这方面做了许多努力,但当时工农兵文化程度普遍偏低,很难以自身的文化拥有参与到"新

---

① 《把我们的工作改进一步》,《大众诗歌》1950年第9期。
② 《把我们的工作改进一步》,《大众诗歌》1950年第9期。

的人民的诗歌"生产、传播与阅读之中，由于工农兵无力"接住"让渡的权力，知识分子自然容易忽视他们的精神诉求和言说空间。为此，编辑部并未把服务大众的对象紧紧锁定在工农兵身上，而是向包括知识分子干部、诗人、艺人（唱词栏目）、歌词爱好者（歌曲栏目）、儿童（儿歌栏目）等不同审美诉求和审美层次的大众敞开，使工农兵话语权的优势地位很难体现。那么，能不能通过知识分子写工农兵来实现权力的让渡呢？实际上，对于《大众诗歌》的主要作者来说，在"追新逐变"的文化浪潮席卷下他们一开始还不太习惯也不太熟悉如何"用自己脑子说别人的话"①，要真正提升工农兵诗歌在诗刊中的占比依然任重道远。凡此种种复杂情况，皆表明如何配置文化权力、身份权力和知识权力之间的权重，有许多不好把握和处理的难题，让《大众诗歌》主动退出诗歌舞台也许是刊物负责人无法突围困境后的一种无奈选择。

二是痛苦的诗歌话语体系转型。苏金伞在1949年《诗号角》的《编后记》中提道："不少的诗歌工作者目前正感到痛苦。原因是：一方面想面向广大工农兵，但对广大工农兵的生活、思想、感情又体会不深，一方面对自己语言、形式等早就发生了怀疑，于是，造就了当前一部分诗人的沉默，这种痛苦我们正在身受。"②《大众诗歌》的主持者和众多诗人一样承受着这种痛苦——一种因诗歌话语体系转换与重建而产生的痛苦。从期刊编委成员的知识谱系来看，不论是沙鸥、王亚平，还是艾青、冯至、徐迟、臧克家，都受西方诗学影响甚深，而包括林庚在内的其他"诗歌工作者"也概莫能外。他们不断"借西方的现代形态的话语来实现自身诗学的变革"③，西方诗学理念已悄然渗透进这些"老诗人"诗歌文本的内在肌理之中，形成一种强大的话语惯性和刻板的语态，并隐蔽地规约其诗歌实践。1942年《讲话》以降，一方面西方诗学体系受到质疑与批判，尤其是现代诗派的诸多诗

---

① 张均：《50年代文学中的同人刊物问题》，《文艺争鸣》2008年第12期。
② 赵立生：《回忆诗号角》，《新文学史料》2012年第2期。
③ 龙泉明：《中国现代诗学与西方话语》，《文学评论》2003年第6期。

学理念和诗美追求变得"不合时宜",使许多诗人不能不"对自己语言、形式"产生怀疑,另一方面虽然一种新的民族化、大众化的本土诗学体系逐渐建立起来,但《大众诗歌》主要作者的知识结构中坚固的西方诗学体系,以及自觉或不自觉的自我设限,使他们对新型的本土话语体系的认同、吸纳和转化仍需一个较为漫长的过程,要创作出工农兵喜闻乐见的诗作尚待时日,这意味着真正可用的工农兵诗歌稿源匮乏和办刊难度增加。这种因新旧话语体系转换带来的阵痛,正演化为一种无形压力传递给诗刊的主持者。总之,在西方诗学体系普遍失效,而本土诗学体系又尚未有效建立起来的文化转型语境中,如何激发有声望的"老诗人"的创作活力,让刊物发出响亮的声音并赢得国家权力主体的认同?如何适度敞开工农兵话语空间,打破诗坛相对固化的秩序和板结的格局?诸多难题使《大众诗歌》陷入"内忧外患"的境地,让办刊者们困惑与痛苦不已。

三是尴尬的期刊话语身份。《大众诗歌》作为同人期刊直接影响其在"分享社会权益和获得社会资源"空间,或者说决定了它所能获得的话语空间。1949年以后,同人期刊受到包括丁玲在内的文坛权威的鄙视和谴责,"新政权寻求统一话语的文化规划、文学势力争夺话语资源的利益冲动,都不能给同人期刊提供合适环境"[①]。《大众诗歌》以这一特殊身份出现在诗坛,自然很难享有话语资源优势,不管他们在"谁在说、说什么和怎么说"问题上如何平衡与选择,都无法挽回被边缘化和受指责的命运。比如,《大众诗歌》为了表现自身话语转型的努力,发表了充满火药味的《评时间开始了!》和《不要虚浮的感情》文章,批判了后来被称为"胡风集团"成员的诗作,其对政治的敏感而表现出来的"先见之明"着实让人愕然与慨叹。可问题是,他们的"激进"行为并未改变期刊的命运。另外,虽然他们推出了一些紧跟形势的"诗歌特辑",但王亚平的一篇《愤怒的火箭》又几乎让外界怀疑甚至全部否定了编委会成员接受批评和积极转型的诚恳态

---

① 张均:《50年代文学中的同人刊物问题》,《文艺争鸣》2008年第12期。

度。可以说，包括《大众诗歌》在内的当代同人期刊都普遍受困于特殊的身份，最终陷入转型困境之中。面对左翼文学思潮的发展，《大众诗歌》的主持者显然无力让诗刊突围特定的身份困境，最终不得不放弃探寻可持续发展办刊之路的努力。

《大众诗歌》1950年坎坷的成长之路和短暂的生命旅程，见证了新中国成立初期诗刊话语转型的艰难与复杂，新的民族国家建设"新的人民的诗歌"的伟大文化梦想，不仅深刻地改变了一份刊物的风貌与命运，也极大地影响了一个时代的编辑、诗人和读者的文化选择。转折年代文学期刊的深入系统研究依然是一座有待开掘的富矿。

第二节 《人民诗歌》与新中国成立初期"人民话语"的建构

在20世纪50—70年代中国当代诗刊的研究版图中，人们往往把目光聚焦于1957年创刊且对当代诗歌生产与传播产生深远影响的《诗刊》和《星星》，有意无意忽略了1950年创刊的两份"当时最有影响的南北两种诗刊"[①]——《人民诗歌》和《大众诗歌》，其中1950年1月由上海诗歌工作者联谊会创办的诗歌月刊《人民诗歌》，虽然在1950—1951年发行12期后便匆匆"夭折"，但其不断寻求诗与意识形态关联的编辑理念，探求与尝试新颖而独特的栏目设置、办刊策略和传播方式，为《诗刊》和《星星》创办与发展转型提供了诸多有益的镜鉴与启示，尤其是，《人民诗歌》在建构当代诗歌的"人民话语"方面累积了较为丰富的经验。所谓"人民话语"是指"以人民概念为中心的一系列相互联系构成的整体"，"是中国共产党人建构的独特的话语体系"[②]。本节试图从"人民话语"空间的多维构筑、"人民话语"体系的创制和"人民话语"资源的创化整合三个维度，探析新中

---

① 韦泱：《"诗联"〈人民诗歌〉及其他》，《新文学史料》2011年第4期。
② 周建伟：《从国民性话语到人民话语》，《现代哲学》2016年第2期。

国成立初期《人民诗歌》是如何迅即有效地建构"新的人民的诗歌"话语系统，打造独具时代与民族特色的诗刊风格的。

一 "人民话语"空间的多维构筑

虽然诞生于1950年的《人民诗歌》性质上属于同人期刊，但是作为革命进步团体"上海诗歌工作者联谊会"会刊，它的办刊宗旨是"为人民服务，启发人民的政治觉悟，鼓励人民的劳动热情"[①]，一方面"团结更多的诗歌工作者"，另一方面"借诗刊的发行，在工厂里和学校里进行组织群众的文教活动工作"[②]，由此可见，《人民诗歌》的服务对象"人民"或"群众"，更确切地说，是"直接参与劳动或战斗的同志"[③]，瞄准"工农大众的方向"[④]。刊物要实现服务"人民"的读者定位，要想"诗歌成为群众自己的东西"[⑤]，就是要让"人民"在文艺的舞台中拥有自身的话语权，要在权力的赋予与补偿中实现"文化翻身"的获得感。尽管在20世纪50年代，"'人民'话语获得了某种天然上的话语优势"[⑥]，对于《人民诗歌》的编者而言，要把这种话语优势转化为现实优势，首先要解决的是言说空间问题，因为言说空间"是话语生存的家园"[⑦]，是话语表达、传播和接受的信息交流平台与载体，是"人民"实现话语权的基本前提和条件。《人民诗歌》采取的一个重要举措，就是坚持为"工农兵"诗人开设诗歌专栏（见表3-1）：

表3-1　　　　　　　　"工农兵"诗人专栏

期数	专栏名称	编选者	数量（首）
1950年第1期	工人诗选（一）	屈楚	5
	战士诗选（一）	杨里冈、陈道用	17

---

① 《稿约》，《人民诗歌》1950年第1期。
② 劳辛：《十月来工作总结》，《人民诗歌》1950年第6期。
③ 《稿约》，《人民诗歌》1950年第1期。
④ 《编后》，《人民诗歌》1951年第1期。
⑤ 劳辛：《十月来工作总结》，《人民诗歌》1950年第6期。
⑥ 刘杰：《历史社会学视野中的"人民"话语：表达与实践》，《东南学术》2017年第6期。
⑦ 祝敏青：《多维言说空间中的话语权》，《语言文字应用》2005年第2期。

续表

期数	专栏名称	编选者	数量（首）
1950年第2期	工人诗选（二）	屈楚	5
	战士诗选（二）	杨里冈、陈道用	5
1950年第3期	战士诗选（三）	杨里冈、陈道用	6
	工人诗选（三）	屈楚	5
1950年第4期	华东农村生产救灾的诗歌	庄辛	6
	战士诗选（四）	里冈	6
1950年第5期	战士诗选（五）	里冈	3
1950年第6期	工人诗选（选辑）	屈楚、枫岚	5
	战士诗选（六）	里冈	9
	江西生产民谣二首	黄志坚、阿峰	2

由表3-1可知，在1950年相较于北京的《大众诗歌》不定期设置"工农兵"诗歌栏目，《人民诗歌》几乎每期都开设"工人诗选"和"战士诗选"专栏，第4期和第6期还专设"农村生产救灾"和"生产民谣"专辑，这种革新力度和持续度在新中国成立初期的刊物中并不多见。虽然这些诗歌大多篇幅短小，但总数达70余篇，更为重要的是，屈楚、杨里冈、陈道用等人还专门负责诗稿的组稿和编选，并且以系列专栏的形式固定下来，足可以反映《人民诗歌》的编辑为开拓"工农兵"的诗歌发表空间所作的不懈努力。尤其是，"工农兵"作为业余诗人与专业诗人或诗评家在刊物中共享诗歌的言说空间，这种"有意味"的空间政治背后传递和释放出一系列重要的诗刊话语转型迹象与信号：其一，"工农兵"是新时代文艺舞台的新主体。他们跳脱了国民性话语的牢笼，在"人民话语"谱系的烛照下从国民"劣根性"的幽暗历史隧道中挣脱出来，成为新中国生产和文化建设的新主体。"五四"以来，以鲁迅为代表的一批启蒙知识分子操持着国民性话语，"对中国民众，特别是工人、农民等底层民众的消极否定尤为突出"[①]，包括阿Q在内的一大批农民身上潜藏着不易根除的国民

---

① 周建伟:《从国民性话语到人民话语》,《现代哲学》2016年第2期。

"劣根性",被知识分子视为亟待"启蒙"和"唤醒"的对象。新中国成立之后,"人民话语实现了对国民性话语的'价值反转'"①,在《人民诗歌》的编者看来,"劳动人民的诗歌工作者""是劳动与斗争的直接参与者,他们具有实际生活的体会与坚定的阶级立场,这样,已经具备有诗歌创作的先天条件"②,"工农兵"的主体性价值在阶级分析的基础上得到充分肯定,不管是缝制工厂的女工也好,还是铁路或印刷厂的工人也罢,不管是炊事班的战士也好,还是水陆空战士也罢,他们不再是"沉默的大多数"而是面向历史与时代进行言说的新主体,《人民诗歌》为"工农兵"敞开的言说空间其实就对其"翻身作主人"后具备言说资格的一种特殊的认定方式。其二,"工农兵"是有能力言说的文化新人。"战士诗选"的编选者说:"工农出身的人,在旧社会中,一向是受人鄙视'没有文化的',现在在全中国即将全部解放,由工农兵政治翻身而带来的是文化上的大翻身"③,这其实指出了新中国"工农"实现"文化翻身"的必然性和可能性,他们以仰视目光阅读"工农"的诗稿:"那种直率的称呼,生动的语言,坚定的信念,强烈的爱和深切的恨,开阔像海洋的胸怀,朴素健康的感情,充满了每一行诗句"④,也就是说,编选者从诗歌的情感、语言、精神等维度发现了工人诗歌书写中的殊异风貌,这种风貌足以让那些"苍白鬓发的亭子间诗人看看也要吃惊的"⑤,人们也就没有理由不相信"工农兵"有能力在新开辟的诗歌空间里展示自我的文化风采。总之,《人民诗歌》一以贯之开辟"工农兵"诗歌专栏,充分表明了刊物以顺应时代潮流为发展方向,以对"工农兵"的充分信任为基础,在满足人民的精神文化诉求的同时,建构当代的"人民话语"空间。

不过,作为一种带有实验性质的"工农兵"诗歌专栏,虽然体现

① 周建伟:《从国民性话语到人民话语》,《现代哲学》2016年第2期。
② 劳辛:《十月来工作总结》,《人民诗歌》1950年第6期。
③ 杨里岗、陈道用:《战士诗选》,《人民诗歌》1950年第1期。
④ 屈楚:《工人诗选》(一),《人民诗歌》1950年第1期。
⑤ 屈楚:《工人诗选》(一),《人民诗歌》1950年第1期。

了《人民诗歌》的编者对时代新主体的信任,但信任依然无法遮掩"工农兵"在知识拥有与诗歌创作经验方面的贫弱:"我决不以为这些诗歌都很好,相反,这些诗都是我们工人同志的试作,大部分的作者都是第一次运用诗这庄严的形式来表现自己的感情,从技术水平乃至思想性上要求都很不够。"① 为了搭建富有民族特色和群众喜闻乐见的诗歌空间,提高"新的人民的诗歌"的传播辐射效应,彰显刊物的人民性,《人民诗歌》的编者们采取以下两种措施,提升"工农兵"诗歌的话语质量,维护诗歌空间的良好声誉:一是有组织地培养"工农兵"诗人中的新生力量。1950年上海"诗联"一方面通过建立诗歌工作小组,组织诗歌写作组,进行集体创作。一些凝聚了集体智慧的诗歌最初在广播电台、工会大会上进行朗诵,而后在《人民诗歌》上发表(如《工运史》),这样既可以"培养他们对新诗歌的兴趣和提高他们的写作技巧",又可以提高他们的写作热情。二是对"工农兵"的来稿"不厌其烦地跟他们提意见和修改",在反复指导与沟通过程中开展诗歌交流活动,借此"培养群众中新的诗歌力量"②。1951年6月南京诗歌工作联谊会曾举办"诗歌研究班","参加的对象为青年工人、大专中学生、社会青年和诗联会员"③,课程内容包括《中国诗歌史》《怎样写诗》《诗歌朗诵》《诗歌欣赏与批评》《民间歌谣》等,这些有组织的诗歌活动是发现和培养新人的途径,它在一定程度上弥补了新中国成立初期"群众中新的诗歌力量"薄弱的"短板"。其实,这是一种南北遥相呼应的诗歌潮流与现象,早在1950年北京市文艺主管部门以及其他各级组织就"非常重视工人文艺队伍的培养"④,国家权力主体借助行政的力量有组织地培养"工农兵"诗人,这既在潜移默化中提升了人民群众的文化水平,竭力塑造了他们国家治理的主体意识,又充分激发了人民群众作为时代新主体的主观能动性,不断释

---

① 屈楚:《工人诗选》(一),《人民诗歌》1950年第1期。
② 劳辛:《十月来工作总结》,《人民诗歌》1950年第6期。
③ 《诗讯》,《人民诗歌》1951年第6期。
④ 谢保杰:《"十七年"时期北京工人写作的历史考察》,《文艺理论与批评》2017年第3期。

放其"文化翻身"的巨大潜力与能量，让他们尽快从文学的荒漠地带移位到"新的人民的诗歌"宏伟蓝图的建设中来，有力撼动与打破现代诗歌既定的创作格局，有效增强包括《人民诗歌》在内的当代文学期刊的人民性。

虽然《人民诗歌》极其重视发现和培养群众中的新生力量，但是毕竟"工农兵"专栏中的绝大多数诗歌都是"试水之作"，为了打造与维护这一具有品牌与特色栏目，期刊编者们借助"人民话语"的强力阐释来确定、托举和抬升"工农兵"诗歌的价值。比如在《工人诗选》（第一辑）的编选导言中，屈楚指出尽管这些诗歌在艺术上稍显稚嫩，然而"没有一个真正的思想通顺的批评家会有这一勒索的要求的"，因为"这是我们工人阶级的诗"，"这是我们工人阶级在今天写出的诗呀"①。这里，编选者一方面突出强调工人诗歌的阶级属性——"工人阶级的诗"，由于"人民话语以阶级分析为基础，以人民性为旨归，强调通过唯物主义的阶级分析，特别是阶级地图测绘来寻找人民这一具体的革命主体"②，因此工人阶级作为新的民族国家领导阶级，其先进的阶级属性决定了其在新的历史时空中的主体地位，在人民文学"政治标准第一，艺术标准第二"的价值评判系统中，工人阶级的诗歌书写因具有鲜明的阶级性，自然具有不容置疑政治价值；另外，编选者着重点明工人诗歌的时间属性——"工人阶级在今天写出的诗"。"今天"显然是语义的重心，论者意在与"昨天"或"过去"的比对中凸显"今天"的断裂性，意在"明天"或"未来"的无限延绵的时间流中昭示"今天"的延展性，它具有两重意涵：一是在国民性话语中曾经是"沉默的大多数"的工人与农民，今天已经能写诗歌了，这是一个翻天覆地的变化，更是一个全新的起点；二是"今天"的工农诗歌虽稍显稚嫩，但就像一个初生的婴儿，未来向他们敞开了无限的可能，为此，只要是"真正的思想通顺"的"亭子间诗

---

① 屈楚：《工人诗选》（一），《人民诗歌》1950年第1期。
② 周建伟：《从国民性话语到人民话语》，《现代哲学》2016年第2期。

人"没有理由不对工农诗人及其诗歌充满真诚的期待。于是，在人民话语的逻辑系统中，"工农兵"诗歌的价值优势被发掘出来并紧紧锁定。另外，在新中国成立初期因"工农兵"诗人艺术储备贫乏且鲜少有诗歌创作经历，"在短时期内出现的诗歌多套用老形式"①，于是出现了一股"旧瓶装新酒"写作潮流，这种现象曾引发一些诗评家的忧虑和讨论，为了确证此类诗歌创作的合理性与正当性，编选者巧妙地回避过度套用"老形式"阻碍诗歌艺术创新问题，而是从诗歌的工具性价值维度进行意义阐发："老形式在目前农村中一般比较为群众所接受，加入新内容后可以发挥很大的宣传效果，这也是农村诗歌的一个特色。"② 显然，"新的人民的诗歌"已经超越了既往"为艺术而艺术"的价值追求，它的特色与优势就在于能最大限度发挥诗歌教育人民、团结人民和打击敌人的重大宣传作用，这种价值阐释与认定方式避免了"工农兵"诗歌意义的耗散或消解，比如1950年第4期由庄辛编选的《华东农村生产救灾的诗歌》从诗歌之于生产救灾工作的指导性意义维度对每一篇入选诗歌进行"引导性"评价，这种方式旨在通过诗歌批评维护"工农兵"诗歌"普及性"专栏的良好声誉，精心耕耘这一能有效彰显《人民诗歌》人民性的新创"园地"。

二 人民话语体系的创制

人民话语体系的创制是建构《人民诗歌》人民性的另一重要维度。《人民诗歌》1950年第1—6期有一个相对固定的栏目"理论与介绍"或"诗论"，1951年第1—6期这一栏目名称变成了"诗歌批评"，如果说"理论与介绍"栏目属于"人民话语体系"的"正向建构"，那么，"诗歌批评"栏目则可视为"负向建构"。

首先，"理论与介绍"与"人民话语"的"正向建构"。所谓"正向建构"是指诗评家通过系统介绍人民诗歌"写什么"与"怎

---

① 庄辛：《华东农村生产救灾的诗歌》，《人民诗歌》1950年第4期。
② 庄辛：《华东农村生产救灾的诗歌》，《人民诗歌》1950年第4期。

么写"等相关问题,正面引导并逐步建立起"新的人民的诗歌"的话语体系。一是"写什么",即诗歌的思想内容问题。劳辛认为"写什么是诗作者的宇宙观和人生观的问题,是创作的思想问题"①,诗的思想性表现为诗的倾向性,我们"应该有无产阶级的立场","诗的创作接受马列主义和毛泽东思想作为基础","在人们思想火线里高度发挥战斗的功能"②。这明确回答了"新的人民的诗歌"的指导思想和诗人思想倾向性等问题,凸显思想的"战斗功能"。就内容而言,劳辛认为"今天新诗歌必须从歌咏自然与书写个人情感的传统上的宪章中摆脱开来。把广大劳动群众为建设新民主主义社会的热忱与斗争,写进我们的诗,他们的集体主义的英雄性格与行为是我们新史诗所需塑造的典型与个性"③。这里论者重点指出了"新诗歌"书写内容的转变,即由自然风物向社会斗争转变,由个人小天地向集体(广大劳动群众)转变。他还进一步具体强调诗人"要具有革命浪漫主义的精神"和"透视未来的能力"以及"对于新民主主义未来的乐观信心",诗歌"要写正面的人物,像参与革命的劳动英雄和战斗模范,要写本质的东西,像土改运动生产热潮和爱国的行动",要"配合每一个政治事件或群众运动"④,写"反映现实与配合政治任务的诗作品"⑤,这其实从精神取向、发展视野和革命信念等方面,指出诗人的"创作思想"与精神境界应该达到的高度,只有达到这种高度才能更好地理解"新的人民的诗歌"的本质追求和写作伦理,也就是,诗歌要精心打造英雄模范形象,以榜样示范力量教育人民,要展现民众生产建设热潮,以饱满的激情与斗志鼓舞人民,要"配合政治任务",以强有力的政治力量动员人民,唯其如此"才能产生好的为广大人民所需要的诗"⑥。劳辛作为《人民诗歌》的"代表人"之一,他在文论里所

---

① 劳辛:《写什么与怎样写》,《人民诗歌》1950年第1期。
② 劳辛:《论诗的思想性》,《人民诗歌》1950年第3期。
③ 劳辛:《写什么与怎样写》,《人民诗歌》1950年第1期。
④ 劳辛:《论诗的思想性》,《人民诗歌》1950年第3期。
⑤ 劳辛:《写什么与怎样写》,《人民诗歌》1950年第1期。
⑥ 劳辛:《写什么与怎样写》,《人民诗歌》1950年第1期。

秉持与追求的诗歌内容的人民性特质深刻地影响了刊物对稿件的遴选标准与尺度,仔细翻阅《人民诗歌》,可发现其刊发内容主要有以下几大类(见表3-2):

表3-2　　　　　　　　《人民诗歌》主要内容一览表

内容类别	诗歌题目
配合政治任务	反轰炸特辑:《认清今天的凶手》《凶手和主犯》《血的歌》(1950.3); 抗美援朝:《朝鲜母亲的仇恨》《告美国士兵》(1951.1);《给战死在朝鲜的美国兵》《鸭绿江的召唤》(1951.2);《让我的血,再输出一点吧》(1951.6); 保卫世界和平运动:《不准武装日本》《签名》《农民示威大游行》(1951.2); 镇压反革命运动:《他们终于伏法了》《保卫劳动果实》《检举坏人不再怕》(1951.3);《路条》《镇压他》《彻底肃清反革命到了十里湾》《智擒特务》《给一个牺牲者》(1951.4); 土改运动:《谈不出问题》《王阿四》(1951.2);《更辛》(土改侧记之一)(1951.3)
反映工农业生产建设	《地里多上粪》(1950.1);《发电厂锅炉旁的诗歌》《打铁歌》《打夯歌》(1951.2);《大嫂翻粪》(1950.4);《人民的铁路》《夫妻上堤工》《生产竞赛》(1950.6);《春耕小唱》(1951.2);《耐火砖》《劳动竞赛歌》(1951.3);《第一次麦收》(1951.5)
歌颂党、领袖、国家或英雄	《握手》(1950.1);《孙厂长》(1950.4);《五月的太阳红又亮》《歌声跟着红旗飞扬》(1950.5);《红旗呼啦啦飘》《新中国的颂歌》《英雄颂》(1951.1);《歌颂祖国的春天》(1951.2);《伟大的祖国》(1951.3);《我爱毛主席》《毛主席万岁!》《荣誉属于伟大的党》(1951.5);《毛泽东的光辉普照着各族人民》《歌唱解放军》(1951.6)
反映阶级斗争	《地主和长工》(1950.5);《小黄牛回来了》(1951.2);《在滨湖的荒洲上》(1951.2);《三个女团圆》(1951.3)

由表3-2可见,《人民诗歌》选题与内容几乎是围绕"配合政治运动""反映工农业生产建设""歌颂党、领袖、国家或英雄""反映阶级斗争"等方面展开的,因为"从革命年代开始,'人民'话语担纲着动员规训、道德生产、阶级识别、精英训练"以及确证新的民族国家合法性等方面的重任[①],"配合政治运动"和"反映工农业生产建设"的诗作显然有助于国家权力主体对人民进行政治和生产动员,那些"歌颂党、领袖、国家或英雄"的诗歌则有利于建构新的民族国家政权的合法性,广泛传播反映阶级斗争的诗歌可以有效训练和培养人

---

① 刘杰:《历史社会学视野中的"人民"话语:表达与实践》,《东南学术》2017年第6期。

民的阶级觉悟和政治敏锐性,这些诗歌的思想内容在同一文本(或同一期)和不同文本(或不同期)之间存在诸多相似的"同质因素",这些"同质因素"的反复呈现,一方面参与了《人民诗歌》人民性话语风格的建构,另一方面又确实有效地唤醒和重塑了人民的主人翁意识、阶级意识、感恩意识、家国意识、忠诚意识和英雄崇拜意识等,体现了当代同人期刊响应时代召唤的积极努力。

二是"怎么写",即诗歌的"写作技巧"问题。《人民诗歌》刊发了系列诗歌理论文章,从以下几个方面探讨"新的人民的诗歌"的写作技巧:(1)诗歌语言问题。劳辛认为,"过去诗歌的语言是被知识分子所僵化了的文字","只有在广大的群众当中和现实的生活中来觅取诗的语言,才能增加诗的色彩与情调"①,他鲜明地否弃了现代新诗语言的"欧化""精致"或"晦涩"现象,倡导当代新诗的语言应从"群众"中来,应"具有音乐美",但这种语言不是原生态的"大众语"而是"须从大众中提炼,然后还给他们"②,须区分其"精华与糟粕",但究竟怎样提炼"群众"的语言,如何实现诗歌语言的音乐美?劳辛并未作出详细的回答。而许杰在另一篇文章中努力回答劳辛的问题,他提出要追求"人民的活的语言",这种语言是"能上口"的语言,它"要以民歌或五七言的形式"为主,"能上口就能合乐"③,这种解答似乎也过于零散与浮于表面。只有哈华在《诗歌杂谈》中分析较为具体深入,他说:"既为了工农兵,应从工农兵中选择最富于智慧有韵律的或音节自然谐和的生动的语言,而加工成为诗的语言","最好能注意到一念就懂,一看就明白",也就是诗的语言源自"带着方言和粗犷的气息"的"工农兵"生活用语,它以谐和的节奏与韵律为目标,追求语言的易懂性和晓畅性。同时他反对某些"错误"观点,比如认为"越土里土气使人费解的方言或'歇后语',就是工农兵的语言","以为民间的语言都是好的",将工农兵暂时不懂但"富

---

① 劳辛:《写什么与怎样写》,《人民诗歌》1950年第1期。
② 劳辛:《写什么与怎样写》,《人民诗歌》1950年第1期。
③ 劳辛:《写什么与怎样写》,《人民诗歌》1950年第1期。

有概括性的深刻的准确的语言","拒它们于千里之外",等等①。上述观点可以看出新中国成立初期上海"诗联"成员对"新的人民的诗歌"语言的理解,即诗歌语言的人民性应契合"工农兵"读者语言能力、审美习性与趣尚,应进行提纯、加工与创化,使之满足"工农兵"的审美诉求。虽然《人民诗歌》有部分诗歌语言仍有"文绉绉"或"咬文嚼字"的现象,但总体朝着"一看就懂,一念就明白"的方向变化和发展,甚至有些诗歌就是采用山歌的形式,如徐经谟的《劳动妇女——胡大嫂的山歌》等。(2)诗歌的形式问题。诗歌形式决定内容,形式深刻地影响和制约着内容的表达。《人民诗歌》重点关注诗歌形式中的诗的分行问题。史卫斯曾专门论及当代诗歌出现了一种不良的倾向,就是有些诗人模仿"马雅可夫斯基的诗","一个字一行两字一行的排列","把中国语言像外国语言一样排列",他认为这种形式"是人民大众无法接受的",诗歌的分行应该"不生硬,像中国话就行",要有民族特色,应该"是人民大众所能接受的"②。这种观点得到了另一诗论家哈华的支持与赞同,他亦指出有些诗的分行出现"不必要的出奇的颠三倒四的排列","有时还把一句话硬劈成几段来炫惑读者",认为这是一种不顾"中国语言的特点"和"群众习惯"的硬套生搬的形式。由此可见,这些诗论家对译诗之于当代诗歌形式所产生的负面影响是高度警惕的。为此,《人民诗歌》所刊发的诗歌绝少采用马雅可夫斯基的"楼梯式"诗歌形式,从中也说明为了创作"工农兵"大众习惯接受的诗歌形式,域外诗学资源引入与诗歌民族形式的创造之间可能发生难以预料的龃龉与冲突,当代诗评家既要谨慎剥离或剔除"非民族化"诗歌形式,又要保留马雅可夫斯基诗歌的斗争与革命诗学。除此之外,许杰对诗歌的音节与韵律问题进行探讨,他在强调诗歌不能"叫人看不懂"而成为"叫人猜谜的玩意"的基础上,提出"真正的诗,应该不靠分行的形式",而是靠"天然的音节"

---

① 史卫斯:《关于诗的分行》,《人民诗歌》1950年第5期。
② 史卫斯:《关于诗的分行》,《人民诗歌》1950年第5期。

"自然的韵脚""音乐的抑扬"①,他的这些思考似乎为史卫斯、哈华提出的"分行"问题寻找解决的办法。(3)诗歌的想象问题。劳辛曾撰文指出诗歌的想象"要求诗作者要能正确了解人民大众的生活与感情,并要照他的思想来运用想象,否则是不为老百姓所乐于接受的","想象须以朴素即为老百姓的常识所及为原则,奢华的想象往往失了它原来的泥土味道和劳动的精神",在劳辛看来,想象是朴素的还是奢华的成为是否具有人民性的重要分野,诗歌工作者应提倡浮士德式的虽"怪诞离奇"却贴近"丰富的、繁复多样的人生"的想象,而反对"象征主义"式的呈现"变态心理或梦境","醉醺状态的幻觉"想象②。基于此,在《人民诗歌》中几乎不见象征主义诗歌的踪迹,即便是一些"怪诞离奇"的想象也是基于民间传说改编而成且具有重大教育意义的,如栾星的《幸福——改编自苏联民间故事》等,想象的意识形态属性可见一斑。综观之,《人民诗歌》紧扣"写什么"与"怎么写"两个议题刊发系列文章,努力通过"正向"引导方式创建诗刊的人民话语体系。

其次,"诗歌批评"栏目与"人民话语"的"负向建构"。所谓"负向建构"是指诗刊对一些具有不良倾向的诗作给予批判性与标签式的负面定性,生成一种诗歌批评反作用于诗歌生产的压力传导机制,筑牢"新的人民的诗歌"体系。在1950年"上海的报刊杂志很少看到关于诗歌的批评文字",即便有一两篇也表现出"拘谨"和"和和气气"的态度,严重"削减了整个诗运的生气"③。有些读者甚至写信到诗刊编辑部"希望本刊加强批评工作"④,为了活跃新中国成立初期诗坛批评氛围,提高诗歌批评的战斗性,确保当代诗歌"具有严肃的为人民服务的思想和对人民负责的态度"⑤。《人民诗歌》采取诗评家的个案批评和读者来信相结合方式展开。其中典型个案主要是针对"两首诗歌"(《不

---

① 许杰:《音节与韵律》,《人民诗歌》1951年第2期。
② 劳辛:《诗的想象短论》,《人民诗歌》1950年第2期。
③ 刘北泛:《跨向前去》,《人民诗歌》1950年第5期。
④ 《人民诗歌》编辑部:《编后》,《人民诗歌》1951年第3期。
⑤ 劳辛:《把诗歌提高一步》,《人民诗歌》1951年第1期。

准狼再爬起来》《不准武装日本》)和"一本诗集"(《翻一个浪头》)进行"以点带面"式的严肃批评。批评者重点分析"两首诗歌"里的"非人民性"问题:一是"不正确"的"人民"形象。李澍严厉地指出《不准狼再爬起来》一诗的重大错误是"把敌人描写得像老虎,把自己写得像羔羊",而且对英雄的形象描写显得"凌乱不堪"和"概念化"的,"对于中国人民……作者好像是在教训着一些无知的人"①。洛雨则认为《不准武装日本》"在表现中国人民坚决与日寇进行斗争"方面的描写似乎告诉读者"反抗是不中用的",甚至把"抗日英雄"写成了"天天'憧憬着晴空的彩霞'的懦怯的人物了"这是"何等不恰当"②。也就是说,在抗日战争和国内革命战争中,"中国人民"显示出的"正确形象"应该是具有崇高思想、高贵品质、英勇不屈等本质特征,在这一"本质化"形象谱系的比照下,这些诗歌所建构的"不正确"或不纯粹的人民形象"相当的损害了作品的教育意义"③;二是"很难理解"的形式。为了使诗歌形式最大限度满足"人民"的审美需求,诗评家对那些有悖于"工农兵"所喜闻乐见的诗歌形式展开批评。李澍不无尖锐地指出《不准狼再爬起来》"用了高高低低的分行"把诗句"排列成了一些文字的图案,看起来眼花缭乱",认为这样的诗行排列法,"是'文字游戏',称为'诗'是值得考虑"④,由于诗歌"违反民族形式与大众喜爱的原则",它的价值自然可疑。在指出问题之后,《人民诗歌》一方面对发表"问题"诗歌的期刊施加舆论压力,批判者质问道:"《文学界》经常刊登像这一类的诗,是否认为这是代表一种主流?一种倾向?"另一方面则让作者在同一期刊登检讨文章,表明积极接受改造的态度,沙金发表《答〈评不准武装日本〉》表示"诚恳的接受这样的批评,而且欢迎对我的诗作多提意见"⑤,这种批评与接受方

---

① 李澍:《读〈不准狼再爬起来〉》,《人民诗歌》1951年第2期。
② 洛雨:《评〈不准武装日本〉》,《人民诗歌》1951年第3期。
③ 洛雨:《评〈不准武装日本〉》,《人民诗歌》1951年第3期。
④ 李澍:《读〈不准狼再爬起来〉》,《人民诗歌》1951年第2期。
⑤ 柳倩:《评〈翻一个浪头〉》,《人民诗歌》1951年第4期。

式，其实仿照了《文艺报》惯常使用文学批评模式，其影响可谓深远。除此之外，卞之琳的诗集《翻一个浪头》也受到较为严苛的批评，柳倩认为卞之琳的这本诗集在"表现形式和语言的处理上，都发生了不少问题"，包括"平常而又笼统的比喻"，"含义不明确"的诗句，"敌我不分"且"失去中国人民固有"的立场，以及"使人不懂、费解"的语言[①]，这些问题使得他的诗歌思想立场模糊，表现形式僵化无法与"工农兵"打成一片，因而与当代诗歌人民性的追求背道而驰。

此外，《人民诗歌》还收到很多读者"提意见和展开讨论的来信"，于是编辑们也尝试引入读者的批评力量，建立诗歌接受反馈机制影响诗歌生产，增强刊物的"人民性"。其中1951第5期的"读者中来"栏目"保持原样"地发表了三位读者对本刊《伟大的祖国》一诗的批评意见，他们认为这首颂歌主要的缺点是"阶级观点模糊"，"政治立场"不稳定，同时作者是以"小资产阶级知识分子"而不是"工农兵的感情来歌颂"祖国的，词句又"很难令广大劳动人民理解"，这些缺点极大降低了诗歌的人民性本质特征[②]。由上述的援引和分析可知，不管是专业诗评家的个案批评，还是读者来信批评旨在以"问题"为导向逐渐形成诗歌书写范式，增强公开批评的舆论导向，遏制个别具有不良"倾向"诗歌的蔓延与传播，为思想纯正、形象正确、阶级观点明晰、感情"工农兵化"和形式民族化的"新的人民的诗歌"成长，提供一个更加纯净、有序的诗歌生产、传播与接受空间。

三 人民话语资源的创化整合

对于"新的人民的诗歌"工作者而言，古今中外的诗学传统是一座巨大、丰富的资源宝库，如何甄别、筛选、吸收和创化传统诗学资源，构建一种独具时代特色的人民话语，对于当代文学期刊"把关人"来说，既是一种责任与担当的体现，又是一场智慧与识见的考

[①] 柳倩：《评〈翻一个浪头〉》，《人民诗歌》1951年第4期。
[②] 普金、焦仲恺、朱俊：《对〈伟大的祖国〉的意见》，《人民诗歌》1951年第5期。

验。在1950—1951年《人民诗歌》的编辑通过有选择性地译介系列域外诗论，来实现人民话语资源的创化生成（见表3-3）：

表3-3　　　　　　《人民诗歌》域外诗论译介一览表

诗论题目	作者	译者	期数
伟大的人民诗人：巴勃罗·聂鲁达		屠岸	1950年第1期
一年来苏联诗歌的趋向	苏·A.马卡洛夫	沙金	1950年第2期
人民诗人普希金		张白山	
战争与和平的歌——评卢可宁的两集诗集	不详	屠岸	1950年第3期
略谈马雅可夫斯基与中国新诗	劳辛		1950年第4期
诗人巴格立次基的道路		屠岸	
普希金的伟大意义	不详	屠岸	1950年第6期
当斯大林号召的时候	伊撒珂夫斯基	彭玲	
为和平而斗争的苏联诗歌	马加洛夫斯基	屠岸	1951年第1期
伟大的世界诗人——普希金	苏联·D.布莱古衣	伊洛	1951年第3期
回忆一个伟大的诗人和战士	捷克·拉第斯拉夫·许托尔	上海世界语者协会	1951年第4期

　　由表3-3可发现《人民诗歌》诗论译介的一些重要倾向：一是从数量上看，以苏联诗论居多，几乎占三分之二，其中介绍普希金的论文多达3篇，还有与中国文坛交往甚多的智利诗人聂鲁达和捷克的"作家、诗人、政论家和政治家"纽曼，这说明在新中国成立初期"向苏联老大哥学习"的时代风潮中，苏联诗论是"新的人民的诗歌"极为重要的话语资源，它深刻影响了当代诗歌诗学理念建构；二是注重从人民性维度发掘和传承域外诗论中的有益资源。以有关普希金的译介为例，诗刊以周年纪念的形式，不断寻绎、唤醒和激活普希金诗歌之于人民诗歌的诗学资源。《人民诗人普希金》《普希金的伟大意义》和《伟大的世界诗人——普希金》三篇文章从两方面阐发了普希金诗歌的诗学价值与话语资源：（一）重塑人民新主体形象。论者认为，普希金诗歌"描写俄罗斯人民的刚健的灵魂，刻画坚决，积极，爽朗的人民性格"[①]，"反

[①] 张白山：《人民诗人普希金》，《人民诗歌》1950年第2期。

映了俄罗斯人民底最优秀的品质——爱自由,博爱,民主精神,对文化与教养的高度关怀,对社会正义的不竭的渴望"①,这种价值形象是当代诗歌工作者塑造人民形象的重要参照和榜样②;(二)蕴含提升人民思想觉悟和唤起人民行动的力量。普希金的诗歌价值不仅在于重绘和表现了人民新形象,更在于具有教育人民的重大功能,"他的作品在全世界人民大众,起了重大的教育作用"③,他的诗"起了唤醒俄罗斯人民的作用,对他们底解放斗争很有贡献"④。由于普希金诗歌中的人民话语在国家治理,尤其是身份认同和社会动员等层面蕴藏着丰富的遗产,因而被提取出来作为"新的人民的诗歌"的重要传统资源。三是有意屏蔽现代主义诗学的异质传统。翻检《人民诗歌》的目录可以发现,中国现代主义诗学传统在诗刊中处于"断流"状态,这是一种富有以为的"症候式"空白,折射出期刊的编辑们正努力摆脱被视为诗坛"逆流"的现代主义诗歌传统的影响,他们一面"阻断"传统,诸如"象征诗派""新月诗派""现代诗派""中国新诗派"等现代主义诗歌理论都被有效屏蔽;一面"打通"与"活化"传统,诸如聂鲁达、普希金、卢可宁、巴格立次基、可斯特卡·纽曼等诗人的诗学理念与诗歌实践经由"人民性"这一话语资源脉线被充分激活。

除域外诗论之外,《人民诗歌》编者试图通过引介域外诗歌作为"新的人民的诗歌"的话语资源(见表3-4):

表3-4

诗歌题目/作者	期数
《伦敦的大钟》(苏联·M.巴桑)	1950年第4期
《基洛夫和我们在一起》(吉洪诺夫)	1950年第5期

---

① 屠岸译:《普希金的伟大意义》,《人民诗歌》1950年第6期。
② 在20世纪50年代强调阶级斗争的时代语境中,关于自由、博爱和民主精神是很难转化为当代诗歌价值追求的,《西蒙诺夫论普希金》一文指出,"我们之所以珍视普希金",是由于他"曾在对反动派进行的长久斗争中大获胜利,建立了俄国文学的荣光",由此可见,域外诗学资源分离、提纯和创化生成过程的复杂性。参见《人民诗歌》1950年第4期。
③ 张白山:《人民诗人普希金》,《人民诗歌》1950年第2期。
④ 屠岸译:《普希金的伟大意义》,《人民诗歌》1950年第6期。

续表

诗歌题目/作者	期数
《第一次祝杯》、《歌颂斯大林》（伊撒珂夫斯基）	1950年第6期
《法斯特诗选译》（法斯特）；《在巴库》（卢可宁）；《永别之歌》（伊撒珂夫斯基）；《母亲的信》（苏联·G. 鲁勃尔郁夫）	1951年第1期
《保加利亚人民共和国颂》（保加利亚·富那捷夫等集体创作）；《每个人为着生命和肢体恐惧》（捷克·S.K. 牛曼）；《遗言要被执行》（日本·森山启）；《巴黎女人》（马雅可夫斯基）；《为黑种女孩而歌》（美国·休士）；《再回家来》（L. 斯的伐诺凡）	1951年第2期
《革命》（J. 贺拉）；《寄五月之风》（日本·进壶繁治）；《五月一日》（保加利亚·斯米尔能基）	1951年第3期
译诗特辑：《布拉格的斯大林街》（捷克·L. 鲁勃列夫）；《献给党》（法·阿拉贡）；《波力伐之歌》（智利·聂鲁达）；《橙光》（苏联·M. 伊萨可夫斯基）；《老板的小恩惠》（美·多玛士·麦克拉斯）；《一棵杏树》（土耳其·A. 卡拉苏）；《夜》（日本·森山启）；《S.K. 纽曼诗二首》	1951年第4期
《在游击队员的坟墓上》（白俄罗斯·柯拉斯）；《在巴尔干底星空下……》（苏联·M. 伊萨可夫斯基）	1951年第5期
《给一个罪犯的妻子》（美国·D. 特伦坡）；《和平与诗歌》（法国·J. 马桑纳克）；《田桂英》（苏联·斯·华西里耶夫）	1951年第6期

从表3-4中译诗的作者国籍来看，既有来自亚洲国家，如苏联、日本、土耳其等；也有来自欧美国家，如美国、法国、保加利亚、智利、捷克等，虽然这些译诗来源比较广泛，但《人民诗歌》的编选者严格依循一定的选译标准，具体表现为：（一）优选意识形态属性鲜明的诗歌。反对"反人民"的战争、呼唤和平是20世纪50年代前后的时代主题，译诗的选题大多与此相关，如《伦敦的大钟》《每个人为着生命和肢体恐惧》《和平与诗歌》《给一个罪犯的妻子》《遗言要被执行》等。（二）优选歌颂社会主义国家的诗歌。这些诗歌歌颂党、领袖和祖国，以及为了"人民的胜利"而战斗或牺牲的英雄，如《献给党》《永别之歌》《母亲的信》《田桂英》等。（三）优选具有斗争精神的诗歌，如《为黑种女孩而歌》《老板的小恩惠》《五月一日》等。这些译诗的优选准则透露了《人民诗歌》编者们的"良苦用心"："希望能够介绍些反映新民主主义国家里的建设生活或正在斗争中的资本主义及殖民地国家里争民主、争自由的战斗诗作，给大家观摩研究，

这对于今后我们的新诗创作也有些帮助的"①。所谓"观摩研究"就是希冀这些译诗中所呈现的新民主主义国家的"建设生活"和资本主义及殖民地国家的"斗争生活",可以有效构筑新中国文学"人民话语"的域外资源补给链,发现和构建人民的主体力量,继而充分释放"新的人民的诗歌"蕴藏的思想说服、革命动员、阶级识别等巨大能量,为新诗的转型发展提供镜鉴与助燃剂。

总之,在新中国成立初期《人民诗歌》正是通过"人民话语"空间构筑、话语体系的创制和话语资源的创化整合,多方位稳步构建诗刊了当代诗歌的"人民话语"系统,体现了1950年前后时代文化巨大转轨过程中一份同人诗刊难能可贵的责任与担当。虽然在"当时中央对各地文化部门有整顿文化期刊的要求"②,《人民诗歌》出版发行至1951年第6期就"无征兆"停刊,但在特定的文学生产、传播和阅读空间里,它为1957年国家级权威期刊《诗刊》的创办,累积了较为丰富的可资借鉴的办刊经验,《人民诗歌》与《诗刊》的复杂关联研究亦是一个值得深入探究的课题。

第三节 《诗刊》"编后记"与编者话语的修辞建构

1957年既是《诗刊》生命诞生的开始,又是其命运出现"转折"的年代。耐人寻味的是,《诗刊》1957年创刊至1964年停刊共发表13篇"编后记",仅1957年就占7篇,可以说,不管从数量上,还是从重要性方面,1957年《诗刊》的"编后记"比之于其他年份都有其独特之处。"编后记"作为报纸、刊物编辑在编报刊或文章后所写的介绍有关情况、表达自己意见的简短文章,传递出编者对特定时代文化语境感知、对办刊方向的把握、对文学价值的估定以及文学动态,可以说,研究刊物的"编后记"将有助于人们触摸特定时代的文学流

---

① 《人民诗歌》编辑部:《编后》,《人民诗歌》1951年第3期。
② 韦泱:《"诗联"〈人民诗歌〉及其他》,《新文学史料》2011年第4期。

变和精神脉象。就1957年《诗刊》的"编后记"而言，从"话语分析"角度切入将能更好地展现"编后记"与时代语境之间的复杂关系，也就是说，如果我们把《诗刊》"编后记"看作具有建构性的话语文本，分析文本生成过程中"怎么说"和"为什么这样说"，那么这不但能揭示1957年《诗刊》"编后记"话语方式的时代特征，而且还可以有效探察1957年时代文化语境与文学话语讲述方式之间的复杂关系。

一 "言随境变"

在中国20世纪50—60年代，知识个体的言说空间总体处于变动状态。对于1957年《诗刊》的"编后记"来说，主要体现为话语方式上"言随境变"，这可以从以下两方面加以说明：

一是对同一对象的评价"判若云泥"。比如1957年《诗刊》第1期"编后记"认为艾青的诗作《在智利的海岬》，"以一群世界著名作家在诗人聂鲁达的海滨别墅中的聚会为背景，形象绮丽，颇耐深思"[1]。这里"编者"对艾青的诗歌可谓"赞赏有嘉"，指出了诗歌在形象性和思想性方面所取得的可喜的收获。可是，第9期的"编后记"艾青则被描述成另一副面孔："艾青被揭发了。他的灵魂深处也是很腐朽、很卑劣、与'诗人'和'人类灵魂工程师'的光荣称号全不相称，这也难怪他近年来的创作缺少革命的情绪和生活的气息。"[2] 这种由极力肯定到全盘否定的前后"判若云泥"评价，表明艾青及其诗歌发生形象的重塑和价值的减损。这样一来，不能不使人对"编后记"对艾青诗歌评价"客观性"感到怀疑。其实，对于艾青来说这样情形他早就"领教"过了，而且给他留下难以愈合的伤口。

对于一些艺术储备比较深厚，艺术理念相对稳定的"老诗人"来说，在这样"判若云泥"的批评话语方式面前，他们常常进退维谷，

---

[1] 《诗刊》编辑部：《编后记》，《诗刊》1957年第1期。
[2] 《诗刊》编辑部：《编后记》，《诗刊》1957年第9期。

有时则陷入无边的困境之中。《诗刊》"编后记"之所以选择这样的话语方式与编者内心的"危机意识"有关。当个体的能力无法解决自身遇到的难以解决又不得不面对的问题时容易产生某种焦虑感，这种焦虑感不断累积和泛化就容易生成"危机意识"，当"危机意识"发展到一定程度就会使人们对周边世界的保持一种天然的敏感和警觉意识。在20世纪50—60年代，编辑处在国家单位体制之中，其主要职能在于引导文艺走向和执行文艺政策。由于时代语境急剧变化，在"危机意识"的催迫中，编者为了应对时代语境的"突转"带来的种种危机，于是学会了调整自身的话语方式，即话语主体的言说方式和文坛主流话语保持同步状态。据周良沛回忆："当'五一'《人民日报》评论员的文章《工人说话了》已发出'反右'警号时，《诗刊》6月号的稿也已经下厂，无所反映"[1]，这一方面说明"反右运动"的突如其来，令编辑们措手不及，另一方面也可以看出《诗刊》可能面临的危机。自然，作为国家机关刊物《诗刊》的编者采取了积极应对策略，因为"自7月号起，就完全是'反右'的大字报、大批判专刊。与前6期相比，已面目全非"[2]。其中"编者"在1957年第9期的"编后记"中以《反右派斗争在本刊编辑部》一文作为"编后记"对"吕剑、唐祈、艾青"进行揭发和批判，这一批判与时代文化语境的变迁是一致的，我们可以从"编后记"的转述方式窥见端倪："新华社八月四日的电讯中，曾经揭露……"；"电讯中提到……"；"根据继续揭发的材料和他们自己的交代……"；等等。由是观之，适时调整话语方式有时恰恰可能是编者应对某种可预见的危机的时代选择。

诚然，当知识分子在这些繁复丛生的危机面前，选择与文坛主流话语保持一致的话语方式，也与他们深受儒家观念的濡染相关联。在传统的知识分子的观念世界中，"对秩序与和谐的渴求和对混乱与冲

---

[1] 周良沛：《忆徐迟于〈诗刊〉创刊前后》，见周明、向前《难忘徐迟》，上海书店出版社1997年版，第231页。

[2] 周良沛：《忆徐迟于〈诗刊〉创刊前后》，见周明、向前《难忘徐迟》，上海书店出版社1997年版，第231页。

突的厌恶是一种正相关的状态,因为冲突代表了一种越轨,代表了道德的崩溃"①。因此,在这种观念束缚中,文学也成为个体彰显其道德的重要表征。这也是 20 世纪 50—60 年代批评家常常从"道理伦理"的维度展开批评原因之所在。当艾青的艺术理念和文化实践与主流话语处于"疏离"状态时,人们几乎消除了把其置于特定语境中客观解释的需要,而径直对他进行批判。由此看来,"编者"对艾青的评价不但与人们在特定时代氛围中自我保护有关,而且和知识分子的儒家观念有着深层联系。

二是话语类型的切换。1957 年《诗刊》"编后记"经历了文学话语与政治话语的变换,这种变换主要体现在语词类型方面。在第 1、2、6 期的"编后记"中,编者使用了大量文学话语,如强调诗歌"形象绮丽""充满激情""颇有气魄""饶有诗意""雄健有力""具有浓厚的生活气息,饱满的激情,新鲜的表现手法"。第 7 期和第 9 期"编后记"由"文学话语"向"斗争话语"转换。编者把笔锋转向了"革命"与"战斗":"战鼓已经吹响,号角吹起来了";"从来就是勇敢的战士的诗人们已经纷纷地进入阵地,投入这一场猛烈的斗争";"诗刊将以更大的篇幅给这异常战斗";②"斗争将坚决的、深入地进行下去,不获全胜,决不收兵"。③ 到第 11 期和第 12 期时,编者则指出了"诗风健康"④ 和"强烈的时代精神和浓厚的生活气息"⑤ 的重要性。很显然,随着文学语境的不断嬗变,编后记话语方式也随之产生变化。那么,究竟是何种原因导致编后记的话语类型急剧切换呢?倘若从传播学的角度进行分析不难看出其间的奥秘。这是因为在当时"话语主体所处的社会历史生存状态,包括社会体制、文化传统、重大社会运动或事件、政治经济结构等,这一切为话语主体的理解方式

---

① 杨念群:《"危机意识"的形成与中国现代历史观念的变迁》,见中华文史网,网址:http://www.historychina.net/magazinefree/html/18/107/content/30.shtml。
② 《诗刊》编辑部:《编后记》,《诗刊》1957 年第 7 期。
③ 《诗刊》编辑部:《编后记》,《诗刊》1957 年第 9 期。
④ 《诗刊》编辑部:《编后记》,《诗刊》1957 年第 11 期。
⑤ 《诗刊》编辑部:《编后记》,《诗刊》1957 年第 12 期。

和价值准则制定了一个基本的框架或视界，形成了使用话语必须适应的一个历史性环境"①。在话语主体对语境有较为充分认知的基础上，话语主体必须使其话语方式适应充满剧变的时代语境。更为重要的是，言说语境、话语方式和话语权力之间存在着内在勾连。当某种话语方式在一定的语境中获得认可时，言说主体选择此种话语方式才可能获得话语权力。"言随境变"成为《诗刊》"编后记"乃至"十七年"文学批评独特的景观。

二 "谨小慎微"

"谨小慎微"主要指编者为了回应"读者"的意见和需求所采取的话语方式。就《诗刊》而言，编者还是注重不同群体的"读者"的文化需要和阅读期待。只不过随着时代语境的变迁，《诗刊》所满足的"读者群体"有所变化。据沙鸥回忆："编辑部有三张名单"，"一张是老诗人的名单。我们大力争取这些在中国新诗史上有过辉煌足迹的前辈，每年能在《诗刊》上发表一次作品"；"第二张名单上是青年诗人"，"他们是《诗刊》的骨干力量，每年争取在《诗刊》上发表一二次作品"；"还有一张名单，是我们逐渐发现的新人"②。这里的"老诗人""青年诗人"和"新人"既是《诗刊》的主要创作群体，同时也是最重要的阅读群体。编后记中编者"谨小慎微"的话语方式表现在传达读者的需求和对待读者的意见方面。

首先，编者对读者的需求传达由模糊到具体。创刊号的编后记这样写道："创刊号现在出版了。我们完全了解，读者要求读到好诗，要求读到歌唱和反映生活的诗，精炼的诗"③。这里"好诗""反映生活的诗"是一种模糊化的修辞方式。比如是什么样的诗才是"好诗"？反映的究竟是怎样一种"生活"？这种修辞方式为满足不同读者群体的需求留下了富有"弹性"的空间：既满足了那些热衷于诗歌"大众

---

① 冯黎明：《论文学话语与语境的关系》，《文艺研究》2002年第6期。
② 沙鸥：《宝马雕车香满路》，《诗刊》1994年第5期。
③ 《诗刊》编辑部：《编后记》，《诗刊》1957年第1期。

化"和"口语化"的读者群体的诉求,也满足了偏向于对诗歌"异质性"执着追求部分"青年诗人"的文化诉求。但这以模糊化话语方式满足多方读者需求的做法也是有问题的。《诗刊》1957年2月号的"编后记"在传达读者的需求时不断具体化:"大家不约而同的、热烈期待着《诗刊》能发表出激动千千万万人心的宏伟的诗篇来——传出时代的高昂的声音,道出人们的衷曲","歌唱我们社会主义建设的大时代的雄伟歌声"①。与创刊号模糊化的话语方式相比,这里"读者"的需求被一系列限定词具体化了,似乎那些"高昂"和"雄伟"基调的诗作才是"读者"真正的审美期待。这样的话语修辞方式在传达那些喜欢"歌唱"和赞美新中国的读者声音的同时,也屏蔽另外一些声音。读者或者创作者从《诗刊》的编后记的话语修辞中可以察觉什么样的诗才"受欢迎"。由于编后记不仅是编者阐释编辑意图和加强与读者交流的园地,还是人们把握该刊动态的一扇窗口,因而《诗刊》编者在小篇幅的编后记上"做足文章",在话语讲述方式上"谨小慎微"。

其次,编者对读者意见的烦琐解释。因为《诗刊》处于这样的"中间位置":既要守好期刊阵地,又要为广大读者做好服务,所以编者必须审慎对待来自各方的意见或建议。加上20世纪50—60年代权威批评常以"读者"这一抽象的符号出现,"读者"的意见显然不可等闲视之。有时编后记不得不花一些篇幅向"读者"做"解释"工作:"我们听到过一些意见,说我们用外稿较少。我们自己统计十一期之中,约稿占60.7%,投稿占39.3%,其中青年的稿子占30%。这还是因为最初几期,约稿用得多,投稿用的少,越到最近,投稿采用率越大"②。《诗刊》对"读者"的意见采用统计数字的烦琐解释,说明编者对读者的尊重,更为重要的是体现了"读者"(尤其是"年青诗人")的意见给编者带来的压力,以及编者在应对读者意见时的审慎态度。这是由于"青年诗人"对"新时代""充满理想主义情怀"

---

① 《诗刊》编辑部:《编后记》,《诗刊》1957年第2期。
② 《诗刊》编辑部:《编后记》,《诗刊》1957年第11期。

和"表现的愿望",他们"热情、天真、明朗","是当代诗界的另一重要构成"①,同时又是《诗刊》主要的投稿人。若无视这些"意见"一方面可能挫伤这些诗人的积极性,失去部分读者;另一方面也可能受到读者的质疑和批评。在这种情势下,读者作为一种外在监督力量就将转化为编者的自我控制内在因素,编者审慎地对待读者的"意见"就在情理之中了。

通过前述的分析可以发现,当代文学期刊生存与发展语境的激变,深刻影响了1957年《诗刊》编后记话语修辞方式,这些修辞方式的转变显现了刊物主持人紧随时代主潮之变,调整办刊方向,优化创作队伍结构和栏目设置,在新的文学秩序中巧妙调节和平衡文学与外部各种的关系,推动期刊可持续发展。编后记作为照亮和透视期刊内部空间的重要副文本资料,是我们审视当代诗刊演进历史的一个新视窗。

---

① 洪子诚:《中国当代新诗史》,北京大学出版社2005年版,第20页。

第四章 当代诗歌与图像关联研究

在古今中外文学艺术发展史上，诗歌与绘画相互结合的历史源远流长，在当代诗歌文本周边亦出现了大量的图像，诗画文本组合产生了复杂多端的互文对举关系，敞开了一道道亮丽的文艺景观，为人们观察当代诗歌生产、传播和接受现象提供了新的研究领地。本章拟在全面考察20世纪50—60年代诗歌传播中的诗画互文现象的基础上，重点以《群众诗画》为个案探讨政治文化的诗画互文传播以及诗画通俗文艺报刊的升沉起伏现象。

第一节 当代诗歌传播中的诗画互文现象

中国当代诗歌的生产、传播与接受出现了一系列独异而复杂的现象。在传播媒介不发达，读众阅读能力普遍偏弱，文学的意识形态属性与鼓动功能日趋凸显的传播生态中，要彰显当代诗歌传播的力量与风采，人们必须破除现代"贵族化"诗歌传播形成障碍与瓶颈，推动诗歌传播的范式转型。除了通过强力发动形式多样的诗朗诵运动，倒逼当代诗歌文本生产的"可听化"变革，实现诗歌文本传播的听觉转向，当代诗歌传媒人还努力建构一种富有感官吸引力和冲击力的"诗—画"一体的视觉空间，将抽象的诗歌线性语码转换成直观、可视和立体的图像符码，借重符号融合拓宽诗歌传播的广度与深度。那么，在特定的传播语境中，当代诗歌"诗—画"传播具有哪些新异的方式？诗与画之间存在何种互文关系？"诗—画"一体传播如何实现意义的编码？这种传播方式对诗歌生产与接受产生了哪些复杂影响？等等，这些都是我们观察当代诗歌诗画传播现象时可能遇到和亟待破解的谜题。本节试图在梳理当代诗歌诗画并置与融合互文关系的基础上，探究诗歌诗画传播现象的独特性与复杂性。

一 当代诗画的互文传播

在当代诗歌传播中出现了许多的"图文并茂"的诗刊、诗选和诗画报，这些纸质传媒里的诗与画之间形成了别具特色的互文关系，其中诗画并置是最为常见的现象。所谓诗画并置关系是指诗与画之间保持相对独立的关系，图像通常为诗歌某种细节或场景的形象再现，也就是说，假若删去图像并不影响诗歌的完整性。比如王书怀的诗选《宝山谣》选录了《流送之歌》一诗："江河开/跑木排/伐木者/快捷来——//千层浪/任我踩！/大江水/任我摆//闪开/闪开/兴安岭要发批货/大江呵/多担待//红松十万米/白桦八千排/行程万里/快！快！快！"。编选者诗歌配了一幅彩色插图（见图1）：

图1

这幅画以远山近水、木排、木舟和人等元素构成一个完整的图像表意系统，远景、中景与近景形成了主与次、先与后、中心与边缘的等级关系，其中木排与其他构图要素之间通过富有意味的占比，被置于视觉的中心，成为一个时代经济发展速度和劳动者精神与气概的表意符号。这里，绘画者将诗歌"不多的关联性符号形成语象再具体化为图像"①，图像以静态的方式定格了"红松十万米/白桦八千排/行程万里"这一壮观而火热的生产建设图景，画与诗在这一特定的情境中实现意义的勾连。诸如"闪开/闪开"，"快！快！快！"等语词所传递的人们追求经济现代化的急切与焦灼，在图像中基本处于隐匿的状态，从这个意义上说，插图是对诗歌特定情境的修辞编码，诗歌与插图之间形成相对独立的并置关系。

另一类插图作为一种图像符号则为诗歌的文本解读提供了鲜活而富有现场感的修辞情境。比如中国作家协会上海分会编选的《赛诗会诗选》，配上了许多珍贵的插图，这些"插图是和赛诗会同时举行的赛画会上选出来的"②（见图2）：

图2

这些烙上了历史印痕的照片是为了展示白庙村人们参与"赛诗会"和"赛诗台"热闹景象："参加编诗和赛诗的有男的、有女的、

---

① 王文新：《文学作品绘画改编中的语—图互文研究》，《文艺研究》2016年第1期。
② 中国作家协会上海分会编：《内容提要》，《赛诗会诗选》，上海文艺出版社1960年版，第1页。

有老的、有儿童,也有爷爷和孙子,女儿和母亲、丈夫和妻子","连白发苍苍的老太婆和老头子都赶来"①。此种浸润着历史文化汁液的图像描述,"往往变成一种与史实对应的'图说'"②,呈现了文化动员下底层民众某些形象和精神侧面,具有一种与诗歌相对应的"逼真性":"端阳前夕喜洋洋/农民诗人赛诗忙/诗歌快板百花放/齐声歌唱共产党/生产高潮翻巨浪/赛诗热情似火旺/别看尽是口头语/搬到田里是米粮"(《农民诗人赛诗忙》),"白庙村里五百人/个个都想当诗人/荃麟同志多指导/但愿早成诗人村"(《但愿早成诗人村》)。这里,"诗—画"并置提供可视化的历史场景、氛围和形象图谱,诗歌中所书写的农民赛诗的繁忙景象、"似火旺"的热情、"个个都想当诗人"的热望,都可以从图像的场景、道具和人物的服饰、动作、表情等方面找到对应的表意符号,摄影图像"为抽象的文字提供一种具象的现实、一种在场感、一种体验、一种既相互联系又相互独立的艺术张力"③,不仅成为人们启动想象引擎的重要助推剂,其空间构图所进行的意识形态编码,在推动诗歌的意义生成的同时也限定了诗歌的阐释路径。

儿童诗画是当代诗歌语图传播另一重要载体和类型。在20世纪50—60年代,虽说"工农兵"诗歌成为一股强旺的创作潮流,但人们也没有忘记或忽视儿童诗的生产与传播,这一时期的儿童诗形成了一种颇为有趣的"图文并置"的独特风貌。比如《星星》诗刊1959年第1期设置了"诗画"栏目(见图3):

这两幅带有鲜明时代印痕而又看似充满"童趣"的图像,配上两首诗歌,其中一首诗是:"去年我比谷子高,/今年我比谷子低,/莫非今年没有长?/回家去问妈妈去。"另一首诗是:"草儿嫩,草儿香,/早上起来割一筐。/割一筐,喂小羊,/小羊吃了白胖胖。"第一幅诗画

---

① 郭林彬:《介绍白庙村的"赛诗会"》,见中国作家协会上海分会编《赛诗会诗选》,上海文艺出版社1960年版,第98页。
② 胡斌:《解放区土改斗争会图像的文化语境与意识形态建构》,《文艺研究》2009年第7期。
③ 包兆会:《"图文"体中图像的叙述与功用》,《文艺理论研究》2006年第4期。

图3

通过图像中稻苗和儿童的高度比照,以夸张的修辞方式和"可视化"的图码,解答诗歌里孩子的困惑:"莫非今年没有长?",图解隐蔽而抽象的意识形态内涵,借助直观的图像唤起"受众的丰富的想象和强烈的共鸣"①。第二幅诗画以箩筐、嫩草、鲜花和小羊构成一幅"劳动光荣"的"乐景",图文并置增强了诗歌观念的修辞效果,从而实现某种既定的修辞目的。在儿童诗画中不管是诗歌也好,还是插图也罢,都出现了明显的"成人化"现象,比如《群众诗画》刊发了这样一则诗画(见图4):

在这幅画中,劳动中的儿童双手拽着草,身上背着书包,双脚裤腿卷起,书包露出5分的作业成绩,流露出一副得意自豪的神情,虽然"图像更容易把握与消费,更能给观众带来感官的刺激与感性的愉悦"②,但也可能造成意义生产的不稳定,于是,诗歌文本通过文字锁定了画面的解读空间,阐发图像的价值指向。诗歌试图建构一个"年纪小"的完型化的儿童形象——不论是劳动(薅苗、拔草、抗旱、防涝),还是学习都是"能干"选手,一种和成人世界相呼应的完美的"准英

---

① 温华:《论广告图像传播的修辞现象及其心理研究》,《武汉大学学报》(人文科学版)2006年第4期。
② 赵炎秋:《质与互渗:艺术视野下的文字与图像关系研究》,《文艺研究》2012年第1期。

图 4

雄"形象。在一个呼唤和崇拜英雄的年代,"诗情"与"画意"很大程度上淡化了儿童"真纯"和"好奇"的本性,图文联袂改造了儿童身体的审美趣尚和心智系统,诗画互文显示的"成人化"运思、抒情和想象方式,使得当代儿童诗画成为一种富有意味的"图像政治",成为映照理想儿童形象的一种"镜像"符号。

当代诗画互文除了存在并置关系,还存在融合关系,所谓"融合关系"是诗画在符号表意等方面相互指涉。这方面最具典型的是《星星》诗刊的封面与诗歌精神流变关系,以1957年第1、3、8和11期的封面为例(见图5):

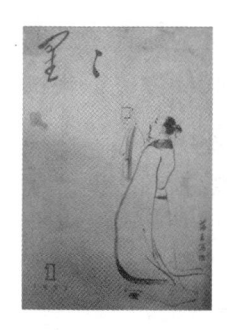

图 5

第四章 当代诗歌与图像关联研究

131

在图 5 中，图像所聚焦对象分别是把酒对月的诗人、心无羁绊的牧童、辛劳晚归的工人和鲜明的旗帜，这些外在的能指图符的嬗变与刊物内部诗歌精神流变存在着有趣的互文关系。与其他期刊封面不同的是，《星星》创刊号封面不是高大全的"工农兵"，而是一个"举杯邀明月，对饮成三人"的诗仙的侧影，这彰显了创办者对刊物独特个性期待与追求——"新的歌，是时代的歌，是生活的歌，歌唱一切！"，"让生活迸射出星星火花，化为诗篇"①。这种未被时代理性规训的诗人形象符号，成为当期刊物诗歌的一种外在表征，果然，在创刊号上出现了许多具有异质元素的诗歌，比如发表了《吻》《大学生恋歌》《湖上情歌》《四川情歌》等情歌，和后来饱受争议的《草木篇》等讽刺散文诗，这些诗歌冲破了当时诗歌写作的一些禁区，凸显了诗歌重建自由、民主和平等精神的努力。当然，诗与画互为表里相互融合为《星星》诗刊赢得了众多声誉的同时，也把它引向了舆论的风口浪尖。1957 年第 3 期的封面为读者呈现了一幅牛背上牧童眺望远方的景象，在古典诗歌的意象世界里，"牧童"表征一种"安闲、自由、纯朴，承载着人们对乡野生活的想象和对纯真童年的依恋"，"对牧童来说似乎并不存在未知的恐惧与危险，他们生活在自己熟悉的环境中，牧童作为人的主体力量得到充分的展现"②。这种封面图像设计与期刊诗歌精神存在深层"暗合"，这一期特设了"刺梅花"专题，发表了《某首长的哲学》《懒汉》和《荒唐歌》三首讽刺诗。如果说讽刺诗显示了刊物谋新求变的努力，那么刊载黎本初的批评文章《我看了〈星星〉》则标明其兼容并包的立场，这些张扬个性与呼唤包容的举措，表明刊物主持者不仅对创办"同人"期刊抱有"纯真"想象与浪漫期待，还天真地以为他们也可以像图像中的牧童一样极力张扬"主体力量"，可以远离"未知的恐惧与危险"，自以为站稳了"人民的立场，工人阶级的立场"③，封面图像与刊物内部诗歌精神之间形成

---

① 《星星》编辑部：《编后草》，《星星》1957 年第 1 期。
② 周晓芬：《古代诗歌中的牧童形象》，《名作欣赏》2010 年第 35 期。
③ 《星星》编辑部：《编后记》，《星星》1957 年第 3 期。

了相互交织的互文关系，实现了诗画的互融互通。《星星》1957年第8期的封面图像发生了有意味的变化，由过去的诗仙、牧童变成了工人——一个在昏暗的夜色中点火吸烟的"下岗"工人，一个媒介倾力打造的完美新人形象。图像聚焦的中心符号的位移预示着刊物诗歌类型的变更，有趣的是，这期栏目中原来的讽刺诗和爱情诗已难觅踪影，取而代之的几乎都是清一色的"工农兵"诗歌，篇首发了傅仇的《我们在战斗中成长》表现出"反右"的战斗姿态："摊开他的底牌/就是把现实生活给予歪曲、涂改/他们把这种毒液放出来/也许他们会说这也是一种流派/我们要大喝一声/——这是'右派'"，与图像转型相关联的是《星星》诗刊中的诗歌精神也发生了突转，由过去追求自由地"争鸣"转变为守卫"政治正确"。随着"反右"斗争的不断扩大，1957年第11期的封面中心图像变成了鲜明的旗帜，刊物的意识形态属性骤然凸显，与此对应的是刊物专设了"向光辉的十月革命致敬"和"反右"诗歌专栏，发表了群夫的《大力锄草，防止伤兰》批判文章，剑指"《星星》在右派分子把持下放出来的毒草，和一些坏的和有坏的倾向的作品"[①]。诗歌精神由创刊之初的生命个性的绽放——在"一个新的春天"里"歌唱一切"[②]，转变为一种责任担当——成为"社会主义伟大时代的战鼓，鼓舞人民去建设社会主义事业"[③]。总之，《星星》诗刊的封面图像隐喻与诗歌精神存在着动态的关联和隐蔽的互文关系。

在当代讽刺诗中诗画互文现象也普遍存在。比如沙鸥的讽刺诗《给粮食奸商画像》这样书写粮食奸商："还在中秋节的前几天/趁合作社的牌照还未挂上墙/他就狠狠地压低了行市/农民等着钱花，只好忍痛卖粮"，"现在农民把粮食卖给国家/他感到像挖了他家的祖坟一样"，"一想到买的青苗不能到手/心头的怒火就升了三千丈"，"哪知门外传来一片喊声/要求政府取缔奸商活动/严厉取缔粮食奸商"，"他

---

① 群夫：《大力锄草，防止伤兰》，《星星》1957年第11期。
② 《星星》编辑部：《编后草》，《星星》1957年第1期。
③ 《星星》编辑部：《稿约》，《星星》1957年第11期。

的脸上像涂了一层白蜡/只觉得轰隆的雷声在耳边响/我说:'掌柜的!/你六神无主,这样惊慌/我只能把你的这副嘴脸画上'"。从这些诗句可以看出"粮食奸商"的丑陋"嘴脸":狡猾、自私、胆小与惶恐。诗歌配上这样一幅插图(见图6):

图6

这幅漫画将"奸商"的形象进一步丑化:他是一个肥头大耳、贼眉鼠眼又夹着尾巴的"硕鼠",右手拿陈年账本左手拿算盘,呈一副惊慌之状,他的粮仓门上横联写着"生财有道",而门帘背后却囤积了大量的粮食,形成一种绝佳的反讽,这和解放区土改斗争中的地主形象相似:"秃顶或光头,身体臃肥,面容可憎",这类"人物形象及装扮都经过了精心的塑造,实际上已经不仅仅是出于直观真实再现了"[①]。如果说诗歌揭示了粮食奸商的"本质",那么漫画则通过人物的表情、动作和有意味的构图将固化的"本质"进一步"脸谱化",继而成为一个自足的阶级斗争符号。诗歌与图像相互补充与融合构筑了一个"仿真"与"超现实"的情境,从外在的面容到内在的

---

① 胡斌:《解放区土改斗争会图像的文化语境与意识形态建构》,《文艺研究》2009年第7期。

道德等层面重塑当代"商人"的形象，重构了农民与商人的矛盾关系，这种带有现实感的视觉符号"实际上主宰了我们的生存价值和意识形态"①。

如果说《给粮食奸商画像》属于"象征型"诗画，那么《观潮派》则属于"叙事型"诗画（见图7）：

图7

由图7可见，诗歌文本分三节，第一节写"观潮派"的知识分子自傲、保守与迂腐，第二节写知识分子对工人发明创造能力的怀疑，第三节写知识分子面对工人发明创造提升了产品质量后的"不解"与"羞愧"。诗歌配上了系列图画，第一幅图像里的知识分子腋下夹着书，手上夹着烟，昂首挺胸，远离工厂，第二幅图像描绘知识分子断然拒绝工人"请教"，第三幅图像中工人扛着发明的机器和"捷报"庆功，知识分子则满脸愕然。这里，抽象的文字与直观的图像保持一种微妙的关联与平衡，诗歌为图像叙事作铺垫和提示，图像借助动作刻画、形象描摹和环境的构造，对诗歌文本中"观潮派"之于工人前后姿态的变化进行"漫画化"描写，提升诗歌的讽刺锋芒。"顺口溜"

---

① 段钢：《图像符号的意识形态操控》，《河北学刊》2007年第6期。

式的歌谣与新奇的图像形成了封闭式的微型叙事语境，完成了一个关于当代知识分子接受改造必然性的图文叙事。

二　当代诗画互文传播的意义与问题

当代诗歌诗画传播特质的生成与诗歌接受语境密不可分，因为在诗歌"生产—传播—接受"的各种环节中，受众的期待视野、图文解码能力和审美趣尚影响着诗歌传播范式的变迁。当代诗歌接受群体主要是文化程度不高的"工农兵"，据不完全统计，截至1956年在农村五亿的农民中间，"大约有四千五百万人是识字的"，这也就意味着有近四亿五千万的农民处于文盲和半文盲的状态，为了向"占全国人口百分之八十以上的农民进行社会主义思想教育"，"改变旧社会五亿农民中遗留下来的文化落后的状况"①，包括诗歌在内的当代文艺传播必须实现转型，即在传播途径和方式上既要做"加法"又要做"减法"，所谓"加法"就是要改变过去主要依靠文字传播的单一方式，大力拓宽图文与视听传播渠道，提高诗歌的传播范围和传播效率。在诗歌传播做"加法"方面，当代诗人进行了诸多有益的尝试，其中20世纪50—60年代蓬勃开展的"诗朗诵运动"，"是一种既有趣又有益的适合于在群众中普遍开展的文娱活动"②，这种活动让诗歌诉诸于人们的听觉，实现诗歌文本的听觉传播，为诗歌的大众化传播插上腾飞的翅膀。除了诗歌的听觉传播，当代诗歌的媒体人也非常注重诗歌文本与图像文本的联合传播——诗的视觉传播。在20世纪中国现当代诗歌发展历程中，"文字符号的抽象性为语言表达展开了无限自由的空间，它的能指和所指的准确对应更使图像符号望尘莫及"③，尤其是新月派、象征诗派、现代诗派和"中国新诗"派等诗歌文本，在表达现代人的复杂、幽微、精致而又缠绕的情思和生命体悟方面，为人们窥探诗人"内宇宙"敞开了许多诗意空间，但是由于这类诗歌诗意表达采用象

---

① 《文艺报》编辑部：《为五亿农民写作!》，《文艺报》1956年第1期。
② 本刊记者：《广泛开展朗诵诗活动》，《文艺报》1956年第2期。
③ 赵宪章：《文学和图像关系研究中的若干问题》，《江海学刊》2010年第1期。

征、暗示、隐喻等精湛繁富的修辞手法，使得诗歌编码方式日趋复杂化，这一定程度上阻碍了诗歌传播的大众化进程，特别是抗战爆发后，"作为精英艺术的新诗如何进行大众传播"①，始终困扰着肩负时代使命而又笔耕不辍的诗歌探索者。新中国成立之后，当代诗歌工作者为了破解这一难题，在诗坛掀起一股强劲的诗歌"倡懂"潮流，一方面对那些充满歧义或"看不懂"的谜诗发起猛烈的批判，另一方面则大力扶持"工农兵"诗人，开展歌谣生产运动，这些举措确实有力地消解了传统诗歌"晦涩"的语码，为诗歌以"工农兵"理解的方式进行编码迈出了重要而坚实的一步。问题是，对于大多数文学素养不高的"工农兵"而言，在文字符号系统唤醒自身的经验记忆，并展开丰富的联想与想象的过程中，可能遭遇许多障碍与难题，于是，诗歌媒体人在当代诗歌传播中做足"加法"，通过诗画并置与融合实现多方位的优势互补，成为诗歌传播者努力探求的方向。这方面最具代表性的就是1958年8月创刊的《群众诗画》，该诗画报由人民美术出版社出版，每月3期，共刊出33期。这是一份相当具有鲜明时代特色的彩印报纸，以1959年第9期为例（见图8）：

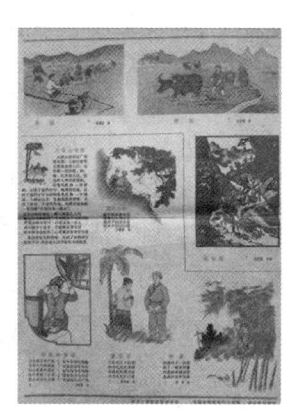

图8

由《群众诗画》命名可知，报纸所传播的对象是"群众"，"群

---

① 王强：《中国新诗的视觉传播研究》，博士学位论文，苏州大学，2012年，第1页。

众"在这里主要指具有一定阅读能力的"工农"大众,"诗画"即诗歌与绘画并行编排与同步传播。由图8可见,报纸第1版和第4版图像所占版面相当大,图像给阅读者强烈的视觉冲击力,第2版和第3版诗画排版较为密集,内容较丰富。诗歌创作主体既有臧克家、田间等诗坛"老将",也有普通的工人、农民和学生等试笔的"新人",图像既有剪纸与木刻又有漫画与连环画等,形式活泼多样,给人别开生面之感。正如有论者所言,"如果将语言视为以理性认知见长的符号,那么,图像则是'秀而不实'的愉悦符号",也即是,在诗歌接受中唯有当语言符号的"能指"被理解之后才能使人产生精神愉悦,而"图像愉悦来自图像符号本身","图像作为世界的替身决定了它并非像语言那样难以理解"[①],因而对于文化知识储备并不深厚的"工农"而言,当诗歌与图像并置时,图像可能先于文字引发他们的积极阅读情绪,图像的诱惑所具有的"虹吸"力量激发了读者读诗的兴趣,阅读诗歌的愉悦又进一步强化了对图像的迷恋,由此形成图文相互激发的接受机制。这种接受机制为当代诗歌的大众传播提供了一种新的向度和可能,由于图像能为文字传播增添动力,权威报刊《文艺报》中有人曾撰文呼吁,希望地方性文艺刊物"在文字中间适当配上几幅插图",借此"增加一般读者的阅读兴趣"[②]。虽然《群众诗画》最终不得不与诗坛"告别",但它为当代诗歌"诗画"传播进行了许多有益的尝试和努力,尤其是培养了一批业余的诗画爱好者,通过"诗画"传播的辐射作用,潜移默化地引导和改变当代读者审美趣味。

  当代诗歌大众化潮流还促使当代媒介人在诗画传播过程中自觉做"减法"。所谓"减法"就是要将原本复杂、深奥的信息进行简约化编码,最大限度适应受众的接受能力和接受水平。以诗画《愿结交歌》为例(见图9):

---

① 赵宪章:《语图传播的可名与可悦》,《文艺研究》2012年第11期。
② 王化东:《向通俗化、地方化的大道前进》,《文艺报》1951年第9期。

图 9

  诗歌这样写道："江边杨柳排成排/拨开杨柳放船来/妹在渡头坐下等/一心等哥过渡来/跃进计划先订好/再把爱情花儿栽",显然,相较于徐志摩、戴望舒、穆旦等现代诗人用唯美朦胧或满载智性的诗语,传递多味杂陈的爱情体验,这首苗族情歌对"爱情"编码进行了一定的艺术"减法"。首先,它是对传统民间的情歌进行套用与改编,其中"江边杨柳排成排/拨开杨柳放船来/妹在渡头坐下等/一心等哥过渡来",是民间情歌书写中常见的"妹等郎"模式,是"工农"群众"喜闻乐见"的爱情表达样式,这自然降低了他们阅读诗歌的难度,使得诗歌"传播—接受"渠道更加顺畅。其次,它采用"酒瓶装新酒"的方式。《愿结交歌》并非像有些传统民歌那样充满暧昧性和挑逗性的话语,甚至带有一定的"情色"元素,而是装上了"新酒":"跃进计划先订好/再把爱情儿栽",表明"妹妹"在集体事业与个人爱情之间,选择先"公"后"私"的赤诚心态和坚定立场。这样的情歌斩断了"线团化"的情感缠绕,弃绝了暧昧不明的情愫荡漾,思想与情感指向明确而唯一。与诗歌相对应的是这幅诗画的构图也呈现"简约化"特点,江水、渡头、少女和垂柳等人、物与景,简单勾勒了"等郎妹"痴情等待的画面，图像里未见抽象的符号和"只可意会不可言传"的意境，清晰与透明的意象锁定图像的意义生产。

诚然，在当代诗歌诗画传播中也出现了不容忽视的问题。首先，诗画文本之间缺乏内在的审美张力。具体而言，图文内部罕见相异元素相互交错，形成对立与互否、互补与互渗的互文网络。在20世纪50—60年代的诗坛普遍存在这种现象：诗与画常常构成一种自足符号体系，很难实现"诗情"与"画意"相互增值的传播效应。以《文艺报》刊登的田间诗歌《一月十五日下午》（见图10）：

图 10

这是一首图文并置的"政治抒情诗"，诗以鼓动的语言、豪迈的激情和"欢歌狂舞"的喜悦，歌颂了北京进入社会主义城市的新气象。图像则通过天安门、五星红旗、锣鼓、载歌载舞的人群、标语和礼花等绘制一幅欢庆的场面,语言符号与图像符号承载大体等量的信息,不管是诗也好还是画也罢都很少留下"空白",读者很难从诗画互文关系中获得一定信息的补偿来填补这些"空白"。在当代诗歌出版中,图像往往成为编辑排版时一种"花边"式的点缀,有时就是一种"补白",少见诗画家联袂创作,生产出图文并茂、相得益彰的作品。此种删去任何一方一般都不影响"诗情"或"画意"表达的诗画组合,因缺少不同文本深层次的意义互渗互补形成的审美张力,自然很难让接受者产生持久的阅读热望,使得当代"诗歌"诗画增值传播的繁荣局面难以真正形成。当然,之所以会出现这一现象,与当代诗人追求诗语明白晓畅、诗风素朴清新、诗体简短精练、诗情明朗健康、诗义纯粹单一的理想诗歌范式有隐蔽的关联。在一个追求"文艺通俗化"的诗歌生产语境中,老舍曾疾呼:"要给人民大众写东西,必须短而精,好教大家念起来,既省力省时间,又能真有所得"①。事实上,读者阅读诗歌要达到"既省力省时间,又能真有所得",除"短而精"之外,还要求"诗语明白晓畅"和"诗义纯粹单一"。如果当代媒介人努力追求诗画之间"张力",追求"诗语活动中局部大于整体的增值",就应允许诗画关系结构中融入"对立因素、互否因素、异质因素、互补因素",问题是,"当张力无限扩大时,诗语趋于晦涩"②,这显然与"文艺通俗化"的创作潮流背道而驰,一旦诗画被视为"逆流"之作便容易使诗人、编辑甚至主编卷入巨大的舆论旋涡之中。

其次,当代诗画所建构的符号阐释空间呈"锁闭"状态。由于当代诗画担负着教育与鼓动民众的时代重托,因而诗画在传播过程中必须锁定文本意义的阐释空间。在诗画的编码过程中,尽量避免带有多义性的符号及其修辞潜入,防止信息解码发生偏移引发文本意义的"误读"。为此,对于诗人来说,不论是意象选择还是语言的表达,

---

① 老舍:《谈文艺通俗化》,《文艺报》1951年第11期。
② 陈仲义:《张力:现代汉语诗学的"轴心"》,《文学评论》2012年第5期。

都应力避出现可能的"歧义性",要实现这一目标最为安全与有效的方法是,打造一种能指"本质化"和所指"固化"的诗画符号体系,一旦这种"潜规则"成为诗人写作的法则,就容易常出现"千诗一面"和"千图一律"的"奇特"景观,尤其是在当代讽刺诗画书写方面表现得尤为明显。另外,由于当代诗画符号"能指"与"所指"的单一对应关系,导致读者读诗与看图时,往往不是把诗画当作一种与诗人对话的开放文本,而是视为一种无须再思索与交流的"镜像文本"。在具体诗画阅读中,图像先诗歌文本吸引读者的选择性注意并激发其阅读兴趣,继而由"图"入"诗",诗歌作为理解图像文本的"前文本","读者先有一个先入为主的预设框架,然后将被解读的图像装进去,以便在这框架中破解其含义"①。图像的解读空间被"前文本"所预设的意义框架紧紧"锁定",同时读者观看图像时生成的某种直观印象或审美偏执,反过来制约其对诗歌文本意义理解的向度与深度。

第二节 《群众诗画》与当代通俗文艺报刊的沉浮

在 20 世纪 50 年代,中国当代文艺工作者遵循毛泽东《在延安文艺座谈会上的讲话》所确立的普及原则,积极探求富有民族特色和时代特性的艺术生产、传播和接受方式,促成革命通俗文艺的崛起与兴盛,重构了当代文艺格局。国家和地方各级文艺主管部门,不断"为通俗文学提供优势的出版资源,使其势力骤然壮大"②,由高雅向通俗转变一度成为当代文艺期刊发展的潮流。不过,文艺的通俗化政策在知识精英实践的过程中难免走偏,群众文艺报刊阵容的发展与壮大也严重受制于群众阅读能力普遍低下的现实。如何创新通俗文艺报刊的办刊思路,以更加有效的语图传播模式,呼应时代的召唤和群众阅读

---

① 段炼:《符号阐释的世界》,《美术观察》2014 年第 9 期。
② 张均:《"普及"与"提高"之辩——论五十年代精英文学与通俗文学的势力之争》,《文学评论》2008 年第 5 期。

需求的新变化，形成推动社会变革的舆论力量，是当代文艺工作者必须正视和探索的重要议题。《群众诗画》正是一份回应此种文化诉求并烙上深刻时代印痕的国家级"诗画报"。

一 《群众诗画》诞生的历史语境

《群众诗画》于1958年8月1日在北京创刊，1959年6月21日停刊，每月3期，共出版33期。它由群众诗画社编辑，人民美术出版社出版，是"大跃进"时期面向全国销售，在群众中产生较大影响的诗画报。

新中国成立初期，"国内民众普遍文化程度不高，识字率较低"，"我国5.5亿人口中有80%是文盲，农村的文盲率更高达95%以上"[①]，"至于能看报的人，当然更少"[②]。为此，全国各地开展了形式多样的识字运动，"为人民大众争夺美学和艺术的权力"，将他们从充满迷信的传统文化世界中拯救出来，"从自然人成为走进政治之内的'政治人'"[③]。当"扫盲运动顺利展开，工农群众掌握了文化，他们就迫切需要一些短小生动的读物"[④]，当代文艺工作者开始编纂普及性的识字课本，编辑出版群众性的报纸杂志。《群众诗画》作为"绘画和文字结合"的图像类出版物"通俗易懂，雅俗共赏，老少咸宜"[⑤]，它的诞生既是20世纪50年代乡村"识字运动"引发的媒介革命所催生的时代产物，也是文化主管部门借助媒介重塑社会主义新人和构建良好国家形象的内在吁求。

"大跃进"期间，基层文艺创作异常活跃，全国各地掀起了声势浩大的"诗壁画运动"，一些地方"凡是能写诗作画的人都动员起

---

① 本书编委会编：《至真至美——人民美术出版社60年（1951—2011）》，人民美术出版社2013年版，第2页。
② 萨空了：《科学的新闻学概论》，祝均宙、萧斌如编：《萨空了文集》，上海科技文献出版社2002年版，第182页。
③ 孙晓忠：《识字的用途——论1950年代的农村识字运动》，《社会科学》2015年第7期。
④ 朱树鑫：《为新创办的许多小型文艺报刊欢呼》，《文艺报》1958年第13期。
⑤ 本书编委会编：《至真至美——人民美术出版社60年（1951—2011）》，人民美术出版社2013年版，第2页。

来"，在农村"大路旁的墙上，墙报和黑板报上，宣传队的宣传牌上"①涌现了难以计数的诗画作品。这些基层的诗画作品亟需一个全国性的展示与传播平台，因此，承担"出版通俗的工农兵美术读物"重任的人民美术出版社，"根据《全国出版跃进会议书》的号召"，提出了"要改变本年下半年出版物的面貌，使反映现实斗争和政治运动的出版物达到80%以上"的奋斗目标②。他们试图通过创办《群众诗画》，一方面配合与支持各地如火如荼的诗画运动，另一方面则努力"提高人民群众思想文化、科学知识水平"③，培育具有新时代文化偏好和审美旨趣的读者群体，占领并守卫社会主义文化阵地。

当然，《群众诗画》的出版发行还与人民美术出版社的国营性质有关，也与其丰富的出版经验密不可分。《群众诗画》作为人民美术出版社主办的报纸之一，其"生产、资源分配以及产品的消费各方面，都由政府事先进行计划"，而且"选题规划、印刷用纸等方面都严格受到上级主管部门的领导"④，因而只要依照国家的文艺生产计划来办报，其所需的人力、物力和财力一般都有保障，可免除不少后顾之忧。另外，由于人民美术出版社的成员主要由人民画报社、新闻总署摄影局和大众图画出版社所抽调的部分人员组成，而大众图画出版社在连环画册出版，人民画报社在画报出版方面影响广泛，因此人民美术出版社聚集了一批画报出版经验丰富和美术功底扎实的专业文艺工作者，这为创办诗画报提供了必要的人才支撑。总之，1958年"大跃进"时期波澜壮阔的诗画运动，以及人民美术出版社的出版任务与读者定位，共同孕育了一份颇具实验色彩的诗画报——《群众诗画》。

---

① 肖笛：《政治视野下的中国基层美术》，博士学位论文，中国艺术研究院，2013年，第54页。
② 本书编委会编：《至真至美——人民美术出版社60年（1951—2011）》，人民美术出版社2013年版，第56页。
③ 本书编委会编：《至真至美——人民美术出版社60年（1951—2011）》，人民美术出版社2013年版，第7页。
④ 本书编委会编：《至真至美——人民美术出版社60年（1951—2011）》，人民美术出版社2013年版，第24页。

二 《群众诗画》的多重核心论域

《群众诗画》用一首"新民歌"作为发刊词,即"种田要用好锄头/唱歌要选好歌手//如今歌手人人是/唱得长江水倒流//跃进花开春满园/画手争绘总路线//绘出河山新面貌/绘出英雄赛神仙//诗到田间变米粮/画到战场顶刀枪/画到敌人进坟墓/唱到祖国成天堂"[①]。从这独特的发刊词可以看出其办刊宗旨是"歌手"与"画手"携手,以"诗画"为"彩笔"和"刀枪",共同创作新时代的"颂歌"。为了让工农兵"好歌手"实现政治、经济与文化翻身,《群众诗画》所关涉的核心论域之一是知识普及,即普及生产知识、节日文化常识和时政知识。虽然这份诗画报并非科普类读物,但它承担了部分农业生产知识的传播职能。比如《八字宪法》以"歌谣+剪纸"这一形象易记的方式向读者普及提高亩产的八个要素:水、肥、土、种、密、保、工、管。八个言简意赅的汉字和四句歌谣,配上具有异曲同工之妙的剪纸图像,借助"图画为主、文字为辅、受众喜闻乐见"[②]的诗画互文样式来普及农业生产知识。

《群众诗画》还非常注重传统节日文化的介绍,曾特设一些节日专栏,如"迎接三八妇女节"(1959年第7期)、"庆祝五一"(1959年第13期)、"六一国际儿童节"(1959年第16期)等。这些栏目一般在头版位置介绍节日的由来与意义,再由同一版面刊发一组相同主题的诗画。不难发现,包括三八节在内的节日大多数属于国际节日而非中国传统节日,这一方面是为了让民众开拓视野、了解新知,另一方面则通过那些具有鲜明政治色彩的诗画,从诗画互文中寻找历史与现实之间的时空关联与意义指涉。

此外,时政知识也是《群众诗画》的常设栏目。比如创刊号头版发表题为"制止侵略行为支持正义斗争"的短文,介绍了阿拉伯人民

---

① 《发刊词》,《群众诗画》1958年第1期。
② 吴果中:《左图右史与画中有话——中国近现代画报研究》(1874—1949),北京大学出版社2017年版,第24页。

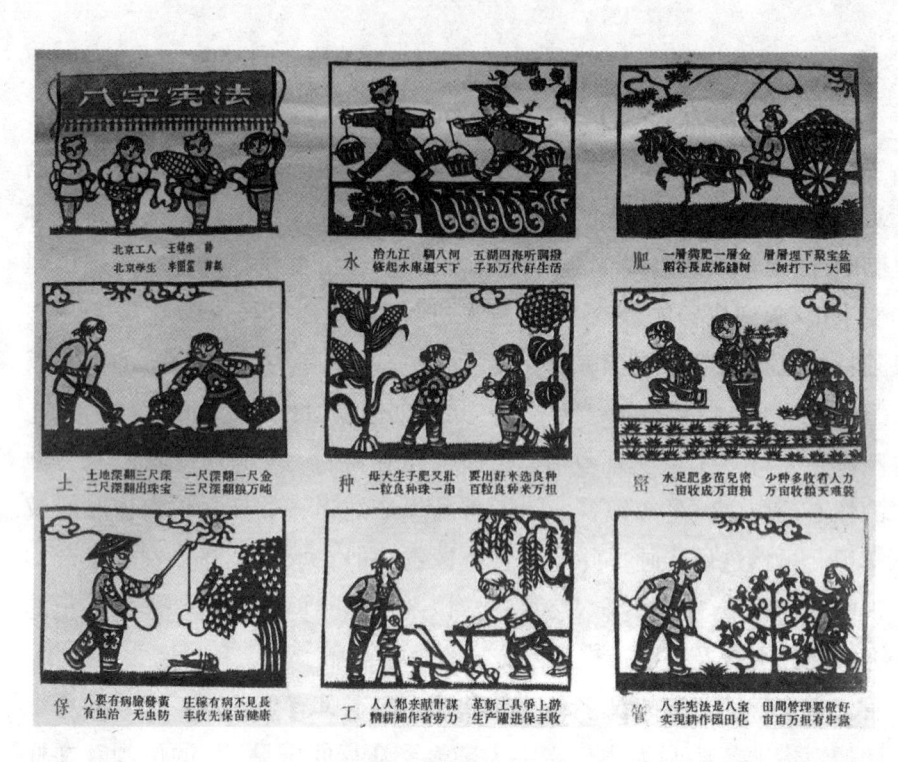

图11

图12

英勇的反帝斗争；1958年第2期以诗画组合形式宣传中苏共同签署联合公报；第3期则宣传"鼓足干劲，力争上游，"多快好省"地建设社会主义"总路线。1959年之后增设"天下事"或"国家大事"栏目,其内容包括"殖民国家反美斗争继续高涨""全国各地掀起了竞赛高潮""庆祝第二届全国人民代表大会第一次会议开幕"等。由于在20世纪50年代媒介传播手段比较单一,信息传播的速度较慢,人们对时政知识了解不多,这些栏目旨在以浅近的语言和生动的图像,向民众传播新知识,开辟一条教育大众的有效途径,以便更新和优化民众的知识结构,夯实广泛社会动员的根基。

图13

《群众诗画》关涉的另一核心论域是"普遍的启蒙"。毛泽东在《在延安文艺座谈会上的讲话》中指出,人民群众"由于长时期的封建阶级和资产阶级的统治,不识字,无文化,所以他们迫切要求一个普遍的启蒙运动"①。所谓"普遍的启蒙","归根结底是革命大众的自我教育、自我转化、自我超越和自我实现"②。也就是说,办报者要借

---

① 毛泽东:《在延安文艺座谈会上的讲话》,《毛泽东选集》第3卷,人民出版社1991年版,第862页。
② 张旭东:《"革命机器"与"普遍的启蒙"——〈在延安文艺座谈会上的讲话〉的历史语境及政治哲学内涵再思考》,《中国现代文学研究丛刊》2018年第4期。

助"有意味"的诗画组合从国家形象塑造、家国伦理构建和主体意识重塑等维度,对人民群众进行"普遍的启蒙"。新中国成立之后,文艺作品在确证国家政权的合法性方面发挥重要的作用,而构建国家新形象正是《群众诗画》的主要议题。在这份画报中,"共和国"新形象跃然纸上,具体表现为:一是爱好"和平"形象。如"两颗红星照北京/九亿人民一条心/九亿双眼睛监视敌人/九亿双拳头保卫和平"①,"中苏并肩/力大如天/捍卫和平/站最前线"②,诗歌添上一幅中苏领导人握手和一幅中苏两名战士并肩作战的图画,意在表明中国是一个追求和平的国家,正与苏联等国家联合,拥有保卫和平的决心、信心和能力。二是幸福的国度和翻身解放的人民。诗画极力呈现新政权领导下翻身人民的幸福生活。一幅幅崭新的诗画图景涌现读者面前,这里有人民公社食堂的"幸福锅":"山歌唱了几大箩/今朝又添食堂歌/万人同声大歌唱/高赞食堂幸福锅"③;这里的妇女"从前离不开锅和炕/如今能炼优质钢"④,"犁地姑娘云中走/如同织女追牛郎"⑤;这里的老汉"愁吃愁穿多少年/自从全国大解放/牛马生活才过完/如今吃饱穿得暖/儿孙绕膝乐无边"⑥;这里的军民鱼水一家亲:"万里海疆万张帆/歌声满船鱼满船/远望夕阳落尽处/护渔水兵凯歌还"⑦,诗画多层次地勾勒了新中国崭新画卷,彰昭了人们对幸福的当下生活的认同与颂赞。三是多民族团结统一。诗画里各族人民翻身解放团结一心:"自从来了共产党/苗家人民得解放/过去苗家身无衣/如今苗家穿新装/现在苗家生活好/全靠恩人共产党"⑧;"一苗树两朵花/蒙汉人民是一家/永远跟着共产党/千年万载不分家"⑨。在新中国成立初期,民族团

---

① 沙更马:《九亿人民一条心》,《群众诗画》1958年第2期。
② 石丙春:《中苏并肩》,《群众诗画》1958年第2期。
③ 《高赞食堂幸福锅》,《群众诗画》1959年第3期。
④ 王会杰:《千年万载永难忘》,《群众诗画》1959年第7期。
⑤ 姚明锦:《犁地姑娘云中走》,《群众诗画》1959年第3期。
⑥ 聂廷铿:《有党我才有今天》,《群众诗画》1959年第9期。
⑦ 黄咸生:《护渔》,《群众诗画》1959年第10期。
⑧ 石丙春:《苗家的幸福》,《群众诗画》1959年第9期。
⑨ 《蒙汉人民是一家》,《群众诗画》1959年第2期。

图 14

犁地姑娘云中走

梯田弯弯闪银光，冉冉白云绕山岗，
犁地姑娘云中走，如同织女追牛郎。

山西 姚明锦 诗
北京 刘毅 画

图 15

护　渔

万里海疆万张帆，远望夕阳落尽处，
歌声满船鱼满船。护渔水兵凯歌还。

黄成生 画

结不仅是事关国家长治久安的政治文化问题，同时也是提升国家形象的重要一翼，诗画在"苦难的过去"与"幸福的现在"的比对中，显示当代中国的民族凝聚力和感召力。

《群众诗画》所设的议题还有家国伦理构建。近代以来，中华民族被迫卷入鸦片战争、抗日战争、解放战争等战争之中，这些战争极大地唤醒、激发了民众的国家意识，"有国才有家""天下兴亡，匹夫有责"等"家国同构"观念逐渐获得普通民众的认同。1949年以降，近现代以来"救亡图存"过程中培养的家国伦理情怀持续催生着人们的共同体意识。《群众诗画》亦从不同侧面以大量的篇幅重构和平年代建设者们的家国观念。一是舍"私家"为"公家"，比如"高高的大坝蓝蓝的天/修不成水库不见妹妹面//多种葫芦少种瓜/多贪恋水库少贪念家//织女星亮晶晶/修成水库再成亲"①。这是当年诗坛流行且频繁见诸于诗画报端的情歌之一，诗中恋人之间的私密情话不再是卿卿我我的浓情蜜语，而是先"公家"（修水库）后"私家"（谈恋爱）的深情嘱托。

二是"家国一体"的价值观。如果说舍"私家"为"公家"是

---

① 《修成水库再成亲》，《群众诗画》1959年第2期。

蒙汉人民是一家

一苗树　两朵花
蒙汉人民是一家
永远跟着共产党
千年万载不分家
　　　内蒙古民歌
　　　邓国英 画

图 16

力求借助媒介的力量让民众警惕或遏制追私逐利的欲望，并在忘我的革命奉献中彰显生命的意义与价值，那么"家国一体"的价值理念则强调"家"与"国"的同构性：家是小国，国是家的扩大与延伸。《群众诗画》里有首诗这样写道："我家是个大家庭，/包括工农商学兵，/爸爸筑路称英雄，/妈妈是个钢铁兵，/爷爷兰州商业部，/奶奶公社务了农，/我在公社文工团，/团里当个小学生，/我们加紧努力干，/定叫祖国变貌容。"① 诗中我的"大家庭"作为国家的缩影，承

---

① 杨焕育：《家》，《群众诗画》1959 年第 5 期。

载着国家的意志和希望,家庭中每一个成员都是不同群体("工农商学兵")的代表,家与国在其成员的身份构成、精神风貌和价值追求等方面有着高度的同构性,成为相互指涉的表意载体,以"小家"为镜像构建民众对国家的认同感。

图17

此外,广泛的文化动员亦是《群众诗画》的核心论域之一。1958年中共八大二次会议提出"鼓足干劲、力争上游、多快好省地建设社会主义"的总路线,全国各地掀起了生产"大跃进"高潮。当代通俗文艺期刊作为政治与文化动员的宣传媒介,其重要地位迅速凸显出来。《群众诗画》迅速加入"大跃进"运动中,从多个层面重塑劳动生产者的主体意识。第一层面是消解自卑与主体"解放"。1949年以后,工农兵逐步实现文化翻身,但他们内心深处的文化自卑情结却不易消解,《群众诗画》担负着帮助工农兵破除迷信、消除自卑和重塑自信主体的使命。于是诗画里所呈现的尽是破除迷信和自卑后的"奇迹":"产品尖端课题/平日无人敢提/哪怕平庸浅易/也被认为神秘//工人参与设计/破除迷信和自卑/攀上世界尖端/化神奇为平易"①。第二层面是激扬劳动生产主体的潜能。当"工农兵"主体自信建立起来之后,

---

① 佩家:《攀上世界尖端》,《群众诗画》1959年第8期。

《群众诗画》开辟专栏，展示翻身之后的劳动者"友谊竞赛""高工效竞赛""粮食高产竞赛"等热火朝天的劳动场面竞赛场面，营造浓厚的相互赶超的劳动氛围，激活和高扬劳动生产主体的潜能，呼唤劳动英雄的诞生。

三 依靠文艺"新生力量"与普及化的办报方略

时任《群众诗画》社长萨空了一直坚持这样的办报方针："对群众进行教育，给他们知识，唤起他们对祖国的责任感。它既为群众说话，又要说服群众。"① 为了密切报纸和群众的关系，《群众诗画》组建了"文艺爱好者、工农兵业余作者、专业文艺工作者"相结合的创作队伍②，其中"工农兵业余作者"数量占绝对优势，高达95%以上③。报纸的版面之所以向"工农兵业余作者"倾斜，大致有两方面原因：一是要破除"工人农民又不是秀才举人，怎么能写文章"的"最大的迷信"④。《群众诗画》倾力给"文化主人"（工农兵）搭建展示文艺风采的传播平台，旨在证明其努力革新既往只靠专家和迷信专业作者的办报传统。二是创新办报模式。《群众诗画》试图尝试构建一种新的文学生产、传播和接受模式，即工农兵"写"、知识分子"建"（协助搭建传播平台）、工农兵"读"，体现"坚决依靠群众"的办报路线，张光年对这种模式给予极高评价，认为"群众推动着新诗的变化，新诗也欢迎这种推动"⑤，文艺生产主体的变更成为构建当代诗歌理想范式的强大动力。

为了更加迅速地把工农兵业余作者推向文艺创作的前台，加强与读者的沟通，《群众诗画》推出许多有"有意味"的编辑策略：其一，

---

① 萨空了：《我与〈立报〉》，祝均宙、萧斌如编：《萨空了文集》，上海科技文献出版社2002年版，第7页。
② 《征稿启事》，《群众诗画》1959年第10期。
③ 在《群众诗画》中仅有老舍、臧克家等专业作家发表过1篇作品，仅有华君武、邵国寰等为数甚少的专业画家刊发过作品。
④ 范文澜：《破除迷信》，《红旗》1958年第2期。
⑤ 张光年：《从工人诗歌看诗歌的民族形式问题》，《红旗》1959年第1期。

放低姿态，提升工农兵读者参与度。1959年第2期群众诗画社编辑部刊发了一封言辞恳切的公开信：

> 亲爱的读者：
> 　　我们《群众诗画》自创刊以来，承蒙您很大的帮助和热情的支持，我们深表谢意。
> 　　《群众诗画》不免存在着很多缺点，为了改进我们的工作，诚恳的希望您能给予我们提出宝贵的意见。
>
> 　　现在我们提出几点要求希望您能来信告诉我们：1. 您认为"群众诗画"哪些诗或画最好？哪些诗或画不好？2. 您对"群众诗画"所选登的内容，有什么意见和要求？3. 您觉得"群众诗画"的设计和印刷怎样？还有哪些应改进的地方？4. 您对"群众诗画"的发行工作有什么意见？5. 您对"群众诗画"其他方面的意见？①

从这封公开信足可见出群众诗画社的办刊姿态，信中对读者支持的诚挚谢意，承认自身缺点期待改进的坦诚态度，以及倾听读者意见和要求的热切期盼，都体现了办刊者坚持读者至上的理念。更为重要的是，这封信还在细微之处见真诚，信中编者向读者征求五个问题的意见，这些问题完全可以用更凝练和精致的语言来表达，然而公开信的语言表达冗长而拖沓，明显有悖于书面语追求精练、概括、严密的原则。编者把原本可以合并的问题分类提出并清晰呈现，旨在践行普及化的办刊理念，尊重文化水平不高的工农兵读者的阅读能力和习惯，畅通编者与读者之间的沟通渠道。这一做法的收效比较明显："每天在编辑的桌子上，总放着百把十封来自全国各地的来稿"，"差不多每份来稿，都附有这样的话：不论能用与否，都希望编者提出修改意见"②。这种投稿的热情和寻求帮助的渴念，足以说明《群众诗画》得

---

① 《致读者的一封信》，《群众诗画》1959年第2期。
② 《致作者》，《群众诗画》1959年第11期。

到了工农兵读者与作者的认可与信任。

其二，推行文艺创作"传帮带"培育新人。自创刊以来，《群众诗画》的作品基本上都出自工农兵业余作者之手，不过在试行一段时间以后，1959年第11期编者开始尝试"群众与专业合作的画"，通过专业画家的帮扶提高业余爱好者的绘画水平。当时编者对"这种尝试是否有意义"的信心明显不足①，最后在"传帮带"实验效果显现出来前，很快就放弃了。后来，《群众诗画》又尝试刊登一系列成熟作者的经验谈，以此提高业余爱好者的艺术水准。这种"经验谈"栏目围绕着"我是这样画画的""我是怎样写想娘这首民歌的"等主题展开，其中"我是这样画画的"分期推出农民短篇连环画画家郭同江12个专题的创作经验谈②，这"实际上反映了新中国初期一种十分重要的现象，即扶持工农美术创作的核心目的在于加强工农参与文艺创作的积极性，将画稿的优秀程度处于次级考量地位是为了刻意模糊专业与业余之间的鸿沟"③。《群众诗画》的策划人试图借助一个绘画爱好者成长为农民画家的鲜活事例，一方面以"成功者"为榜样激励工农兵作者，另一方面则由于编辑部"人少事繁，给每位作者回信，成为不可能的事"，这种"经验谈"栏目"对业余和专业的美术工作者，都是最宝贵的参考资料"④，可以统一回答作者的疑问和关切，发现和反思自身创作中存在的问题，是一种新型"传帮带"模式。

其三，策划专栏，集束呈现。1958年3月，文化部在上海召开全国出版工作跃进会，提出"要反对关门办社，要与有关团体、机关、学校、工矿、合作社加强联系，扩大组稿对象"⑤。为此，从1959年第1期起《群众诗画》非常注重栏目策划，扩大组稿对象并开辟"百花台"，以专栏策划和集束呈现方式彰显报刊的特色（如下表）。

---

① 《启事》，《群众诗画》1959年第11期。
② 郭同江：《我是这样画画的》，《群众诗画》1959年第12期。
③ 肖笛：《政治视野下的中国基层美术》，博士学位论文，中国艺术研究院，2013年，第60页。
④ 《好消息》，《群众诗画》1959年第11期。
⑤ 《全国出版跃进会倡议书》，转引自《至真至美——人民美术出版社60年（1951—2011）》，人民美术出版社2002年版，第56页。

表 4-1　　　　　《群众诗画》中的"工农兵"专栏

期数	专栏（专页）
第 2 期	戈壁滩上造钢城专栏
第 5 期	山西运城三位农民诗人专栏
第 7 期	叙永县诗画专页
第 8 期	沈阳松陵机械厂工人诗画专页
第 9 期	昌黎、束鹿赛诗会专辑
第 10 期	海军战士画展选辑
第 11 期	江苏扬中县诗画专页
第 12 期	湛江版画专页
第 13 期	南京部队业余美术作品选辑
第 14 期	山东工农兵画选辑
第 15 期	江苏诗画选辑
第 16 期	儿童的画、山东儿歌专辑
第 18 期	革命烈士诗抄专辑

由上表可知，"工农兵"诗画是群众诗画社一个常设的专栏，其中第 2 期是与酒泉钢铁公司联办，第 8 期由沈阳松陵机械厂党委宣传部与诗画社编辑部合编，这些专辑有些是地方或部队选送，有些是由编辑部积极策划和主动组稿的。这些专辑贴近工农兵生活与工作实际，直接聚焦于具有鲜明现场感和时代性的政治、文化和生产运动，可以形成传播中的"集束效应"，极大地扩大了诗画文本的影响力和关注度，逐渐成为工农兵文艺新人的成长摇篮。

虽然《群众诗画》竭力为工农兵敞开文艺展示和阅读的空间，有效解决了办报中"依靠谁"和"为了谁"的问题，但是"如何为群众"问题仍须编辑们精诚探索。诚如有论者所言，"新政权对快速实现现代化的诉求，导致对基层社会的启蒙教育迫在眉睫，碍于庞大的文盲群体，美术图像不得不代替文字，成为政令通达的中介工具"①。

----

① 肖笛：《政治视野下的中国基层美术》，博士学位论文，中国艺术研究院，2013 年，第 60 页。

为了尽可能让那些不识字的群众易于知晓画报的内容,《群众诗画》坚持图像为主、文字为辅的版面设计,引导读者"由图入诗"再"以诗观图",即以图像为入门的阶梯,逐步登入浸染浓重意识形态色彩的"新民歌"殿堂,这样既降低文本阅读的难度系数又丰富图像的内涵,让《群众诗画》之于基层社会的启蒙教育成效更加显著。

　　《群众诗画》通常采取"旧瓶盛新酒"的方式激活传统融化新知,投合文化水平偏低的工农兵读者的审美需求,打造普及性与民族性兼具的画报风格。"旧瓶"包括剪纸、连环画、木刻、漫画等,"新酒"就是新的国家主流意识形态。剪纸是中国农村广泛流传的一种民间艺术,其单纯质朴、活泼生动的艺术造型,浓郁的民俗风味深受广大群众的喜爱。《群众诗画》几乎每期都刊发剪纸作品,其内容主要涉及农业生产(如《积肥》《春耕图》《植树》《养猪》等),以及表现丰收或欢庆场景(如《新春走马灯》《跃进花灯》等)。这些选自民间艺人或工农兵剪纸爱好者的传统剪纸图案,配上烙下了鲜明的时代印痕"大跃进"新民歌,使传统的艺术形式发出新时代的主流声音。

　　"在新中国诞生之初,深受人民群众喜爱的年画、连环画、宣传画这几类通俗易懂的出版物,既是改造旧艺术的良好形式,又能密切配合时事政治宣传,有利于普及教育和文化知识,受到了党和政府的高度重视,遂占据了主流艺术地位。"[1]《群众诗画》非常重视连环画这一传统艺术形式的运用。1959年第2期发表连环画配诗《八仙漫游人民公社》改编了"八仙过海"的神话传说,诗画里八位神仙都被人民公社的新面貌和新气象所深深吸引和震惊,皆纷纷表示"情愿下凡当社员"[2]。熟悉的人物、陌生的故事情节、新奇的构思与想象,辅之以"新格律诗",承载着当时人们对"人民公社"的美好愿景,极大地增强诗画的教化功能。

---

　　[1] 本书编委会编:《至真至美——人民美术出版社60年(1951—2011)》,人民美术出版社2013年版,第60页。
　　[2] 何积镫:《八仙漫游人民公社》,《群众诗画》1959年第2期。

图 18

图 19

1959 年第 11—13 期连续刊载连环画《夜看千亩田》，以 18 幅速

第四章 当代诗歌与图像关联研究

157

写展示了保守农民老孟和老黑由"千亩高产田"的反对者转变为"夜看千亩田"的支持者,鲜活地呈现了他们的思想观念和情绪态度的动态变化过程。第 15 期还登载剪纸连环画《一饱莫忘当年饥》,配合当时的反浪费反保守运动,这些剪纸刀法精细巧妙,表达细腻传神,把婆媳之间因"剩饭喂鸡"的争辩和婆婆回忆昔日"饥寒交迫"的悲惨生活表现得栩栩如生,言简意赅的诗歌将不同的画面串联和组接起来,图文并茂地叙述一个贴近农民生活又引人反思的故事。

图 20

在解放区的美术界,木刻创作异常活跃,"生活与战斗在那里的木刻家们,在文艺如何接近大众方面,有自上而下的明确的指导思想,有得天独厚的民间剪纸和年画的借鉴形式","形成了简单而有力的强势文化格局"①。20 世纪 50 年代,美术工作者延续了解放区木刻的优良传统,继续发挥木刻在常识普及、政治启蒙和生产动员中的宣传优势。《群众诗画》曾采用个别专业木刻家的作品,如古元的作品《小篷船》,通过一艘载粪的小船,一道河中泛起涟漪,几只受惊吓的水鸟,数枝挂满花蕾的桃花,浓淡相宜的墨色和虚实相间的画面,营构一幅诗意盎然的劳动场景。木刻画面吸收了中国传统山水画的技法,配上一首"浙江民歌":"小篷船装粪来/惊飞水鸟一大片/摇碎满河星/摇出满囱烟//小篷船装粪来/橹摇歌响悠悠然/穿过柳树云/融进桃

---

① 刘新:《半壁河山映天红——重读解放区木刻版画》,《美术》1999 年第 7 期。

花山"①。上图下诗的版面设计和"木刻+民歌"编排策略，形成了一种具有民族风格诗画文本。

图 21

诚然，诗画社更多刊用业余作者木刻，在 1959 年第 12 期开设"湛江版画专页"，集中发表了七幅木刻版画，包括《田间文化亭》《文化到田头》《开发三官山》《鸭群》《采茶》《我也要当兵》等，这些画"生活气息较浓厚，木刻技法相当纯熟，刀锋明快，线条有力"②，显示出工农业余木刻爱好者的艺术水准。其他木刻版画有的以充满木味和刀味的图案表现繁忙的春耕图景（如《春天播下丰收谷》等），有的则以简淡疏朗的线条展现战士的飒爽英姿（如《海歌》等），这些版画与歌谣组合传播新时代新气象和工农兵崭新的精神风貌。

---

① 《小篷船》，《群众诗画》1959 年第 9 期。
② 《编者的话》，《群众诗画》1959 年第 12 期。

四　通俗文艺报刊的波折命运

令人意外的是，《群众诗画》刊出33期后，于1959年第18期发表了《向读者和作者告别》，其中提到"近来各地报刊上发表的群众诗画日益增多。因此本刊定于六月下旬第18期后停刊"①。停刊显然有些突然，因为原本计划连载的郭同江的《我是这样画画的》没有登载完就匆匆结束。虽然就现有的史料来看，《群众诗画》编辑部成员未对刊物停办的原因做更详细的回忆，但综合分析当时期刊的生存语境，我们可以大致推断《群众诗画》遭遇的发展瓶颈和生存困境。

首先，《群众诗画》办刊合理性问题日益严峻。据相关史料记载，1958年至1959年地方报纸杂志数量剧增，仅山西忻定县就有"各类报纸和刊物近30种"，"这些刊物和报纸，既无专人承办，领导又疏于审查，因而虽数量很多，但质量很低，并且造成了报刊重叠，影响主要报刊的发行和质量的提高，造成了人力、财力上的浪费和纸张供应的紧张，增加了群众的负担"②，这种增速过快和布局结构不合理问题引起中共中央宣传部新闻出版处的高度重视。1959年3月，中共中央发出通知，指出现在"报刊的出版和发行，存在盲目发展，忽视质量的倾向"，要求"去年增办了许多报刊和出版物，今年应该着重整顿巩固，提高质量，报刊和出版社办得不合理的，应当加以调整；无力办好或者不需要的，应当加以收缩"③，"对于那些可出可不出和那些质量低、作用不大的刊物，坚决停办"④。在20世纪50年代，人民美术出版社先后创办了《连环画报》《美术》《中国摄影》《漫画》《群众诗画》等刊物，其中《连环画报》和《群众诗画》的办刊宗旨大体相近，都是对广大不识字或识字不多的群众进行教育。《群众诗

---

① 《向读者和作者告别》，《群众诗画》1959年第18期。
② 中共忻定县党委宣传部：《关于整顿报纸和刊物的意见》，(59)总号宣字16号。
③ 《关于报刊书籍出版发行工作几个问题的通知》，袁亮主编《中华人民共和国出版史》第10卷，中国书籍出版社2005年版，第50页。
④ 《国务院关于精简和整顿机关刊物的通知》，袁亮主编《中华人民共和国出版史》第10卷，中国书籍出版社2005年版，第98页。

画》是特定时代催生下带有较强实验色彩的诗画报，与人民美术出版社的其他期刊进行横向比较，其不可替代性并不突出。若与全国各省市县同类诗画报进行纵向比较，其优势与特色也不是非常明显。更为重要的是，地方普及性期刊的重复办刊不断挤压《群众诗画》的发行空间，当时著名的工农兵诗人（如王老九、李学鳌等）就鲜少在此园地发表诗作，似乎诗画报在诗歌界的认可度并不太高。在全国掀起整顿报纸杂志的浪潮下，《群众诗画》停刊是大势所趋。

其次，《群众诗画》刊物质量下滑态势难以扭转。诚如有论者所言，在20世纪50年代"业余写作被广为推崇，写作成为没有专业门槛的群众活动"，导致"原创性写作的产出下降"①，《群众诗画》一贯大力推崇工农兵业余写作，使期刊缺少大量高质量的原创性稿源严重阻碍了其可持续性发展。比如，1958年第3期的《打掉狗牙》和1959年第5期的《赶它回老家》两部作品都是"漫画+歌谣"形式，存在一些极为微妙的相似之处，后者是对前者的仿制。另外，许多图像在构图及构思方面存在高度相似性，其背景要么光芒四射（如《毛主席的恩情高过山》《蒙汉人民是一家》《人民智慧大无边》等），要么祥云缭绕（如《高赞食堂幸福锅》《红薯能做百样饭》《车水歌》等），至于登载的"新民歌"复制性更高、同质化更明显。这种现象之所以广泛蔓延，主要与工农兵作者的原创能力不足有关。业余工农诗画家的知识、经验、时间和精力都相当有限，大部分人只能通过模仿他人或者在编辑的反复指导下才能勉强完成创作任务，有些甚至是为了完成上级分配的文艺创作任务或指标而"被动"创作，其质量便可想而知了。即便是像郭同江这样的农民画家视野也不开阔，他认为"农村值得画的东西太多了"，根本"没有必要去改编自己不熟悉的东西"，他的"创作全是配合各个时期的政治运动"，"几乎没有一个政治运动没有表现过"②，只是在学习了"广东文艺编辑部"和《南方日

---

① 黄发有：《稿酬制度与十七年文学生产》，《中国现代文学研究丛刊》2018年第2期。
② 郭同江：《我是这样画画的》，《群众诗画》1959年第14期。

报》寄给他的通讯员学习资料之后,他才知道文艺作品可以"作合情合理的虚构和想象"①,才知道如何虚构情节会比较生动,这样的知识、视野、心态和能力要创作原创性极高的经典之作相当艰难。不可否认的是,业余美术工作者在艺术形式创新方面的能力整体比较贫弱,尽管在短时间内大量"旧瓶盛新酒"的诗画组合有利于知识普及和革命文化启蒙,但《群众诗画》的"把关人"萨空了早在20世纪40年代已经清楚地意识到,这种"热闹过一时的旧瓶盛新酒的问题,现在已由事实说明它是失败了。把抗战的说教注入打牙牌小放牛的曲调中,以为这样抗战说教就可以深入民众,结果民众并不因为他们熟悉那调曲就对这抗战内容发生兴趣,他们喜欢打牙牌小放牛,并不单纯为了那曲调而是那曲调与歌词的不可分割的整体,因此只是应用了那曲调,必然地连这曲调也使民众对之失掉兴趣"②。那么,通俗文艺创作如何突破"旧瓶盛新酒"之窠臼?《群众诗画》的编辑们遭遇了难以破解的困局。此外,当时大量通俗文艺读物中的作品普遍存在"将文件、指示翻译成韵文,缺乏具体形象"和"作了和现实距离太远的夸张"等问题③,遭到人们的质疑和批评。1959年6月,中宣部新闻出版处指出向工农兵组稿中存在的问题:"大跃进以来,组稿方向开始面向广大工农和新生力量,这是好的,但同时还应积极组织老专家、老作家的书稿,忽视这一方面的力量是不对的,因为他们在著作上还是很重要的力量,同时对工农作者和青年作者的稿件亦要要求一定的水平,不可滥出。滥出对培养新生力量也是有害的。"④《群众诗画》过度倚重和迷信工农兵"新生力量",有意无意地忽视了对"老作家"重视与信任,破除迷信"专业作者"的同时又陷入了迷信"业余作者"的怪圈之中。"杂志诞生、死亡、成长、改版和重新定位读者

---

① 郭同江:《我怎样用画来配合中心工作》,《群众诗画》1959年第15期。
② 萨空了:《科学的艺术概论》,祝均宙、萧斌如编:《萨空了文集》,上海科技文献出版社2002年版,第344页。
③ 李光文:《宣传人民公社的通俗文艺读物中的一些问题》,《读书》1958年第19期。
④ 《中央宣传部新闻出版处关于出版工作中的情况和问题以及改进出版工作的意见》,袁亮主编《中华人民共和国出版史》第10卷,中国书籍出版社2005年版,第105页。

群,都是因为社会中存在着大量的发展变化因素。社会在变,因而杂志也在变"①,身陷内忧外困的《群众诗画》匆匆走向生命终点就势在必然了。

五 结语

从《群众诗画》创办到休刊的轨迹,可以发现当代文艺期刊由中华人民共和国成立初期追求"大众化"写作逐渐向"大众写作"转变,虽然这种转变为广泛的群众性写作活动筑起了多样的文艺传播平台,但"刊物的'普及',是党推动的通俗文学对精英文学的一次'犯界'""它最终被自己的精英文学势力所抵制、修复"②,《群众诗画》兴衰存亡折射了当代通俗文艺期刊升沉起伏与文学生态动态修复的过程。1950年以降,包括《说说唱唱》《翻身文艺》《河北文艺》《长江文艺》《湖南文艺》《河北文艺》等在内的文艺刊物,在一系列文艺政策的引导和扶持下纷纷走通俗化道路,不断冲击和撼动精英文学期刊的正统地位,期刊文艺格局为之大变。但问题接踵而来,民间艺人或工农兵业余作者创新能力的匮乏,通俗文艺报刊稿源质量的粗劣,读者对内涵单一化、形式模套化通俗文艺作品的腻烦,使得通俗文艺期刊发展空间极度受限,在1956年至1957年文化语境相对宽松时期,文艺期刊出现了精英化的趋势。然而,到了1958年,全国性群众文艺运动的兴起,又一次推动通俗文艺读物的繁荣,以《群众诗画》为代表的通俗文艺报刊顺势创办,其大胆的艺术探索有效地发掘了诗画报在教育动员群众、国家形象建构和国民精神重塑等方面的潜能,却不知不觉地陷入了重复办刊、质量下滑、迷信"新生力量"等问题的泥淖中。《群众诗画》的沉浮不但呈现了多方合力多重因素交织下,当代文艺报刊通俗化潮流卷起和消歇的

---

① [美] 萨梅尔·约翰逊、帕特里夏·普里杰特尔:《杂志产业》,王海译,中国人民大学出版社2006年版,第76页。
② 张均:《"普及"与"提高"之辩——论五十年代精英文学与通俗文学的势力之争》,《文学评论》2008年第5期。

动态过程，而且显影了当代文学生态构建中不同力量之间的相互作用。

第三节 《群众诗画》与当代政治文化的诗画互文传播

在1949—1966年政治与文化相互叠合的文学生产与传播语境中，当代诗歌工作者始终秉持革故鼎新的精神和大胆尝试心态努力构筑"新的人民的诗歌"理想范式，充分释放诗歌在国家动员和政治文化启蒙等方面的巨大效能，在适应"工农兵"读者的知识、能力和审美需求的基础上，寻求"十七年"诗歌媒介传播方式的变革，当代诗坛由此出现了一种颇具时代特色的诗画互文传播现象。本节试图以1958—1959年发行的《群众诗画》为考察对象，深入探究20世纪50年代政治文化诗画互文传播策略及其被遮蔽的问题。

1958年3月，文化部在上海召开全国出版工作跃进会，要求出版界"要在继农业、工业之后，也来一个'大跃进'"，人民美术出版社为了密切配合"我国的社会主义建设、工业生产和斗争"[①]，以及农村大跃进诗歌、壁画运动，于1958年8月在北京东总布胡同10号创办了一份面向全国发行的切合时宜的《群众诗画》，它由群众诗画社编辑，新华书店零售，每月逢1、11、21日出刊，共出33期，1959年6月停刊。《群众诗画》作为供群众阅读的出版周期短的"短刊"，极力追求诗画传播内容的时效性，一方面深深地介入"大跃进"时期社会文化氛围营构和新民族国家构想之中，有效地激发了读者的"乌托邦"想象，另一方面发现和培养了一些有发展潜质"工农兵"诗画作者，为"工农兵"业余诗画爱好者搭建了展示生涩之作和艺术才能的传播平台，给文艺新人成长增添了力量与信心。

---

① 本书编委会编：《至真至美——人民美术出版社60年（1951—2011）》，人民美术出版社2013年版，第56页。

由于在20世纪50年代出版工作在"党的宣传事业与国家文化建设上已日益占据着重要的地位"[1]，因此《群众诗画》的职责和使命是通过诗画互文协同发力，传递富有鲜明时代色彩的政治文化，培育读者良好的政治情感。不过，在当时许多读者文化水平和阅读能力普遍偏低，那么，《群众诗画》办刊者采取哪些有效的诗画互文组合策略，实现政治文化"坚硬"内核的"软传播"？一份诗画报的历史变迁过程映射出20世纪50年代诗画互文传播存在哪些深层问题？等等，这些都是我们重返这份带有时代体温的诗画报历史现场试图解开的谜题。

一 节日庆典与政治文化的诗画互文传播

政治文化包括政治记忆、政治态度、政治情感和政治价值等。诚如有论者所言，"在人类悠久的政治生活中，记忆一直都是最重要的权力资源之一"，政治记忆作为特定历史时期的群体性记忆，"它是往昔政治生活的实践经验与价值理念的总和"[2]。那么，《群众诗画》如何通过诗画互文生成一种相互关联的符号系统，"唤起、重构和固化"大众的政治记忆，实现政治文化的大众传播呢？

节日庆典与政治记忆的互文传播。节日庆典是唤起和重构人们的政治记忆的重要契机，《群众诗画》的编辑们善于捕捉和利用这一时间节点，每当重大节日来临之际，报纸头版通常刊发一组具有鲜明政治色彩的诗画。以1959年第1—18期为例：

表4-2 《群众诗画》节日庆典专辑

期数	专辑	出版时间
1959年第7期	迎接三八妇女节	3月1日
1959年第13期	庆祝五一	5月1日
1959年第16期	"六一"国际儿童节	6月1日
1959年第18期	中国共产党成立38周年	6月21日

---

[1] 袁亮主编：《中华人民共和国出版史料》第一卷，中国书籍出版社1995年版，第3页。
[2] 王海洲：《政治仪式中的权力再生产：政治记忆的双重刻写》，《江海学刊》2014年第4期。

这些专辑虽然具体的内容选择和形式设计上有较大的差异，但是政治记忆的寻唤与重构始终贯穿各个专辑的诗画文本之中。

图 22

图 22 是"迎接三八妇女节"两幅诗画，其中《千年万载永难忘》这样写道："从前离不开锅和炕/如今能炼优质钢/妇女解放感谢党/千年万代永难忘。"另一首歌谣《妇女的话》则写道："过去只能守灶门/喂猪打狗把柴寻/如今守在高炉旁/炉炉铁水像洞庭//担沙捶石人人干/炼铁鼓风技术精/穆桂英只能破天门阵/我们要把高山大海搬"。这两首诗作为"妇女节"的献礼诗作，书写妇女身份与社会地位的改变，即由家庭主妇（"离不开锅和炕""守灶门""喂猪打狗把柴寻"）转变为时代新女性（"炼优质钢""担沙捶石""炼铁鼓风"），这是通过妇女在家庭和社会结构中的位置变化，诉说他们倍受束缚的苦难的过去与自由而幸福的当下，证明"妇女要真正得到解放，只有在社会主义国家才能实现"[①]。正是由于社会主义国家让妇女在政治上翻身，实现了自身解放之后她们才能够走出家庭的"桎梏"融入火热的经济建设大潮之中，和男性平分"半边天"。在诗歌里妇女作为一个高

---

① 《妇女的话》，《群众诗画》1959 年第 7 期。

度抽象的复合体,其形象与命运的变化可折射出新旧中国政治经济制度的变迁,因为"自从人民公社成立,有了托儿所和食堂,妇女们进一步从烦琐的家务劳动中解放出来,在建设祖国中将发挥更大的力量"①,群体解放与新的政治制度建构就这样产生了巧妙关联,它唤起了女性对旧政治制度的负面记忆和对新的政治制度的认同。从诗画互文的角度看,为了更加有效地重塑民众的政治记忆,这两首诗歌配上了插图,《千年万载永难忘》呈现语图一体形态,诗歌成为图像的"脚本",图像分上下两部分,下半部分刻画一个穿着围裙的妇女围绕灶台忙碌的情形,饭菜飘香形成的带状彩云引出了上半部图像:一个手握铁锹身穿工作服的女工正大步迈向金光闪闪的炼钢厂,两部分具有鲜明对比性的图像完成对诗句"从前离不开锅和炕/如今能炼优质钢"意涵的转译,合成了一个关于女性翻身解放的国家叙事。《妇女的话》的配图则选取妇女紧张劳作的瞬间——"担沙捶石人人干",插图缩减了"过去只能守灶门/喂猪打狗把柴寻"的相关内容,图像的信息量明显少于诗歌文本的编码信息。由此可见,图像采取"往昔—现在"的对比方式和凝定诗歌叙事的精彩瞬间,诗画同构或互补一方面最大限度简化诗歌意涵,另一方面则"按照自身需要和内在尺度与共同体的群体推崇和外在要求共享集体的历史与往事,以此进行内容和情节的把握和强调","进行着共同体政治的本质建构"②,刷新妇女的群体记忆和政治记忆,最终实现群体的政治认同,这些都是《群众诗画》传播政治文化重要举措。

节日庆典与政治态度的诗画互文传播。以"五一"劳动节诗画为例(如图23所示):

如图23所示,在"5.1"节日符号的右下方不同国籍的劳动者肩并肩,似乎拧成一股绳紧紧团结在一起,脸上绽放欣慰的笑容,彰显着节日的喜庆,图的左下方有赫然醒目的大字"全世界劳动人民团结

---

① 《群众诗画》1959 第 7 期第 1 版。
② 詹小美:《集体记忆到政治认同的演进机制》,《哲学研究》2015 年第 1 期。

图 23

万岁",诗歌对图的象征意义进行了阐发:"它象征着劳动人民大团结/它象征着劳动人民在夺取幸福的明天。"虽说"中国的图像叙事一开始就与政治、与政治想象缠绕在一起,并因此具有了启蒙民智的功能"①,但是图像政治意涵编码一般处于隐含状态,需要诗歌文本协同阐发才比较容易实现解码。为此,《庆祝五一》为了刻写读者的政治记忆,一方面叙述工人反抗的历史:"在1886年的5月1日/美国工人闹翻天/向资本家要求8小时工作制/迫使吸血鬼屈服在工人面前",呈现工人曾经被资本家奴役和剥削的屈辱记忆与抗争热情,另一方面凸显社会主义政治制度的优越性:"在我们社会主义国家/工农人民掌了权/把'51'法定为国家的节日"。诗图互文强化了"工农兵"读者的往昔记忆和制度认同,文本表层洋溢着节日的欢庆,深层则确证社会主义政治制度的优越性,更重要的是,诗歌文本还竭力彰显一种鲜明的政治态度:"年年庆祝/节节狂欢/更检阅了自己的力量和成就/也给未解放的劳动人民以声援/我们要以最高的纪录和最先进的事迹/庆祝五一节,迎接国庆十周年。"声援"未解放的劳动人民"和争创生产

---

① 许徐:《图像如何"想象"政治——1930年代的读图转向与中国经验》,《求索》2014年第5期。

建设奇迹向祖国献礼是诗歌的终极价值指向，图像蕴含的"团结力量"与诗歌传递的宏大的声援声音、建功立业的豪情壮志汇聚成一股精神洪流，其背后显示出对"未解放的劳动人民"的支援立场和对国家的忠诚品质。由前述的分析可见，诗画互文渲染了节日的狂欢与喜庆，而狂欢与喜庆的氛围背后"坚硬"的政治文化强力渗透进诗画互文所编织的文本网络之中。

节日庆典与政治情感的诗画互文传播。"政治情感是人们对政治体系或政治体系某一方面所产生的好恶感，也是人们对政治对象的一种内在体验：喜爱或轻视，同情或者冷漠等"①，节日庆典不仅承载着丰富的历史文化和民俗风情，同时也凝聚民众多元的审美趣尚和情感取向，它是特定群体实现情感传递、交流和宣泄的重要渠道与时空。因此，《群众诗画》非常注重在语图互渗所构筑的关系网络中涵养读者的政治情感，如图24所示：

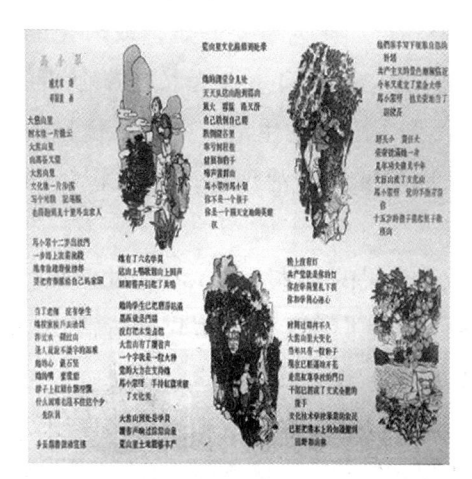

图 24

图 24 中左图属于"六一国际儿童节"诗画。《群众诗画》刊发了臧克家的《马小翠》一诗，诗歌书写了马小翠作为一个"十五岁的孩

---

① 江海荣：《中国传统农民的政治情感及其现代转化》，《中共浙江省委党校学报》2008年第1期。

子",一个"要把青春献给自己的家园"的"顶天立地的英雄",为了改变"文化像一片荒漠"的大焦山人们的文化面貌,她翻山越岭、克服困难教农民识字进行文化扫盲,最后使"文盲山成了文化山"。在诗歌中间配上四幅插图,第一幅图描绘的是一个脖子系红领巾、面带笑容、肩背书包和手拿书本的坚定、自信马小翠,第二幅描绘少先队员马小翠涉水翻山"按家挨户去动员"学生到学校学习的情形,第三幅写马小翠为了传播知识文化,"天天从这山跑到那山/风大雪猛路又滑/自己跌倒自己爬/跌倒深谷里/幸亏树枝挂",第四幅稻田里放着书包、书本、墨水和计划书,图的上半部分苹果挂满枝头,一派丰收的景象,这是马小翠的学员"把书本上的知识搬到田野和山林"的象征与写照。这里,图像承担着鲜明的伦理教化功能,图像和诗歌并置生成一种稳固、单一的意义指涉,文本间少有相互阐释的空间,淡化和隐匿了少年儿童天真烂漫、稚气未脱的一面,凸显其成人化的成熟与理性以及作为少年英雄的克己奉公意识。尤为重要的是,成人化的英雄"马小翠"们之所以能为大焦山的文化扫盲事业无私地奉献青春,是"由于党和政府的关怀,儿童得到了幸福的生活,受到了优良的培育和教养"①,他们对社会主义政治制度和政治理念产生了积极的认同感。

虽然农民始终是革命战争和社会建设的主体力量,但是对于那些未经现代政治文明洗礼的传统农民而言,他们身上依附型政治情感并非来自对革命先烈的景仰,而是"来源于家族权威"②。《群众诗画》在中国共产党建党纪念日之际专设"革命烈士诗抄"栏目,精选瞿秋白、刘绍男、方志敏、陈然等革命烈士的诗歌,每首诗歌后面附上作者生平和事迹简介,同时诗歌板块周边配上鲜花、纪念碑和闪闪红星等图案。诗与画创设了一种庄严肃穆的氛围,其中"烈士们慷慨就义之前写成"的诗歌,有力地改写着民众过往"家族权威"的政治记忆,唤醒他们新的

---

① 《"六一"国际儿童节》,《群众诗画》1959年第16期。
② 江海荣:《中国传统农民的政治情感及其现代转化》,《中共浙江省委党校学报》2008年第1期。

政治记忆——"革命的道路是艰难曲折的"①，进而以"永远闪耀着光芒"的烈士精神激发他们政治参与热情，以舍身忘我的精神继续投身到现代化建设之中。

二 大众化形式与政治文化的诗画互文传播

在 20 世纪 50 年代，"文学刊物是党的文学事业的一个重要部分，它是社会主义文学开花结果的园地，是社会主义思想的前沿阵地之一"，因此"只有加强党的领导，才能保证刊物沿着社会主义路线前进"。同时，文学刊物"应该主要地且优先地选用那些内容上为广大人民群众关心和熟悉，在形式上为他们所喜爱和接受，在思想上对他们有积极意义的作品"②。这意味着办刊者一方面要强化文学期刊的意识形态属性，另一方面要突出为群众所"喜闻乐见"传播形式。《群众诗画》采取新民歌和传统美术图像相结合方式，实现意识形态的传播。

"中国革命文艺形态建构，主要是在利用与改造'民间形式'的基础上得以完成的"③，因为"民间形式"不仅可以满足群众长久形成的民间趣味，同时还能借助"旧瓶装新酒"的方式隐蔽地在诗画文本中嵌入国家主流意识形态。1949 年以降，包括《群众诗画》在内的刊物创办者传承了延安文艺时期利用和改造民间形式发展革命文艺的经验，不断尝试诗歌与壁画、剪纸、木刻、连环画等扎根于民间的通俗美术形式相结合，探求诗画传播的民族化和大众化方式。其中，《群众诗画》最常见的是大量采用歌谣配剪纸的模式，以生动朴实、趣味盎然的剪纸艺术造型激活诗歌内涵：

由图 25 可见，凝结了民间艺人智慧和普通民众审美趣味的剪纸成为配合诗歌传播的新载体，左图中一个身体似大萝卜、眉毛像麦穗的时代巨人驾着巨龙"渡过黄河跨过长江"，把"困难""保守主义"踩在脚下，右图里一位饲养员身边跟随着一群高大的鹅和肥膘的猪，图

---

① 《革命烈士诗抄》，《群众诗画》1959 年第 18 期。
② 梁明：《文学刊物必须面向群众》，《文艺报》1957 年第 36 期。
③ 汤建萍：《中国革命文艺形态对民间形式的改造和利用》，《江西社会科学》2014 年第 9 期。

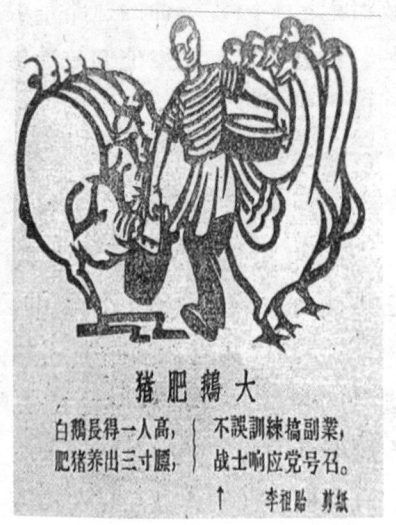

图 25

像是对"白鹅长得一人高/肥猪养出三寸膘"的具象化再现。对于文学水平不高的画报阅读者而言,他们可能会惊奇于剪纸的奇异想象与夸张造型,会被剪纸稚拙的形式美和日常化的内容吸引,但是诗画不能让读者仅仅停留在图像的感知层面,而是要在诗画互文视域下深入意识形态的内核之中,即意欲让图像的凝视者将视线移至诗歌文本内部,去体悟"渡黄河跨长江"的战胜困难的英勇气概,以及"战士响应党号召""不误训练搞副业"的特殊使命。这样一来,"大跃进"时期所倡扬的"人定胜天"思想、赶超意识、"鼓足干劲、力争上游"的比拼精神,以及由此生成的一种带有时代色彩的观念体系,借助语图互文实现意识形态的修辞转换,继而"通过一系列复杂的程序和手法而被巧妙渗入日常现实"[1],诗画以富含民间趣味的剪纸形式、极富想象夸张的图像构型和浓重的意识形态化情境,以"自然化"方式嵌入诗画阅读者的感知系统之中,不断构造群众新的认知结构和心理结构。值得深思的是,由于《群众诗画》所面向的读者是文化程度不高

---

[1] 周宪:《意识形态:从"自然化"到"陌生化"——西方文论的一个文学史考察》,《天津社会科学》2011年第5期。

的普通民众,"如何沟通民间文化形态与政治意识形态成为作家面临的一个极其重要的问题"①,刊物编辑努力顺应当代诗歌与绘画领域中生成一股强劲的"倡懂"潮流,以诗画并置的方式提高文本的可解性,也即是,确保诗歌和图像含纳大体等量信息,画是诗歌特定情境的定格和具象呈现,诗歌是图像意涵的阐发与转译,彼此之间应戒除信息的不对等、错位、互否、对立而产生的语义含混、悖谬,避免诗画文本张力造成意义指涉的多元、晦涩与不稳定。因此,民间形态的剪纸与新民歌歌谣形成内在一致的价值指向,共同构筑一种锁闭而非开放的意义阐释空间,让具有视觉冲击力的民间剪纸和朗朗上口的"新民歌"协同传播,使政治文化弥散在民众的阅读空间里,如盐入水般地融化到人们的知识和观念构造之中。

除剪纸之外,木刻版画因其"强有力的视觉形式,制作的便利性和社会对版画的强烈需求",成为《群众诗画》常见的艺术形态之一,它"带着强烈的政治性因素"和鲜明的民族形式,"积极发挥其在宣传和传播方面的效力"②。

图26

---

① 王光东:《民间形式·民间立场·政治意识形态——抗战以后文学中的民间形态》,《当代作家评论》2002年第6期。
② 安宝江:《向民间学习:民国时期木刻版画艺术的本土化》,《装饰》2016年第1期。

如图 26 所示，这是"湛江版画专页"中的两幅版画，期刊"编者的话"高度肯定了版画的价值："这些创作的特点是生活气息较浓厚，木刻技法也相当纯熟，刀锋明快，线条有力"①，所谓"生活气息"就是木刻版画这一特别讲究"木味"和"刀味"的文化艺术，已然摆脱了传统文人画追求怡情养性的雅趣，而进入主流意识形态的宏大叙事之中。耐人寻味的是，这两幅版画通过光线透射与黑白的对比构成一幅画面相对驳杂的图像，版画重点呈现诗歌的内容："狂风暴雨逞威风"和"公路修在白云间"，凸显暴风雨的威猛之势和地势险要路难开的情形。在版画中相对于崇山峻岭和茂密的森林等自然景观，公路建设者忙碌劳作情景居于图的下方且所占的比例非常小，自然和人的活动在构图中的具体位置及其比例的大小，一面放大了自然的威力与无情，另一面又一定程度上消解了人与自然抗争力量，这显然与"大跃进"时期"人定胜天"的思想相龃龉。于是，诗歌作为"第二文本"对图像的意涵进行"补充"和"修订"："狂风暴雨逞威风/哪能屈服众英雄/吹破茅棚重搭好/雨天照常勤出工"，如果说第一句是针对图像中自然"威风"的描述，那么第二、三、四句则是对人（英雄）与自然斗争的力量展现，诗歌重心是彰显修路工人战胜自然的壮心雄心和英雄气概，诗歌文本对图像文本实施意义的修正，形成一个意义互现和互补的文本关系，为读者构想一幅"公路修在白云间/自动汽车猛飞行"的乌托邦式的未来景观，而"未来把自己呈现为一个无法穿透的介质、一堵坚不可摧的墙"②。由此意识形态内核就在诗画互文中转化为一种关乎人的生命意义和生存价值的未来图景，人们在"未来图景"中凝聚共识、燃烧激情和彰显意志。

当代中国出版界高度重视连环画的出版工作，因为图文并茂和故事性强的连环画可以吸引知识分子以及普通民众等不同阅读群体青睐的目光。在此情形之下，《群众诗画》通过诗歌与连环画的优化组合，

---

① 群众诗画社：《编者的话》，《群众诗画》1959 年第 12 期。

② ［德］卡尔·曼海姆：《意识形态与乌托邦》，姚仁权译，中国社会科学出版社 2009 年版，第 251 页。

增进20世纪50年代政治文化传播的正面效应,以1959年第2期的《八仙漫游人民公社》为例:

图27

图27给读者奉上一则"大跃进"版的"八仙"故事,诗歌采取现代格律诗形式,叙述了八仙漫游人民公社的起因、经过和结果,起因自然和"人民公社化运动"有关:"农村公社闹洋洋/惊动玉皇忙传旨/急调八仙来察访",过程则颇为滑稽可笑:"可笑骑驴张果老/走进公社出不了","诗画满墙歌满野/羞煞大仙吕洞宾","一步一跛铁拐李/社员一见笑嘻嘻","手挽花篮蓝采和/误入公社托儿所","食堂饭菜美又香/赛过王目仙酒浆/锺离愈吃愈高兴/连赞厨师手艺高","仙

姑田头问社员/哪是妇女识字班","水稻丰产万斤田/国舅见了把头点","公社文艺汇演忙/曲曲歌儿赛霓裳/湘子忙得把笛藏/害怕上台出洋相",结局既在意料之外又在情理之中:"八仙上天见玉皇/献上辞呈说端详/情愿下凡当社员/如今公社赛天堂"。诗歌"八仙漫游人民公社"保留了传统民间神话传说"有头有尾"、想象奇幻和情节夸张等特点,同时,又对深受民众喜爱的"八仙"故事进行了大胆的改写,这种编织了国家主流意识形态符码的神话传说,旨在借助新编的民间文学确证人民公社运动的合法性或正当性。值得注意的是,这一组诗分成10个板块,分别配上生动有趣插图,形成一组连环画,图中重点刻画极目眺望稻田的张果老,满脸羞愧的吕洞宾,垂垂老矣的铁拐李,顽皮淘气的蓝采和,享受公社佳肴的钟离,渴望加入妇女识字班的仙姑,被水稻高产折服的国舅和害怕出洋相的湘子,面对辞呈束手无策的玉皇等,这些连环画的插图依照诗歌而作,有效抓取诗歌中最精彩与有趣的"倾间",力求在故事发展的历时性维度中实现众仙亮相的共时呈现,图像叙事和图像叙事形成一个有机的整体,诗歌叙事成为图像叙事的动力。比如在有关仙姑的图文故事中,就图像构成要素而言,仅仅包括手持荷花、从天而降和俯身探问人间的仙姑、为仙姑指路的开耕耘机的妇女以及远处一所"红专大学",这三类构图要素虽然具有明显的上下、远近的空间结构,但其内在关联并不十分紧密,图像文本的叙事功能偏弱,"就连环画系统内部来说,'物象'象征意义的生成,须参照图像下的文学段落(情节的文字描述或主题说明)"[①],也即图像叙事须通过诗歌文本来推动:"仙姑田头问社员/哪是妇女识字班/社员含笑把手指/红专大学在溪边",诗歌化用杜牧的"借问酒家何处有/牧童遥指杏花村",把图像各个要素串连起来,讲述一个关于"大跃进"时期不甘落后的仙姑下凡参加妇女识字班的现代版的神话故事。这是一种先诗后图、诗图互证的诗画组合,图像

---

① 邓良:《析当代连环画与政治抒情诗的同源异构关系(1949—1979)》,赵宪章主编:《文学与图像》(第三卷),江苏凤凰教育出版社2014年版,第221页。

叙事是诗歌叙事的润滑剂，图像不仅是诗歌情节的感性显现，更是一种具有强烈视觉吸附效应的符码，诗情与画意互文协同发力让连环画式的神话故事满载意识形态的密码，秘密地驶向读者的思想和精神深处。

漫画是解放区特殊的文化时空中异常活跃且充满战斗力的文艺样式之一，在具体的文艺实践过程中漫画向大众化与民族化方向迈出了重要而坚实的步伐。新中国成立之后，漫画的战斗传统和大众化形式得到了继承和发扬，在当代文艺运动中发挥着重要作用。《群众诗画》也非常注重漫画和讽刺诗联袂登场，以漫画化的构图和针砭时弊诗歌锋芒，表达鲜明的立场和情感爱憎。以1958年第3期的《打掉狗牙》和1959年第5期的《赶它回老家》为例（见图28）：

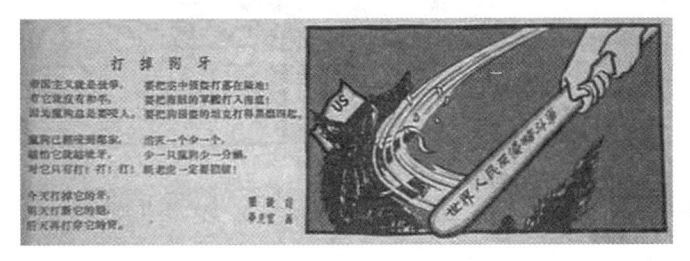

图28

图28中两幅漫画配上两首诗，就漫画而言，它们具有一些极为微妙的相似之处。诗歌中诸如"打掉""打断""打碎"等斗争的语词，以及"打！打！打！"的短促而紧张的单字重复，既是一种战斗姿态的显现，又是一种决绝的反抗情绪的宣泄，它以诗画互文的形式极大地增强了漫画情绪饱满度，漫画的视觉空间与诗歌的情绪场所生成的强大的动员力量，作为一种文艺宣传的"价值武器"，被包括《群众诗画》在内的当代传播媒介的"把关人"所"征用"。

《群众诗画》常选用一些速写的图像，这些速写的图像不仅可以迅疾定格当代政治、经济和文化运动的精彩瞬间，还可以相对简单的线条勾勒出生动活泼的人物形象和趣味盎然的生活场景，与此同时，这些速写的图像还与情歌联袂出场推动政治文化的传播。

177

图29

　　图 29 中的情歌以内蒙古土默特旗民歌为蓝本，为读者展现一幅"劳动＋爱情"的别具时代韵味的爱情景观：一种脱离低级趣味的爱情追求："情哥哥挖坑妹放苗"，"情哥哥拉粪妹装车"，一种以"少"胜"多"的爱意表达："打条链子打把锁／锁住太阳留住哥"。有趣的是，诗歌所配的速写图像简单却引人注目：一对青年男女、一把铁锹、一捆树苗和一排小树，图像将心灵的契合融入劳作的默契之中，呈现了公共空间里劳动滋养爱情的新图景。诗歌的爱情叙事剔除了传统民间情歌的驳杂元素，以国家和集体的名义重塑爱情的底色，唤起人们对美好爱情的想象与期待，读者则在图像的诱导下进入诗歌文本世界，由爱情场域挪移并抵达政治场域，在爱情话语的包裹下接受国家利益至上和集体主义本位的价值观，特定的政治文化就这样悄无声息地浸润到爱情诗画组合中。

三　《群众诗画》与 20 世纪 50 年代政治文化诗画互文传播的困境

《群众诗画》在创办之初显示出迅猛的发展势头，1958 年第 11 期曾刊发一则"启事"："最近接到许多读者来信，购买不到群众诗画。自今年十月一日起。本刊已由邮局发行，读者请向当地邮局、所订购"①，说明这份诗画报拥有较多读众，具有较广阔的传播空间和发展前景。令人不解的是，《群众诗画》在出版 33 期后突然宣布"向读者和作者告别"②。诚然，20 世纪 50 年代文艺期刊的停刊往往肇因于文学政策的调整、出版流通的管控等外部因素，不过，《群众诗画》的"夭折"还与其难以摆脱当代政治文化诗画互文传播的深层困境紧密相关。

首先，"减法思维"及其诗画互文传播困境。"在 20 世纪中国'当代'诗歌的生产和消费中，出现一股强劲的'倡懂'潮流，'懂'不仅是'当代'诗歌生产的重要标尺，也是'当代'读者强烈的阅读期待"③，在文学生产、传播和接受的过程中，读者的接受能力、审美偏好和阅读方式等反向制约文本生产，《群众诗画》的作者为了应对读者强烈的"倡懂"诉求主动在诗画组合上不断"做减法"。

图 30 就是一首典型的"做减法"的诗画组合，诗歌显然关闭了多元阐释空间和深度解读的通道，不论是意象的象征意蕴还是主题意涵都相当单一与明了，图像构思也极为简单——两个儿童背着书包走在田间，这里诗歌和图像"从能指到所指是'同构的'直线的"，诗歌仅对图像起导读作用，"能指和所指的'同构'与'胶合'意味着精准意指之可能"④，它可使诗画组合更加直观和易懂。虽说此类思想

---

① 群众诗画社：《启事》，《群众诗画》1958 年第 11 期。
② 群众诗画社：《向读者和作者告别》，《群众诗画》1959 年第 18 期。
③ 巫洪亮：《"当代"诗歌生产与消费中的"倡懂"现象》，《北京工业大学学报》（社会科学版）2014 年第 2 期。
④ 赵宪章：《文体与图像》，人民文学出版社 2014 年版，第 191 页。

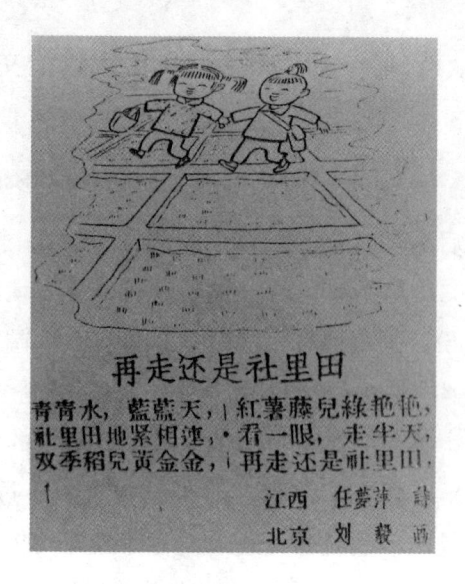

图30

和精神高度化约诗画组合可以"精准"传达主流意识形态的嬗变动向，但当不同地区的诗画作者不约而同用"减法思维"进行创作时就出现一种广泛蔓延的创作现象："诗人"习惯以纯粹而透明的情感和仰视的姿态放大描摹与颂扬书写对象，"画家"则大多数以稚嫩而夸张的构图呈现"大跃进"时期人们对远景的激情想象，大量浅近的歌谣配上粗糙的图像承载乃至超载着高度同质化的时代文化，容易使读者产生审美疲劳。《文艺报》曾经对这一问题提出过批评，认为工农兵的不少作品"主要是去为某些政治概念作图解"，人物描写"过分简单化"，"作品的格式差不多，翻了头一遍，第二遍还是一样，更会使人厌倦"[1]。

《群众诗画》在创作队伍的建设上也"做减法"。在20世纪50年代大部分国家级文艺期刊的主要作者都是专业文学艺术家，刊物往往通过开辟一些"工农兵"专栏来培养文艺新人。与之不同的是，《群众诗画》完全依靠文化程度不高、艺术储备与创作经验贫乏的工农兵

---

[1] 谷梁春：《争取提高一步——评天津市工人作者的创作》，《文艺报》1956年第12期。

及中小学生诗画爱好者①。《群众诗画》在主要作者选择上进行大胆的"减法"实验，具体而言，专业诗画家作品少用慎用②，专家画家与业余诗人联合创作也只能谨慎尝试，以致1959年第11期尝试进行群众与专业画家合作时信心明显不足："这种尝试是否有意义，希望原作者与读者提出意见"③，最后这种尝试未取得实效之前就不明原因终止。因缺少艺术创作经验和专业作者辅导，一些业余"小诗画家"居然单凭勤奋和一腔热情来搞创作："我在房内编诗歌/不觉早饭已开过/午时才去用早饭/编诗忘了吃与喝"。显然，"业余作家"很难拥有跨界的艺术视野，诗与画往往成为彼此的简单"点缀"而无法实现深度融合，这自然难以引起专业诗人或画家的关注，这种单纯依靠"业余作家"来建设创作队伍的"减法思维"，使"业余作家"的文艺水平提高缓慢，诗画文本的内容与形式"守正"有余而"创新"不足，加剧了诗画组合的单一化和类同化发展趋向，导致刊物活力和影响力很难有实质性的提升。总之，《群众诗画》办刊者的"减法思维"不仅极大地影响了刊物信息源的传播质量，也削弱了政治文化的传播效能。

其次，"旧瓶装新酒"与诗画互文传播困境。在20世纪中国现代文学的大众化进程中，中央苏区和延安时期许多的文艺家都积极探索和尝试"旧瓶装新酒"方式，将群众所"喜闻乐见"的传统艺术形式注入新的革命理念，充分发挥文艺宣传革命理念和教育与动员群众的功能。《群众诗画》的编辑们也传承了这一文艺大众化方式，采用剪纸、连环画、漫画、木刻、速写以及民间歌谣等传统的艺术形式，"装入"保卫世界和平、人民公社化运动、生产大跃进等新内容，在一段时间内熟悉的形式包裹着新鲜的内容确实深受群众的欢迎。问题

---

① 他们有北京徒工、北京工人、北京学生、沈阳松陵机械厂工人、上海市七宝中学学生、北京第一机床厂徒工、山西猗氏公社社员、小红门光公社社员、天津国棉二厂二布场主任等。

② 除了老舍、臧克家、华君武等几位专业诗人或画家在这里发表过几篇作品，其余作品基本上出自"业余作家"之手。

③ 《群众诗画》1959年第11期第2版。

是,"从'旧瓶装新酒'的创作过程可以看出,这种方法只是一种机械的形式与内容的嫁接,如果没有形式上的创新,那么必然与内容发生抵牾"①,就可能出现内容与形式的割裂或水土不服的现象。由于底层民众长期受传统民间艺术的浸染,其审美趣味转变和更新的过程漫长而复杂,一些"旧瓶装新酒"作品让他们深感怪异和滑稽,阅读产生的排斥与疏离感使不少人重回"旧文艺"的怀抱。可以说,《群众诗画》从创刊到停刊几乎全部采用"旧瓶装新酒"的诗画组合方式,鲜少刊发"新瓶装新酒"的作品,"穿旧鞋走旧路",一路蹒跚前行。时任人民美术出版社社长萨空了不无感慨地说:"艺术工作者很容易成为过去形式的俘虏,在想表现新内容时仍用了旧的形式,使好的新内容无由及于他人。"② 群众诗画社的编辑们发现"旧瓶装新酒"会消损新内容的传播力量,却始终未摸索出一条文艺大众化的新路,他们身陷"醒来后无路可走"的迷茫之中,让《群众诗画》退出群众通俗文艺期刊的历史舞台也许是一种正确而又无奈的选择。

---

① 任荣:《从"旧瓶装新酒"到"戏剧民族形式的建构"——论抗战初期戏曲思潮的演进》,《文艺理论与批评》2017年第4期。
② 祝均宙、萧斌编:《萨空了文集》,上海科技文献出版社2002年版,第344页。

第五章 当代诗人日记、书信、自传研究
——以郭小川为个案

一般而言，作家的书信、日记、自传、游记、回忆录中等都是具有极高史料价值的副文本资料，因为其含纳了时代文学思潮的嬗变轨迹，文学生产、传播和接受复杂过程，作家创作理念和心路历程的异动迹象，可以极大地拓展文学"正文本"——作家作品的研析空间，为深化当代作家作品和创作现象研究寻找到新的学术增长点。本章拟以郭小川为研究个案，以其日记、书信、自传等副文本资料为考察中心，探究郭小川情书与情诗的互文关系，其诗歌困境与当代诗歌批评关系，"戏迷"郭小川及其诗歌戏剧与戏曲化追求等重要问题。

第一节 郭小川情书与情诗的互文性解读

2010年钱理群先生在郭小川诞辰90周年座谈会上曾说："《郭小川全集》的出版，为研究'我们土地上相当部分被称为革命知识分子的生存状态'，提供了一个'标本'"，但是，"到现在也没有一本根据《郭小川全集》提供的十分丰富的原始资料，进行详细研究的有分量的专著。这是学术界，也是我自己的失职"。他呼吁学界应"以郭小川为个案，研究他所生活的革命时代，他所参与的中国革命及其中国文学"[①]。

---

① 钱理群：《假如郭小川还活着……》，《书城》2010年第6期。

钱先生此番略带"羞愧"的"感慨"与迫切的"呼吁",至今依然未改变郭小川现象研究遭受"冷遇"的现实,与《郭小川全集》的厚重相比,现有的研究成果着实过于单薄。事实上,《郭小川全集》中既有艺术形式多样的诗歌文本,又有日记、书信、散文、小说、文艺评论、学习笔记、检讨书和传记等大量"副文本",所谓"副文本"是法国文论家热奈特在进行跨文本研究时提出的概念,"它是'文本周边的旁注或补充资料'"①,"是指正文本周边的一些辅助性的文本因素"②。长期以来,人们主要侧重于郭小川以政治抒情诗为代表的诗歌"正文本"解读,而忽略了对庞杂的诗歌副文本资料的系统梳理,这使得"丰富的原始资料"未被有效整合与激活,导致一系列有价值的学术问题悬而未决。比如郭小川20世纪50—60年代创作了《白雪的赞歌》《深深的山谷》和《严厉的爱》三首长篇爱情诗,也留下了大量写给妻子杜惠的情书,那么,这些情诗和情书之间存在哪些"有意味"的互文关系——文本间的相似性或变异性,以及内在的互补性或差异性?如何从互文性视角出发,在多重文本网络中呈现革命年代爱情书写的别样风貌?这些都是深化郭小川诗歌研究的饶有趣味的问题。本节试图深入辨析郭小川20世纪50—60年代的情诗与情书之间的互文关系,在对其诗文互文性解读的基础上,探究当代诗歌副文本研究的多维价值与向度。

热奈特根据文本出现的位置,把副文本分为内文本与外文本,所谓"外文本"是指"文本外面的信息,包括媒体刊载的访谈和对话,或者作为私人性质交流的信函、日记等"③。依照这种划分方法,郭小川的情书属于副文本中的"外文本",那么,作为"外文本"的情书与"正文本"情诗之间构成哪些相映成趣的互文关系呢?

首先,就爱情叙事而言,情诗和情书文本存在隐蔽的互文关系。如果说受"五四"启蒙文学思潮的影响,以鲁迅为代表的知识分子在

---

① 朱桃香:《副文本对阐释复杂文本的叙事诗学价值》,《江西社会科学》2009年第2期。
② 金宏宇:《中国现代文学的副文本》,《中国社会科学》2012年第6期。
③ 朱桃香:《副文本对阐释复杂文本的叙事诗学价值》,《江西社会科学》2009年第2期。

文学书写中普遍出现爱情叙事与启蒙叙事相互融通的现象，那么，在"十七年"社会主义现实主义文学思潮的裹挟下，爱情叙事与革命叙事则呈现相互胶着状态。正是受此种文学生产语境的规限，郭小川的情诗与情书在爱情叙事方面都或隐或显地贯串了革命叙事线索。《深深的山谷》的文本表层叙述抗战时期一对青年男女由偶遇、相恋、相爱再到生死别离的悲剧爱情故事，而深层次上则在回忆与反思知识分子与革命之间"融合—冲突—缝合"的复杂过程；《白雪的赞歌》书写于植在面对参加革命的丈夫失联后所经受的痛苦而又复杂的情感遭遇，诗人"强行斩断了爱情叙事本来的语义延展逻辑，将爱情忠贞置换为政治忠贞，从而完成了革命主题的凸现"①。革命伦理暗中规约着爱情叙事，隐蔽地牵导着主人公挣脱内心的迷惘、虚空与惶恐，走向对"红色爱情"神话的迷恋与膜拜；《严厉的爱》讲述了大夫王兰内心的"隐痛"：新婚不久的丈夫在抗战中被打断腿，可这位"勇敢到粗野的同志"，在病痛尚未痊愈之时依然固执地"重上前线"，不管她如何"低下首苦苦央告""爱情还是拴不住战士的心"，这些隐痛给她心灵带来巨大震颤的同时，也生成一种深刻的理性："只有严厉的爱，才能给人们以远大的关怀"，这种严厉的爱最终赢得了革命者丈夫邵虎的心。诗歌中曲折的爱情故事与严肃的革命故事相互穿插，呈现革命伦理与生命伦理的微妙摩擦，以及革命激情与时代理性的冲突。由此可见，郭小川作为公开的爱情诗文本承续了左翼作家"革命+恋爱"惯常的叙事模式——一种既能得到国家权力主体许可，又被众多读者所认同和消费的理想的当代爱情范式。有趣的是，此种书写模式在私人文本的爱情书信中转化为"爱情+事业"模式，这里的"事业"是有别于"战争"的另一场"革命"，是和平年代重建政治、经济和文化新秩序的社会变革。郭小川在情书中随处可见这样的表白："为了党，为了我们的幸福，你不应该对你的身体采取疏忽的态度"②。

---

① 贾鉴：《郭小川50年代叙事诗中的革命与恋爱》，《上海大学学报》（社会科学版）2000年第3期。

② 郭小川：《郭小川全集·书信》第7卷，广西师范大学出版社2000年版，第16页。

"我最近很苦恼于将来的工作,我和你一样,也抱着很大的想望——为人民作较好的贡献","亲爱的,我简直不能设想:假如我们的创作失败,我会怎样见你?而如果我把工作完成得非常之好,我们俩都会多么高兴,你的工作也是如此"①。这里,诗人对爱人身体疾病的牵挂、自我生命价值的定位与未来人生的展望都上升到革命的高度。如果说徐志摩的《爱眉小札》中浪漫而浓烈的情话传递出知识分子对个性、自由与真爱的向往与追求,那么郭小川革命年代的情书则试图通过革命话语确保爱情话语的合法性,继而提升爱情的品质与品位。由于夫妻之间爱的忠诚、纯洁与革命事业的崇高、纯粹之间可发生隐秘而奇妙关联,因而"爱情+事业"的书写模式已成为具有鲜明"私人"性质书信文本一种常见的叙事成规,这其实并不是特例,《天涯》杂志"民间语文"栏目中刊发的20世纪50—70年代情书也普遍存在这种现象。公开文学文本的爱情书写模式以一种不易察觉的方式强力戳入"私人"文本中,使不同文本之间出现"有意味"的互文现象,这是"十七年"文学生产中出现的一道耐人寻味的景观。

不过,与众不同的是,郭小川的情诗与情书都力求在矛盾冲突中建构一种带有生命体温、崇尚过程美学的爱情。《深深的山谷》中有似火燃烧的真爱:"他"用"火一般的语言"向她"表白爱情";有美丽绽放的欲望:他给她"强有力的拥抱和热烈的吻";有浪漫的温存:"他温柔地把我抚慰,/用诗一般的调子在我耳边低语";有矛盾冲突后的苦痛与柔情:"他那深蕴着苦痛的姿态,/又触动了我的女性的柔痴的心";有生死别离的痛哭:"当我清醒了的时候,/我就伏倒在崖边上痛哭……//我哭泣,放肆地、不休止地哭泣"。郭小川笔下的爱情并不因革命元素的融入而显得僵化或冰冷,而是在爱情与革命的纠葛中熔铸个体的生命记忆和爱情体验,变得更加立体与丰富。进言之,无论是大刘、于植,还是王兰,她们对爱人都充满着爱恨交织的情感,有时因爱而恨,有时由恨转爱,有时爱与恨之情在彼此的心

---

① 郭小川:《郭小川全集·书信》第7卷,广西师范大学出版社2000年版,第55—56页。

中剪不断理还乱——这是一种带有诗人生命体温和人间况味的爱情。更为重要的是，虽然郭小川的爱情诗大多数充满悲剧，但他注重在过去、现在和未来的历时性维度中展现爱之花的绽放与枯萎的过程，在多重矛盾中呈现爱之挣扎的过程性意义。这些现象在郭小川的情书中也同样存在。他在致杜惠的信中这样写道："十年来，我们曾经过初恋、初婚的狂热，这个狂热保持了很久很久，以后又经历过一些波折，这些变化说明我们的理解和变化的过程，到现在波折过去了，狂热回来了，而这狂热正是建立在波折基础上的，所以分外地深沉。"① 和诗歌中爱情嬗变的模式一样，郭小川也向妻子坦言他们的爱情发展经历了三个阶段或三种境界："狂热—波折—狂热"，如果说初恋、初婚阶段的"狂热"表现为爱得痴狂，那么历经波折后的"狂热"表现为爱得深沉，这既是诗人对夫妻情感历程的回顾，又是对彼此情感状态与特质的反思。由此可见，郭小川始终崇尚一种有生命体温、有情感张力的爱情，他说："夫妇间不经过一点波折是很难前进的，由于我们的深厚情感基础和品质的纯洁，我们胜利度过了这个波折的阶段，使我们的爱情达到前所未有的深度和高度。"② 在革命浪潮中再现爱情曲折的历程，在波折的爱情中呈现爱的纯洁品质和理想的高度与深度，这是郭小川情诗和情书的异质同构之处，从某种意义上说，情诗是对情书的模仿与复写，是对自我爱情记忆与体验的"二度创作"，两类文本构成了一条完整的关于爱情的沉思之路。

其次，在文本的价值指向上，郭小川的情诗与情书亦构成一个有趣的互文体系。总体而言，情诗诉诸于强大的理性，旨在批判和反思知识分子与革命的关系。比如《深深的山谷》中知识分子心中天然的优越感、敏锐的神经和清高、孤傲的性格，以及"利己主义的根性"，使得他与"战斗的集体"发生了不可调和的冲突，最终以"跳崖自杀"的方式自绝于革命。虽说诗人对知识分子在革命道路上的苦痛报

---

① 郭小川：《郭小川全集·书信》第7卷，广西师范大学出版社2000年版，第41页。
② 郭小川：《郭小川全集·书信》第7卷，广西师范大学出版社2000年版，第41页。

以同情，但却以审视的姿态对其身上的弱点及其劣根性给予猛烈地批判。《白雪的赞歌》中诗人试图打开于植在负伤的丈夫失踪后的复杂而真实的心灵世界：空虚、迷惘、悲痛、绝望、哀愁和孤独，同时也展示于植与医生之间微妙的情感纠葛。有趣的是，每当于植卷入消极情绪的旋涡时，一种代表正能量的声音在她的耳畔响起："只要不离开斗争的生活，／无论什么烦恼都可以解脱"，"一个战士总把眉头紧皱，／那简直比怯懦还难堪"，"人的职业就是战斗，／以战斗的姿态重开路途的关口／活着的时候是生气勃勃，／就是死了信念也会永垂不朽"。这些充满战斗精神的话语一方面生成一种否定性力量，婉转而又不乏严厉地批评了于植空漠和孤寂的情绪状态，另一方面也给情感相对脆弱的她注入信心和力量，使她不断接受革命精神的洗礼，走出"戏剧似的梦"的人生迷局，走向革命的未来。当于植对医生"那双明亮的大眼睛""隐隐地闪出轻微的忧愁"而产生了"不限于友谊感情"之后，她不禁自我告诫："一刹那的摇摆也不允许！"而医生上前线后写信向于植表白："从此，我永远斩断我的可耻的思想，／抹去我最后见面时的无声的语言。"这样一来，原本可能潜滋暗长的暧昧情愫就此戛然而止。可以说，在诗歌里革命理性以一种隐蔽而强大的力量规约着于植的情感走向，使她能在革命的道路上健康成长。诗人一面展示于植情感的复杂嬗变轨迹，一面在反思和批判她的精神成长过程。1958年在激进社会思潮裹挟下民众陷入非理性的"跃进"迷狂中，就在此时，其诗歌《严厉的爱》借助医生王兰对病人的"严厉的爱"："大夫必须严厉，／要求病人有一种顽强的理性"，婉讽了特定时期人们的"狂热病"，发出了重建时代理性的呼喊。总之，以介入的方式审视现实社会与人生，是郭小川情诗的鲜明价值指向。

与此相对应的是，其情书写作驱动力源自向爱人传递款款浓情，向对方敞开心扉倾诉相思、寂寞和苦闷。有人说"日记是孤寂者的自我倾诉""倾诉个人私密的管道和庇护所"[①]，其实，情书作为恋人或

---

① 赵宪章：《日记的私语言说与解构》，《文艺理论研究》2005年第3期。

夫妻之间私密言说的私人化文本，很多时候也成为"孤寂者自我倾诉"的空间。具体而言，郭小川的情书是其身临社会、经济和文化转型与秩序重建时期的富有时代特色和个性色彩的心灵倾诉。具体表现为，第一，思念的倾诉。郭小川惯于以热辣辣的言语赤裸地表达浓烈的相思："亲爱的，我们已经分别多少次了，但从来没有像这次这样想你，连着梦见你好几次。无论如何，我们现在算是达到了知心的程度，多么希望同你在一起啊！""你的热烈、真挚、纯洁、崇高又珍贵的爱情，给了我无限的激动，我无法睡眠了"①，"幸福的时刻经常感觉过得太快，而分别的时刻总显得太长。时间，前进吧，会见的一天快到了！"②。在20世纪50—60年代，郭小川因工作需要到武汉、北京、长沙、湖北、河北、江西、福建、天津、莫斯科等地出差，空间距离的拉开以及由此生成的距离之美为诗人抒发相思情愫提供了契机。于是，在书信中可以发现许多关于梦、失眠和煎熬的时间的诉说，他说分别后"深重的歉然的感情和深层的怀念"时常"折磨自己"③，甚至提出为"消灭小别扭而斗争"④，相思之苦可见一斑。第二，寂寞的倾诉。虽然郭小川日常工作较繁忙，但是当他提笔与妻子写信时总是难掩内心的寂寞。他这样写道："不要掩饰"，乡村"是令人寂寞的，令人厌倦的，磨人的"⑤，"非常非常想得到你的信。你可以想象得到，一个人东奔西走，往往感到十分地寂寞""旅途的寂寞"，常常引发对爱妻的"沉重的怀念"⑥。挥之不去的寂寞总是爬满诗人的心头，他真诚渴望爱人倾听与回应这无语而来的寂寞的诉说。第三，苦闷的倾诉。这里的"苦闷"有些源自工作或创作中发生的不愉快之事，比如创作进展缓慢，或是作协里复杂的人事纠葛等；有些则来自身体的不适：

---

① 郭小川：《郭小川全集·书信》第7卷，广西师范大学出版社2000年版，第38页。
② 郭小川：《郭小川全集·书信》第7卷，广西师范大学出版社2000年版，第68页。
③ 郭小川：《郭小川全集·书信》第7卷，广西师范大学出版社2000年版，第272页。
④ 郭小川：《郭小川全集·书信》第7卷，广西师范大学出版社2000年版，第127页。
⑤ 郭小川：《郭小川全集·书信》第7卷，广西师范大学出版社2000年版，第99页。
⑥ 郭小川：《郭小川全集·书信》第7卷，广西师范大学出版社2000年版，第95—297页。

"自离开汉口,疾病一直缠绕着,神经痛未完全痊愈,前天下午又感冒"①。尤其在高度紧张和压力下他经常失眠,甚至发展到"一天也离不开安眠药"②,这着实让他苦恼不已。总之,如果说郭小川的情诗用公共话语表达自我对时代热点话题——知识分子改造、革命激情与理性、投入火热的斗争等——的高度关切,那么,他的情书则用私人话语向远方的她不断倾诉心间的相思、寂寞与苦闷。更加有趣的是,郭小川把这种情绪投射到他的情诗之中,使得诗歌里的大刘、于植和王兰时常被相思、寂寞和苦闷所包围,情诗与情书文本价值指向相互牵绊——向外反思批判和向内自我倾诉,而在深层次上文本间又相互指涉,构成一种富有张力的互文体系。

再次,郭小川在情诗和情书中建构了两种别具特色又相互关联的自我形象。在情诗中郭小川建构的是思考型诗人形象,所谓思考型诗人是指在抒情的过程中注重理性的渗透,以鲜明的问题意识穿透历史和社会现实。和徐志摩情诗讴歌纯情之美不同,郭小川的情诗坚持问题导向,探索革命年代知识分子与革命、激情与理性、理想与现实、个体与集体之间存在的矛盾。如果说《深深的山谷》聚焦的是革命洪流中知识分子出路在何方的问题,那么《白雪赞歌》探究的是战争给女性心理带来的隐蔽而复杂的影响问题,而《严厉的爱》则思考严厉的爱("理性")如何规约革命激情问题。新中国成立后郭小川的焦虑心态与怀疑精神,以及图新求变的诗歌理念,促使他不断尝试以诗为媒思考人性、人情和欲望等问题。虽说受文化思潮的影响与制约,郭小川在诗中给出的解决问题的路向包含鲜明的意识形态色彩,但他呈现了特定时代知识分子的复杂内心与多重疑惑,让人们窥见了一个思考型知识分子的精神侧面。令人颇感意外的是,在情书中郭小川常常以另外一种形象彰显自身:少女与大姐姐等女性形象。在1956年与杜惠的通信中,他兴奋地写道:"回到家来,几乎每天都过着少女的日

---

① 郭小川:《郭小川全集·书信》第7卷,广西师范大学出版社2000年版,第27页。
② 郭小川:《郭小川全集·书信》第7卷,广西师范大学出版社2000年版,第298页。

子，欣赏着自己，想念着。我发现我真变成少女了，无论在心情上，也无论在工作中。""这几天，情况不同了，不是那么做少女的梦了，但，这种热情依然是有的。""我还时常想到前年，那是被我们当作爱情生活有些缺陷的时日，但你忘记没有？你曾把我扮成多么艳丽的少女，然后吻我又吻我。我在你的面前简直就成了一个天真的小妹妹了，那是多么纯真的情感，多么好玩哟。"① 他的书信不少署名为"姐姐""你的姐姐"等，甚至对其他身份满不在乎，独以少女身份自居："人家说我是'政治家'、或者'诗人'，我自然不承认，那未免太僭妄了。但我实在也是，而且是少女啊"②。郭小川将纯真、多梦、自恋、激情与活力等美丽的语词赋予"少女"，她似乎成为一个被爱与梦想所激荡的诗人的化身。在既往的文学史叙述中，郭小川通常以"战士"兼诗人的形象呈现在世人面前，然而在其情书中却常以女性形象现身，这种男性女性化的心理倾向表明在那个时代阴柔之风并未彻底消失，而是在私人文本中潜滋暗长，以隐蔽的方式实现薪火传承，这一"少女"形象与思考型知识分子形象为人们呈现了诗人阴柔/阳刚、感性/理性、纯真/复杂的形象侧面。如果说在爱情叙事上私人文本与公开文本形成互渗关系，那么，在诗人形象自塑方面则构成有趣的互补关系，这种互补关系使得一个多面立体与富有张力的诗人形象呼之欲出。

另外，情诗与情书在文体样式上也相互指涉。郭小川的情诗呈现明显的散文化倾向，也即"诗歌把某些非韵律的某些非诗歌形式的散文因素融入诗歌"③。具体而言，其诗歌散文化表现为：一是诗体形式的自由化。郭小川说，"我很想努力学习各种各样的形式，拘泥于一种不是我的主张"，④ 他追求诗体形式的解放与自由，不断有新的突破与尝试。三首情诗中，《深深的山谷》打破了诗形的整饬性，句式长短不一，长则近20个字，短则5个字，许多诗句即便有押韵，但设若不分行就是一段

---

① 郭小川：《郭小川全集·书信》第7卷，广西师范大学出版社2000年版，第135—137页。
② 郭小川：《郭小川全集·书信》第7卷，广西师范大学出版社2000年版，第135—137页。
③ 王泽龙：《"新诗散文化"的诗学内涵与意义》，《中国社会科学》2007年第5期。
④ 郭小川：《郭小川全集·书信》第7卷，广西师范大学出版社2000年版，第178页。

美文,如"雪落着,静静的落着/淹没了山脚下的茅舍。/淹没了山沟里的小道,/却淹没不了动乱的战争生活""中国顽强的大地/并没有为冬天的寒冷所封锁/它豪爽地敞开了宽大的胸脯",这些参差错落的诗句连缀起来就如散文诗。二是叙事性的追求。诗歌在发轫之初以主情为其特质,"五四"以降逐渐走上了一条"散文化"之路,现代诗人诗歌叙事意识由觉醒走向自觉,郭小川传承了现代新诗的叙事性追求,他的三首情诗都是长篇叙事诗,尤其是《严厉的爱》的《在候诊的走廊上》《再一次在候诊的走廊上》《又一次在候诊的走廊上》《在另一次婚礼上》等部分,抒情成分减弱而叙事成分加强,甚至许多诗篇故事性冲淡了诗意性。三是诗歌的运思方式。郭小川的情诗采用一种二元对立的运思方式,他的诗歌中集体与个体、理想与现实、激情与理性、进步与落后、崇高与卑下、无私与自私等矛盾时常处于二元对立的冲突状态,最终往往是矛盾的一方战胜另一方,这种运思方式将革命与人性、人情之复杂性发掘出来,追求的不是意境之美,而是思想之美,能"启发读者与他进行思维共谋"[1],这是一种切近散文的思维方式。郭小川的诗歌与散文出现了文体互渗,他的许多情书都是诗化散文。所谓的诗化散文是以诗意的方式书写爱情与现实人生。许多浪漫的想象与期待在情书中闪现:"我在打算着:为了纪念我们的幸福的十年,我要写首诗献给你""也许写不好,但情感既是这样好,心情又是这样愉快,总会动人的,特别会使你喜欢的"[2],诗歌献给爱人,纪念幸福的婚姻,此种以诗传情达意的浪漫追求,无疑给婚姻披上了一层诗意的薄纱,让人不能不为之动容。而当他到妻子杜惠的故乡又诗意满怀地赞美道:"来到我最亲爱的人的故乡,有一种特别亲切和深沉的感情","这里的一草一木,好像都曾经抚摸过的一样。我想起了你的少女时代,它曾寄托了无限遐想,我又想起了延安……"[3]。诗人以仰视的视角,纯粹而充沛的感情,丰富而跳

---

[1] 段建军:《相似思维与自由创造——散文思维特性论》,《西北大学学报》(哲学社会科学版)2006年第1期。
[2] 郭小川:《郭小川全集·书信》第7卷,广西师范大学出版社2000年版,第86页。
[3] 郭小川:《郭小川全集·书信》第7卷,广西师范大学出版社2000年版,第86页。

跃的联想——一种诗性表达的方式向爱妻讲述他异地之行的点滴感触。此外，他几乎每封信的结尾都以含情的笔墨和生趣多样修辞，向爱妻表白思念之情，诸如"吻你，久久地""拥抱你""爱抚你，我的亲人！""亲亲你""等着你""热烈地亲你"等，这不仅让人感受到了作为文艺战士充满诗意柔情的另一面，更让人体味到一种跨文体写作给文本带来的别样的美学特质。

从郭小川的情书与情诗互文性解读中，不难发现，作为情书的诗歌副文本确实有助于拓宽情诗（"正文本"）的阐释空间，有助于深化革命年代爱情文学书写策略的复杂性研究，有助于明辨特定文化思潮裹挟下"当代诗人"丰富的形象侧面。当然，除情书之外，《郭小川全集》中的日记、检讨书、学习笔记和序跋等，都是深化郭小川研究的重要副文本资料。

第二节　郭小川诗歌困境与当代诗歌批评生态

郭小川是1949—1966年中国文艺界具有重要影响的诗人、评论家和文化工作者。他复杂的身份构成、新颖而独特的诗歌理念及力求突破平庸的诗歌实践，"记录了个人主义与集体主义精神的冲突与融合"以及"知识分子如何在狭窄的宣传中存活的历史"[1]，透过这一已然历史化的现象，人们不但能够有效观察"共和国"时期文艺与意识形态的缠杂关系，而且可以"了解'当代'文学评价机制的实质和实施状况"[2]。近些年来，学术界对丁玲、赵树理等左翼作家展开了持久而深入地研究，相形之下，《郭小川全集》（12卷）首次披露的各种珍贵的"原始"资料却鲜有人进行仔细勘探与深度开掘，其中所潜藏的丰富而深广的学术增长空间未得到充分打开。在"十七年"时期，郭小

---

[1] 孙郁：《恍若隔世》，见郭晓惠《检讨书：诗人郭小川在政治运动中的另类文字》，中国工人出版社2001年版，第391页。

[2] 洪子诚：《历史承担的意义》，见郭晓惠《检讨书：诗人郭小川在政治运动中的另类文字》，中国工人出版社2001年版，第365页。

川虽然以"战士诗人"的身份写就了享誉诗坛的"政治抒情诗",但也留下了一些"不合时宜"的诗作,这些诗作成为他心中的"一个伤疤"①。郭小川在多次文艺创作检讨中曾认真"清点"已经发表或未曾发表的存在"问题"的诗歌②,并对这些有着"嘈杂声音"的诗歌进行深刻的自我反思和批判。翻检"十七年"时期的《文艺报》《人民文学》《诗刊》等权威期刊和《郭小川全集》,可以发现一个重要而有趣的现象,即围绕着郭小川的"问题"诗歌形成了两个"有意味"的诗歌批评圈:"私人批评圈"("隐在"批评圈)和"公共批评圈"("显在"批评圈)。近年来,一些学者开始深入探察20世纪40—70年代"公共批评圈"之于当代文学转型发展的复杂影响,但少有人对当代文学批评中隐蔽存在的"私人批评圈"进行深刻的学理反思。所谓"公共批评圈","狭义是指来自延安的'周扬圈子',广义却辐射到解放后坚持用政治标准评判所有作家作品的一种文学批评风气。"③"私人批评圈"是指由《诗刊》编辑部成员、文坛友人和普通读者等构成的阅读与批评圈子,这一批评圈成员多是与郭小川私交甚笃或是其诗歌的崇拜者,他们坚持从感性经验和审美体验出发评骘郭小川烙上时代印痕和留存个体生命体温的"问题"诗歌。本节试图以20世纪50—60年代郭小川"问题"诗歌的阅读与批评为考察中心,深入勘探"公共批评圈"与"私人批评圈"的批评景观与运行轨道,及其对郭小川诗歌创作、传播与接受所产生的深刻而复杂的影响,继而窥探政治与文化相互胶合的时代语境里富有鲜明时代印痕"圈子化"诗歌批评生态。

一 "私人批评圈"对郭小川的诗歌批评

在20世纪50—60年代,郭小川作为"共和国"时期的文化工作

---

① 郭小川:《郭小川全集(外编)》卷12,广西师范大学出版社2000年版,第41—174页。
② 这些"问题"诗歌包括《致大海》(1956)、《深深的山谷》(1957)、《一个和八个》(1957)、《白雪的赞歌》《月下》《雾中》《风前》《两都颂》等。
③ 程光炜:《当代文学中的批评圈子》,《当代文坛》2016年第3期。

者和"战士诗人",他"天真与热情"的性格①,特殊的身份地位和出色的诗歌写作能力,自然吸引了不少钦慕和拥趸的眼光。他说:"多年来,我有一种小圈圈的作风,无论到哪里,都有几个所谓的'朋友',在'朋友'之间,言不及义,自由主义,甚至发发牢骚。"②虽然这是他在检讨书里对过往为人处事方式做出的比较"严苛"的自我反思与批评,但确实也揭露了在他身上存在"小圈圈作风"。他说这些"朋友""在中宣部有笑雨、李普""到了北京,遇见了朱丹和方纪",还有当时年纪尚轻的海默。事实上,阅读郭小川日记可以发现,他的"私人批评圈"远不止这些"朋友",而是由《诗刊》编辑部成员、文坛友人和普通读者等构成(如表5-1所示)。

表5-1　　　　郭小川"问题"诗歌"私人批评圈"一览表

类别	主要成员
《诗刊》编辑部成员	臧克家、吕剑、徐迟、田间、沙鸥、唐祈、葛洛、严阵、刘钦贤、丁力、白婉清
文坛友人	朱丹、方纪、公木、蔡其矫、方殷、陈梦家、周良沛、王亚凡、曲波、陈白尘、邹荻帆、闻捷、海默
普通读者	杜蕙、张煜、蒟子、高铮

郭小川在诗歌写作中养成了一个重要习惯,就是喜欢向他人征求诗歌阅读意见和建议,借此作为诗歌修改的重要参考,于是,在他的周边形成了以《诗刊》编辑部同人、诗坛友人为主体、普通读者共同参与的"私人批评圈",那么,这种"圈子化"批评有哪些细微差异和共同倾向呢?

(一)《诗刊》编辑部的"鼓励"与"颂赞"

1957—1961年,郭小川作为《诗刊》的编委和"'作协'党组分工管《诗刊》"的领导③,与时任中国作家协会书记处书记和《诗刊》的

---

① 郭晓惠:《检讨书:诗人郭小川在政治运动中的另类文字》,中国工人出版社2001年版,第375页。
② 郭晓惠:《检讨书:诗人郭小川在政治运动中的另类文字》,中国工人出版社2001年版,第50页。
③ 臧克家:《老〈诗刊〉琐忆》,《诗刊》1994年第5期。

第一任主编臧克家，不但在业务工作上交往甚繁，而且在诗歌写作方面也相互切磋。郭小川的日记里留下了不少他向臧克家求教的记录：

> 又改《致大海》，这首诗，当然还是有些东西的，克家同志已表示赞美，但其中还是有些不和谐的地方，我却改不好了。[1]
> 《深深的山谷》受到了臧克家等同志的鼓励，又使我鼓起勇气，想继续写下去。[2]
> 八时多到大楼，很快碰到克家和徐迟，他（指臧克家——引者注）说要批评我的诗，认为我的诗中有一股强大的、新鲜的共产主义思想力量，也有某些弱点。[3]
> 把《十月的诗》给臧克家、吴视看，他们认为好。[4]
> 与克家略谈，他仍叫我写出《白雪》来。[5]
> 会中，去见了克家，他也认为诗（指《白雪的赞歌》——引者注）写得不错，但又几点意见。[6]
> 跟克家谈了一下诗，他认为这一部（指《雾中》——引者注）比《月下》好。[7]

虽说日记的相关记述相当简略，但字里行间里隐含着"老诗人"臧克家对成长中的郭小川所持守的批评立场，即批评与创作相互砥砺，

---

[1] 郭小川：《郭小川全集（日记1957—1958）》卷9，广西师范大学出版社2000年版，第12页。

[2] 郭小川：《郭小川全集（日记1957—1958）》卷9，广西师范大学出版社2000年版，第61页。

[3] 郭小川：《郭小川全集（日记1957—1958）》卷9，广西师范大学出版社2000年版，第193页。

[4] 郭小川：《郭小川全集（日记1957—1958）》卷9，广西师范大学出版社2000年版，第193页。

[5] 郭小川：《郭小川全集（日记1957—1958）》卷9，广西师范大学出版社2000年版，第205页。

[6] 郭小川：《郭小川全集（日记1957—1958）》卷9，广西师范大学出版社2000年版，第216页。

[7] 郭小川：《郭小川全集（日记1957—1958）》卷10，广西师范大学出版社2000年版，第75页。

具体表现为批评家对作家的创作给予充分肯定与激励、诚恳善意的警醒与指引，以及批评家与作家之间的坦诚交流与平等对话。郭小川在创作《深深的山谷》过程中受到写丁玲、陈企霞结论一事的干扰，经常烦躁不安，他说："四面八方都把我逼住，真是叫人烦恼。"① 当臧克家阅读了郭小川的《白雪的赞歌》部分诗稿后，"他仍叫"郭小川"写出《白雪》来"。一个"仍"字透露了郭小川的"犹豫"与臧克家的"勉励"之情，他的"鼓励"成为郭小川"继续写下去"的精神动力。与此同时，臧克家还切中肯綮指"优长"、点"病灶"：他既赞美《致大海》的独异之处，又指出其中"有些不和谐的地方"；既表扬《白雪的赞歌》"写得不错"，又提出一些修改意见；既肯定他的诗歌中蕴藏着"一股强大的、新鲜的共产主义思想力量"，又批评其中显露的"某些弱点"。尤其是《郭小川同志的两篇长诗》一文，既指出《深深的山谷》的"优长"之处："它的主题是新颖的，对今天的我们还是有教育意义的。""在人物的发展上有缺陷，但不愧是作者的一篇精心之作。"② 又点明《白雪的赞歌》的"病灶"："因为有了医生这个人物，加进去他和女主角的爱情纠纷，这就破坏了女主角崇高的典范形象，使得主题意义受到严重的损害。"③ 在20世纪50—60年代，臧克家作为国家级权威期刊《诗刊》的主编，显然深刻认识到当代诗歌意识形态属性之于诗歌价值估定的重要意义。他对郭小川这两首长篇叙事诗的评价虽有历史局限，但却"切中"了问题的要害。更为重要的是，他还表现出一位"老诗人"对"成长者"的善意规劝与指引："小川同志是战斗里成长的，对革命斗争生活有比较丰富的经验，我个人希望他多写一些《向困难进军》一类战斗性强烈的诗。并不是爱情题材不可以写，但我总希望他不要太多地在这样的题材上多花费

---

① 郭小川：《郭小川全集（日记1957—1958）》卷9，广西师范大学出版社2000年版，第34页。
② 臧克家：《郭小川同志的两篇长诗》，《人民文学》1958年第3期。
③ 臧克家：《郭小川同志的两篇长诗》，《人民文学》1958年第3期。

精力。"① 臧克家语重心长的批评体现了一个从现代进入当代诗坛的诗评家/诗人内心的隐忧和对诗坛新秀的提携与提醒，批评姿态平和而肯切，让在多重焦虑困扰下的郭小川获得诗歌写作的信心、勇气和前行方向。

在1957—1958年，时任《诗刊》副主编徐迟与郭小川私交甚好，他是郭小川"问题"诗歌"批评圈"的又一重要成员。那么，徐迟对郭小川诗歌批评的倾向主要有两方面。一是批评的建设性。比如他认为《深深的山谷》"还是能震动人心的，只是太长了"②，同时针对《一个和八个》"提了不少意见"，建议诗歌"取名为'囚徒'"③。他曾经与邹荻帆夫妇一起"大谈其对《白雪的赞歌》的意见"④。虽然日记里没有详细记载徐迟所提的具体"意见"，但是从郭小川对这些"意见"的重视程度，可以看出徐迟作为一个专业诗人和刊物编辑的知识、视野与能力曾让郭小川折服，否则，在那段时间里郭小川不太可能每有新作就向徐迟征求意见或建议。二是批评的"模糊性"。所谓批评的"模糊性"是指徐迟使用一些"模糊语"来评价郭小川的诗歌。比如郭小川在1957年10月30日的日记中写道："把我的诗稿（《白雪的赞歌》——引者注）给徐迟他们看，基本是肯定的。"⑤ 1959年2月12日他又说："《严厉的爱》给徐迟看了，他还是觉得可以"⑥。可以说，徐迟除了对《山中》表示"很满意"⑦，其他基本采用模糊修辞批评策略，这里"基本是肯定的"和"还是觉得可以"就是显例。

---

① 臧克家：《郭小川同志的两篇长诗》，《人民文学》1958年第3期。
② 郭小川：《郭小川全集（日记1957—1958）》卷9，广西师范大学出版社2000年版，第29页。
③ 郭小川：《郭小川全集（日记1957—1958）》卷9，广西师范大学出版社2000年版，第108页。
④ 郭小川：《郭小川全集（日记1957—1958）》卷9，广西师范大学出版社2000年版，第223页。
⑤ 郭小川：《郭小川全集（日记1957—1958）》卷9，广西师范大学出版社2000年版，第211页。
⑥ 郭小川：《郭小川全集（日记1959—1976）》卷10，广西师范大学出版社2000年版，第26页。
⑦ 郭小川：《郭小川全集（日记1944—1956）》卷8，广西师范大学出版社2000年版，第530页。

在面对郭小川的"问题"诗歌时,这种"模糊修辞手段,圈定一个不明晰的适度范围"和模棱两可的价值判断"①,在总体肯定郭小川诗歌价值同时又有所保留,徐迟的诗人、编辑、"下属"和"友人"等多重身份隐蔽地规约着他的批评立场和批评尺度。

郭小川"问题"诗歌的"批评圈"成员还包括《诗刊》编辑部的编辑吕剑、吴视、刘钦贤、白婉清、唐祈和严阵等,他们对郭小川诗歌阅读批评主要倾向是"颂赞"。其中刘钦贤和白婉清是郭小川的忠实"粉丝",他们一贯以仰视的目光欣赏郭小川诗歌,比如1957年11月21日郭小川"把《一个和八个》交给刘钦贤,请他们《诗刊》的同志看一看",后来"问了一下《诗刊》对诗的意思,白婉清很感动,提不出意见"②。同年12月11日,白婉清和刘钦贤把郭小川叫到《诗刊》,对于《白雪的赞歌》"她(白婉清——引者注)简直喜欢极了,诗是战士和诗人的统一,思想是那么高!"③。这里,白婉清"很感动""简直喜欢极了"的诗歌阅读体验,以及"诗是战士和诗人的统一,思想是那么高"的诗歌评价,带有鲜明的"颂赞"色彩和"膜拜"情结,给郭小川的诗歌写作带来正向激励的积极效应,有力地激发他的写作热情,为此他经常写诗或改诗到凌晨。当改完《白雪的赞歌》后他曾非常深情地感慨道:"这也许真是一个杰作,让大家去评判吧!"④另外一些编辑也不约而同地夸赞郭小川的诗歌,这在日记里记载颇多:

> 到《诗刊》与徐迟、吕剑等谈了一阵诗,他们对我的《山中》很满意。⑤

---

① 梁琦秋:《模糊修辞的叙述模式》,《江西社会科学》2009年第1期。
② 郭小川:《郭小川全集(日记1957—1958)》卷9,广西师范大学出版社2000年版,第226页。
③ 郭小川:《郭小川全集(日记1957—1958)》卷9,广西师范大学出版社2000年版,第240页。
④ 郭小川:《郭小川全集(日记1957—1958)》卷9,广西师范大学出版社2000年版,第241页。
⑤ 郭小川:《郭小川全集(日记1957—1958)》卷9,广西师范大学出版社2000年版,第530页。

吴视告诉我，他对《致大海》的修改稿满意极了。①

把我的《深深的山谷》交给吕剑，他很快看完，觉得还是吸引人的。②

唐祈来了，跟他谈起我的《深深的山谷》。他认为这是一首很有典型意义，能使人思索人生的诗。③

由上述相关援引可知，无论是《山中》《致大海》，还是《深深的山谷》《白雪的赞歌》，抑或是《一个和八个》，郭小川从《诗刊》编辑部其他编辑那里得到的评价是"很满意""满意极了""感动""吸引人""很有典型意义"等，不一而足。由今视之，这些评价并非全是溢美之词，而是郭小川私人交往圈子里的《诗刊》编辑们，通过"沉浸式"阅读而产生的真实、感性的初次阅读印象，这些阅读印象敏锐地发现了郭小川诗歌在当代诗歌风格谱系中的独特意义与价值。有趣的是，那些来自《诗刊》编辑部同人如此众多的"夸赞"式评价，让郭小川感到兴奋不已，他说："回家来，创作欲望又旺盛起来。《深深的山谷》受到很多人的赞扬，颇想动笔。"④ 有时甚至有一股成名之后的"傲气"，比如有一次他"问了一下丁力对《严厉的爱》的意见"，日记里居然说"他这人没有思想了"⑤。不过，随着他的诗歌写作不断陷入一些困境，他开始理性地看待圈子内"夸赞"式评价，在1959年6月27日的日记里，他表现出一个知识分子难能可贵的自省意识：

---

① 郭小川：《郭小川全集（日记1957—1958）》卷9，广西师范大学出版社2000年版，第12页。
② 郭小川：《郭小川全集（日记1957—1958）》卷9，广西师范大学出版社2000年版，第61页。
③ 郭小川：《郭小川全集（日记1957—1958）》卷9，广西师范大学出版社2000年版，第61页。
④ 郭小川：《郭小川全集（日记1957—1958）》卷9，广西师范大学出版社2000年版，第86页。
⑤ 郭小川：《郭小川全集（日记1959—1976）》卷10，广西师范大学出版社2000年版，第27页。

晚上回来收到严阵的信,他对《月下》作了热情的歌颂。但时间锻炼了我,使我懂得别人的赞扬会招来什么,一切只有看得远一些。当代人的评价并不是那么值得重视。所幸我并未此而昏了头。①

由于郭小川在《诗刊》编辑部得到太多"别人的赞扬",有人说"《诗刊》长期存在吹吹捧捧的庸俗作风"②,他这样做是"急不可待要出名"③,这让郭小川逐渐警惕起来,他深刻意识到三个方面的问题:一是包括严阵在内的《诗刊》编辑们的"热情歌颂"是一种可以使人"昏了头"的精神致幻剂,让人迷失方向,更容易遭到一些人的猜忌、鄙夷甚至批判,"时间锻炼了"他,使他"懂得别人的赞扬会招来什么";二是圈子内的"及时批评"可能存在的盲区,因此"当代人的评价并不是那么值得重视";三是相信真正的经典诗作应该在时间的淘洗与沉淀中逐渐彰显文本的魅力与价值,因此"一切只有看得远一些"④。这些精神自省折射出一位有深邃历史眼光的诗人的某种远见卓识,以及有着精神创伤史的知识分子的现实隐忧。

(二)文坛友人的"意见"

如果说《诗刊》编辑部对郭小川"问题"诗歌的评价是"夸赞"多于"意见",那么他的文坛友人的评价则是"意见"大于"夸赞"。1959年5月17日唐祈告诉郭小川,陈梦家正在《诗刊》编辑部谈他的《深深的山谷》并且"赞扬了"他这首诗⑤。除此之外,他的日记

---

① 郭小川:《郭小川全集(日记1959—1976)》卷10,广西师范大学出版社2000年版,第101页。
② 郭晓惠:《检讨书:诗人郭小川在政治运动中的另类文字》,中国工人出版社2001年版,第41页。
③ 郭小川:《郭小川全集(日记1959—1976)》卷10,广西师范大学出版社2000年版,第101页。
④ 郭小川:《郭小川全集(日记1957—1958)》卷9,广西师范大学出版社2000年版,第101页。
⑤ 郭小川:《郭小川全集(日记1957—1958)》卷9,广西师范大学出版社2000年版,第91页。

里记载的大多数都是诗友或文友的批评意见：

先与王亚凡谈了一谈，他提到对《白雪的颂歌》的一些意见。①

杨志一和《文艺报》的几位女同志也读了《白雪的赞歌》，杨志一提了几点意见。②

沙鸥来谈他对《白雪的赞歌》的意见。③

与陈白尘谈了很久的话，他们对《一个和八个》提出了不少修改意见。④

与葛洛谈他对《一个和八个》的意见。⑤

和海默谈《月下》的梗概，他提了些意见，很有启发。⑥

我们把这些日记进行类归和话语分析，可以发现"意见"是其中的热词或高频词。和《诗刊》编辑部同人"夸赞性"评价居多不同的是，郭小川的文友对《白雪的赞歌》和《一个和八个》更侧重于提"意见"，甚至有一次他"因为收到了田间一封对《白雪的赞歌》的意见，心中颇为不安，他主张我写得再大一些"⑦。之所以出现这种现象，大致有两方面的原因：一是从远近亲疏的关系来看，《诗刊》编辑部成员与郭小川私人交往甚多、感情甚深，"圈子批评"又夹杂了

---

① 郭小川：《郭小川全集（日记1957—1958）》卷9，广西师范大学出版社2000年版，第221页。

② 郭小川：《郭小川全集（日记1957—1958）》卷9，广西师范大学出版社2000年版，第228页。

③ 郭小川：《郭小川全集（日记1957—1958）》卷9，广西师范大学出版社2000年版，第229页。

④ 郭小川：《郭小川全集（日记1957—1958）》卷9，广西师范大学出版社2000年版，第230页。

⑤ 郭小川：《郭小川全集（日记1957—1958）》卷9，广西师范大学出版社2000年版，第231页。

⑥ 郭小川：《郭小川全集（日记1959—1976）》卷10，广西师范大学出版社2000年版，第23页。

⑦ 郭小川：《郭小川全集（日记1957—1958）》卷9，广西师范大学出版社2000年版，第224页。

"友情批评"自然会使"夸赞"多于甚至掩盖"意见";而这些文友与郭小川关系相对比较疏远,并且他们大多数是专业作家,因而常从一个专业写作者的角度,站在比较客观、中立的立场对郭小川的诗歌提出批评"意见",这样就形成了批评"意见"多、鼓励与夸赞少的现象。二是和郭小川的选择性倾听有关。由于 20 世纪 50 年代末期郭小川"创作上的积极性"非常高,"为了搞创作或作创作上的准备,几乎用一半以上的星期天和每个没有工作的晚上","成名成家"的愿望给郭小川的诗歌注入了丰沛的激情[1],然而,郭小川执着追求诗歌题材的新颖性、声音的嘈杂性和情感变化的过程性,在诗歌写作中坚持倾听多方"意见",一方面可以为完善诗歌提供多重启发和思考,另一方面又能够最大限度规避诗歌发行与传播过程中可能遭遇的阻碍与风险。

(三)普通读者的"感动"与"哭"

郭小川身边还有另一类特殊的诗歌阅读与批评群体,他们有的是忠实的"粉丝",有的是他的至亲好友,有的是未曾谋面的读者。如果说文坛友人的诗歌阅读与批评带有较强的专业性和学理性,那么这类读者的阅读与批评则富有浓重的体验与感悟色彩:

> 拿到《深深的山谷》的大样。晚饭后找到张煜,给她和惠君念了一遍,……,张煜就谈起她的遭遇,……这一晚的谈话非常激动人,惠君哭了好一会。我们把她送回去,回来时已经十二时,彼此热情极了。[2]
>
> 4 月 24 日跟高铮谈了一下,她似乎为我的《深深的山谷》感动着,她说她已经看过了两次。[3]
>
> 给她(惠君——引者注)朗诵了我的《发言集》,感动得她

---

[1] 郭晓惠:《检讨书:诗人郭小川在政治运动中的另类文字》,中国工人出版社 2001 年版,第 149 页。

[2] 郭小川:《郭小川全集(日记 1957—1958)》卷 9,广西师范大学出版社 2000 年版,第 68 页。

[3] 郭小川:《郭小川全集(日记 1957—1958)》卷 9,广西师范大学出版社 2000 年版,第 83 页。

流下了眼泪。①

蕙君留下条子表示很喜欢《白雪的赞歌》，而高铮读了以后也几乎哭了一个上午。②

细读上述材料可知，郭小川的《深深的山谷》《白雪的赞歌》和《发言集》都让杜蕙、张煜、高铮等女性诗歌阅读者"感动"与"哭"，她们相似的阅读体验及表现说明在这类读者的印象中，郭小川的诗歌很微妙地触及了人之心灵复杂而敏感的内隐深处，文本具有持久的震撼人心的精神力量。值得追问的是，为什么这类阅读者会产生此种阅读感受和批评印象呢？原因大致有两个方面：一是阅读与批评者的身份。包括杜蕙的在内的诗歌阅读者皆属于业余读者，她们阅读的出发点和落脚点往往不是要以特定的诗歌理论和理性的眼光对诗歌实施精细而复杂的文本"解剖"，而是以亲历者的生命体验去拥抱带有生命体温的文字，在诗歌强大的情绪场作用下产生强烈的精神共鸣，继而以情感投入的方式与诗歌里的人物一同歌哭。由于杜蕙、张煜和高铮与《深深的山谷》《白雪的赞歌》中一些人物具有类似的现实与情感遭遇，文本情感结构与读者的精神诉求实现高度遇合，因而她们被"感动"甚至"哭了一个上午"就成为业余读者一种正常的诗歌阅读反映；其二，阅读者与批评者的性别。事实表明，这类诗歌阅读者大部分是女性，知识女性的阅读期待更多偏向婉约、轻柔与细腻的文本风格，其《深深的山谷》和《白雪的赞歌》显然以情感的细腻和诗风阴柔见长，他坦诚地说："我的性格虽然有粗暴的一面，也有纤细的一面呵！因为有了这个特点，才产生了像《深深的山谷》这样的诗。也因此，还可以写些别的表现女人的东西。"③ 这种"纤细"性格写出

---

① 郭小川：《郭小川全集（日记1957—1958）》卷9，广西师范大学出版社2000年版，第189页。
② 郭小川：《郭小川全集（日记1957—1958）》卷9，广西师范大学出版社2000年版，第225页。
③ 郭小川：《郭小川全集（日记1957—1958）》卷9，广西师范大学出版社2000年版，第96页。

的"表现女人的东西",正好契合了有着特殊遭遇的女性读者的期待视野,深谙"女人心"的郭小川及其富有"女人味"的诗歌文本合二为一,生成一种超越作家性别"识别度"的极具"可读性"的魅惑文本,这种文本甚至让一些读者对作家性别产生误判,他曾经"接到昌平区一位战士郭墨城的信",信里叫郭小川"'川姐',很热情,不断说要学习'姐姐'的品质,这是因为他看到了《白雪的赞歌》的原故",为此郭小川极为得意地说:"我这个姐姐是不必说破的。"① 由此可见,由于郭小川不断揣摩和拟想"女人的心情"书写"描写女人的诗"②,连男性战士都被深深打动,更何况是那些有着相似经历或情感遭遇的女性阅读与批评者呢?在文学作品中人性与人情受到普遍质疑与批判的20世纪50—60年代,她们的"感动"与"哭"既是普通读者对郭小川"问题"诗歌一种别样的赞许与认可,同时也是她们参与文学批评的特殊方式。

综上所述,郭小川"问题"诗歌的"私人批评圈"具有两种鲜明的倾向与效应:其一,因批评主体与对象之间存在错综复杂的关系,"私人批评圈"依循某种内在的情感逻辑和评价规则展开。无论是鼓励与肯定,还是夸赞与感动,抑或是"建设性意见",都汇聚成一股大同小异的批评声音,一方面对郭小川的诗歌写作起到正向刺激作用,他常常"整天为创作冲激着",感到"又愉快,又美丽,生活常有这样幸福的时刻"③,并且兴奋地说"只要是创作,我就是愉快的"④。另一方面,这种批评声音也使他心中的"自恋意识"在潜滋暗长,他自认为《白雪的赞歌》"也许真是一个杰作"⑤,《月下》一诗"是别

---

① 郭小川:《郭小川全集(日记1959—1976)》卷10,广西师范大学出版社2000年版,第26页。
② 郭小川:《郭小川全集(日记1957—1958)》卷9,广西师范大学出版社2000年版,第236页。
③ 郭小川:《郭小川全集(日记1957—1958)》卷9,广西师范大学出版社2000年版,第229页。
④ 郭小川:《郭小川全集(日记1959—1976)》卷10,广西师范大学出版社2000年版,第39页。
⑤ 郭小川:《郭小川全集(日记1959—1976)》卷10,广西师范大学出版社2000年版,第240页。

开生面的",① 甚至产生了一种坚定的理论自信——诗歌应"严格遵守生活的真实,这是我的信条"②。其二,"私人批评圈"大多数有意无意绕避诗与意识形态的关联性等问题。在郭小川的日记里鲜少记录"圈子内"的诗人、批评家或读者对他的批评,"圈子意识"以及由此生成的"潜规则"隐蔽地规约着圈子成员的说与不说、说什么和怎么说。

二 "公共批评圈"对郭小川的诗歌批评

在20世纪50—60年代,当代文坛还存在一个与"私人批评圈"相对应的"公共批评圈"。这一"批评圈"借助国家级权威报刊、批评大会和档案材料等多重空间,沿着"自成一套运行的轨道",用新的"话语谱系"作为"显微镜"去观察、发现郭小川的诗歌"问题"线索并重估其诗歌价值,由此形成了与"私人批评圈"大异其趣的批评景观。

(一) 权威期刊与"公共批评圈"

1949年新中国成立之后,当代文坛开始着力推进"新的人民的文艺"建设进程,赋予"公共批评圈"更多、更高的批评话语权,其中一个重要的途径是不断让这一"批评圈"内的批评家在国家级权威媒体刊发文章,借此掌握当代文学的批评话语权。颇具悖谬意味的是,郭小川是一位从解放区进入当代诗坛的诗人和文艺管理者,当他以文学批评家身份彰显自身时通常自觉遵循"公共批评圈"的"运行轨道",而当他以诗人身份写下一些"问题"诗歌时又无法被"公共批评圈"所包容,成为"圈子内"的"圈外人"。1959年张光年以"华夫"为笔名在其主编的《文艺报》上发表了《评郭小川的〈望星空〉》,1960年萧三在《人民文学》发表《谈〈望星空〉》,同年,殷晋培在《诗刊》上发表《唱什么样的赞歌?——评〈白雪的赞歌〉中

---

① 郭小川:《郭小川全集 (日记1959—1976)》卷10,广西师范大学出版社2000年版,第13页。

② 郭小川:《郭小川全集 (日记1957—1958)》卷9,广西师范大学出版社2000年版,第240页。

的于植形象》。张光年和萧三是"公共批评圈"代表性评论家,殷晋培则是加入这一"批评圈"的新生力量,他们分别依托《文艺报》《人民文学》和《诗刊》这三份权威刊物,揭示郭小川诗歌的"问题",具体的批评策略有:其一,否决"私人批评圈"的"赞许",赢取批评话语权。比如《望星空》最能引发普通读者深思与回味的是"人生渺小宇宙永恒"之哲理,华夫和萧三正是要以此为焦点击中问题的"靶心",他们极其尖锐地批判道:"这是极端陈腐、极端虚无的感情。"[1] 这"是资产阶级、小资产阶级的虚无主义"[2]。同样,《白雪的赞歌》最让"杜蕙们"感动的是主人公于植面对丈夫在战斗"失踪"后的悲观、绝望和孤独,及其在"一刹那的摇摆"中与医生产生的短暂而细微的情感波澜,可是,殷晋培却在《诗刊》上发文大张挞伐,认为于植"不仅不是一个坚定的革命者,简直是有着一颗异常脆弱灵魂的小资产阶级知识分子"[3]。这种针锋相对的"否定性"批评,表面上在引导、规范或重塑普通读者的审美趣味,实质上体现了不同"批评圈"之间的话语权力的较量与角逐。其二,置换价值评估系统,重估诗歌价值等级。与郭小川的"私人批评圈"着力从诗意审美维度估定诗歌文本价值不同的是,"公共批评圈"坚持用文学能否起到"团结人民、教育人民、打击敌人、消灭敌人"之作用来划分诗歌的价值等级。比如《白雪的赞歌》对革命女性于植心理的精微体察和诗意表达,以及对人性和人情之美舒卷自如地展开,若从诗思和诗美角度加以审察这首诗歌显然具有较高审美价值,不过,"公共批评圈"则将该诗置于文学的工具性价值系统中加以审定,认为诗歌中于植的"感情竟然那样颓废","心灵的阴影过于浓厚",感情充满"虚伪性",诗人没有对于植进行"严格的批判,使读者在批判中受到教育"。也就是说,在批评者看来,于植的形象并不是一个像白雪一样

---

[1] 华夫:《评郭小川的〈望星空〉》,《文艺报》1959 年第 23 期。
[2] 萧三:《谈〈望星空〉》,《人民文学》1960 年第 1 期。
[3] 殷晋培:《唱什么样的赞歌?——评〈白雪的赞歌〉中的于植形象》,《诗刊》1960 年第 1 期。

纯洁的、有"坚强气息"的革命者，无法对读者进行革命理想和信念的教育，甚至可能使读者产生革命的消极情绪。总之，在"公共批评圈"的文学价值范畴里，郭小川的"问题"诗歌因不注重文学的教育作用，潜藏着一些革命"负能量"且偏离了"新的人民的诗歌"的价值新指向，自然处于价值等级的末端。

（二）批评会议与"公共批评圈"

郭小川的"问题"诗歌不但在公开的主流期刊上遭到批评，而且在1959年的作协会议上也受到批评。如果说权威期刊旨在"引起郭小川同志警惕"的批评总体还算温和①，那么作协批评会则比较激烈，这种批评从以下两个层面展开：其一，锁闭对话空间，形成批评的"压倒性态势"。虽然在召开批评会议之前，郭小川做了多次"检查"和"补充检查"，较为详细、坦诚地交代与反思其写作"问题"诗歌的缘由、初衷和影响，但是批评者拒绝回应郭小川的"辩解"并与其展开真诚的对话，而是采取批评者"说"和被批评者"听"的方式展开。从《作协批判会议发言记录》来看，由于这是一场必须关闭"对话"空间来形成"压倒性态势"的会议，批评者也就不可能拥有"倾听"诗人诉说的耐心与气度，以及尊重批评对象自我"辩护"权利的识见与雅量，当郭小川处于这一境地时，他唯有认真地记录来自十多位批评者的发言并且"作一些自我批评"。更为重要的是，由于这种批评还夹杂着许多私人的恩怨与是非，"对话"更无从谈起。郭小川说："《一个和八个》诗稿在周扬的手里压了一年零四个月，当我做他们的'驯服的工具'时，他们一声不吭，当我反抗时就忽然拿出来示众。我给刘白羽的也在他手里压了几个月，他原来并未表示不满，这时又忽然拿出。"② 其原本秘而不宣的"意图"已昭然若揭。郭小川事后的推断或猜想应该具有一定的合理性，它从一个侧面体现了"十七年"时期诗歌批评的复杂性。其二，从诗歌与外部关联入手，对诗歌

---

① 殷晋培：《唱什么样的赞歌？——评〈白雪的赞歌〉中的于植形象》，《诗刊》1960年第1期。
② 郭小川：《郭小川全集（外编）》卷12，广西师范大学出版社2000年版，第111页。

进行"健康"体检。在会议上"公共批评圈"不是以学理的眼光审视郭小川诗歌的"本体问题"和在生产与接受中的出现"悖谬"现象,而是在诗歌与外在关联中查找、发现诗人的道德问题、立场问题、情绪健康问题等。比如郭小川说当初他写《望星空》时"没有什么悲观绝望的情绪""原用意是用后两节批判前两节"①,也即他的创作动机和效果发生了难以预料的错位,但是批评者并不关心诗歌文本结构的"错位"问题,而是一味从诗与外部联系中查找"问题",于是,他们严厉地批评道:《望星空》"情绪灰暗""是个人欲望没有得到满足的反映",是"吹嘘自己,发号施令"的表现;《白雪的赞歌》已"脱离斗争,低级趣味";《致大海》竭力表现"圣洁"的糊涂观念和小资产阶级的"自我扩张"欲望②,同时指出他的诗歌发展道路的严重问题,就是在诗作受"读者欢迎"的诱导下去探寻心灵之美,"革命性大为减退"③。这里难以寻觅关于"诗歌文本何以为诗"的艺术批评踪影,更多是"问题"导引式的"道德批评"。总之,对于郭小川来说,"公共批评圈"组织和发起的批判会与其说是诗艺层面的"头脑风暴",不如说是一次"问题"诗歌的"健康体检",它在无形中挫伤了创作主体对于诗歌发展之路的探索热情,因此1960年之后郭小川的诗歌创作数量急剧下降。

(三)档案材料与"公共批评圈"

在20世纪50年代,包括周扬、刘白羽和邵荃麟在内的"公共批评圈"核心成员还通过档案材料对作家的创作理念与实践进行"定性",这是一种特殊的文学批评方式。由于在当时作家属于单位体制内的干部,档案管理是事业单位一项人事管理制度,档案材料有时对作家身份认定和地位变化产生重要影响。在《作协党组关于郭小川的材料》里,我们可以看到关于郭小川诗歌理论与实践"错误"性质的认定。其一,关于诗歌实践的"错误"性质认定。材料认为《望星

---

① 郭小川:《郭小川全集(外编)》卷12,广西师范大学出版社2000年版,第40页。
② 郭小川:《郭小川全集(外编)》卷12,广西师范大学出版社2000年版,第49—57页。
③ 郭小川:《郭小川全集(外编)》卷12,广西师范大学出版社2000年版,第61页。

空》是"一首充满虚无主义感情的诗",流露出了这一时期郭小川对"革命的一种极端虚无主义情绪"。"许多诗歌过分美化自己""有自我扩张、自我欣赏的味道"①。这些写入"档案"的"评论"是在批判会议基础上对郭小川诗歌"错误"性质的阶段性认定,它彰显了"公共批评圈"核心成员在20世纪50年代文学批评中拥有的文学作品价值的"审定权"。其二,关于诗歌理论"错误"性质的认定。档案材料认为郭小川的诗歌理念中不仅具有"个人主义"思想,"参杂了不少小资产阶级的思想情感",还"充满了人性论的观点,宣扬'人格力量','主观战斗精神'等充满反动的唯心主义思想"②。在那个时代诸如"个人主义""唯心主义""小资产阶级"等,都是对知识分子的批评,这些由"公共批评圈"核心成员做出"结论"的档案材料"往往涉及幕后运作乃至不宜示人的策略考量"③,对郭小川日后的命运走向带来了许多不利的影响。

三 郭小川的诗歌困境与当代诗歌批评生态

由前述分析可知,20世纪50—60年代,随着文学语境由相对宽松向骤然紧缩转变,郭小川的诗歌生产、传播与接受也逐渐陷入困境中,从这一研究个案,我们可以窥见"十七年"诗歌批评生态的殊异特征:

(一)批评空间的"分层性"

虽然"十七年"诗歌批评空间整体呈"一体化"态势,但是其内部空间也存在分层。就郭小川的"问题"诗歌批评而言,既有"解放区批评圈"的显在批评空间,也有"私人批评圈"的隐在批评空间,不同的"批评圈"依凭不同的诗歌价值谱系、评判法则、批评逻辑等

---

① 郭晓惠:《检讨书:诗人郭小川在政治运动中的另类文字》,中国工人出版社2001年版,第38—39页。
② 郭晓惠:《检讨书:诗人郭小川在政治运动中的另类文字》,中国工人出版社2001年版,第42页。
③ 张均:《档案文献与中国当代文学研究》,《现代中文学刊》2016年第5期。

展开文本的解读与阐发。由于不同圈子成员秉持不尽相同的诗歌立场、诗学追求和审美趣尚，同时又缺乏相互"倾听"的空间和进行平等对话的意愿，于是往往"分歧"大于、多于和高于"共识"，"公共批评圈"为了重塑读者的审美趣味和打造理想的诗歌范式通常无视"私人批评圈"的阅读诉求，这使得当代诗人有时不得不在"读者欢迎"和"政治正确"之间进行两难选择。"私人批评圈"与"公共批评圈"之间的"裂痕"使郭小川时常经受精神"撕裂"的疼痛，有时不同"批评圈"对同一首诗歌竟然做出截然相反的价值判断，隐在批评空间给予的肯定与夸赞为郭小川写作注入"强心剂"，显在批评空间的否定与批判又无情地"浇灭"他进行精神探险和诗歌实验的"热望"，"热捧"与"棒喝"带来的"冰火两重天"的批评体验强烈刺激着郭小川的敏感神经，不断升级的诗歌批判最终击垮了他追求"新颖""独特"诗歌理论的自信与激情。更为重要的是，"私人批评圈"和"公共批评圈"也不是"铁板一块"，在重压之下与冲突之中批评者和被批评者的身份也可能互换，"圈子"内外成员会发生流动分化和重组。

（二）批评话语权力的"等级性"

通过前述有关"私人批评圈"和"公共批评圈"的展开过程和实施状况，我们可以看到"一部作品好坏的判断如何作出？由谁作出？谁有权作出最后裁定？对有'问题'的作品又如何处理？这种处理会遵循怎样的程序？"由于在20世纪50年代"公共批评圈"负责文学的"管理、调节和控制"[①]，因而它比"私人批评圈"拥有更强有力的批评话语权。虽说不同的批评圈都对郭小川的"问题"诗歌作出了"好坏判断"，但诗歌价值认定和"问题"性质的最后"裁定"并不是由"私人批评圈"成员作出，而是由掌握文艺实权的"公共批评圈"作出。同时，在何种场合或范围和哪一媒体或时间节点对"问题"诗歌进行处理，也基本由"公共批评圈"选择与确定。比如在作

---

① 洪子诚：《历史承担的意义》，见郭晓惠《检讨书：诗人郭小川在政治运动中的另类文字》，中国工人出版社2001年版，第365页。

协批判会上,张子意对郭小川发起了极其尖锐的批评,他的发言"震动了郭小川,也震动了周扬",周扬"曾叹气说'没想到子意同志讲得这么厉害。我看刘真、郭小川不要批评了'"[①]。批评话语权力的"等级性"极大地影响了"十七年"诗歌潮流的嬗替与异变,以及诗歌阵营的分化和诗坛新格局的生成。

(三)批评动机的"杂糅性"

在"十七年"时期,受文学批评中的"圈子文化"的影响,一些诗评家的批评动机夹杂着复杂利益纠葛和人情关系,几乎很难直面诗歌文本本身与诗人进行平等对话。在郭小川看来,"公共批评圈"对他的《一个和八个》和《望星空》的批评"都是临时拼凑的"。这种以诗歌批判作掩护来处理人事管理工作问题的隐蔽"斗争"策略,在无形中伤害了曾经激情满怀和信心满满的郭小川。尤为重要的是,这种批评风气在日趋激进的文学思潮中逐渐蔓延开来,造成了当时良性互动的"诗歌争鸣"局面始终未形成。随着时代文化语境的变迁,"十七年"年诗歌"圈子化"批评的弊端与问题愈加清晰可见,主要是在政治与文化相互胶着的倾斜的文学批评空间里,各种错综复杂的因素交织在一起,形成多重隐蔽而强大的诱惑力和裹挟力。在这种文学场域中,诗评家很难拥有自身独立的思想和审美立场,真诚面对诗歌本身畅谈浸染个人性情的"真知灼见",反而极易滑向"捧"与"骂"两个批评极端,毁坏诗歌创作与批评相互砥砺的传统,扭曲诗评家与诗人的心态构成,危及当代诗歌批评的健康生态。这些弊端不能不引发人们深刻地思考许多悬而未决的问题:诗歌批评如何回到诗歌本体,回归批评的常识与理性?诗评家和诗人如何与那些相对封闭和鲜明派系的文学批评圈保持适当的"距离",守卫彼此独立的精神沉潜空间,在相互尊重、平等对话与激烈辩论基础上凝聚共识?"十七年"特殊的文学批评语境下郭小川诗歌创作的苦恼、困惑与挣扎及其命运,为我们反思前述问题提供了穿越时空的历史镜鉴。

---

① 郭小川:《郭小川全集(外编)》卷12,广西师范大学出版社2000年版,第44页。

第三节 "戏迷"郭小川及其诗歌戏剧与戏曲化追求

2019年是郭小川诞辰100周年,四十三年前一场意外的火灾,让这位富有才华和探索精神的诗人在中国当代诗坛突然陨落。与郭小川生前在文艺界格外引人注目不同的是,其身后在学术界长期遭受冷遇。除了2000年广西师范大学出版社推出《郭小川全集》引起学界和出版界的不小震动,郭小川似乎已渐渐淡出人们关注视野。2009年钱理群先生曾呼吁应"充分利用《郭小川全集》和今天发行的纪念集、画传提供的大量原始材料,以郭小川为个案,研究他所生活的革命时代,他所参与的中国革命及其文学"①。不过,这一热切呼吁应者寥寥,郭小川创作现象及其心路历程的独特性与复杂性研究依然未全面展开,大量问题依旧悬而未决。比如洪子诚先生认为郭小川的重要作品(《深深的山谷》《白雪的赞歌》《一个和八个》和《望星空》等),"并不完全回避、且理解地表现了矛盾的具体情景,而具有了某种情感的丰富性,使人的心理矛盾、困惑,他经受的磨难、焦虑、欢欣、不安,获得审美上的价值"②,那么,为什么在"十七年"时期郭小川特别醉心于以诗为媒表现生命个体的"心理矛盾"及其化解过程?其诗歌探索的精神动力与艺术资源来自何方?笔者在翻阅《郭小川全集》过程中发现,郭小川不仅是文学史叙述中的"战士诗人",更是一个对传统戏曲和中西方话剧相当痴迷的"戏迷"。本节试图通过对郭小川日记的爬梳剔抉,重构郭小川的"戏迷"形象,继而深入探究他看戏的业余雅好与诗歌戏剧化追求之间的深层关联。

一 郭小川的"戏迷"人生

1937年9月至1938年5月郭小川在三五九旅政治部奋斗剧社工

---

① 钱理群:《"假如郭小川还活着……"——在〈一个人和一个时代〉出版暨郭小川诞辰九十周年纪念座谈会上的发言》,《书城》2010年第6期。
② 洪子诚:《中国当代文学史》,北京大学出版社1999年版,第76页。

作,奋斗剧社是抗战期间八路军组建的文艺团体,主要以歌舞表演和独幕剧等大众化的艺术形式,"发动群众,宣传群众,武装群众"[1]。在这一剧社郭小川"写过诗和剧本"[2],与戏剧结下不解之缘。在抗战期间,他还参演了"莫泊桑的《项链》、易卜生的《国民公敌》"等西方话剧[3],并由此累积了一些剧本创作经验,对戏剧产生了浓厚兴趣。新中国成立之后,郭小川对戏曲和话剧的兴趣与日俱增,他看戏的业余雅好甚至跨越时空,经常独自或与同事、妻儿等到北京一些剧院看戏、品戏,有时在外地出差也想法设法看地方戏过把瘾[4],甚至远在异国也不忘记"买一个小望远镜,为在莫斯科看戏之用"[5]。通过仔细梳理郭小川1954—1964年日记记载的他所观看的话剧(戏曲)的剧(曲)目,我们可以发现一些更"有意味"的现象(见表5-1):

表5-1

年份	观看的剧(曲)目
1954	(1)《不平常的音乐会》(木偶戏);(2)莎士比亚的《仲夏夜之梦》(话剧);(3)曹禺的《明朗的天》(话剧)
1956	(1)乌兰若娃的《罗密欧与朱丽叶》(芭蕾舞剧);(2)《十五贯》(昆曲);(3)李少春的《三岔口》(京剧);(4)李和曾、袁世海的《将相和》(京剧);(5)梅兰芳的《贵妃醉酒》《霸王别姬》《洛神》(京剧);(6)莎士比亚的《罗密欧与朱丽叶》《皆大欢喜》《无事生非》《第十二夜》(话剧);(7)曹禺的《日出》(话剧);(8)《唐知县审诰命》(评剧);(9)赵荣琛的《风雪破窑记》(京剧);(10)《赶花船》(豫剧);(11)《碧落黄泉》(沪剧);(12)《马兰花》(儿童剧);(13)《天仙配》(黄梅戏);(14)常香玉的《花木兰》(豫剧);(15)《这样的时代》(波兰喜剧);(16)巴金的《家》(话剧);(17)《穆桂英挂帅》(豫剧);(18)迦梨陀娑的《沙恭达罗》(诗剧)

---

[1] 张绍杰:《"奋斗春秋"——回顾三五九旅奋斗剧社的战斗历程》,《吉林艺术学院学报》1991年第3期。
[2] 郭小川:《郭小川全集》第12卷,广西师范大学出版社2000年版,第373页。
[3] 郭小川:《郭小川全集》第12卷,广西师范大学出版社2000年版,第293页。
[4] 比如在江西开会的闲暇之余看庐山剧团李如春主演的包公戏《包公打銮驾》,参见《郭小川全集》第9卷,广西师范大学出版社2000年版,第405页。
[5] 郭小川:《郭小川全集》第8卷,广西师范大学出版社2000年版,第278页。

续表

年份	观看的剧（曲）目
1957	（1）《同甘共苦》（话剧）；（2）《小放牛》《猪八戒背媳妇》《巧媳妇》（木偶戏）；（3）郭沫若的《虎符》（话剧）；（4）《穆桂英》（川戏）；（5）《谭记儿》（川剧）；（6）《耐冬花》（儿童剧）；（7）《思盼》（安徽泗州戏）；（8）《赠绨袍》（京剧）；（9）《沙恭达罗》（印度诗剧）；（10）《王佐断臂》（豫剧）；（11）《三盗九龙杯》（京剧）；（12）陈伯华的《二度梅》（汉剧）；（13）《天雨花》（越剧）；（14）《断桥》《大祭桩》（豫剧）；（15）《女店主》（话剧）；（16）《乔老爷吃酥饼》《秀襦记》《英奴传》《盗银壶》《吵闹》《文武打》《借伞》《放裴》（川剧）
1958	（1）《茶馆》《烈火红心》（话剧）；（2）《杨八姐游春》《花瓶计》（豫剧）；（3）《水漫泗州》《打金枝》（淮剧）；（4）《白毛女》（京剧）；（5）《孔菊、潘菊》（朝鲜歌剧）；（6）《朝阳沟》《袁天成和能不够》（河南戏）；（7）《三里湾》（河南花鼓戏）；（8）《纳瓦伊》（话剧）（9）《取洛阳》《白龙入洞房》（山西梆子）；（10）莫里哀的《可笑的女才子》
1959	（1）梅兰芳的《穆桂英挂帅》《反五关》（京剧）；（2）郭沫若的《蔡文姬》（话剧）；（3）《赤壁之战》《火烧赵家楼》（京剧）；（4）《昭君出塞》（湖南戏）；（5）《生死牌》《槐阴记》（花鼓戏）；（6）《智激美猴王》（京剧）；（7）《拦马达观》《画梅花》《宴婴说楚》《梵王宫》《秋江》《百花赠箭》《打红台》《穆桂英》《拉郎配》《水漫金山》《琴房送灯》《打神告庙》《柴市口》《渡口》《穆桂英》《英奴传》《拉郎配》（川剧）；（8）《红梅阁》（鬼戏）；（9）《百花公主赠剑》（徽戏）；（10）《珍珠塔》（锡剧）（11）《百岁挂帅》（扬剧）；（12）莫里哀的《悭吝人》（喜剧）；（13）《伊索》（巴西话剧）；（14）《辞郎洲》（潮剧）
1960	《满江红》（京剧）
1961	（1）《借亲配》（川剧）；（2）《杨门女将》（京剧）
1962	（1）《郑成功》（高甲戏）；（2）《西厢记》（赣剧）；（3）《铁龙山》（京剧）；（4）《水擒史文恭》（汉剧）
1963	（1）《初出茅庐》《盘夫索夫》《三关排宴》（京剧）；（2）《红色宣传员》《霓虹灯下的哨兵》（话剧）
1964	《春草闯堂》《陈三两爬堂》《红色宣传员》（黄梅戏）

据不完全统计，郭小川在1954—1964年看了100余部戏，还不包括一些年份（如1960年）因日记缺失或记录过于简单而未统计在内的数据。由上表可发现，郭小川看戏呈现以下几个特点：一是看戏的次数呈现由少到多，再由多变少的变化趋势，即新中国成立初期至1954年频次少，1956—1959年暴增，1960—1964年又锐减，这种变化与郭小川工作繁忙程度和可用来看戏的业余时间有关，更与他的心态变化与情绪状态密不可分。他说1956年"是我生命中最为繁荣的年头

之一"①，1957年"是整个思想战线上斗争最为尖锐的一年"，他始终"保持着精神上的饱满状态"②，在工作和写作上处于高度亢奋状态，看戏成为紧张奋战后的一种娱乐与休息。1958年和1959年他因"个人主义、不安心工作、创作与工作的矛盾"和《望星空》《一个和八个》等问题，在作协党组会上受批评③，情绪持续低落，看戏成为"借戏浇愁"的一种压力缓释方式。情绪的大起大落隐秘刺激着郭小川看戏的愿望与冲动。二是看戏种类繁多，兴趣较广。他不仅喜欢莎士比亚等西方戏剧大师的经典话剧，也钟情于曹禺、郭沫若等创作的中国现当代话剧，不仅喜好京剧，更倾心于地方戏，不仅看木偶戏，居然也看儿童剧，他对戏曲和戏剧痴迷可见一斑，有时看戏严重挤兑了写作时间，不禁发出这样的感慨："最近看了不少戏，什么东西也没写，真可惜。"④由此可见，郭小川不仅仅是一个"战士诗人"，更是一个对戏曲和话剧情有独钟的"戏迷"。

二 郭小川诗歌的戏曲与戏剧化追求

郭小川始终清醒地意识到，"在文学这个领域里，要能站得住脚，就是说，要赢得广大的读者，必须开阔一个新的天地，既是思想上的，也是艺术上的。如果不能使自己的作品具有鲜明的特色，使人家有耳目一新之感，那是不会有什么结果的"。他认为"耳目一新之感"常常仰赖于视角的新颖和文体的独异性："柯岩从儿童读者的角度看了看世界，李季的《王贵与李香香》把民歌的优美的新风带进了诗坛，闻捷则打开少年男女的心灵的窗子，臧克家的《凯旋》则以'小品'画的笔触，写出了病人的健康的情愫，贺敬之在运用古典诗词描写新生活上面获得了突出的成绩。"⑤郭小川的诗歌写作惯于从异质文体中

---

① 郭小川：《郭小川全集》第8卷，广西师范大学出版社2000年版，第440页。
② 郭小川：《郭小川全集》第9卷，广西师范大学出版社2000年版，第3页。
③ 郭小川：《郭小川全集》第12卷，广西师范大学出版社2000年版，第29页。
④ 郭小川：《郭小川全集》第10卷，广西师范大学出版社2000年版，第51页。
⑤ 郭小川：《谈诗》，上海文艺出版社1978年版，第23—24页。

汲取艺术资源，实现诗歌与其他文体互渗融合，那么，他从戏剧或戏曲的创作和表演中获取了哪些重要的艺术启示呢？

"戏迷"郭小川看戏过程中生成的强烈代入感反哺于诗歌创作。戏曲（剧）曾激起郭小川强烈的代入感和持久的情感共鸣。当他看完《穆桂英挂帅》《蔡文姬》后"激动得终夜不能睡眠；浑身抖动，挥泪不止"[1]，有时即便有些"戏不好"，他还是"易被感动，从头到尾几乎一直流着泪"[2]。1957年看《同甘共苦》过程中"流了好多次眼泪"，深情而伤感地说："不知怎的，我现在是这样爱流泪，正如每天早晨常呕几下一样，也许是年近四十的一种症候吧"[3]，时隔两年之后仍然不无动情地说："不知怎的，这几年来，这样易感，一看电影和戏就容易流泪。"[4] 由此可见，郭小川入戏太深，戏里感人至深的故事和演员入情入理的演艺，让他"流泪"乃至"挥泪不止"，把他代入戏剧世界里。尤其是传统戏曲艺术中蕴含的强大情感力量深深震撼着郭小川的心灵，为他在诗歌创新之路上的探索提供艺术镜鉴与启示，他说："一个'奇'，一个'美'，一个'情'，都是好的叙事诗所需要的"[5]。不过，和戏剧艺术相比"现在的许多诗歌缺少嘈杂的声音，缺少激动的情绪，有些只做到稳妥，只做到在修辞学上没什么毛病"[6]。这一危机意识促使郭小川积极尝试书写一批饱含"激动的情绪"的诗，其中《深深的山谷》《白雪的赞歌》《一个和八个》等诗歌，实际上就是诗人重新锻造诗歌情绪力量，恢复诗歌丰沛的生命元气的匠心之作。为了建构诗歌激动人心的情绪场，郭小川在创作过程中常常将自我复杂多端的情绪投射到诗歌书写对象之中，以移情方式为诗歌不断蓄积情绪力量。戏曲艺术的长期浸染与熏陶塑造了郭小川"纤细"的性格，他说："我的性格虽然有粗暴的一面，也有纤细的一面，因

---

[1] 郭小川：《郭小川全集》第10卷，广西师范大学出版社2000年版，第202页。
[2] 郭小川：《郭小川全集》第10卷，广西师范大学出版社2000年版，第101页。
[3] 郭小川：《郭小川全集》第9卷，广西师范大学出版社2000年版，第5页。
[4] 郭小川：《郭小川全集》第10卷，广西师范大学出版社2000年版，第3页。
[5] 郭小川：《谈诗》，上海文艺出版社1978年版，第61页。
[6] 郭小川：《郭小川全集》第9卷，广西师范大学出版社2000年版，第57页。

为有了这个特点,才产生了像《深深的山谷》这样的诗。"① "纤细"的性格又培养了他多愁善感的心性,养成了将自我与故事中人物进行角色互换融合的习惯。为此,他一旦"想到自己创作问题,就异常兴奋"②,为了构思《一个和八个》"几乎一夜未睡,想着昨日感情的骚动,想着诗",写成之后"很激动,真想马上改出来,发表出去"③,想写一首自认为"很动人的诗"《昆仑山的演说》时"心情很激动"④。尤其是《白雪的赞歌》几乎是在情绪高涨状态下完成的:

思索着诗,激动着,到十时多,写出了十几行,总算开了个头儿。⑤

写《白雪》一诗。成绩不错,因为自己首先感动了。⑥

八时半起,写诗。心为它而激动了。⑦

写我的诗。为了这个女人的命运,我真的感动了。⑧

这一时期"激动"与"感动"等语词在他的日记中频繁出现,"动人"成为他所崇奉的理想的审美范式,具体包括精彩的故事情节,饱含生命体温的情感,对人性、人的生存境遇与精神面相的深刻洞察,等等。"戏迷"郭小川在观看戏曲(剧)过程中产生的强烈代入感对其诗歌创作产生正向影响,他喜欢沉浸在自己所编织的知识分子或革命者的悲剧故事里,潜入人物隐秘幽微的心灵世界,与故事中的主人公一同歌哭,重返"情动于中而形于言"的诗歌抒情传统,让"强烈的激动人心的力量"实现诗性转化⑨,践行其所追求的"要抒发激越、

---

① 郭小川:《郭小川全集》第9卷,广西师范大学出版社2000年版,第102页。
② 郭小川:《郭小川全集》第9卷,广西师范大学出版社2000年版,第77页。
③ 郭小川:《郭小川全集》第9卷,广西师范大学出版社2000年版,第217页。
④ 郭小川:《郭小川全集》第9卷,广西师范大学出版社2000年版,第69页。
⑤ 郭小川:《郭小川全集》第9卷,广西师范大学出版社2000年版,第186页。
⑥ 郭小川:《郭小川全集》第9卷,广西师范大学出版社2000年版,第205页。
⑦ 郭小川:《郭小川全集》第9卷,广西师范大学出版社2000年版,第206页。
⑧ 郭小川:《郭小川全集》第9卷,广西师范大学出版社2000年版,第207页。
⑨ 郭小川:《谈诗》,上海文艺出版社1978年版,第124页。

浓重的感情"的好诗标准①。

正如有论者所言,"'独白'与'唱和'是中国戏曲惯常的表达方式,戏曲中的主人公常常有大段唱词,其实就是一种'独白';而为了哄抬戏剧的情绪,'唱和'也时常采用"②,郭小川的长篇叙事诗受中国戏曲"独白"和"唱和"的表达方式影响甚深,"唱"在诗歌中表现为"说"。《深深的山谷》采取"此唱彼和"的叙写方式,诗歌开头年青的主人公小云"眼眶中含着晶亮的泪水"起"唱":"是啊大刘,我真不够坚强/想起他,我的心就觉得冰凉/他给我太多的幸福/也留下了太大的创伤……",而年长的大刘则"右手把对方的左手紧握"应"和":"安静吧,小云/这点风浪算不了什么/在生活常常的河流里/谁能够不遇到一点波折!",之后是大刘以"独白"的方式讲述自己的丈夫——一个小资产阶级知识分子游离于革命且最终自绝于革命的悲剧故事,故事的末尾大刘又起"唱":"小云,这段经历我已和盘托出……",小云随即再次应"和":"人生是多么复杂啊/当然,我的遭遇跟你并不完全相同"。可见"唱和"与"独白"相互穿插与配合构成《深深的山谷》的叙述模式和文本结构。另一首叙事诗《白雪的赞歌》除了大量使用类似戏曲中的"宾白",也吸收了戏曲艺术的丰富资源,其中最典型的是,一些诗句受戏曲"咏叹调"的影响,采用诗歌中人物的"咏叹"式独白呈现抒情主体连绵起伏的情感波澜,比如当于植与奔赴前线的丈夫告别后发出了这样的感叹:"风雪啊,不要吹乱我的长睫毛/这银色的土地该有多么美好/我明亮的眼睛也是他所珍爱的/为了祝福他我要看个饱","风雪啊,不要摇动我的身腰/我瘦长的身子跟他一样高/此刻他正在长城边上挺进/你风雪再猛也不能将我吹倒","风雪啊,不要把我的心思撩乱/我怎能用烦恼来填满时间!"。这几段诗歌每段开头都是"风雪啊,不要……",重章叠句的铺排产生了一咏三叹的效果,把女主人

---

① 郭小川:《谈诗》,上海文艺出版社1978年版,第128页。
② 周维东:《论"剧曲"之于《女神》的意义》,《中山大学学报》(社会科学版)2018年第1期。

公于植对参加革命的丈夫别离后"剪不断理还乱"的复杂心绪表达得婉转而曲折有致。另外,"赋形于物的表达传统是中国戏曲唱词基本的表达方式之一,在戏曲唱词中可谓无处不在"①。"赋形于物"是《白雪的赞歌》一种常见的传情达意方式,诗人将于植与医生的纯洁感情赋形于"物"——洁白的雪和明媚的阳光之中:"呵,多么鲜明光亮的田野/田野上铺着一层软软的白雪/微风都仿佛染上了雪的颜色/阳光也被洗涤得更清洁",并且将于植对战士的仰慕之情化作披着白雪的高高的杨柳:"平地上站立着高高的杨树/四伸的枝干都穿上了白雪的衣服/你可以把他们比作白衣天使/但它们的神态比护士还要威武。"在这些诗句里,阳光、白雪、杨树等意象成为诗人情感赋形的重要的意象与符码。此外,戏曲中的舞台观念也无形影响《白雪的赞歌》空间想象,诗歌开头具有鲜明的舞台空间感:"雪落着,静静地落着……/雪啊,掩没了山脚下的茅舍//掩没了山沟里的小道/却掩没不了动乱的战争生活//雪落着,静静地落着……/雪啊,扑灭了禽鸟的高歌/扑灭了野兽的放荡的足迹/却扑灭不了人间的战斗的欢乐。"郭小川以静静落着白雪的中国大地为背景,把白雪纷飞的环境和人们之间纯洁感情有机结合起来,为故事建构一个外冷(环境寒冷)内热(内心炽热)、物我同一的舞台空间。其诗《一个和八个》也有许多场景化的描写,诗歌开端部分这样写道:"这里没有高大的牢墙/一座监狱只有一座小房间/小房间只有普通的门窗",在诗人拟想的极为殊异的舞台中王金、尖下巴逃兵、大胡子、粗眉毛土匪等人依次登场亮相,在与其他"八个"犯人的冲突中凸显"一个"被误解革命家鲜明的个性,继而在回忆与现实的时空切换以及空间与人的相互映照下,揭示王金的特殊身份及其对革命的忠贞之情,郭小川长期观赏戏曲艺术所获得经验启示,隐蔽地影响着长篇叙事诗的空间意识。

有论者认为,"西方诗学中的戏剧'美学'传统,深刻影响着近

---

① 邹荣学:《浅谈戏曲唱词的抒情特征》,《戏剧文学》2007年第3期。

代以来的抒情文学"①。的确是如此，如果说郭小川汲取了戏曲在诗歌抒情氛围营造和抒情方式策略选择等方面的艺术资源，那么西方话剧给予他的艺术养料是抒情主体的"面具化"和异质冲突的诗思结构。所谓抒情主体的"面具化"是"将诗人形象抽身而出，虚构戏剧化独白人物，自己隐身于说话人的身后，诗人主体的情感态度、价值判断间接通过戏剧化角色传递出来"②。在郭小川的政治抒情诗中，抒情主体往往是一个具有高度政治敏锐性和时代责任感的，为党和人民代言的"大我"。诗歌里抒情主体"我"不仅具有攻坚克难的勇气与毅力："我要号召你们/凭着一个普通战士的良心/以百倍的勇气和毅力/向困难进军！"（《向困难进军》），而且饱含着战斗豪情："从现在起/我将随时随地/穿着我战士的行装/背上我的诗的子弹带/守卫在/思想战线的边防"（《射出我的第一枪》），同时还充满着青春朝气："青春/属于你/属于我/属于我们每一个人/让我们同我们的祖国/度过这壮丽的青春"。在这类诗歌中诗人与"我""我们"合而为一，抒情主体以直抒胸臆的方式传达内心崇高的情志，其澎湃激越情感构成完满的自足体系，毫无遮拦地倾泻而出，并且生成一种强大情绪力量直接冲击诗歌接受者的阅读神经。虽说政治抒情诗为郭小川赢得了广泛的赞誉，但他并未就此停下诗歌艺术探索的脚步："我很想努力学习各种各样的形式，拘泥于一种，不是我的主张。"③ 与政治抒情诗不同，他在长篇叙事诗中尝试一种"戏剧化"的情感表达和诗思结构方式，这种跨文类的诗剧探索的灵感得益于他对话剧艺术资源的吸纳与创新。郭小川钟情于以莎士比亚为代表的西方戏剧大师，曾经看完莎士比亚话剧《罗密欧与朱丽叶》后遗憾而动情地说："这个戏演出的并不精彩，但总算是莎翁的戏，也可以一饱眼福了。"④ 而"莎士比亚最大的艺术成

---

① 胡苏珍：《西方近现代诗歌史上的"戏剧化"诗学》，《西南大学学报》（社会科学版）2018年第11期。
② 胡苏珍：《西方近现代诗歌史上的"戏剧化"诗学》，《西南大学学报》（社会科学版）2018年第11期。
③ 郭小川：《郭小川全集》第3卷，广西师范大学出版社2000年版，第178页。
④ 郭小川：《郭小川全集》第8卷，广西师范大学出版社2000年版，第440页。

就在于对各类角色的创造",剧作家"完全去除了自己,化身为一切人"①。受此潜移默化的影响,郭小川逐渐形成了自己的叙事理念,他说在叙事诗中,"一般说来不要由作者在那里站出来,而由人物在特定的场景抒发特定的感情"②,即采取抒情主体的"面具化"言说方式。以《深深的山谷》为例,诗歌建构了大刘和小云两个叙事角色,诗人不再是和政治抒情诗一样直接面向读者激情满怀地叙说,而是戴上面具将自我隐藏在大刘和小云身后不说话,通过戏剧化的角色间接而巧妙地表达自己对小资产阶级知识分子之于革命动摇性的厌恶与同情。尽管叙事者的言说与诗人的情思存在千丝万缕联系,但有了大刘和小云这样虚拟的人物出场,诗歌的情感表达实现主体的间离,显得更加复杂、含蓄、曲折与深沉。和《深深的山谷》一样,《白雪的赞歌》也虚构了于植、政治部主任、医生和县委书记等具有不同身份与角色的人物,让他们依次登场并以独白或对话形式,向读者讲述革命战争年代令人怦然心动的革命与爱情故事。在诗歌里相较于其他三个角色,于植身份更加多元化,她既是在后方支援战斗的女性革命者,又是苦苦等待失踪丈夫归来的妻子,既是幼小孩子的母亲,又是对医生产生超越友谊又止于爱情的女人,多重的身份构成显影出于植内心的复杂情思:既有女性革命者对革命胜利的信心与期盼,又有妻子对丈夫生死未卜的担忧与挂念,既有母亲对孩子生命安危的烦忧与恐慌,又有内心无助的女人对医生产生情感上的"一刹那摇摆"的甜蜜与忧愁,如此显隐叠加的情感脉线如同交响乐多声部合奏,时而激荡时而悠扬,时而高亢热情时而低沉感伤,这些声响回荡在诗歌文本上空让人唏嘘慨叹与久久回味。郭小川坦言:"这个女人(指于植——引者注)就是我自己"③,他再造了"第二个自我"——一个"面具化"的自我,使得诗歌少了政治抒情诗的热力,多了"戏剧化"诗歌的韵

---

① 胡苏珍:《西方近现代诗歌史上的"戏剧化"诗学》,《西南大学学报》(社会科学版)2018年第11期。
② 郭小川:《谈诗》,上海文艺出版社1978年版,第70页。
③ 郭小川:《郭小川全集》第9卷,广西师范大学出版社2000年版,第207页。

味，实现了他所追求的诗歌主张——作品要"触动读者的深心，他们读了，不只发生短暂的激动，而且引起长久的深思"①。他的诗作《一个和八个》"戏剧化"倾向更加显豁，这首表现"一个坚定的革命家的悲剧"叙事诗，摒弃了过往诗歌以作者为中心，直接面向读者说话或抒情的言说方式，而是将自我"面具化"不动声色地退隐到幕后，组织一个革命家与八个犯人展开各自行动和叙说，形成了一种颇为有趣的角色互看模式。以第一节为例，在隐含作者眼中王金"是个中等身材的士兵"，"疯人一样的外表上/还透出一种理智和自信的神情"，尖下巴逃兵觉得王金"说不定也是开小差的，咱们一路货"，大胡子土匪怀疑王金"是个汉奸，跟洋人合作"，矮小的奸细认为："看他那凶劲/好像跟你们是一伙"，而面对八个犯人的猜忌和挑衅，王金"却不回答"，"翻看眼瞅一瞅/随即傲然地回转了头"。开头部分诗人并非直接向读者详尽叙述"奇怪的犯人"王金的复杂身世，而是在真相未揭开之前透过逃兵、土匪、奸细等犯人视角，建构王金扑朔迷离的身份。这样处理至少可以达到两种艺术效果，一是多重视角形成角色互看："我"与犯人心目中的王金身份复杂多元，既可能是疯人，又可能是理智者，既可能是逃兵，又可能是汉奸；而王金看自己显得自信而坚定以傲然与俯视的姿态看犯人——你们才是真正的犯人，我不与你们为伍。这种角色互看所采取的是戏剧作品中多声部的艺术手段，让诗歌文本内外发出多重声音，从而产生多声部的复调艺术效果。虽说王金面对多重声音仍然意识清醒，但重新确认自我身份依然困难重重，读者由此可深刻意识到历史误会给一个"傲慢的犯人"带来的巨大精神压力和难以言说的苦痛。二是角色互看为王金的身份之谜制造悬念，激发读者的好奇心与阅读兴趣。事实上，郭小川对《一个和八个》故事可谓感受深切、寄慨遥深，因为此类故事他早已"听说过好几回"，由此可见，郭小川对革命斗争过程中王金们的遭遇是报以同情和理解的，作者的态度通过王金这一形象表现出来，这种叙事主体

---

① 郭小川：《谈诗》，上海文艺出版社1978年版，第103页。

面具化的言说方式使诗歌里的王金形象更加多元立体，诗歌情感更丰富饱满，艺术感染力极大增强。

郭小川叙事诗戏剧化追求的另一重要表现是异质冲突的诗思结构。如所周知，"对立、冲突是戏剧最基本的精神内核"①，郭小川吸收了戏剧对立冲突的艺术法则，诗歌中各种异质观念、力量或要素相互矛盾、冲突生成了诗歌文本的巨大张力。首先，人物与人物之间基于相异性格、观念和行动等引发的外部冲突。《深深的山谷》中女战士大刘的性格热情单纯与上进好强，由一位充满女性柔情的年青女子成长为"不修边幅"的"游击队女战士"，而她的恋人则是一个小资产阶级知识分子，他多愁善感、清高孤傲、自卑软弱、利己消极，这对恋人在抗战初期性情相投，但在抗战过程中彼此性格发生了异变与矛盾，继而在革命、生命和人生等价值理念上产生严重分歧，引发相当激烈的争吵。男主人公发狂似的狂笑："我本来就是一匹沙漠上的马/偏偏想到海洋上驰驱"，而大刘则"毫无顾忌地尖声喊叫：多卑鄙/你说是人话吗？/多亏老百姓把你喂饱"，恋人之间出现了无法逾越的鸿沟和无法弥合的裂痕，最终在行动上女主人公走向革命，而男主人公跳崖自杀自绝于革命。诗歌在变化了的环境里展示恋人之间循着自身的性格发展和志向追求逻辑，产生了革命观念与行动碰撞与冲突，在革命与爱情的纠缠迎拒中呈现知识分子对革命的犹豫、惶惑与不安，使相异的性格、观念与行动的矛盾冲突具有过程美学的价值。《一个和八个》里王金的性格刚毅自尊、疾恶如仇、倔强傲慢，而八个犯人的性格"个个都很奇特"②，但在面对死亡时表现出意志消沉与性情扭曲，"一个"（王金）与"八个"（犯人）之间在生死之际围绕着王金的身份、活着的意义等问题发生了多次冲突，这些冲突彰昭了王金身上的人性光辉以及共产党员的不变本色，成为王金与八个犯人之间实现身份区隔的外在动力，为王金确证革命者身份作了必要的铺垫，既有力

---

① 胡苏珍：《西方近现代诗歌史上的"戏剧化"诗学》，《西南大学学报》（社会科学版）2018年第11期。

② 郭小川：《郭小川全集》第12卷，广西师范大学出版社2000年版，第122页。

推动了故事情节的发展，又逐步揭开了王金的神秘面纱。当然，王金与锄奸科长之间的冲突未必表现为正面冲突，而是前者对后者的抵触，这是一种特殊的冲突形态。其次，人物情感与理性之间的内部冲突。在长篇叙事诗中，郭小川尤其注重描写人物情感与理性的矛盾与冲突。《深深的山谷》叙述者大刘在情感上深爱着她的恋人："女人的心真是胶做的/爱上一个人就不肯舍弃"，"那时候，我根本谈不上舍弃/我连想也没想过和他分离"，但在理性上却对他在革命战斗中的怯懦、落后、消极与悲观表现出恼怒和申斥："我断定他这是怯懦和动摇/我骂他这是卑鄙的个人主义"，情感上的爱与理性上的憎相互交锋与博弈构成诗歌内部的二维张力，彰昭了女性革命者面对革命与爱情的两难选择时的矛盾心态及其艰难的调适过程，戒除了20世纪50年代主流诗人鲜少触摸人的复杂内心世界的诗歌弊端，再度敞开了以死亡消解矛盾的悲剧审美空间。《白雪的赞歌》对主人公于植面对丈夫和医生的内心情理冲突开掘甚深。一方面她流露出对失联丈夫的深深牵挂与担忧："呵，照耀着阳光的心蒙上烟雾/一只张帆远航的船迷了路途/妹妹啊，你那质朴的小曲/唱得我的空荡荡的心好凄楚"；另一方面则以极大的理性克制内心的痛楚："亲爱的，我一定忠诚实践你的话/如你说为了党也为了你的爱/我要等着你胜利回到这个温暖的家"，诗歌里情感与理性的反复冲压回旋，将于植的困惑、焦虑与欢欣表现得跌宕起伏、淋漓尽致。在与医生的交往中于植又动了真情："我的激动的心还不能平息/我的面前不断闪动着他的影子/呵，这到底是怎么一回事呢？/难道对他的感情已不限于友谊？"与此同时一股强大的理性规约着情感的流动："想到这我禁不住告诫我自己：/一刹那的摇摆也不允许"，"我的信念并没有丧失/我的心谁也不能夺去"，笼罩在于植心头的感情迷雾在理性之光的照耀之下瞬间散去，郭小川试图在于植的情感矛盾与伦理困境中，透视一个女性革命者隐秘而复杂的精神影像，呈现于植及其丈夫、医生之间如"白雪一样洁白"的感情。《一个和八个》中王金曾一度被指认为"奸细"而被怀疑目光所包围，在感情上他着实难以接受这一事实："愤怒和疲惫使他半晌说不出话"，"巨大的疯狂又一次爆发",他的内心充溢着愤怒、气馁与疲倦等消极情绪,"说"与"不说"都经受着痛苦的煎熬:"有时他开口有话要说/但他的话又被他一口吞没",即便如此这个"好像被恶梦所纠缠的人/忽然为一个巨大的声音唤醒"——被一种重新振作的自勉之音唤醒:"这是最后的时机/我为什么不可以起些作用!"于是崇高的革命理性逐渐升腾为王金心中的精神灯塔:"只有香的,也就是为人民服务的/才是真正的美好人生",王金最后在与敌人的英勇战斗中,既实现了生命的价值又确证了自身的革命者身份,不断生成的革命理性最终消解了内心的负面能量,成为与命运抗争的强大动力。郭小川说:"吸收营养,当然是为了创新"[①],他的叙事诗吸收了西方戏剧矛盾冲突或相互抵触的艺术理念,突破了主流诗歌普遍蔓延的缺乏"嘈杂声音"的艺术桎梏,一定程度上恢复了诗歌鲜活的生命元气以及扣人心弦、感人至深的艺术力量。

三 郭小川业余雅好及其诗歌技艺创化生成的可能

通过对"戏迷"郭小川余爱好及其诗歌戏剧化追求的内在关联研究,可以发现当代作家的业余雅好隐蔽而深刻地规约着作品风貌的生成与递变。易言之,一个作家健康独特的业余爱好与其心态调适,知识结构的优化,文体互渗意识强化,美学趣味的生成,文学创作路向的选择之间存在深层关联。

首先,"追戏人"郭小川及其知识结构优化。通过整理郭小川日记、书信与自传中记载的阅读书目,我们可知晓其阅读偏好及其由此形成的知识结构(见表5-2):

表 5-2

类别	阅读书目
政治与哲学理论	《费尔巴哈与古典哲学的终结》;《唯物主义与经验批判主义》;《反杜林论》;《矛盾论》;《实践论》;《自然辩证法》;《什么是唯物主义》;《历史唯物主义》;《家庭、私有制和国家起源》;《论一元论历史观的发展问题》(普列汉诺夫);《列宁全集》;《毛泽东选集》;《革命哲学》(纳赛尔)

① 郭小川:《谈诗》,上海文艺出版社1978年版,第126页。

续表

类别	阅读书目
苏联文学	《宣誓》（巴甫连科·齐阿乌列里）；《攻克柏林》《草原的太阳》（巴甫连科）；《库兹尼克地方》（瓦洛辛）；《安娜卡列尼娜》《被开垦的处女地》、《复活》《保卫察里津》（列夫·托尔斯泰）；《哥萨克》《欧根·奥涅金》《钢铁是怎样炼成的》《奥维奇金特写集》《被侮辱与被损害的》《一个人的遭遇》；《拖拉机站站长和总农艺师》《收获》（尼古拉耶娃）；《旅伴》《光明的河岸》（潘诺娃）；《陀里亚》（塞狄克）；《我们这里已是早晨》（恰可夫斯基）；《夏伯阳》（富尔曼若夫）；《列宁》（马雅可夫斯基）；茨冈（普希金）；《瓦西里焦尔金》（特瓦尔朵夫斯基）；《静静的顿河》（肖洛霍夫）
中国古典文学	《三国演义》；《红楼梦》；《水浒传》；《李贺诗集》；《三言》；《说唐》（陈汝衡）；《李白诗选》；《儒林外史》；《东周列国志新编》；《资治通鉴》；《二刻拍案惊奇》；《唐诗三百首》；《昭明文选》；《明代民歌选》
欧美文学	《红与黑》；《唐吉诃德》；《海涅诗选》；《夏倍上校》；《高老头》；《贝姨》（巴尔扎克）；《菲菲小姐》（莫泊桑）；《普里希别吕夫中士》（契诃夫）；《哈依瓦撒之歌》（朗弗罗）；《罗曼采罗》（海涅）；《十日谈》（乔万尼·薄伽丘）；《浮士德》（歌德）；《约翰·克利斯朵夫》（罗曼·罗兰）
中国现当代文学	《太阳照在桑干河上》；《莎菲女士的日记》；《我在霞村的时候》（丁玲）；《祝福》《伪自由书》《而已集》《孔乙己》《秋夜》（鲁迅）；《白毛女》；《当红军的哥哥回来了》《五月端阳》（李季）；《组织部新来的青年人》；《白庙村诗选》；《红日》；《野火春风斗古城》；《在和平的日子里》；《林海雪原》；《灵泉洞》《小二黑结婚》《锻炼锻炼》（赵树理）；《我的第一个上级》；《山呼海啸》（曲波）；《复仇的火焰》；《石牌坊的传说》（马萧萧）；《三弦老人》；《山歌传》（戈壁舟）；《耕耘记》（李准）；《中国民间故事选》（贾芝、孙剑冰编）；《铁木前传》（孙犁）；《北京街道的故事》；《火光在前》（刘白羽）；《金色的海螺》（阮章竞）；《红豆》（宗璞）；《西苑草》（刘绍棠）；《毛泽东诗词十八首讲解》；《夜读偶记》（茅盾）；《实习生》（徐辛雷）；蔡其矫的诗；《青山翠竹》（戈壁舟）；《山乡巨变》（周立波）；《青春之歌》（杨沫）；《江苏民歌选》；《红旗歌谣》；《中国民间故事选》）
其他	《一千零一夜》；《缅甸民间故事》

虽然因部分年份（如1960年）郭小川日记记述过于简略或存在缺失，表二未能完整展现郭小川的阅读状况，但从中我们可约略窥见郭小川"三多三少"的阅读取向，即从数量上看，读苏联文学、中国现当代文学作品、中国古典文学和政治与哲学作品多，读中国现代文学经典作品少；从文类上看，读小说多读散文少；从博与专关系上看，读经典名著居多，广博阅览少。诚然，这种阅读风貌的形成原因很复

杂，既与20世纪50年代苏联文学在中国的广泛传播影响有关，又与计划经济时代文学出版的状况密不可分，更重要的是，与郭小川的文化官员和诗人的双重身份紧密相关。他作为中国作协党组副书记理应注重阅读马列全集、毛泽东选集以及唯物主义哲学著作，也不能不关注正在发生的中国当代文学的动向，作为一个在诗艺上求新谋变的诗人，他亦比较注意从古今中外诗歌传统汲取所需的艺术资源。不过，他的双重身份也无形中规约其阅读现状，一是繁杂的行政事务极大地挤兑了郭小川的阅读时间，他曾抱怨道："一天到晚被事务纠缠着，弄得身体垮下去，不能读书，不能下去，也不能认真写作"①，即便是稍微挤点时间进行阅读或写作也经常受各种杂事的干扰，其阅读时间略显碎片化，每天扣除看报刊和写作的时间，真正潜心于阅读时间明显不足，为此，他认为"在有限的时间内分个缓急"，"给外国的现代革命文学作品和中国的古典进步文学作品以优先的地位"②；二是作为当代诗坛的主流诗人，长期受左翼文学思潮的浸染，产生了将中国现代主义诗歌视为新诗发展"逆流"的偏见，导致他鲜少读中国现代新诗，更谈不上批判性地系统阅读中国现代主义诗歌。阅读中外名著的偏好不仅培养了郭小川较为细腻敏锐的艺术直觉，同时也使其知识结构中革命理论、苏俄文学、中国古典文学知识储备较为丰富，而民间文学和中国现代文学方面的知识较为薄弱。郭小川热衷于看地方戏的业余爱好，有效地弥补了其在民间文学阅读方面的短板，尤其是流传于民间的地方戏通俗、清新、自由、活泼的艺术风貌，长于儿女情长、家长里短的平民化叙事，以及"有意味"的传情达意方式，为其诗歌艺术的创新提供了丰富的启示。另外，在业余生活中他对话剧与电影情有独钟，曾经在苏联出差时如饥似渴地看电影纪录片，稍有闲暇时间也经常出入于电影院，他甚至还承担过"土改电影剧本的创作任务"③，喜欢在家看镜头剧本（如《幸福的生活》《米邱林》等），这一爱好培养了郭小川叙事诗创作中的"戏

---

① 郭小川：《郭小川全集》第7卷，广西师范大学出版社2000年版，第200页。
② 郭小川：《谈诗》，上海文艺出版社1978年版，第125页。
③ 郭小川：《郭小川全集》第12卷，广西师范大学出版社2000年版，第9页。

剧化"冲突思维、镜头意识,以及视听语言的运用,由此孕育了以《一个和八个》为代表的诗歌、戏剧和影视剧本三种文体互渗融合的"新诗剧",这首诗后来成功地改编为同名电影,说明郭小川追求诗歌"戏剧化"的实验一定程度上取得了成功。从表面上看,由"九叶诗派"开创的新诗"戏剧化"传统在20世纪50—70年代已基本中断,实际上这一传统在郭小川的叙事诗中实现隐蔽而巧妙地赓续与更新,貌似无关紧要的业余爱好为郭小川探索当代诗歌文体互渗与融合开辟了一条曲径通幽的暗道。

其次,"品剧人"郭小川及其诗美趣味的塑形。郭小川在日记中留下了不少品评戏剧的文字,表达了对艺术曲折深沉抒情之美的追寻。他到大戏院看完芭蕾舞剧《罗密欧与朱丽叶》后不禁赞叹道:"真是美极了!","朱丽叶的复杂心境叫她(指乌兰诺娃——引者注)的典型的舞姿和深沉的表情,一下就表现出来了"[1],看过话剧《家》后说:"曹禺的天才使观众深思"[2],他高度认同这一戏剧观念:"艺术应从感性提高到理性","不求心理上的刺激,要求观众思索"[3],认为"肤浅、短视、俗稚是我们常见到的一切","作家需要深刻的见解"[4]。郭小川在"品戏"过程中形成的美学趣味转化为诗歌创作中的一种执念,他极其推崇诗歌完美呈现人物复杂心境和引人思索的理性精神,《深深的山谷》对大刘面对"落伍"丈夫"爱恨交织"的复杂心绪的描摹,《白雪的赞歌》对革命女性于植波澜起伏、变化多端意绪的窥探,《一个和八个》对王金内心反复挣扎情形的精雕细刻,以及这些诗歌对革命理性如何战胜与超越情感的严肃探问,都说明其诗在执着追求曲折深沉抒情之美。此外,郭小川还极力推许戏剧艺术的"本真之美"。他比较反感戏剧中过于"失真"的表演,批评《虎符》"加上了京戏许多水袖动作、鼓点,显得累赘太多,有一种不真实的感觉"[5],觉得安徽

---

[1] 郭小川:《郭小川全集》第8卷,广西师范大学出版社2000年版,第304页。
[2] 郭小川:《郭小川全集》第8卷,广西师范大学出版社2000年版,第520页。
[3] 郭小川:《郭小川全集》第9卷,广西师范大学出版社2000年版,第247页。
[4] 郭小川:《郭小川全集》第8卷,广西师范大学出版社2000年版,第449页。
[5] 郭小川:《郭小川全集》第9卷,广西师范大学出版社2000年版,第40页。

泗州戏《思盼》一剧戏"多少有些过于泼辣,以致于摔了镜子,又撕了红菱被"①,认为《赠绨袍》中"袁世海作戏过分夸张,却有些刺眼"②。这些批评之声的背后体现了郭小川追求戏剧表演艺术的"本真之美",这一艺术追求培养了他别致的诗美眼光,他曾批评当时一些"诗人写的总是那么空空洞洞,不是做作,就是概念化,自己心里的东西不敢拿出来"③,可见在诗歌创作中他明确反对"做作",而是喜欢将"自己心里的东西"视为诗歌之"本真"加以追求。从某种意义上说,他的三首叙事诗所叙述的都是"自己心里的东西",他坦言《深深的山谷》真切流露出了诗人对"知识分子身上的动摇不定的对革命的游离"的厌恶④,《白雪的赞歌》中"这个女人其实就是我自己,这可以说是真实的经历。心情是我的,经历是蕙君的"⑤,《一个和八个》透露了作者对革命者遭遇误解的深切同情,彰昭通过命运抗争来自证清白的王金 "人格力量的伟大"⑥。诗歌里交织与回荡的皆是诗人毫不"做作"的多元情思——爱与憎、矛盾与犹豫、苦痛与欢欣等,诗人以"理解之同情"的姿态彰显诗歌的"本真之美",以"情真意切"的真实艺术力量激动与震撼读者的心扉。

  在既往的作家作品研究中,文人的业余爱好鲜少进入当代学人的关注视野。其实那些看似"不务正业"的业余爱好在潜移默化中改变一个作家的情绪记忆、审美趣味、精神气质、思想特质和想象维度,它给写作者的艺术创新提供灵感的同时,又为其突破创新桎梏增添强大的驱动力与助燃剂。通过郭小川的个案研究,可以发现作家业余爱好与作品书写技艺的创化生成关联研究是有效观察当代文学创作现象的又一重要学术增长点。

---

① 郭小川:《郭小川全集》第9卷,广西师范大学出版社2000年版,第57页。
② 郭小川:《郭小川全集》第9卷,广西师范大学出版社2000年版,第87页。
③ 郭小川:《谈诗》,上海文艺出版社1978年版,第93页。
④ 郭小川:《郭小川全集》第9卷,广西师范大学出版社2000年版,第207页。
⑤ 郭小川:《郭小川全集》第9卷,广西师范大学出版社2000年版,第27页。
⑥ 郭小川:《郭小川全集》第12卷,广西师范大学出版社2000年版,第175页。

余论　中国当代诗歌副文本研究的可能与向度

近年来，当代诗歌（特指1949—1966年诗歌）研究大体上沿着两条路向展开：一是以"五四"文学为"正统"和理想的文学范式，以"人的文学"为价值旨归和精英趣味为基本立场，把"新的人民的诗歌"当作一种失败的存在加以否定性批判；二是竭力从"现代性"等维度找寻新的理论阐释资源，发掘和重估当代诗歌的潜在价值。由于"十七年"时期文学与政治呈现高度胶合状态，获取许多关键性的史料有相当大的限制与难度，因而有意避开烦琐与艰难的史料爬梳，采用理论先行的强制阐释，成为当代诗歌研究中的一种普遍倾向。这种倾向在深刻的理论洞见背后可能潜藏着巨大的历史盲视，常使人们远离诗歌生成与发展的历史现场，而陷入理论的迷阵之中。如何走出此种研究困局，勘探和发现新的学术增长点，拓宽和激活当代诗歌的研究空间，是当代研究者必须正视和破解的难题。从前述的个案研究中可以看到，副文本资料整理与研究是当代诗歌研究再出发的一个重要基点与路向，因为，当代诗歌副文本沉淀着丰富的诗歌细节，交织着复杂的政治文化脉络，尘封着许多有待发掘的诗坛往事。对其进行深入探究，既有利于人们触摸当代诗歌生产、传播和接受的"原生形态"的历史现场，从另一个角度观察特殊年代文学场域中"新的人民的诗歌"成长的内在肌理，又有利于深化正副文本之间的互文性研究，拓宽诗歌"正文本"复杂性的解读空间，既为丰富和细化当代诗歌史料，重构诗歌版图寻找到新的突破口，又能促进当代文学研究史料学风的推广，推动当代文学研究范式的转变。尤其是，通过分析意识形态嵌入诗歌副文本的复杂而微妙方式，以及正副文本的巧妙组合形成"大众化"的言像系统、传播系统和阐释系统，有助于反思当代诗歌演进进程中的独异现象与复杂问题。这里，当代诗歌副文本特指1949—1966年出版的新诗选集的版权页、内容提要、序跋、编辑说明、题辞，各级诗刊和诗报的广告、封面、图像、发刊词、编后记、编者按、引语等，当时具有代表性的新诗作品的副标题、注释，以及与"正文本"相关联的私人信函与日记、访谈录或诗讯等。

从现有的研究成果来看，刘福春的系列论文《中国新诗档案》以编年史的方式梳理了当代诗坛发生的重要事件①，重构了1949—1958年中国当代诗坛的版图，揭示出这一时期诗歌演进的基本轨迹，有效地提升了人们重返当代诗歌的历史现场感。另外，他的《中国新诗编年史》（上、下卷）以鲜明的问题意识努力还原中国现当代新诗发展的丰富与复杂面貌，是一部具有里程碑意义的新诗编年史。黄礼孩的《新诗90年序跋选集》也收录了不少当代诗歌的序跋资料，②这些成果为我们提供了包括序跋、广告在内的许多有价值的副文本资料，为当代诗歌研究提供了诸多有益的启示。那么，究竟如何在现有史料的基础上继续深入发掘、合理评估和有效利用"当代诗歌"的副文本资料呢？我们不妨以问题为导向，从以下几个方面对这些问题展开系统研究。

第一，当代诗歌副文本的价值重估。我们可将副文本资料置于新的关系网络中进行价值估定，探讨政治文化思潮影响下当代诗歌副文本具有的功能；用学理眼光重审当代诗歌副文本的价值；诗歌的副文本和"正文本"之间形成一个立体交叉的文本网络；等等。

第二，当代诗集序跋研究。序跋是20世纪中国现当代文学的重要副文本资料之一，彭林祥的《作为副文本的新文学序跋》③和《作为版本批评资源的新文学序跋》④探讨新文学序跋之于"正文本"意义

---

① 这一系列论文有：刘福春：《中国新诗档案：1949》，《现代中国文化与文学》2005年第1期；刘福春：《中国新诗档案：1950》，《现代中国文化与文学》2005年第2期；刘福春：《中国新诗档案：1951》，《现代中国文化与文学》2006年第1期；刘福春：《中国新诗档案：1952》，《现代中国文化与文学》2007年第1期；刘福春：《中国新诗档案：1953》，《现代中国文化与文学》2008年第1期；刘福春：《中国新诗档案：1954》，《现代中国文化与文学》2008年第1期；刘福春：《中国新诗档案：1955》，《现代中国文化与文学》2009年第1期；刘福春：《中国新诗档案：1956》，《现代中国文化与文学》2009年第1期；刘福春：《中国新诗：1957（上）》，《现代中国文化与文学》2011年第1期；刘福春：《中国新诗：1957（下）》，《现代中国文化与文学》2011年第2期；刘福春：《中国新诗：1958（上）》，《现代中国文化与文学》2012年第1期；刘福春：《中国新诗：1958（下）》，《现代中国文化与文学》2013年第1期。

② 黄礼孩：《新诗90年序跋选集》，《诗歌与人》2009年第1期。

③ 彭林祥：《作为副文本的新文学序跋》，《江汉论坛》2009年第10期。

④ 彭林祥：《作为版本批评资源的新文学序跋》，《海南师范大学学报》（社会科学版）2014年第4期。

生成的价值及其版本学价值，陈宗俊的《〈诗刊〉（1957—1964）"编者按"研究》①揭示"编者按"背后所显示的当代诗歌与政治的复杂关系以及这种关系背后的某些"历史细节"。不过，有关20世纪中国新诗序跋的系统性研究成果仍然鲜见。就当代诗歌序跋而言，我们要重估当代诗歌序跋的独特作用以及它与诗歌"正文本"的互文关系；诗歌序跋与当代诗歌传播与接受、诗学理念变化、诗歌经典重构、版本变迁和理想诗歌写作范式建构之间的联系；等等。

第三，当代诗歌广告研究。21世纪以来，文学广告的研究日渐受到当代学人的关注和重视。深入研究文学广告既有利于人们接近和构建一种"原生态"的文学，又有助于人们把握文学生产与流通过程的复杂动态信息，同时还能促使人们有效观察"广告所揭示的典型文学现象"②。我们可以重点探究当代诗歌广告若干问题：当代诗歌广告与现代诗歌广告之间的异同；这时期的广告文本具有的殊异功能和艺术价值，包含复杂的诗坛信息；采用的编码方式和修辞策略；它对诗集、诗作、诗刊和诗报的发行与传播，读者审美趣味的重塑，诗歌经典生成和诗歌新形象的建构具有哪些深刻影响？等等。

第四，当代诗刊、诗报的发刊词、编后记、稿约和编者按研究。这些副文本资料含纳着事关刊物生存、发展、壮大、转型、停刊、复刊等相当丰富的信息，分类梳理与分析这些信息，有助于观察"当代诗歌"成长的内在肌理与症结问题。为此，我们可以研究主流意识形态、文学思潮和文艺政策影响下诗刊诗报发刊词的话语修辞；发刊词在塑造期刊形象与中国当代诗歌新形象，确立自身特殊角色和合法地位方面发挥的作用；编后记、稿约和编者按对诗歌生产主体"写什么"和"写什么"进行规约；等等。

第五，当代诗歌副文本之图像、引语、题辞的研究。在当代诗歌

---

① 陈宗俊：《〈诗刊〉（1957—1964）"编者按"研究》，《安徽大学学报》（哲学社会科学版）2013年第5期。

② 钱理群：《总序·中国现代文学编年史——以文学广告为中心（1915—1927）》，北京大学出版社2013年版，第3页。

文本周边有许多图像、引语和题词等副文本，这些副文本资料研究价值至今未得到深入发掘，一些问题仍处于被遮蔽状态。可重点研究当代诗集、诗刊和诗报中的图像类型和特征；这些图像与诗歌形成的有机整体，促进诗歌意境的营构、诗情抒发和审美特质的生成；诗歌接受者语图阅读中推动当代诗歌的大众化进程；当代诗歌的图像史和诗歌史之间的深层关联；在特定的文学场域中重估诗歌引语和题词的价值；等等。

第六，当代诗歌副文本之私人日记、书信和诗讯研究。近些年来，当代作家的日记和书信不断出版，一些珍贵的私人性史料不断披露，不过，许多史料尚处在"沉睡"状态，有不少有趣的现象和问题没有引起足够的重视。我们可以搜集和整理当代诗人日记和书信；辨析这些私有化的"外文本"夹杂着哪些复杂人事纠葛和意识形态嬗变信息；探察诗人的诗歌观念和心路历程的转变过程；利用公开史料与私人史料实现互证，丰富诗歌"正文本"的复杂性解读空间；等等。

第七，以当代诗歌副文本为中心重绘诗歌地图。现有的诗歌史大多以诗歌"正文本"为主要材料，少有以诗歌副文本资料为中心的诗歌史面世。我们应有效整合当代诗歌副文本资料，探究诗歌正副文本的互文关系，在接近原生态的诗歌场域中，构建一种富有张力的立体的文本空间，重绘富有特色的"当代诗歌"地图；探究这种新的诗歌地图呈现的新面相，以及对当代诗歌史书写的新启示；等等。

以上是系统研究当代诗歌副文本资料的若干设想。不过，在问题的具体展开过程中，我们既要注重系统性的研究，又不可忽视个案研究，既要发掘副文本资料的多维价值，又要警惕过度依赖副文本而对"正文本"造成新的遮蔽，唯有如此才能把研究所聚焦的问题在系统分析的基础上不断引向深入。本书侧重于20世纪50—60年代的中国当代诗歌副文本研究，观察和辨析这一时段之后的当代诗歌副文本，同样可以为我们打开许多话题空间，能够像暗夜中的一道微光，烛照正文本的多重面相。

主要参考文献

一 报刊

《大众诗歌》（1950年第1—12期）
《红旗》（1958—1964）
《群众诗画》（1958—1959）
《人民日报》（1949—1966）
《人民诗歌》（1950—1951）
《诗刊》（1957—1964）
《文艺报》（1949—1966）
《星星》（1957—1964）

二 研究专著

［法］布尔迪厄：《艺术的法则：文学场的生成与结构》，刘晖译，中央编译出版社2011年版。

蔡翔：《革命/叙述：中国社会主义文学—文化想象（1949—1966）》，北京大学出版社2010年版。

陈伟军：《传媒视域中的文学》，广西师大出版社2009年版。

程光炜：《文学想像与文学国家：中国当代文学研究（1949—1976）》，河南大学出版社2000年版。

［法］蒂费纳·萨莫瓦约：《互文性研究》，邵炜译，天津人民出版社2003年版。

洪子诚：《1956：百花时代》，北京大学出版社2009年版。

洪子诚：《材料与注释》，北京大学出版社2016年版。

洪子诚：《问题与方法——中国当代文学史研究讲稿》，生活·读书·新知三联书店2002年版。

洪子诚：《中国当代文学史》，北京大学出版社2009年版。

洪子诚、刘登翰：《中国当代新诗史》（修订版），北京大学出版社2005年版。

金宏宇：《文本周边——中国现代文学副文本研究》，武汉大学出版社2014年版。

［德］卡尔·曼海姆：《意识形态与乌托邦》，姚仁权译，中国社会科学出版社2009年版。

刘福春：《中国新诗编年史》（上、下卷），人民文学出版社2012年版。

刘继业：《新诗的大众化和纯诗化》，北京大学出版社2008年版。

孟繁华：《传媒与文化领导权》，山东教育出版社2003年版。

［法］米歇尔·福柯：《必须保卫社会》，钱翰译，上海人民出版社1999年版。

［法］米歇尔·福柯：《话语的秩序》，许宝强、袁伟编，肖涛译，《语言与翻译的政治》，中央编译出版社2001年版。

钱理群：《中国现代文学编年史——以文学广告为中心（1915—1927）》，北京大学出版社2013年版。

钱理群、陈子善、吴福辉：《中国现代文学编年史——以文学广告为中心》，北京大学出版社2013年版。

［法］热拉尔·热奈特：《热奈特论文集》，史忠义译，百花文艺出版社2001年版。

［美］萨梅尔·约翰逊、帕特里夏·普里杰特尔：《杂志产业》，王海译，中国人民大学出版社2006年版。

孙守安：《广告文化学：现代广告的文化解读与批判》，东北大学出版社2008年版。

［美］汤姆·米歇尔：《图像学：形象 文本 意识形态》，陈永国译，

北京大学出版社 2012 年版。

［美］唐小兵：《流动的图像：当代中国视觉文化再解读》，复旦大学出版社 2018 年版。

［英］特雷·伊格尔顿：《二十世纪西方文学理论》，伍晓明译，北京大学出版社 2007 年版。

王本朝：《中国当代文学制度研究》，新星出版社 2007 年版。

王光明：《现代汉诗的百年演变》，河北人民出版社 2003 年版。

王海洲：《合法性的争夺——政治记忆的多重刻写》，江苏人民出版社 2008 年版。

王强：《中国新诗的视觉传播研究》，博士学位论文，苏州大学，2012 年。

吴果中：《左图右史与画中有话——中国近现代画报研究（1874—1949）》，北京大学出版社 2017 年版。

吴俊：《国家文学的想象和实践：以〈人民文学〉为中心的考察》，上海古籍出版社 2007 年版。

武新军：《意识形态结构与中国当代文学——文艺报（1949—1989）研究》，中国社会科学出版社 2010 年版。

肖笛：《政治视野下的中国基层美术》，博士学位论文，中国艺术研究院，2013 年。

［德］伊丽莎白·诺尔-诺依曼：《沉默的螺旋：舆论——我们的社会皮肤》，董璐译，北京大学出版 2013 年版。

赵宪章：《文体与图像》，人民文学出版社 2014 年版。

赵宪章主编：《文学与图像》第三卷，江苏凤凰教育出版社 2014 年版。

周翼虎、杨晓民：《中国单位制度》，中国经济出版社 1999 年版。

三　研究论文

安宝江：《向民间学习：民国时期木刻版画艺术的本土化》，《装饰》2016 年第 1 期。

包兆会：《"图文"体中图像的叙述与功用》，《文艺理论研究》2006 年第 4 期。

陈佳璇：《言者身份与修辞力量》，《当代修辞学》2011年第2期。

陈仲义：《张力：现代汉语诗学的"轴心"》，《文学评论》2012年第5期。

陈宗俊：《〈诗刊〉（1957—1964）"编者按"研究》，《安徽大学学报》（哲学社会科学版）2013年第5期。

程光炜：《当代文学中的批评圈子》，《当代文坛》2016年第3期。

邓晓东：《选本与清初清诗的传播》，《江海学刊》2010年第6期。

段建军：《相似思维与自由创造——散文思维特性论》，《西北大学学报》（哲学社会科学版）2006年第1期。

段炼：《符号阐释的世界》，《美术观察》2014年第9期。

冯黎明：《论文学话语与语境的关系》，《文艺研究》2002年第6期。

葛红兵：《权力分割与文化资源的分配》，《求是学刊》1997年第4期。

郭国昌：《集体写作与解放区的文学大众化思潮》，《中国现代文学研究丛刊》2013年第6期。

洪子诚：《"当代"批评家的道德问题》，《南方文坛》2011年第5期。

胡斌：《解放区土改斗争会图像的文化语境与意识形态建构》，《文艺研究》2009年第7期。

胡苏珍：《西方近现代诗歌史上的"戏剧化"诗学》，《西南大学学报》（社会科学版）2018年第11期。

黄发有：《稿酬制度与十七年文学生产》，《中国现代文学研究丛刊》2018年第2期。

贾振勇：《中国左翼文学思潮意识形态的内在矛盾性》，《文学评论》2005年第6期。

江海荣：《中国传统农民的政治情感及其现代转化》，《中共浙江省委党校学报》2008年第1期。

李夏凌：《浅谈书籍装帧设计的广告传播效应》，《出版发行研究》2009年第4期。

李遇春：《革命文学秩序中话语等级形态分析》，《江汉论坛》2004年第7期。

梁琦秋：《模糊修辞的叙述模式》，《江西社会科学》2009年第1期。

刘杰：《历史社会学视野中的"人民"话语：表达与实践》，《东南学术》2017年第6期。

龙泉明：《中国现代诗学与西方话语》，《文学评论》2003年第6期。

吕周聚：《论中国现代诗歌审美范式的历史转型》，《首都师范大学学报》（社会科学版）2014年第4期。

罗振亚：《面向新世纪的突围：诗歌形象的重构》，《东岳论丛》2011年第12期。

罗执廷：《论当代诗歌传播体制中的选本传播》，《云南社会科学》2012年第6期。

马秀文：《我国古代书籍广告略论》，《图书馆工作与研究》2014年第7期。

彭林祥：《作为版本批评资源的新文学序跋》，《海南师范大学学报》（社会科学版）2014年第4期。

彭林祥：《作为副文本的新文学序跋》，《江汉论坛》2009年第10期。

孙晓忠：《识字的用途——论1950年代的农村识字运动》，《社会科学》2015年第7期。

谭学纯：《广义修辞学三层面：主体间关系及相关问题》，《当代修辞学》2016年第1期。

谭学纯：《我所理解的"集体话语"和"个人话语"》，《社会科学研究》2001年第1期。

汤建萍：《中国革命文艺形态对民间形式的改造和利用》，《江西社会科学》2014年第9期。

王光东：《民间形式·民间立场·政治意识形态——抗战以后文学中的民间形态》，《当代作家评论》2002年第6期。

王海洲：《政治仪式中的权力再生产：政治记忆的双重刻写》，《江海学刊》2014年第4期。

王文新：《文学作品绘画改编中的语—图互文研究》，《文艺研究》2016年第1期。

王玥琳：《论著作序在文学传播、接受中的特点与作用》，《中国文学研究》2015年第3期。

温华：《论广告图像传播的修辞现象及其心理研究》，《武汉大学学报》（人文科学版）2006年第4期。

吴福辉：《以广告为中心的文学编年史写作断想》，《汉语言文学研究》2012年第4期。

武新军：《人民文艺的传播网络与传播机制》，《文艺研究》2011年第8期。

谢保杰：《"十七年"时期北京工人写作的历史考察》，《文艺理论与批评》2017年第3期。

许徐：《图像如何"想象"政治——1930年代的读图转向与中国经验》，《求索》2014年第5期。

杨先顺：《广告话语的权力运作：受众意识形态潜操控》，《现代传播》2013年第10期。

余品华：《毛泽东哲学思想与斗争哲学》，《江西社会科学》2009年第2期。

袁盛勇：《延安时期的集体创作》，《中山大学学报》2005年第3期。

詹小美：《集体记忆到政治认同的演进机制》，《哲学研究》2015年第1期。

张均：《50年代文学中的同人刊物问题》，《文艺争鸣》2008年第12期。

张均：《"普及"与"提高"之辩——论五十年代精英文学与通俗文学的势力之争》，《文学评论》2008年第5期。

张均：《档案文献与中国当代文学研究》，《现代中文学刊》2016年第5期。

张均：《重估社会主义文学"遗产"》，《文学评论》2016年第5期。

张旭东：《"革命机器"与"普遍的启蒙"——〈在延安文艺座谈会上的讲话〉的历史语境及政治哲学内涵再思考》，《中国现代文学研究丛刊》2018年第4期。

赵宪章：《日记的私语言说与解构》，《文艺理论研究》2005年第3期。

赵宪章：《文学和图像关系研究中的若干问题》，《江海学刊》2010年第1期。

赵宪章：《语图传播的可名与可悦》，《文艺研究》2012年第11期。

赵炎秋：《质与互渗：艺术视野下的文字与图像关系研究》，《文艺研究》2012年第1期。

周建伟：《从国民性话语到人民话语》，《现代哲学》2016年第2期。

周维东：《论"剧曲"之于〈女神〉的意义》，《中山大学学报》（社会科学版）2018年第1期。

周宪：《"合法化"论争与认同焦虑》，《南京大学学报》2006年第5期。

周宪：《意识形态：从"自然化"到"陌生化"——西方文论的一个文学史考察》，《天津社会科学》2011年第5期。

朱桃香：《副文本对阐释复杂文本的叙事诗学价值》，《江西社会科学》2009年第4期。

祝敏青：《多维言说空间中的话语权》，《语言文字应用》2005年第2期。

邹荣学：《浅谈戏曲唱词的抒情特征》，《戏剧文学》2007年第3期。

四 研究史料

本书编委会编：《至真至美——人民美术出版社60年（1951—2011）》，人民美术出版社2013年版。

郭小川：《郭小川1957年日记》，河南人民出版社2000年版。

郭小川：《郭小川全集》第1—12卷，广西师范大学出版社2000年版。

郭晓惠：《检讨书：诗人郭小川在政治运动中的另类文字》，中国工人出版社2001年版。

黄礼孩：《新诗90年序跋选集》，《诗歌与人》2009年第21期。

刘福春：《中国新诗编年史》，人民文学出版社2012年版。

刘福春：《中国新诗档案：1949—1958》，《现代中国文化与文学》2005—2013年。

毛泽东：《毛泽东选集》，人民出版社1991年版。

《诗刊》编辑部编选：《诗选（1958）》，作家出版社1959年版。

谢冕、洪子诚：《中国当代文学史料选》，北京大学出版社 1995 年版。
袁亮主编：《中华人民共和国出版史料》，中国书籍出版社 1996 年版。
中国作家协会编：《诗选（1953—1955）》，人民文学出版社 1956 年版。
中国作家协会编：《诗选（1956）》，人民文学出版社 1957 年版。
周明、向前：《难忘徐迟》，上海书店出版社 1997 年版。
祝均宙、萧斌如编：《萨空了文集》，上海科技文献出版社 2002 年版。
作家出版社会编：《诗选（1957）》，作家出版社 1958 年版。

附录一 《诗选》(1953—1958)序言

一 《诗选(1953—1955)》序言

袁水拍

这个选集是在短时间里编成的，必然有许多缺点，还不能恰当的表现出这两三年来短篇诗歌创作方面的成绩（五百行以上的长诗不在编选范围以内），但是它毕竟有相当丰富的内容，多少反映了我们国家的面貌，传来了城市、农村、工厂、矿山、边疆、海滨各个建设和战斗岗位上发出来的声音。

我们的诗歌的主流是健康的，他承继了"五四"以来革命诗歌的战斗传统，在同坏倾向的斗争中，很多作者坚持了毛泽东同志《在延安文艺座谈会上的讲话》中所确定的工农兵方向。我们的诗歌是在社会主义现实主义文学的大道上前进着。

这本集子里的作者有年长一辈的和在几次战争时期中出现的诗人，也有在不久以前刚刚显露才能的青年作者；有专业的诗人，也有农民、工人和部队中的诗人；有汉民族的诗人，也有少数民族的诗人。他们的政治理想的一致，并没有妨碍他们有不同的风格；他们的先进的世界观和文艺观，也没有像反革命分子所污蔑的那样把他们"压得透不过气"。相反地，他们是在兴高采烈地、嘹亮地歌唱着！

现在让我们来看一下本书各辑的大概的内容，为了引起对青年诗人的更多的注意，这里偏重于谈他们的作品。

爱国主义对许多诗人说来是共同的永不枯竭的主题，我们的各族诗人都以巨大的热情表达自己的、也是人民群众和本民族的对祖国的挚爱和依慕。巴·布林贝赫和张苛以美丽的想象来描摹我们的幸福的国土，以富于民族色彩的比喻来形容民族大家庭的友爱和团结。何其芳、阮章竞和邵燕祥在歌唱祖国的新生的时候，怀着崇高的敬意和欢心的心情，回溯了人民革命的光荣历史。

当诗人们歌颂祖国的时候，首先想到的必然是领导人民推翻反动统治、建立人民共和国的伟大的中国共产党。因此，十分自然地，诗人们要有美好的词句来歌颂党和敬爱的领袖毛主席。武自力、凌永宁和曾艾在他们的作品里动人地写下了阿细族、僮族、侗族在解放前的苦难生活，曾艾的"一把侗歌一把泪，数不清歌多眼泪多"的诗句，说出了这些民族过去的类似的命运。他们由衷的感谢共产党和毛主席给他们"带来了新社会"，他们决心要跟着共产党走向更幸福的明天。

爱祖国的主题是和爱我们的国家制度、党和政府的政策相结合的。本书选材的时间范围正是我国完成了新民主主义革命开始向社会主义过渡的时期。闪耀着理想的光芒的宪法制定了，国民经济建设的第一个五年计划开始执行了。田间、臧克家……许多诗人的颂诗，表达了人民的欢欣鼓舞的情感。我们的民间歌手们也用传统的山歌联唱的形式来赞美五年计划。它们的崭新的内容会使人们改变对民间诗人的陈旧的看法。你听！他们这样歌唱未来的黄河和长江："祸水要变幸福江"，"河南河北电灯明"，"八百里秦川麦苗绿"，"长江面上火车行"。这是多么朴素而有气魄的句子，我们可以从字里行间感到歌手们的内心的喜悦。

祖国幅员广大，资源丰富。从首都到边疆，大规模的建设正在改变着每一个角落的面貌。戈壁舟、朱子奇、刘诗彦、李学鳌等对祖国壮丽的山川和革命圣地延安写了赞歌，张永枚笔下的繁荣富庶的小镇，使人发生向往的心情；庄风所说的人民要改造"又小又干燥"的小城的誓言，具有鼓动的力量。诗人们正在历数祖国的领土的时候，不能不为敌人继续侵占台湾而愤慨，这里有田汉的激昂的歌词和来自海防部队的胜利的战歌。

许多诗人与社会主义的工业建设作题材,歌颂了社会主义工业化,歌颂了从事于忘我的劳动的人。

邵燕祥善于表现建设者、特别是青年的豪迈气概,他们的远大理想和不怕艰苦的战斗精神。社会主义的新人是不能指望由萎靡不振的人来描写的。作者不是站在旁边仅仅为胜利写几句无关痛痒的贺词,而是去体会去刻画建设者的克服困难的顽强意志。作者和那些从一个工地转到另一个工地、不疲倦地战斗着的青年人,有着一致的脉搏。诗中渗透着对他们的爱。"在大伙房水库工地上"一诗中所展示的一幅社会主义建设初期的情景的图画,给人以鲜明的印象。

> 官厅的小伙子披着风沙,
> 嗓门宏亮,笑声爽朗;
> 又一队姑娘来自佛子岭,
> 裤脚上沾着淮河的泥浆……
> 陌生人到这变成好朋友,
> 新兵到这变成老将。

邵燕祥是出色的青年诗人之一,写作较多,有个性,但是从他的某些作品来看,作者迫切需要的更多是接近生活,接近群众,当然,这也是我们大家的事。

李季的《厂长》和张明权的《拂晓的灯光》,都描绘了由部队转业的工业建设干部的令人钦佩的形象。李季几年来继续深入群众生活,写了不少有生活基础的组诗和长诗,给我们展示了生气勃勃地活跃在戈壁滩上的油矿工人和勘探队员们的生活的图景。这些诗特别受到青年读者的喜爱。

张见的诗比较细致地揭露了工人的思想情感。徐迟的勘探队员的形象是可爱的。冯至、沙鸥、若望、梁上泉等都以兴奋的心情为祖国的巨大的工程建设欢呼、歌唱。

顾工和雁翼都是仅仅在一两个月以前刚出版他们的第一本诗集的新作者。这些诗集的出版使我们相信，今后会有更多这样的来自生活深处的新的诗人涌现出来。顾工的诗集《喜马拉雅山下》描写解放军战士建筑康藏公路的事迹。雁翼的诗集《大巴山的早晨》写是宝成铁路修建工程中出现的英雄人物和故事。诗人们本人就是参加这些建设工程的一员。他们和战士们、工人们生活在一起，战斗在一起。因此，这些诗有比较浓厚的生活气息。在艺术上，也有一定的水平，没有初学作者的概念化的毛病，注意到人物和情节的描写。顾工的诗中除了有飞行员，筑路战士和藏族人民等人物，还有在"世界屋脊"的土地上试种蔬菜、果木的农业专家和在高原的风沙中奔走诊病的女医生形象。所有对这些人物以及远走边疆为祖国服务的新型的知识分子的刻画，都能够构成一些明朗的形象，唤起人的兴趣。像下面这一类新鲜的句子使读者对于艰苦的自然环境，以及对于战胜这样的环境的人的斗争产生了美的感觉。

> 山岭上积雪还没融化，
> 性急的菠菜已在开花。
> ……………
> 大家望着每片生长的新叶，
> 就像望着婴儿新添的稚牙。

内蒙古民间说唱诗人毛依罕见的《铁牤牛》，显示了作者的精细的观察力和描写能力，看得出他是继承了说唱诗的传统特色的。这首诗表现出诗人对新社会、新事物的有着满腔热情。

在党中央和毛泽东同志的号召下，我国五亿农民正在进行着伟大的革命。在诗歌中，农业社会主义改造的大风暴也有了反应。郭小川、适夷的诗及时地来宣传这一伟大运动的历史意义。适夷用热情的诗句表现了毛主席的指示传到农村去后的情势。郭小川运用农民的语言反映了贫农对社会主义前途不可动摇的信心。诗歌是能够、也应该迅速地反映现实中的重大事件，及时地发挥战斗作用的。

比上面两首诗较早地发表的反映农业合作化的诗歌作品有：

王希坚的《老房东》叙述一个农村近年来发生的巨大变化，但是作者更关心的是农村中的人的变化。过去对参加互助组都有顾虑的农民现在已经变成了合作社里的劳动模范，诗中有生动的群众化的语言、比喻和有趣的对话。

苗得雨、张庆田的几首诗是民歌形式的。由于题材的性质，形式和内容显得很和谐。他们的诗和姜汎的诗都抒写了农民对社会主义的渴望。姜汎有较长的农村工作经验，他的诗是有生活实感的。孙滨的一首诗，写得情景如画。

农民诗人王老九有一本诗集出版。这里选的一首描写了农村中的新旧思想的斗争。

由《人民文学》杂志选自各地方通俗文艺刊物中的歌唱农业合作化的民歌、快板等，这里也选载了一部分。这些群众的口头文学或者不知名的诗人的创作，闪烁着民间文学的独特的美丽的色彩。和一般错误的设想相反，它们并没有受到旧的格律或者陈套语言的束缚。它们保持了民族传统的基本的节奏规律，但是仍旧有所变化，有所创造。它们也能融洽地吸收新的语汇。

冯至的《韩波砍柴》是一首令人战栗的诗，结尾是有力的。高亢的音调使读者的情绪在极度的压抑下得到昂扬。悲痛的时代已经一去不复返了，但是这样尖锐地刻画旧时代的作品，永远有它的教育意义。诗人是近年来不断地发表作品的老作家之一。和旧的情调决绝，代之以新时代的歌唱，作者的这一方面的成就是值得祝贺的。

《告别林场》（傅仇）歌唱了伐木工人的美丽的想象，这是一首给人新鲜感觉的诗。

再下面一辑的题材是多种多样的。《老张的手》（严阵），《日行千里》（王南山）、《母亲的名字》（芦芒）突出地表现了农民、学徒、妇女……过去受压迫的人民的翻身。《日行千里》有特殊的风格，所揭示的生活有强烈的真实感。《投入火热的斗争》等几首是反映青年生活的诗，流露出诗作者的蓬勃的朝气。几首防汛的诗反映了人民战胜洪水的大事件。

讽刺诗在肃清胡风反革命集团的斗争中产生得较多，受到比较广泛的欢迎，特别是以提高警惕性为主题的一些作品。《骑脚踏车的区委书记》（白夜）是在毛主席作《关于农业合作化问题》的报告以前的作品。对生活的敏锐的独立的判断能力对作家来说是很可贵的条件。"'事件'"（穆绣剑）一首有民间讽刺歌谣的诙谐、夸张的特色。但是，总的说来，讽刺人民内部缺点的讽刺诗还不发达，质量不高。和小品文一样，这是一种有力的批评武器，我们必须掌握它。

少数民族诗人所写的诗，由于有搜集和翻译上的困难，选材上可能有很大的缺点。长诗《阿诗玛》和《白鸟衣》是很好的作品，限于篇幅，不能收在本书里。

《吐鲁番情歌》等组诗的作者闻捷，是受读者欢迎的新的诗人之一。兄弟民族解放后的新的生活和劳动，青年们的幸福的爱情生活，他们活泼刚健的性格，在这些作品中得到生动的反映。《哈萨克人夜送"千里驹"》塑造了少数民族老牧人等的形象，歌颂了人民和人民军队、民族和民族之间的友谊。闻捷的诗在形式和技巧上都是下了功夫的。

两辑反映部队生活的诗都各有特色。这里描绘了志愿军在朝鲜战场上的英雄战绩和人民解放军陆军、海军和空军战士的形象。

诗人们不仅写了战斗中的胜利，也写了艰苦和牺牲——生活中最尖锐的冲突，例如严辰、陈山、胡昭、未央的诗。但是它们使读者感到的不是悲观和消沉，而是革命的乐观主义，战士们的英雄气概。严辰几年来深入生活，辛勤写作。反映朝鲜战争的诗集《英雄与孩子》中有描写动人的战斗场面和战士生活的诗。陈山有较长的部队生活的体验，跟战士、群众有感情。这首慰问军属的诗《永远纪念他》中的感情是结实的，不是浮夸的。

未央和张永枚都是值得注意的新诗人。前者已经受到较多的介绍，后者则似乎还没有为广大读者所认识。

未央出过一册《祖国，我回来了》的诗集。他的某些作品虽则有一些散文化的缺点，但是他的诗有一个主要的优点，那就是内容充满真实的革命的热情。这里所选的《枪给我吧！》是他的突出的作品之一。诗中创造了用最后一颗子弹消灭了侵略者而自己牺牲的志愿军战士行战士的形象，也写出了他的一个英勇的战友——也就是作者自己的形象，鲜明的反映了我们的军队的本质——一个有高度政治觉悟的革命的集体。这样的军队是不可战胜的。死亡的描写在这里不带任何消极情绪的痕迹，而是把读者的思想感情，高举到一个崇高的精神水平上。在读者面前，好像出现了烈士的一座庄严的青铜的雕像。诗人创造了典型。只有亲历事变、深入斗争，跟对象有着非常密切的关系、具有饱满政治热情的人，才能够写出这样激动人心的诗：

> 松一松手，
> 同志，
> 松一松手，
> 把枪给我吧……
> 红旗插上山顶啦，
> 阵地已经是我们的。

在另一首《我们的武器》中，那些"仿佛我们的心在荒芜"等段落也几次地在诗评中被引用。这是洋溢着作者的真情实感的作品。

张永枚的诗集《新春》也是以朝鲜战争为题材的，《屋檐下》就是这本集子里的。刻画人物形象有概括力，语言简洁，节奏和音韵也比较好。张永枚的第二个诗集《海边的诗》，也是相当优秀的一本诗集。生活和感情的真实性是他的一些作品的共同的特点。《"五眼井"水》写战士的未婚妻到边疆来探望亲人后告别回家的一个动人的场面。爱情和对祖国以及家乡的爱在这里结合得和谐真实，毫不勉强。这是一首令人感动的诗。作者的另外一些描绘海滨景色和渔民生活的作品也富于色彩。不少诗句含有生动的形象和优美的民歌的特色，但也还有累赘多余等缺点，有些诗的篇幅不经济。但是，应该说，这是一位有才能的新诗人。由于编选技术上的原因，这里还漏选了作者的一首《还乡曲》（《解放军文艺》，一九五五年四月号），描写战士离家六年后还乡的见闻和他的思想感情。这是一篇引人入胜的作品，其中有这样一类细致的心理刻画：

> 走着走着心直跳，
> 我的家拐弯就来到！
> 低声说句我回来了！
> 试一试口音变了多少。
> 乡音没改变人可变了，
> 紧一紧布带正一正军帽，
> 擦一擦奖章抿嘴笑：
> 这就是六七年前的庄稼佬！

诗的最后部分写到家乡所有的人都已经随着社会的改变而改变，有这些透露人民的心声的"一往情深"的句子：

> 故事讲到掌上灯，
> 感谢毛主席教导我们成人！
> 一样的容颜一样的声，
> 人们已不是从前的人……

许多诗人关心着国际问题，写了不少以加强国际间的和平友好和反对侵略战争为主题的诗，特别是歌颂中苏友好的作品。刘岚山、梁南的诗渗透着作者对战斗中的被压迫民族的无限同情。

艾青的《南美洲的旅行》是一组以国外人民生活为题材的抒情诗，描写了种族歧视压迫政策和资本主义制度的丑恶。《一个黑人姑娘在歌唱》有巧妙的构思和鲜明的对比。但是，不能使人感觉到在殖民主义奴役下的人民的反抗的一面，不能不说是这组诗的一个缺憾。

公木的讽刺国际反动势力的诗显示了诗人的鲜明的爱憎。

看了这些比较优秀的诗作以后，我觉得这几年来，在诗歌创作方面是有一定成绩的。好些作品是有饱满的政治热情的，是和人民群众的思想感情一致的，是从群众的生活的激流中产生的。不少诗人和人民一同呼吸着，是实际斗争的参加者，他们深入生产建设和国防战斗的最前线。因此，他们能够反映群众的生活和斗争，抒发真正从生活中来的真实的思想感情，群众的思想感情。诗里面有着时代的声音，社会主义的声音。

经过反对资产阶级唯心主义思想的斗争和肃清胡风反革命集团的斗争，诗歌创作和理论中的资产阶级唯心主义思想影响，已经有了初步的清除。那些空虚的、暧昧的、颓废的、反动的诗歌，以及为这种诗歌作宣传的理论，已经受到初步的批判。对诗歌战线来说，肃清反革命集团的意义是特别重大的。斗争使我们在思想方面，在党性立场的巩固和提高方面，前进了一步。

在艺术技巧方面，诗歌创作中特别容易犯的概念化、标语口号化、公式化的毛病，在党的正确的文艺方针的领导下，几年来也有了一些克服。由于许多作者深入生活和注意了现实的真实的反映和人物形象的描绘，过去常见的那种空洞的叫喊和人云亦云的抽象的议论已经减少了。诗里面逐渐较多地出现了一些新人的形象。

典型形象，这是艺术反映现实生活和教育人民的特殊手段，诗歌也不能例外。尽管诗歌的典型化方法有它的特殊性。可是不幸，在诗歌创作方面，创造典型形象这个问题讨论得太少了，好像这只是文学的别的样式，特别是小说和戏剧创作中的事。也许这就是诗歌中的概念化、标语口号化倾向特别泛滥、长期不容易克服的原因之一。诗歌评论不发达的情况已经到了必须改变的时候了。我们应该多多地探讨诗歌创作中的典型化问题。

在诗歌领域中不重视典型形象的创造问题，可能是由于对抒情诗的不正确的理解，以为"抒情"那就是抒情，这里和人物形象不相干。这是一种误会。

叙事诗中既要有人物形象，抒情诗（以及抒情和叙事相结合的诗体）中也要有人物形象。抒情的主人公——诗人自己，在热烈地评价生活事件，向读者直抒胸臆，倾吐自己的爱憎哀乐的时候（所谓"诗言志"），他的思想、修养、性格、品质……整个精神面貌，也就必然显露在读者面前。诗人自己好像是一件副产品那样必然成为这首抒情诗所塑造出来的一个正面人物的典型形象——或者是诗中其他典型形象之外的另一个典型形象，或者竟然是这首诗的唯一的典型形象，是群众当中的一个先进人物、模范人物。

当然，正面人物的典型形象并不会由于作者的简单的宣告就能够在作品中树立起来，典型必须通过生活中的矛盾冲突才能显示出来。因此，典型化问题同深刻地揭露现实发展中的矛盾的问题是联系在一起的。

读者和作者之间的接触依靠典型的艺术形象。读者和抒情诗作者之间所以能起更直接的思想交流和感情共鸣，还要依靠作品中所流露、传达出来的诗人的形象。因此，抒情诗不能取消诗人自己的形象，像那种概念化公式化的、重复别人议论的作品那样；也绝不能伪造诗人自己的形象，像那种口是心非的、光在最高级的形容词上打主意、用表面的虚伪的热情装饰起来的作品那样。诗人既不能是一个隐身者，也不能是一个旁观者，更不能是一个伪善者！诗人只能是一个革命者，一个共产主义的战士，一个像毛泽东同志所说的"毫无自私自利之心"的人，"一个高尚的人，一个纯粹的人，一个有道德的人，一个脱离了低级趣味的人，一个有益于人民的人"。政治上的敏感和责任感，对于国家、人民利益的密切关怀，以及在革命旋涡中时刻不懈的斗志，是诗人的必须具有的精神品质。

在诗歌艺术技巧上，目前还存在着另外的一些缺点：

不少作品不精练，冗长噜苏；不是内容缺乏含蓄，便是思想不够明确；结构松懈散漫，或者根本看不出有什么结构（这和有些作品没有完整的构思有关），没有冲突，没有紧凑的发展。语言不洗练，没有经提炼和锤炼，因此不准确，缺乏深刻的概括的力量，缺乏令人获得深刻印象的艺术的魅力。诗人的饱满的感情是不能用冗长平淡的语言来表现的。缺乏诗歌的高度的技巧成为妨碍诗歌和群众结合的一个原因。

不少作品缺少使大多数读者读了能够感觉到的节奏和韵的美感，因此同散文没有区别。诗的形式应该多种多样，也应该有新的创造。民族形式当然不是一成不变的。既有旧的传统，也应该有新的传统。但是，作为诗，就不能不顾到诗的特性——节奏；作为中国的诗，希望多数中国人欣赏的诗，就不能不采用或建立为中国人所喜闻乐见和易于接受的、若干种主要的、稳定的形式。目前还是有这样一种现象，诗人写诗人所愿意怎样写就怎样写的诗，群众创作为群众自己所需要的诗。当然，这中间已经起了交流的作用，但是，很明显地，诗人必须努力使自己的作品更多地、更紧密地联系读者群众。

我们的诗歌应该从思想内容上到艺术形式上，都同人民进一步地结合起来，让高尚的音乐的语言到处受到听众的欢迎。

我们的国家正在一日千里地前进，过去革命诗人们所梦想过的社会主义社会，正在我们面前逐步地显露成形！但是诗歌在反映时代、反映现实生活方面是很不够的，是落后于国家和人民的需要的，丝毫也不值得自满。思想贫乏、感情淡薄、眼界不大、内容不深刻、缺少战斗性等毛病决不是少见的。有些曾经发挥过创造性的才能的诗人，这几年来脱离政治，热情衰退，已经赶不上飞跃前进的生活。对资产阶级民主革命一向心心相印，对社会主义革命则还有点格格不入，不熟不懂。只有站在时代的最前面，才能吹响时代的号角。要珍视已有的一些收获，也要进一步地把自己在思想上武装起来。肯定我们的每一点成绩，是为了要鼓起勇气迈开阔大的步伐前进！

1956 年 1 月 18 日

——选自中国作家协会编《诗选》（1953—1955），

人民文学出版社 1956 年版。

二 《诗选(1956)》序言

臧克家

"年年岁岁花相似，岁岁年年人不同。"

人不同。人在鞭笞着时间一刻不停地前进！人在各个领域，每一条战线上创造出时代纪念碑似的业绩，人在社会主义光芒照耀下，幸福的生活着，艰苦的创造着。一九五六年已经成为过去了。而一九五六年合作化运动汹涌的浪潮，永远在我们的胸中澎湃；为了支持埃及的民族斗争、为了反对法西斯蒂在匈牙利颠覆活动所表示的激昂愤慨的情感和气势浩大的声援，将在历史的回音壁上永远地鸣响。一九五六年，对于中国人民说来，它是怎样波澜壮阔、丰富多彩的一个年头呵。

鲁迅说过，诗是民族的声音。对于时代精神，诗应该是最敏感的水银柱。沸腾的生活像海洋。而诗呢，诗就是它的波浪。它反映出社会主义生活的五彩缤纷，它歌唱出人民创造的巨大声音。

"岁岁年年人不同"，诗也循着时间和生活的大步在前进。这部选集，就是它前进的脚步声。

首先，从量上来看，诗的产量越来越大了。它在各个报刊上扩展着自己的园地，它在各种朗诵大会上扩大着自己的声音，它使诗人的队伍一天比一天壮大，它使散文家、小说家也变成了诗人。这本一九五六年选集里所包括的一百二十多首诗，比起去年的总产品来，不过是为数极少的一部分。当我反复阅读这些诗篇的时候，我的心是激动的。好似听到春雨过后，到处活泼泼的水流在淙淙流响；好似看到万里晴空里星群的灿烂。这声音单独听起来，调子是不同的，但合在一起就成为一支一九五六年的交响乐，这光辉是星星点点的，汇合起来就成为一个光明的海洋。

如果仔细地读了这些诗，对它们所表现的思想内容以及表现艺术形式有了比较实际的考察，如果对它们所发生的影响有个比较深切的了解，那么，对于曾经争论过的一些问题，例如新旧诗关系问题，以哪种体裁为主导的问题，会有一个比较清楚的感觉和明确认识的吧。

一九五六年，诗人们对于爱国主义和政治斗争的主题，付出了很大注意力，表现出了很高的热情。这里边有对党和毛主席的歌颂，有对祖国领土台湾的关怀和争取和平解放的深切愿望，也有对帝国主义和反动政权斗争的历史题材。《白毛女》的作者贺敬之，许久见不到他的作品了，为了庆党的诞生三十五周年，他以充沛的热情《放声歌唱》。少数民族兄弟，从衷心里唱出对伟大领袖的颂歌。

诗人们把歌颂毛主席和歌颂目前幸福的生活以及未来的美丽远景联系在一起，字里行间充满了热情，思想性是很强的。

魏钢焰的《赤泥岭》把清末的历史事件和现在的国防连在一起写，他写出了中国人民过去所作的英勇斗争，当日"战！战！战！"那激昂的声音仿佛依然在耳！这是中国人民的气概！这是中国人民的声音！

郭小川去年以《致青年公民》为副标题，写了许多政治性很强烈的诗。他的诗里洋溢着政治热情，诗人的精神和时代结合得比较密切，他尝试着用了自己的独特形式。有的人对他的这种形式感到不习惯。我们觉得，他的这种被人称为"楼梯式"的形式是适合于表现他的诗篇里的那种思想内容的（运用得是否完全成功是另一个问题）。他的《向困难进军》曾不止一次在成千人参加的朗诵大会上朗诵过，许许多多青年人从中得到鼓舞力量。这是政治性很强的诗！它确是起了诗的武器作用。对于意见不同的诗，对于各种类型的诗，在少数人的座谈会上可以讨论它的得失，但更重要的是拿到广大群众里去考验。

公刘前年写的《卡瓦山组诗》《西双版纳组诗》受到了读者的赞美。他去年写的作品《在北方》和《上海抒情诗》比较好，思想内容现实，表现得也比较精练。他的某些作品在形式上对古典诗歌作了生硬的模拟，这不是一条康庄大道。

大家会发现，政治讽刺诗选得太少了。这不是因为选得太严，而是它的产量不多。讽刺诗，是一柄利器，诗人却不大敢轻易地去运用它。把不准，怕伤害了自己。情况确实是这样的。我们读到的一些讽刺诗，不尖锐，不中要害，不能一击使敌人和坏的东西应声倒下。另外，也见到过一些"讽刺诗"，把现象当成本质来"讽刺"，失去了立场，没弄准是非的标准。我们不能为讽刺而讽刺。憎是为了爱。我们希望好的政治讽刺诗能够多产。这取决于人们政治上的尖锐敏感、强烈爱憎，同时也取决于表现艺术的高度成就。

工业建设在突飞猛进。我不断地听到"五年计划"提前完成的胜利喜报，我们也看到了首开记录的新产品的连续诞生，诗人们用自己的诗句向祖国工业方面所作出的伟大成绩发出了由衷的欢呼。这里边有对开山英雄们的歌颂，有对"人造的长虹"——武汉大桥的描绘。写"铺轨"的《六公里》，使得这样枯燥的题目，油然充满动人的诗意。工人高度的劳动热情和竞赛情景，使诗人深深感动，他"写诗和铺轨竞赛"。工人们用铁铺成轨道，而诗人呢，用钢笔给它作了诗的记录。

温承训的《动人的音乐》是很动人的。他是个二十岁左右的青年工人，凭了亲身体验的生活感受，凭了对工作的热爱和自豪感，凭了对写作的苦心学习和谨严不苟的创作精神，去年他写了为数不多的诗。由于这些诗的题材和内容中包含的思想情感，是从深厚生活里提炼来的，所以比较真实，朴素，它是一种现实生活的声音，这声音引导人往高处走。温承训的诗给我们说明了一个问题——生活和诗的关系的问题。

去年的农业合作化运动，潮水似的汹涌，诗人们的热情也高潮一般澎湃。用这个题材写出的诗篇，那数目是极为庞大的。

"把合作的'规划'再三朗读""像吟诵"着"宏伟的诗句"。凡是到过合作社，听解说员拿一支魔杖似的小条子指点着一张"规划图"在讲解时，总会发生同样情感的吧？有比这更动听的声音吗？有比这更富有想象力更富有现实意义的诗情吗？

诗人们用了自己的诗句，和"风驰电闪般前进"的祖国一道前进。农民诗人王老九把四个民歌风味的诗句赠给"三户贫民"。连什么是诗怕也说不上来的农民习久兰也唱出了"尖峰岭，半背窝"这样的诗来。《牧人的幻想》表现方法颇为新颖，抒情味道很足，而《红色草原牧场散歌》呢，情调是幽美的。

部队生活题材的诗，在这本诗选里占了相当大的地位。蔡其矫的《海防线上》，用了比较深沉的调子，表现了海军战士对祖国深切的爱。《红军坟》用了历史上的故事，写出了遵义人民对红军的热爱。张永枚、韩笑、辛治的三篇短诗，是写爱情的。写得比较含蓄，活泼。

在国防战线上，我们各种兵种的战士们在紧张地工作着。这些和平的保卫者，还有那些远在朝鲜的"志愿军"，怎样地在锻炼着，学习着，在为把自己造成现代化的国防军而努力！还有远在边疆的那些从事建设的大军，他们又是以怎样的精神在同顽强的大自然作殊死的战斗。在我们的诗篇里，只看到个别的武装身影，只听到比较柔软的抒情小曲，这一切，比起那些惊天动地的大场面，比起那高入云霄的雄壮的号角，是太少了，也太微弱了呀。

作为六亿人民大家庭里的兄弟民族的生活，像一座金矿，放射着光彩。诗人们从中汲取了灵感，写下了许多美丽的诗篇，其中有过去黑暗时代悲痛生活的回顾和目下幸福生活的对照，像《热芭的歌》；更多的是对于解放以后新生活所喷放出来的清新气息和快乐的情调。翻身的美丽草原，"喷泉"边上的姑娘；是音乐家、是舞蹈家、是诗人、是农民又是牧羊人的撒尼人，——这些形象和大自然景色都是令人喜爱的。人同自然风物，都像拂去了旧灰尘一般清新明亮。人民是怎样热爱眼前的这幸福生活呵。

这里边包括了《虹》和《双棺岩》这样的神话故事诗。这都是各兄弟民族的文化财宝，多少年来却埋在尘土里。今天，它们在光天化日之下闪出动人的宝色。这些在各族人民口头上流传了不计年载的珍珠似的诗歌，沉痛地一字一泪地诉说着过去生活的不幸和他们对它作斗争所付出的牺牲！这里边也含着对于未来的美丽希望。这些珠宝是美丽的，但也是悲惨的。

这里边也包括了《情歌》，一种最天真的情感的流露。

不但题材是有关各个兄弟民族的，许多作者，都是各民族中出色的诗人和歌手。

诗人们不但对祖国的社会主义建设事业，热情澎湃地放声歌唱，更把眼光远远地放射到我们的国境线以外，对于那些反抗殖民主义为民族独立而斗争的英勇民族，付出了高度的同情，唱出了中国人民的心声，表现出了中国人民伟大的支援力量。对于那些企图颠覆社会主义国家基石以便在上面重建资本主义制度的帝国主义，诗人们表示了极大的愤慨！诗人们以感同身受的关切抒发了怒不可遏的激情，这种激情就是我们六亿人民情感的体现。一个获得了自由的人，才知道枷锁的滋味，更加同情那为打开它而作的斗争。中国人民在这方面是有着沉痛的经验和光荣的奋斗历史的。

在去年的诗歌创作里，这种情况具体地表现在以埃及和匈牙利事件为主题的作品上。这样的作品，真是雨后春潮一般的汹涌，要想计算它们的数目那是困难的。中国人民像一座火山，诗句就是它喷放出来的正义的火焰。许多别的题材，可以写成小说也可以写成诗，像埃及和匈牙利的反殖民主义、反颠覆活动的火热斗争，诗却是最及时最锋利的武器。实际上这类题材的作品，诗歌占了压倒的比重，从这里可以见出诗歌的特点和它的独特性的作用来。这些作品，是中国人民情感的表现，正义的高扬，它含蓄着中国人民伟大的力量，它就是六万万人民诗的宣言！这些诗篇，诗人创造它们的时候，可能不是字字雕琢而是被激情冲击而出，当然它们不可能篇篇都是艺术价值很高的，但许多作品却并非单凭空洞的热情在叫喊，而是通过动人的形象和不同的表现方式创造成功的。我们选的作品不能说很多，这并不是说没能够入选的作品都是次等的，例如谈微发表在《人民文学》上的《致埃及》，就是一个第一次发表诗作的新诗人的比较优秀的作品（它超过了我们的选取限制：五百行）。

艾青去年发表了他的《大西洋》，表现了诗人的政治热情和对于人类和平未来的确信和希望。读了《北非集》心里能不激起反抗的情感？意志能不挺然立起？《一个华侨在美国的遭遇》，像一面玻璃镜子，照出一个不幸者可怕的悲惨和愤怒的形象，同时也照出了美国，这个劳动人民的活地狱的残狠狰狞。

如果留心注意一下，显然可以见出去年诗歌的领域是宽得多了。这表现在题材的广泛上，表现在形式的多样上，也表现在诗人队伍的扩大上。从这里可以看出"百花齐放"的方针，在诗歌创作方面所起的作用。

　　抒情诗多起来了。其中包括了过去几年来没有人触及的题材，像对自然风景的描写，像怀古、赠友，等等。表现式样也多起来了，有自由体，有民歌体，有大致齐整的格律体，也有像林庚这样的"九言体"。

　　去年的诗歌创作产量所以丰富，是和诗人们接触生活实际不能分开的。诗人们，被伟大祖国日新月异的景象所吸引，被吹开了百花的和风所鼓荡，一种要求打开眼界、接触新生活的热切愿望使得他们走出书房，走出狭窄的天地，当诗人们的眼界打开的时侯，他们的心灵也豁然开朗！去年一年，田间、徐迟、方纪、力扬、冯至——都曾经东南西北地或长或短地游历参观过，他们带回了一些作品。有些老诗人，几十年来与诗绝缘了，去年，诗的情感又在心里汩汩地流，像四百年古墓里掘出的莲子又在阳光下重新开了花，诗人在一片清新的空气里也产生出不少的诗，如果要例子，最典型的就是汪静之了。

　　前二年在诗坛上崭露头角的青年诗人，像公刘、闻捷、邵燕祥、顾工、严阵……去年都写了不少的作品，这些作品有的写得是不错的，可是，把标准放得严格一点，把他们去年的作品和前年的作品对比一下的话，在表现力方面是更强了一些。但从作品的思想内容，从它们所表现的现实及其深广度上着眼，我们觉得年轻的诗人们，还应该更向前跨出一步！这是创作问题，但它和生活关联着，这一点，留在下面再谈吧。

　　这个选集里，选入了一部分旧诗词，新旧诗合成一集，该是一个创举吧？去年，关于新旧诗关系的问题，有过许多争论，而毛主席的那几句话，应该是一个公允的结论。"五四"以来，我们反对过旧诗，可是，那是怎样的一种旧诗呀。死板的形式装着封建思想意识，像棺材板里装着僵尸。我们为什么不应该反对它？而今天的旧诗呢？今天的旧诗在为社会主义服务！凡是为祖国建设尽力的东西都是好的，都应该肯定。有了拖拉机，锄头和牛马就无用武之地了吗？这个比喻也许不恰当，我的意思是说，今天，旧诗虽然由于用文言作表现工具因而有它的局限性，但它的作用谁也没有忽视过。旧诗里有许多空洞的滥调，但这应该从诗人对待生活的态度以及诗人表现能力方面去着眼，不能看了不好的连好的也给否定了。

郭沫若是"五四"以来社会主义现实主义诗歌传统的奠基人，他的旧诗也写得清新真切，有生活实感，有艺术表现能力。柳亚子，凭着高贵的正义，用了沉健的笔触抒发了他对蒋介石反动政权的愤恨和对共产主义的向往之情。大家只知道齐白石是一位有名的老画家，不知道他也是一位不平凡的诗人。他的诗像一块璞玉，质朴纯真。他的许多题画诗，令人喜爱。当我们读到他《题友人冷广画卷》的诗句："灯下再三挥泪看，中华无此整山川"，好似抚摸着一颗滚热的爱国主义的心。田汉的《旧句忆录》苍劲动人，类如"乾坤硬骨余多少，莫作顽铜一例磨"，这些句子，早已深印在一般人的心中。雪邨的《新田集》虽系旧曲，语意新颖，活泼泼地充了生气。

旧诗词方面，我们选得比较严格，然而不论在内容和形式方面，都保持了题材的多样化和各自不同的风格。

上面所谈到的这许多收获，表现了诗人们一九五六年创作的旺盛。这是应该肯定的，值得我们高兴的。下面我想谈谈它不足的地方和应提出来引起注意加以研究的几个问题。

当我读了一九五六年里发表出来的以及未发表出来的许多诗篇，心里一方面很兴奋，同时又有点不满足。觉得里边缺少了一些重要的东西。

诗人们所触及的现实方面已经相当的广泛了，可是对于现实的最重要的东西表现得不够。好似听一支交响乐，缺少了强有力的主调。写兄弟民族历史神话题材的占的比重相当大，对于解放后他们各方面的巨大变化，反映得显然不够有力。对于国家社会主义伟大建设事业的各个方面，也缺乏比较有重量的诗篇来表现它们。在描写现实的时侯，诗人们抑不住内心的欢欣，用了歌颂的调子抒发了自己的情感，读过以后，使人感觉眼前一片光明，心中无限欣喜。而事实上，在社会主义建设里，沁透着人民的汗滴，充满了艰苦斗争的精神。只从外表上歌颂它们的成就，是不够的，还应该把劳动人民克服困难的雄伟气魄和伟大力量写出来。乐观不应该是廉价的，必须深刻地体验到建设事业的艰苦性和人民克服困难的坚强意志和战斗精神。对于一件事情，我们想象的时候或一瞥之下，往往感觉很容易，很有诗意，当你真正钻进它里边去的时候，情况就有点不同了。我总觉得，诗人们还没有抓住时代精神，作品的思想性还嫌弱。"百花齐放"以来，诗人们写作的范围宽敞了，这是值得欢迎的。可是随着这情况也发生了一个倾向：诗人们写他们所看见的所喜好的东西，却不大注意衡量它意义的轻重，价值的大小。

一九五六年许多作者，特别是年轻的作者，写了为数极大的爱情诗，这类诗稿涌流似的涌进了各种报刊的编辑室。爱情的题材，万古长青，是永远也唱不完的。爱情是人生的一个方面，它可以鼓舞人前进，可以表现一种旺盛的幽美的情感和心境，也往往在爱情的描写里表现出对不合理社会现象的反抗和斗争。爱情主题是该受到欢迎的。可是，如果从爱情的描写里抽去了高尚的情操，使它变成一种低级的情感的一个出口，使读者从中得到的是色情感觉的满足，或是享乐的思想，这样发展下去，以至成为一种不健康的倾向（类似《吻》或别的一些发表和未发表出来的诗篇），这就值得我们严重警惕了。这种现象的发生，追寻思想根源，会追到极端自由享乐思想这窝巢里来的。青年同志们常常把光明的得来看得太容易，不大清楚革命先导们过去为了推倒旧的反革命势力所作的严重残酷的斗争，和所付出的伟大牺牲，对待眼前的现实，也往往不大看出它的艰苦性，只看到它成功的一面。有时幻想代替了现实，追求一些个人主义享乐的东西。不健康的爱情，就借"百花齐放"的机会露出头来了。老实说，这类爱情诗，比起旧诗里的"香奁体"还瞠乎其后。

去年，风景诗大量产生，这是值得欢迎的现象，其中确有不少优美的作品。描绘了新中国的大好河山，令人从心里兴起热爱祖国、热爱社会主义生活的情感。可是有许多风景诗倾向是不好的，它表现了诗人情感的不健康，读过以后，令人感到消沉。这样的一些诗篇，辞藻往往很华丽而内容却是陈腐的。作者借着歌咏风景抒发了和时代抵牾的情绪。美丽的风景画片，康强的爱情诗，是需要的；但在我们这样的时代里，在我们这样的社会里，还有比这更重要的东西值得诗人们去歌颂，去表现。古今中外称得上"伟大"这个称号的诗人，几乎没有一个不是集中有力地表现了他们置身的那个时代的精神和社会现实的。这里只举熟悉的两个例子。杜甫一生写了多少美丽的诗篇，他晚年随着足迹所至写下的那些风景片段和思想生活的记录小诗，多么真切动人啊，然而历代以来提起他的作品，首先是他的《三别》《三吏》。白居易一生写下了三千篇诗，玲珑美丽的不在少数，然而他自己的评定是"十首秦吟近正声"。

这并不是说，只许诗人写什么，不许写其他。谁也没有权力这样作，也不该这样作。可是，诗人本身，也要想想自身的责任；要想想叫作"诗"的这种声音在群众当中所发生的作用，因而警惕自己！我们一定要提高作品的思想性，一定要去追求、抓住时代意义、现实意义强大的主题！不能只从外表上去歌颂祖国伟大事业的成功，同时也要看到人民的艰苦斗争和伟大的创造精神。

一个工业上的鞍钢，早就建立起来了。为什么我们不要求自己也来一个诗的伟大建设？

一座人民英雄纪念碑巍峨地建立起来了，为什么我们不要求自己也建立起一座诗的英雄纪念碑？

当然，白手起家在诗的创作天地里是不可能的。这就联系到诗人和生活关系的老问题上来。

王国维曾经把诗人分成主客观两种。他说："客观之诗人不可不多阅世，阅世愈深则材料愈丰富，愈变化，《水浒传》《红楼梦》之作者是也，主观之诗人不必多阅世，阅世愈浅则性情愈真，李后主是也。"今天的诗人举手赞成这种论调的恐怕不多了，可是，另一种变相的见解却迷醉了许多人：诗人和小说家不同，不深入生活，走马看花，只要灵感一动，也可以写出好诗来。小说的典型创造和抒情诗在创作上是各有特点的。可是，以此为据，认为一个诗人可以少些深入生活，多些凭自己灵感，我觉得，如果不是认识错误，就是以此作为不到火热斗争里去的一个借口。"不入虎穴"是得不到"虎子"的。不深入生活里去，是不能写出表现伟大现实的深厚雄伟的纪念碑式的大诗篇来的。在诗的领域里所以还没有产生伟大的作品，主要原因恐怕是在这里。一九五六年，许多诗人们凭参观旅行，写下了不少的诗，这些诗，有新鲜气息，却缺乏一种深厚的情感。即使一个短句，没有深厚生活作基础，是没法含蓄有力，永久耐人寻味的。诗要概括。生活愈深，感受愈强，概括的可能愈大，写出来的东西概括力也就愈强！这虽是一个老问题，但对诗人们来说，仍然是一个切身的问题。

　　读完了一九五六年的诗选稿子，在表现力和形式方面，心里有些想法。总感觉内中许多诗，有热情，有新鲜感觉，有诗意，可是写得不够精练，不够完整。一个倾向是：总抑不住自己把该放在言外的全兜揽了进来。诗的好坏是不能和它的长短成正比的。许多诗闪耀着动人的金光，但其中也掺杂了泥沙。粗糙，不精练，诗的意境不完美，成为一个普遍的现象。这由于我们表现力的不够强。表现力与参与、研究、分析生活的关系这里且不去讲它，如何学习有成就的中国和外国诗人们的宝贵经验；对于一篇诗如何苦心经营、艰苦锻炼、反复推敲显然还应该付出更大的注意和努力。

　　在形式方面，虽然比以前的式样多了一点，但还缺乏像闻一多那样在运用创造形式多样化方面试验的努力。散文诗很少见，"五四"时代的老作家，例如鲁迅、刘半农，在这方面给我们留下了多少示范性的美丽作品啊。

　　在形式方面，有的人比较生硬地模拟了古典诗歌，结果弄得半文不白，非驴非马；我觉得，能运用旧形式的，不反对他用文言写古体诗，写新诗一定用现代语言，把向古典优秀诗歌传统学习，仅仅看作字句的模拟，这是"此路不通"的。我看到有的年轻诗人，因为读了古典诗歌,改变了自己创作的表现形式,这当然可以,不过,一个个人的风格还刚刚建立,不好轻易地就放弃了它。写不出好诗,应该从远大的方面去找出原因,坐在房子里单从表现形式上去着力,是徒劳无功的。

在这篇序文将近尾声的时候,一阵阵的冷风带着新的春意从窗外吹来,一轮旭日爬过了我的短墙升上明朗的晴空,光明照耀在我的写字台的玻璃板上,也照耀在我的心上。在这早晨太阳的照耀下,我耳朵里传来了修建桥梁的钻探机的响声,短墙挡不住东郊工业区大烟囱里冲上青天的烟柱。在祖国早晨的太阳光下,伟大建设工作是紧张的,生活是沸腾的,我在默诵着郭沫若大气磅礴、冲击力旺盛的《晨安》和《立在地球边上放号》。我们耳朵里听到的,眼睛里看到的,心灵里感受到的,是一片时代的声音,一片强烈的色彩,一团动人肺腑的欣欣向荣的气氛。郭沫若抓住了"五四"的时代精神,写出了那些辉煌的诗篇,而我们呢,我们应当怎样地深入现实生活里去,抓住它的脉搏,叫它成为自己诗篇的节奏呢!叫后人回忆到我们这时代的时候,不凭历史书而凭我们的诗句。写诗同志们,我们要努力前进呀!

1957 年 2 月 22 日于北京
——选自中国作家协会编《诗选》(1956),
人民文学出版社 1957 年版。

三 《诗选(1957)》序言

臧克家

一九五七年,是诗歌的丰收年。一开始,就出现了一个好的兆头:毛主席在《诗刊》创刊号上表了他的十八首诗词。这些作品,是毛主席长期领导中国革命的经验结晶,它们记录了过去的斗争,反映了现在的建设,描绘了未来的远景。这些作品表现力很强,想象很丰富,有着强烈的现实意义,鼓动人心的革命浪漫主义的气味很浓重。

这十八首诗词，不是一时之作，去年集中地表出来以后，立刻就在国内外引起了巨大的影响，成为人人喜爱的作品。对于诗歌创作来说，这是一个很有力的鼓动和启发力量。中国古典诗歌传统形式如何为社会主义新时代服务的问题，由于毛主席的诗词的示范作用，也得到了圆满的解决。郭沫若、陈毅、叶剑英、田汉……许多位同志，去年创作了大量的旧体诗，为广大读者所欣赏。毛主席用创作实践，解决了新旧诗关系的问题。这就是，能写新诗的，尽可能地写新诗，能对传统形式运用自如的，就用传统的形式去写，诗歌的基本问题，不是形式的问题。这扩大了诗歌的领域，预卜了创作的丰收。

一九五七年，是第一个五年计划的终点，在社会主义建设的各条战线上，都取得了重大的胜利，作出了灿烂的成绩。长江大桥架成了。宝成路、鹰厦路通车了。四十条纲要像有力的号角，农业战线上大军跃动了。

在政治，思想战线上，去年，我们和资产阶级右派分子进行了一场猛烈的肉搏战，粉碎了他们的进攻，使投入战斗的广大人民，受到考验锻炼，思想上提高了一步。反社会主义的修正主义思想乘着国际方面的逆流和国内右派猖狂进攻的时候，也泛滥了起来，遭到严正的批判，终于狼狈地败退了下去。回头想一想，一九五七年，是祖国建设事业奔向五年计划终点的突飞猛进的一年，同时也是充满紧张斗争的一年。

十月革命四十周年，苏联两颗人造卫星先后升天；两个具有重大意义的革命宣言，震动了全世界爱好和平的人心，成为划时代的事件写进历史的册页。

去年，为了争取和平，中国人民做了许多事情，作出了宝贵的贡献。亚非人民团结大会的召开，国际上友谊的往返，打击了侵略主义者的野心，增强了各国人民的友好关系。……

上面所列举的，仅仅是去年许多重大事件、显要成就的一个撮重。这些国内外的重大政治事件，都在诗歌创作上得到了反映。诗人们凭着高度的热爱祖国的感情，歌颂了美好的事物，对反动的东西作了无情的讽刺。

　　毛主席是全国人民爱戴的革命领袖,北京是全国人民一心向往的首都。诗人们,每年都把这作成诗的题目,抒发出自己的满怀热情。虽然年年歌颂毛主席,年年歌颂北京,随着社会的跃进,思想的提高,生活的美好,这些诗歌的内容也就年年不同。毛主席领导我们向社会主义大踏步前进;北京,这两个字就是一个有力的号召。祖国的面貌一日万变,幸福的远景越来越近,诗人的热情一天比一天高,歌唱的声音也更加响亮,这些歌声,是一支和谐动听的交响乐,交响着各族人民的从心里发出的声音。郭沫若同志的《天安门之夜》,陈毅同志的《上妙峰山》,在这一组诗里都很显眼。诗人们歌颂了北京,歌颂了延安,歌颂"光辉的十月",歌颂了"江南""西北";歌颂了祖国许许多多地方的崭新的面貌。

　　去年,"百花齐放"的文艺方针,像和暖的春风,鼓荡起创作的高潮。诗人们凭着亲身的体会,写出了各种题材、各种式样的诗。他们的目光首先投射到重大的会主义建设事业上去,使得那些辉煌的成绩很快地反映到诗歌创作里去。

　　"长江大桥"的落成,是震动人心的一个奇迹,是诗意充沛的一个主题,对于使得"南北天堑变通途"的这"一桥飞架",诗人们唱了多少支动人的歌呵。对于跨越秦岭使得蜀道不再难的宝成路,对于穿山越海的鹰厦路,诗人们都写了诗。阮章竞同志,凭他豪壮的歌声,歌唱了包钢。在狼眼像红灯、风沙搅得天地浑昏的这荒凉原始地带,现代化的工业找到了基地。在工业建设的战线上,我们还可以听到大戈壁上勘查队员的脚步声、钻探机的音响,还可以听到棉纺厂和水电站的歌声……

　　歌颂新农村的诗,给人一种新鲜的感觉。人在征服自然,生产战线上大军在进行。诗人们以抒情的短章,生动活泼地反映了眼前的新气象和个人的喜悦心情。但是,气魄较大能够和农业生产脚步配合得上的诗还比较少。

　　诗人抓住斗争的现实,描写了我们威武的海上舰队,描写了我们的解放军和有名的将领，也写出了兄弟民族对人民军队的深厚情谊。以往的斗争，不论对帝国主义或国民党反动派的军队，那壮烈的情况也使诗人不能忘怀。适夷同志的《山中杂诗》，萧三同志的《敌后催眠曲》，写得颇为动人。其他，写长征的，写长白山战斗的；写追忆延安的，都充满着诗人的热情，在我们面前展开了一幅鲜明的军事斗争的画卷。

去年的诗歌，比起前二年来，有一个显著的特点，这便是讽刺诗的大量产生。去年夏天，资产阶级右派分子，借口帮助党整风，猛烈地向党进攻。党内的反党分子也乘机里应外合，晴天里一时乌云滚滚。反右斗争唤起了全国人民，一齐参加了这一场你死我活的战斗，经过了一场全民性的大辩论，终于云过天晴，右派和反党分子丑态毕露，一败涂地。这场战斗，对于诗人是一次严格考验，许多"诗人"滚入了右派的泥淖。他们反党、反社会主义。在创作和理论上否定文艺为政治服务，否定时代主调和重大主题。写一些颓废、伤感、个人主义没落情调的"诗"，毒化人民。针对着这些右派分子、反党分子，诗人们及时投出了尖锐的武器——政治讽刺诗。这些讽刺诗是诗人们在参加斗争中写出来的，因而也就起了推动斗争的作用。袁水拍同志用了他熟练的民歌体，写出了《糖衣炮弹之战》。郭小川、沙鸥、邹荻帆等同志也写了不少的讽刺诗。讽刺的对象，当然不限于国内的右派分子，对于美国一再吹嘘的人造卫星上不了天，诗人们也嘘出了嘘嘘之声。讽刺诗是诗阵地上的尖兵，它永远对坏的、落后的事物起着打击和批判的战斗作用。

苏联的人造卫星，是科学的最高成果，它多像神话故事呵。它证明了社会主义制度的优越性，它的声响成为划时代的强音。人造卫星带着全世界和平人民兴奋、喜悦、惊奇的目光在高空飞翔，它启发了诗人们，鼓舞了诗人们。一种高度的革命浪漫主义的热情和美丽的想象，使得几乎所有的诗人都为它歌唱。这些诗带着夺目的光芒，新颖的幻想，动人的音响。从来不写诗的人也把第一篇诗献上。这两颗新星，照亮了宇宙，照亮了人心，带着万丈光芒。诗人们的诗句好似一支支美妙的哨子被它带着在天里发出声响。

十月革命四十周年，在莫斯科产生的两个革命宣言，再加上卫星上天，对世界和平人民来说是三喜临门。这对于中国人民，意义特别不同，感受更加亲切。苏联是革命的摇篮，"十月革命一声炮响，给我们送来了马克思列宁主义"。于今，四十年了。中国人民在共产党、毛主席领导下得到了解放；社会主义的和平力量在全世界上像潮水上涨。回忆过去，看看现在，想象未来，人人的眼睛被生活的灿烂远景照耀得发光，每一颗心被十月革命所结成的硕果和苏联深厚、真挚的友情所感动。在这个重大的日子里，全世界的重要革命领袖人物齐集在莫斯科，中国人民的领袖毛主席就在其中。阵容的壮大，团结的紧密，和平号召力量的无敌，深入人心的深远影响，真是振奋人心，唤起无限热情和战斗的力量。

中国的诗人们，用了饱满的热情，亲切有力的诗句唱出了"十月"颂歌。歌唱社会主义的胜利，歌唱和平，歌唱中苏友谊，歌唱我们幸福的生活。田汉、李季、郭小川等许许多多诗人的诗句像一支又一支各具风味的乐曲，合奏成雄壮和谐令人振奋的十月交响乐。

歌颂人造卫星、十月革命四十周年、两个革命宣言的诗篇，在去年的诗创作中占了很大的数量，质量也比较高，它们作者的范围也比较广，是呵，这样的主题，本身就是一首伟大的史诗！是呵，"东风压倒西风"，诗人们怎能按得住诗的冲动？

中国人民是爱好和平的，喜欢朋友的，去年，我们和许多国家有了频繁的友好往还，诗人们唱出了许多表现这种和平友好的真实动人的歌。田间同志到过芒市，用民歌风的诗句写了不少这类的短歌。中国诗人们，怀着和平共处的愿望和神圣的正义感，对于那些殖民主义国家的罪恶作了讽刺和暴露。

在去年诗歌的大交响乐中，兄弟民族的诗人们的声音是很响亮的。他们歌唱大家庭的温暖，歌唱幸福的生活，歌唱美丽的河山，歌唱爱情，歌唱眼前的灿烂远景，更以最大的热情、激昂的情调歌唱敬爱的毛主席和共产党。兄弟民族，几乎人人是歌手，他们唱得天真，热情，朴素，美丽。

　　凭着上面粗略的叙述，可以看出去年时歌创作的一个大的轮廓，不但产量比前年丰富，质量也提高了。大鸣大放期间，虽然有一些"右派诗人"在乘机放毒，叫嚷着写"真实、亲切"的诗，企图迷惑读者，使他们往个人主义情调的牛角里钻，可是诗人们很快地就批判了这种谬论和他们的颓废、感伤、反党反社会主义的毒草，用自己的创作反映了祖国伟大社会主义建设事业的各个方面。题材是广泛的，风格也是多样的。这里边有爱情诗，也有风景的画片，我们读了只觉得它们里边含着一种美好的东西，能激动人的健康向上的情感，读一遍还想再读一遍。

　　从这个选集的作者方面着眼，可以看出，去年许多领导同志和前辈诗人运用了不同的形式，创作了许多优美的诗篇。此外也有不少青年作者的名字第一次出现。他们用年轻的歌声唱出了自己对生活的颂歌。诗歌的队伍越来越壮大了。反右以后，诗歌的阵地越来越坚固了。因而，诗歌的音调也就越来越高昂了。

　　读完了这个集子里的最后一首诗，我掩卷默想了起来。我想着当我读着这些诗篇时候的感觉，它们给了我很大的喜悦。可是，它们当中，好似一只手抓住人永远不肯放下的那样力作还是不太多。诗人们对祖国是热爱的；对政治事件是敏感的；对重大主题是注重的；对新鲜事物是喜悦的。只差一点，那就是对斗争生活的深入不够。诗歌创作没有深厚的生活基础，好似花木没有深厚的土壤，在这种情况下写出来的诗，不容易为广大劳动人民所喜爱，诗歌仍然限制在不太宽广的天地里。诗歌应该是群众性最大的一种文艺作品，一篇好诗出来，马上传诵全国。诗歌的群众性问题，里边包括形式、语言问题，然而最重要的，还是诗人投身到人民的火热斗争生活里去锻炼改造自己的思想情感。这样，才能够正地用劳动人民的情感去感受生活，才能真正反映出沸腾的生活，成为社会主义时代的歌手。

　　去年，反右斗争以后，中央号召干部下放。许多作家、诗人别下到村、工矿、各种不同地区不同生产岗位上去了。这是一件大喜事。

大跃进的声音在去年虽然才开始了序曲,但是已发生了划时代的影响。诗歌方面,已经有了新的征兆,新的初步收获。改变诗风,使诗歌成为人民喜见乐闻的东西,取得更大的丰收,为期已经不远了。

1958年3月28日

——选自中国作家协会编《诗选》(1957),

作家出版社1958年版。

四 《诗选(1958)》序言

徐 迟

这是编选诗歌选集以来的第四本诗选了。1953—1955年,选出了头一本。1956年和1957年,又各选出了一本。近几年来诗歌界欣欣向荣的面貌和生气蓬勃的发展情况,可以从这几本诗选中清清楚楚地看到。

但是,1958年的诗歌界却出现了普遍繁荣的、盛况空前的图景。这大跃进的一年里,国家的各个方面的生活,全部面目一新。而诗歌界在文学艺术各个部门的大跃进中,显得更为突出。对我国的诗歌创作来说,1958年乃是划时代的一年。

到处成了诗海。中国成了诗的国家。工农兵自己写的诗大放光芒。出现了无数诗歌的厂矿车间;到处皆是万诗乡和百万首诗的地区;许多兵营成为万首诗的兵营。

几乎每一个县,从县委书记到群众,全都动手写诗;全都举办民歌展览会。到处赛诗,以至全省通过无电广播来赛诗。各地出版的油印和铅印的诗集、诗选和诗歌刊物不可计数。诗写在街头上,刻在石碑上,贴在车间、工地和高炉上。诗传单在全国飞舞。

生产劳动产生了诗歌,诗歌推动了生产,推动了生活向前进。

而在这多民歌的影响下,诗人的作品也有了很大改变,很大提高,有了新的面貌,新的风格,新的声音。

回顾这一年，可以清楚地看见这样壮丽的图景。构成这壮丽的图景的因素是很多的。

一个根本的因素是在总路线照耀下的、工农业生产全面大跃进的现实生活。

一个重要的因素是毛泽东主席的诗词作品。

1958年1月，毛主席的一首《蝶恋花，游仙（赠李淑一）》的词发表了。10月，又发表了《送瘟神》两首七律。这是这一年诗歌界的大事。它们一经发表，到处传诵，发生了很大影响。

《蝶恋花》是一篇激动人心的作品。篇幅很小，仅只六十个字，却蕴藏着巨大的革命想想内容。它表现了革命家的感情，革命精神和革命的乐观主义。神话与现实，抒情与叙事，传统与创造，美妙地结合在这首词中。革命的现实主义和革命的浪漫主义，美妙地结合在一起。

《送瘟神》二首又是一篇"浮想联翩"的作品。诗序中，说出作者为血吸虫病的消灭奋喜悦，以至"夜不能寐"。诗人的想象纵辔驰骋，在诗的世界中，无拘无束，坐地巡天，看到天连五岭，地动三河……他把消灭血吸虫病这样现实的题材描绘成为极富浪漫主义色彩的瑰丽的画幅。

这三首诗词的发表，正如1957年发表的十八首诗词，激起了深刻、广泛的影响。它们是高度凝练的作品，诗思精微，声韵优美，叫人过目成诵。它们有一种强烈的美，强烈的吸引力量、感动力量。

在《蝶恋花》发表以后不久，革命的现实主义与革命的浪漫主义相结合的创作方法，被热烈地讨论和学习了，文学艺术的创造天地立刻大大的开阔起来。诗歌创作呈现空前辉煌的前景。

这些诗词和指示使整个诗歌界获得了这种新的、积极的、有理想的浪漫主义精神，革命的浪漫主义精神。

另一个重要的因素是人民群众自己创作的新民歌，大跃进民歌。

1958年2月，第一届人民代表大会第五次会议举行了。各地人民代表在北京怀仁堂的庄严的讲坛上发言时，许多代表都在发言中引用了描写劳动热情、鼓舞革命干劲的民歌。这会议可以说是一个诗意充沛的伟大会议。

诗人肖三称这些民歌为"最好的诗"。这些民歌，内容丰富，气势雄壮，充满了社会主义的思想感情，而且数以万计，数以亿计。

它们是人民群众在大兴水利、征服山河的运动中开始大量唱出来的。因此，它们一出现就显示了集体英雄主义的雄伟气魄和宽广的理想。它们歌唱了六亿人民的巨人的形象，这样的巨人制服了龙王、玉皇，陕西的民歌《我来了》就是写的这样一个巨人，现在这已是一首著名的代表作了。这首民歌写的是我们这一代人的情感，这一个巨人就是六亿人民的化身。

在大跃进民歌中，出现了翻江倒海的大气魄，也出现了以生动的艺术形象歌唱党和党的政策，歌唱毛主席的美妙的诗句。它唱出了把一条大河"摆正放平垫石头"这等雄伟的劳动场景。唱出了装粪来的小篷船"穿过柳树云，融进桃花山"的美丽的形象。崭新的生活，热烈的劳动，崇高的风格，远大的理想，无不被大跃进民歌表现得淋漓尽致。它充满了乐观主义的精神，它有优美而又淳朴的语言。许多大跃进民歌又正是实践了革命的现实主义与革命的浪漫主义相结合的原则的最好的作品，因此它一出现就有不可抗拒的吸引力，强烈的感染力，思想性高，艺术性强。

而最值得注意的是大跃进民歌的歌手人数众多，队伍大。周扬同志在《文艺战线上的一场大辩论》中曾经预期的，在反右派斗争胜利，扫清了道路以后，"几十路、几百路纵队的无产阶级文学艺术战士可以在这条路上纵横驰骋"，已经在大跃进民歌的涌现和气势磅礴的发展中露出了端倪。

适应了这种诗歌大跃进的形势，许多地方召开了诗歌会议，如河北文联在诗泉之村南水泉开了个现场会议；陕西召开了新民歌座谈会，白庙村赛诗之风吹遍全国；云南召开了少数民族文学工作会议，集数百民歌手于一堂。至于专区和县的诗会更是多不可数。在北京，民间文学工作者召开了全国性的会议，曲艺工作者举行了全国性的会演。

首创于云南的采风机构，到后来到处都成立了。群众文艺创作活动有组织，有领导，有计划，遂以空前的规模展开，六亿人民同声歌唱起来。全国震响着社会主义的歌声。

大跃进民歌被目为共产主义文学的萌芽。它对于诗歌创作已经发生了难以估计的影响，周扬同志说得好，新民歌开拓了诗歌的新道路。

第三个重要的因素是大批诗人响应了党在文艺界反右斗争以后提出来的深入生活的号召，纷纷下放到人民群众的火热的斗争生活中去了。

他们下乡、下厂，建立生活根据地，决心长期和动人民生活在一起，在劳动中、斗争中和群众结合；劳动、工作和写作同时进行。

诗人田间，下乡到河北怀来花园人民公社。他在农村中参加了挖渠、种试验田、种果树等劳动，还和县委书记乡委书记一起搞生产规划。规划订出之后，就搞街头诗画。河北省的好些县都成了诗画县。田间同志下乡后，写出不少短诗、街头诗，收在《1958年歌》等诗歌集中。

下乡到甘肃的诗人李季，在一首《祝丰收》中："敢问河西英雄汉，小麦何时上五千？"张掖地委书记把它在四级干部会议上朗诵了。与会者集体作了一首诗："粮棉高产再高产，答谢诗人一片心"，诗人下放之后，和群众的关系，又比以前更加紧密了。诗人闻捷也到了甘肃。他们两人都写出万余行诗，他们在创作上也得到了丰收。

阮章竞在包头已经两年，他活跃在包钢的工地上，称包头为"诗的世界"。他工作得很紧张，写的不少。此外，如严辰，到了东北，歌唱黑龙江；如戈壁舟到了四川，写了一些亲切、朴素的诗歌。各地的许多诗人，也都这样做了，深入工厂、工地、公社和兵营，深入生活中。他们这样做，不仅刺激了自己的创作，而且推动了群众创作。

1958年里，工人创作的诗歌大量出现。他们本着自己阶级所有的鲜明的风格，嘹亮的金属般的音响，歌颂了劳动生活，劳动的英雄主义，唱出了无产阶级的豪迈的感情和崇高的志愿。他们应用民歌体，也应用新诗自由诗的体裁。他们唱出了铜的、钢的、铁的诗，塑造了先进人物的形象，显示出共产主义的风格。《诗刊》上的工人诗歌百首登出后，茅盾同志专文评介，老舍同志称之为"一件大喜事"。在同时发表的，很值得注意的《工人谈诗》中，一些工人诗人鲜明地解答了诗歌怎与群众结合的问题，还提出了工人们喜欢的诗歌的内容、样式和要求。工人诗人以自己的作品，实践了他们自己的主张。他在创作上带来了好些艺术革新的特点。他们吸收了各种好的诗歌形式，创造了多种多样的作品。工人诗歌的前景是旭日一般的辉煌。

如前所述，因素是很多的，它们交织在一起，闪闪放光，构成了壮丽的图景。

正是在这样的图景之前，《诗刊》提出了"开一代诗风"的要求。这已经是全国人共同的要求。"五四"以来，我国新诗歌的发展中，可以看到，两种不同的诗风始终在相互斗争着：人民的诗风，反动的诗风。

封建阶级和资产阶级的没落的、颓废的、反动的诗风在我国不仅有过市场，而且是有过一些不小的影响的。对它们，进行过不断地斗争，也不断地取得胜利，但其残余的影响一直没有铲除净尽，一直到反右派斗的胜利之后。

人民的、现实的、进步的、革命的诗风是早已存在了的。随着革命的发展，这的诗风更加茁壮了。1942年，文艺界确立了工农兵方向以后，出现了许多歌唱劳动人民思想感情，成功地应用了民歌形式的好作品。但是，到了新中国成立以后，还是有一些诗人用不健康的情绪和不协和的嗓音来歌唱。他们的声音扰乱了诗歌界，扰乱了读者的视听。

这里面的原因是错综复杂的。现在还存在着一些重大的问题，如诗人与劳动人民群众的结合程度，政治与艺术的关系等，都还没有能很好地解决；诗歌的形式问题上也存在着非常分歧的意见，经过几次争论，还未能澄清。

突然间，大跃进民歌的出现，给了新诗歌以极大的冲击。"开一代诗风"的口号引起了全国诗人的注意和各地报刊的热烈的讨论。资产阶级的颓废的诗风受到了一次最激烈的扫荡。空气十分新鲜了。

新诗歌的前景，新诗歌的发展问题题，提上了议事日程。诗歌形式问题引起了一场大论争。

论争现在还在继续。不同的意见很多。但尽管这样，诗风肯定的是变了。诗风大振。许多诗人改变了他们自己向来的风格，大家都在努力写中国作风、中国气派的诗歌，都努力在民歌和古典诗歌的基础上发展新诗。

正是在"开一代诗风"和诗风的变化上，我们说1958年在我国诗歌创作中是划时代的一年。这里的所诗歌创作，中间包含大跃进民歌在内，就像这个选本那样的，是以它作为新诗歌的一部分，并以它作为这个时期的新诗歌的主要作品的。

这一年内，老诗人郭沫若在创作上愈加显出了青春的活力，得到空前丰收。他用新诗体又用古诗体写了许多作品，而在访问张家口专区时，更以民歌体为主写了一组"遍地皆诗写不赢"的组诗，这组诗中，不少是弥漫着大跃进农村的冲天干劲和塞上草原的馥郁的芳香。

臧克家写了不少政治抒情诗，也写了民歌体为主的诗。光未然的《塞上行》和贺敬之的《三门峡歌》，写出了我们的公社，我们的工地的新的建设生活，有着浓厚的旧诗的影响，音节铿锵，受到了者的注意和喜爱。郭小川的《鹏程万里》是写国际友谊的，用的新诗体裁，却是以民歌体为基础的一首新诗。

新的一代诗风，是社会主义的诗风，是东风，是民歌的风。这一代的诗风，思想内容已有极大的跃进，但形式和韵律基本上是五七言诗的调子。大跃进民歌和诗人的作品都有着这个趋向。

但也有从五七言诗，从民歌体突破的一种倾向，这个倾向在工人诗歌和某些诗人的作品中可以看出征兆，从农村里产生出来的诗歌中也有一些迹象可寻。

这是说，一种从内容到形式被普通承认，喜闻乐见的诗风，已经出现了。这一年内，诗人和民歌手都在形式上作了不少值得称道的探求。

新诗的发展，已经有了明确的方针，这便是在民歌和古典诗歌的基础上发展的方针。这个方针很重要，它指导了诗人们的实践，它奠定了诗歌理论的基础。

但是，围绕着这个方针，在诗歌的民族形式问题上，还是引起了一场百家争鸣的大论争。这场大论争的展开是因为有一些诗人对新民歌的价值与影响估计不足，给人以轻观新民歌的感觉，也有一些诗人对新诗估计不足，一笔抹杀了"五四"以来新诗的成绩。论争在《诗刊》《星星》《处女地》《文艺报》《人民文学》《蜜蜂》《火花》《红岩》《萌芽》和《人民日报》等报刊上展开，到了年底还没有结束。这个理论探讨的热情，将会带来更加丰硕的果子。

现在，这一年的收获品已经摊开在我们的面前了。这是大丰收之年。这一年的收成太好了。

这一年的群众创作运动的高潮是空前未有的。因之，我们编选这个集子时，感到非常困难。数量太多，我们无法全部看到，质量上又是好的很多，这需要有专门的选集，我们在这里只选了35首。本来，我们想按它们的内容分类，不把它们单独列为一组。现在，把它们单列了，是为了醒目，为了让人们看到1958年大跃进民歌的涌现和它的雄姿，再则许多首民歌都不知道作者是谁，有一些已像传统的民歌那样，发生了地区的争夺了。

这里选了19个工人诗人的创作。他们只是强大的工人诗歌队伍中很小的一部分。但是这些诗人的作品反映了我们工业上的大跃进面貌。鞍钢、武钢、包钢都出现了自己的歌手。贾汪的煤矿工人孙友田是值得注意的一个新人。他让我们看到矿山的跃进大会，"决心书、保证书、挑战书……一摆摆了好几里！"他让我们看是地球深处的一群姑娘，"敢和那乌黑的煤层打仗！"黄声孝是宜昌的装卸工人，他的"左手抓来上海市，右手送走重庆城"，是气势磅礴的诗句，对宜昌港，这个未来的伟大的工业枢纽城市，发出了豪放无比的颂歌。

温承训、李学鳌、韩忆萍等是已经写作了好几年的工人诗人，这一年都写出了不少的作品。温承训的《不老松》表现出相当娴熟的技巧，写景、抒情、叙事都相当好。

从今年的丰富的工人创作中，已经可以看到工人诗人将成为今后诗歌创作的一支生力军。

公社的诞生、大炼钢铁、高产丰收等，农村中的大跃进面貌在今年的诗歌中得到了最充分的反映。老歌手王老九这一年中歌唱了总路线，歌唱了劳动人民扭转乾坤改造天地，歌唱了公社。如果说，以前我们只有一个王老九，现在则是村村社社都有了。刘勇、刘章等，许多农民诗人的声名越出了本村、本县、本省。许多农民诗人出了诗集。许多少数民族的诗人也都已声誉越出了本民族的范围，成为全国著名的诗人。傣族的康朗甩、康朗英，彝族的吴琪拉达等都写出了美丽的诗篇。

公社的诞生是世界注瞩、万众歌唱的大事件。大炼钢铁展示出我们的惊人的高速度的工业发展，也是许多诗歌的雄伟的主题。高产丰收更在我们的诗歌和壁画中得到了十分出色的表现。傅仇和严阵用这些题材写了作品，写得很有特色，很有气魄。有不少下放干部，接触了劳动生活，写出了很好的诗来，只是我们不能在这里选得太多。

1958年的诗歌创作还有一个特点也该提到，就是诗歌在这一年内为生产劳动、为我们的前进的生活服务得很好，并且紧密配合了各项政治运动。在海防前线，诗歌和轰击金门马祖的炮声一齐震响。中国人民志愿军从朝鲜回国，以及全国支援中东人民民族独立运动的示威大游行，都激发了诗人的热情，发出雄壮的歌声。

回顾这一年，这样壮丽的图景实在令人兴奋。我们的心情不能不极度的激动，伟大的祖国，诗歌的祖国，是如此的意气风发啊！"在心为志，发言为诗"，古人早已说过。可是什么朝代，诗歌的创造力像1958年这样的迸发过呢？

然而，生活还在前进，祖国还在前进。

诗歌也在前进。

——选自《诗刊》编辑部编选《诗选》（1958），
作家出版社1959年版。

附录二 新中国成立十周年诗选序跋

一 《十年诗抄》前言

冯 至

一九五七年八月,我曾经把我自从新中国成立以来写的诗编成一个集子出版,叫作《西郊集》。《西郊集》里共有诗五十首,分为四辑,是根据内容区分的。现在重编,把这四辑打乱了,改为按照写成的年月编排,并且删去了五首,换上五首一九五七年以后写的,仍然是五十首。有个别的诗,在字句上做了一些修改。

为什么把编排的次序改变了呢?因为这样更可以看得清在这伟大的十年内我写诗的微小的过程。至于删去了五首诗,是由于它们缺乏诗所应该具有的艺术性,读起来和用散文写的一般短论差不多。其他的诗也并不是完全没有这样的缺点,不过这五首最为显著罢了。使我感到歉然的,是新添进的五首写得也很平常,没有什么出色的地方。

我们的新诗正处在一个极有意义的阶段。随着一九五七年毛主席诗词的发表,是一九五八年新民歌的大量涌现,今年又热烈地展开了诗歌里一些重要问题的讨论,这一切都大大地推动了新诗的进一步的发展。如何不断地加强思想性和提高艺术性,创作出为人民喜爱的诗篇,已经成为诗人们追切的任务。这里的五十首诗,除了表现出作者对于党和人民事业的热爱,思想是不深刻的,艺术技巧上也存在着许多缺陷,它们远远不能符合人民在今天向新诗提出的要求。在这本集子里最后一首诗的最后两行是——

在我们永远做不完的工作里
要唱出人间最美的高歌。

我这样说了,我没有办到。今后应该加倍努力。

在新中国成立以来的十年内,我们全国人民在党的领导下做出来的轰轰烈烈的革命事业,改造社会也改造自然,是史无前例、罄竹难书的。而我在诗歌方面所贡献的却是这样微薄,真象是投入茫茫大海里的一滴清水。可是人们常说,一滴水在太阳底下转瞬间就会干涸,但如果把它投入海里它就永远没有干涸的那一天。但愿我这一滴清水是正地投到了海里,而不是落在海边的沙滩上!我同时希望将来有更多的水滴投入我们波澜壮阔的大海。

《西郊集》原有一篇《后记》,里边的许多话还是我现在所要说的,因此把它印在后边作为附录。

作者 1959 年 8 月 5 日
选自冯至的《十年诗抄》,
人民文学出版社 1959 年版。

二 《难忘的春天》后记

李 季

在这本以《难忘的春天》为题名的诗集里,选辑了从 1949 年到 1958 年我所写作的一百篇诗。

1949—1959 年,这是我们古老而又年轻的祖国新生的十年。这是胜利的十年,辉煌的十年。在这不平凡的十年间,我们六万万个水手,朝着真理的灯塔所指引的方向,跟随着我们勇敢坚定的伟大舵手,把我们祖国这支巨舰,在不尽的历史长河中,乘风破浪,走过了多么英勇豪迈的航程呵！我们胜利了，我们赢得了第一个十年。这是欣欣向荣，充满春意的十年。这是千秋万代，永世难忘的十年。

这个十年，也是我在学习写诗的道路上，开始学步的十年。尽管我在1945年冬天，并在次一年的秋天，写作和发表了那一部被人称为我的处女作的长篇叙事诗，但是，严格地说，我还不懂得一个写诗的人，应该怎样工作。只是从1949年冬天起，我才开始像学步的孩子那样，比较经常地写诗了。在党的教导下，在读者同志们及许多前辈、同辈战友们热情的关怀和鞭策下，我年复一年地写得多起来了。这十年间，我所写作的几百节短诗和六七部长诗，就是我在学步的道路上，所留下来的脚印。

这个十年，也是我在诗的语言、形式方面，探索、尝试的十年。从我开始学习写诗的时候起，我从来就不认为自己是一个具有充分写诗才能的人。只是由于若干近乎偶然的原因，才使我不无胆怯之心地走上了这条道路。既然拿起了这个武器，那就应当把它磨得更锋利些，以便更好地战斗。基于这种心情，我总是不满足于已经取得的经验，总是不自量力地，接连不断地给自己提出一个又一个任务，作为自己探索、尝试和追求的目标。就总的方向上说，我一直在探索着怎样使诗为广大工农兵群众所易于接受，乐于接受，以便更好地为他们服务。作为这种探索的第一个成果，就是我在1945年冬天所写的那部长诗。解放后最初的几年（1949—1952），我又试图以民歌为基调，吸收更多的在生活中涌现出来的，适宜于表现新生活的口语来写诗。在形式上，也较多地采用了更易于表达复杂思想感情的四行体。收集在《短诗十七首》里的《三边人》《报信姑娘》等诗，就是这些尝试的产品。也同是在这一个时期里，我初步地学习和研究了南方民歌（主要是湖南民歌）。为着解决长诗写作中的形式问题，我妙想天开地给自己规定了一项任务：以民歌为基调，广泛采用传统诗、词和新诗的表现手法来写作长诗。这个试验的结果，就是那部虽然经过多次修改，但是一直到今天也不能使自己满意的长篇叙事诗——《菊花石》。1952年冬天，我到了玉门油矿。这时候，我又接触到一个新的问题——怎样用我所已经唱惯了的调子,来歌唱工人和他们的生活?几年来,我以几十首反映石油工人生活的短诗,和一部长诗(《生活之歌》),对这个问题,作了回答。去年——大跃进的1958年,生活瞬息万变,人们的热情如春潮汹涌,干劲冲天。一个写诗的人,应怎样跟上时代的脚步,并为跃进的大军,献上一支赞歌呢?我和战友闻捷同志一起,尝试着写了几十支短歌——"报头诗"。也是在去年,我开始了我已酝酿十几年之久的长诗的写作。从这部长诗的语言、形式方面来说,它是我在这十几年不断地探索、尝试的基础上,所进行的又一次新的探索、尝试。

  十年过去了。我们的祖国,我们的人民,正在自豪地以她辉煌的社会主义建设成就,以她使朋友高兴、敌人惊呆的丰功伟绩,来迎接新中国成立十周年的大庆。比之于祖国的前进步伐,比之于人民的英雄业绩,比之于党和人民所要求于我们的,不论从哪一方面说,我们都作得太少了。但是,对于像我这样一个原本就缺乏才华的笨拙的歌者来说,当我检视十年间所写的作品时,当我编选这本诗集时,却也并不感到脸红。我已经竭尽我的全部才能,全部热情,写了、唱了。我没有虚度年华。我没有为那些微不足道的成就所陶醉,也没有在学习和实践的道路上,故意放慢脚步。限于才能和修养,使得我所进行的那一次又一次的探索和尝试,差不多都没有达到预期的效果,我却从来没有气馁过。"笨鸟虽然展翅慢,总有飞到那一天"。每一次尝试的失败,都为另一次成功,提供了经验。我相信,勤勉可以医治先天的笨拙,学习会使无知变得聪明。

  欢庆第一个十年的伟大胜利,就是为了迎接第二个十年更大的胜利。我希望在第二个光辉的十年里,我能写得更多些,唱得更多些,写得更好些,也能唱得更好些!

作者1959年5月7日于北京北郊病院中
——选自李季《难忘的春天》,
人民文学出版社1959年版。

三 《田间诗抄》小引

田 间

　　这十年来,我在短诗方面的创作情况,这本"诗抄"的本身,能为我作一部分说明。我本不想再说什么。不过,由于出版社热心的建议,我还要来写几句话。

　　我的这本诗抄,不算是一本选集。所收入的一些短诗,虽是从各个单册上选录的,并无严格的标准。已经出过单册的,这里收得少一些;还没有出过单册的,这里就收得多一些,免得再出单行本。

　　至于这些短诗的写作经过,内容方面,不必我多作解释。我到过朝鲜战场两次;近几年,我又走过半个中国。有几本集子,就是行吟之作。当我在草原和边疆地区漫游时,兄弟民族的新生,歌手们的弹唱,以及国内生活的巨大变化,一一震动了我。很想把自己的笔,投向那些高山,去变作一棵树,或者,从他们那里,取下一棵大树,来作为我的笔,让自己尽情来歌唱!

　　诗的形式问题,我一直有这样的希望:在一个总的方向下面,力求丰富多样,最好是能够千变万化。在变化中求规律,在规律中求变化。诗是一种风声,诗是一种火光,诗是一种雷电,诗又是高度文化的一种象征。不应该只局限于一方面。每一首诗,似乎是世界的一个缩影;作者既要继承先行者的优良传统,吸收朋友们的智慧,又要有自己的创造。作风上既要通俗,又要深远;雄伟和平凡,壮丽和纯朴,民歌的格调和战斗性,应该熔于一炉。它们本不是矛盾的,只是我们在实践中,不妨更加注意。

　　写诗的人,要做一名植树的人,要去植树,不能站在一棵果树的旁边,等着来吃果子。

　　写诗的人,要有扎根的地方,也要见闻宽广,我的一位诗友,他是一位革命军人,在他的近作中,写过这样的两行诗:"站在一座小山上,眼睛望着全世界。"这两行诗,引起我的兴趣和同感。我们的每一首诗，要有这样的境界。站的地方要高一点，望的地方要远一点。

我所选择的创作方向，就是为工农兵服务。这个方向，就我的体会，是非常宽广的；因为劳动人民是世界上的主人，人类的命运，也只能由劳动人民来决定。我们的诗，就是劳动者的一面红旗，它要飘扬，永远飘扬。这个方向，我并不是现在才注意的，我愿意坚持下去。全国解放以后，我们的生活，又进入了一个新的历史时期，我自己也由于生活经历的不同，并且深深感到生活正在日新月异，我不能不前进，不能不继续求得新的发展。这些年，由于党的教诲对我的启发，我在格律诗方面，做了一点探索，并继续向民歌进行了一些学习。

新的格律诗，需要吸收多方面的影响，但民歌和古典诗的长处，不能不注意。诗与格律，本不可分。好的自由体诗，节奏鲜明的诗，也有其一定的规律；只是格律诗对格律的要求要高一些。但是，格律本是活的，既不能过严，又不能限于某几种。这一方面的实践，有待于更多的同志的努力，以便互相学习，使之百花齐放。党的"百花齐放、百家争鸣"方针，对我是一个很大的鼓舞，增加了我的勇气和信心，使我不断地向前探索，大胆地向前探索。我相信，创作上的变化，只会丰富作者的风格，不会把他的风格削弱。

创作好像行军似的，每走过一道山，就要准备翻越另一座山；走过千山万水，见到天山也不胆寒；平地上的旅行，走到尽头，仍然是一块平地。

这是一个辉煌的时代！这是一个伟大的时代：1959年，正是中华人民共和国诞生的十周年。我们的共和国，是一位巨人，身经百战，无所畏，无所惧，不骄傲，更不胆怯。他站立在东方，身上光芒万丈。我们很幸运，在党的抚育之下，和他一同长大。在这样的一个时代，写诗的人，工作固然艰巨，同时也很幸运。

我们有民歌和古典诗的经验。我们还有新诗前辈的经验。近年来，外国诗的介绍，也逐渐增多了，使得我们的学习范围，可以更宽一些。

我们现在，完全有这种可能，立足在自己的土壤上，去伸手接受一切进步的影响，接受一切优良的东西。毛主席的诗词，就是一个光辉的榜样，它们的革命的现实主义和革命的浪漫主义相结合的创作精神，是值得认真学习的一个范例。

榜样在前，刻苦地学习吧！高峰在前，勇敢地攀登吧！

十年的时间，在人类的历史上，不过是一瞬。可是十年的时间，在一个人的生活里，是多么重要的时间。当我远望祖国的群山，奔腾的江河，近听群众的步伐；再来翻阅一下自己这一本诗抄，它是多么的渺小。诗集即将付印，这里略志数语，算是一个小引吧。

作者 1959 年 3 月末；记于北京。
——选自田间的《田间诗抄》，
人民文学出版社 1959 年版。

四 《放歌集》后记

贺敬之

这本集子里收的几首诗，是我在一九五六——一九五九年这个期间写的。新中国成立后到一九五六年这个期间，我一直没有写什么东西。因此，总的算起来，十年来一共只能选出这么几篇质量不高的东西，内心实在感到非常惭愧。

新中国成立后，我一直卧病，很多时间住在医院和疗养所。另外，我所从事的工作，又使我不能离开办公室。因此，深入群众斗争生活和从事写作的时间很少。当然，更重要的是由于自己努力不够。所以，我写的太少，写的又太差。

一九五九年，出版社的同志要我编个集子出来。当时我没有做。一方面，是感到东西太少、太差，拿不出手。另一方面，因为我正躺在病床上，身体也来不及。后来，出版社一再催促，也有读者同志们的鼓励，使我迟疑再三之后，现在终于编了出来。

编出这个集子，是作为对自己的鞭策。我渴望在读者同志们的帮助下，今后更努力地向前辈学习，向同时代的许多创造了成绩的同行们学习，以加快自己的脚步。

作者1961年9月3日于北戴河
——选自贺敬之《放声歌唱》，
人民文学出版社1961年版。

五 《迎春橘颂》序

阮章竞

一九四九—九五九年，是奇光竞亮、异彩争妍的十年。我们伟大的祖国，在中国共产党和毛泽东同志的领导下，像东方碧海升起的朝阳，光芒万丈照耀着人类历史。

十年，从人类历史的行程来说，是个微不足道的很短时间，我们的星球围绕太阳运转，也只不过是十圈，但我们伟大祖国的发展变化，超过任何一个伟大童话家的想象力，她的速度，她的光芒，是史无前例的。

我们的先人，留给我们许多美丽的传说和歌儿，希望有个劈山造海、呼风唤雨的时代，希望有个明净无尘的世界，明媚不老的春天。在那里，没有人压迫人。小时候，听老人们的讲述和歌唱中，驱邪逐鬼，创造世界的力量，很多都是神仙和帝王。一代又一代流传着，一代又一代歌唱着，但这些希望和幻想，只能出现在书本里、人心里、幻梦中。

北京、广州过去有很多雕刻象牙的老艺术家，他们在象牙上创作出美丽动人的仙境，而在他们的刻刀周围，却是严酷的命运。许许多多的美好希望，只能寄托在一个不可知的世界里。

人，只能诞生一次，获得一次生命。但是我，诞生了两次，获得了第二次生命。我第二次诞生在伟大的真实的童话时代。在这个时代里，我听到一支最新的歌，它教导我们：从来没有救世主，也不是神仙和皇帝。它号召奴隶们自己救自己！

伟大祖国的儿女们，在中国共产党和毛泽东同志的领导下，亲自动手把盘踞在生养我们的土地上的妖魔鬼怪，消灭干净，把旧世界淤积着的灰尘垃圾，横扫出去。

我亲自看到横行一世的外国侵略者，全部被打走！亲自看到最反动的、最黑暗的，也是最后的一个王朝倒下来！

我亲自看到六亿人民欢呼伟大的人民共和国的诞生！

共产主义——人类的春天，党和毛泽东同志给六亿人民带来了。我亲自看见一个劈山造海、呼风唤雨的巨人时代，出现在自己的国土上！远非我们的先人所能想象出来的人民公社出现了！

伟大祖国的革命现实生活，到处充满着革命浪漫主义的光辉。党的每一句话，都集中了人民的心愿，党的每一句话，都成为排山倒海的能源。童话般的奇迹出现了。和毛泽东同志生活、劳动在同一个时代，是我们最大的幸福。同在祖国各地一样，我在古老的阴山顶上，看到曾经是黄云漠漠的塞外，日日夜夜在迸放奇光。成千上万的劳动者，在黄色的旋风里，在险恶的黄河中，用锹用镐在创造奇迹。当你还来不及多看一眼的时候，新的奇光又升起来：一座雄伟的钢都，在昨天的沙窝和草地上，在今天的嫩柳新杨和各族人民的欢歌中，矗立起来。

"大跃进"三个字，改变着人们的精神面貌、思想感情甚至语言，许多工人家庭的主妇，在回答主人到哪里去了的时候，都异口同声地说："跃进去了！"

"大跃进"三个字，代表着中国人民的风貌。

蒙族兄弟居住的阴山南北，已经开始要和莺歌乱啭的祖国江南争妍斗艳。我们勇敢勤劳的各族人民，在这个曾经是"一穷二白"的地方，写下最新最美的文字，画下最新最美的图画。

人类不老的春天，在纵横辽阔的九百六十万平方公里的土地上出现了，日新月异，万紫千红。

十年的祖国成就，向一切被压迫民族，一切爱好和平的世界人民，献出一支最新最好的歌——时代的凯歌。这支凯歌，和以伟大的苏联为首的社会主义国家在一起，组成一部震撼历史的大凯旋交响乐。向世界人民证明共产主义的伟大生命力，无穷无尽，万古长青！

钢铁大街上，成千上万的各族劳动者，高唱战歌，高举红旗，向着春天前进。让帝国主义，外国扩张主义分子在我们的春天周围，发抖号哭吧！我们统一的祖国，团结的六亿人民，高举马克思列宁主义的旗帜，向着更好的春风丽日前进！再前进！

作者1959年国际劳动节
——选自阮章竞的《迎春橘颂》，
人民文学出版社1959年版。

六 《和平的最强音》后记

石方禹

对于诗，我是十足的外行，顶多不过是个学徒。因此，再一次整理这两首长诗，让它们和读者重新见面的时候，我的心情惭愧多于喜悦。

写这两首长诗的时候，是我在一家报馆担任编辑工作的前后。那时候我每天接触的是从世界各个角落发来的卷帙浩繁的电讯稿。我是带着激情来编那一张报纸的。激情的来源有两方面：我们的国家经过长年累月的战争之后，终于彻底打垮了帝国主义和国民党反动派的罪恶统治，走上了社会主义和平建设的康庄大道；另一方面以美帝国主义为首的帝国主义势力，却处心积虑地在世界范围内制造战争阴谋，以至于与真正地在局部地区（例如越南和朝鲜）煽起了战火。与此同时，在整个世界范围内，正直的人们展开了波澜壮阔的保卫和平、反对侵略战争的运动。

每一条电讯——不论是报导祖国社会主义建设的、报导帝国主义的战争挑衅的，或是报导和平运动的——都在我精神的海洋里激起浪花，令我激动也令我沉思。每天如此，日积月累，我终于成感觉到骨鲠在喉，不吐不快了。

那时候编辑的工作非常之忙，经常是每天中午吃了第一顿饭把筷子放下，便走进饭厅隔壁的办公室埋首于稿件之中，直到半夜二、三点看了报纸的大样才上床睡觉。可是，我睡不着了。经过几夜的辗转反侧，有一次我终于摸了起来，跑到二楼办公室里，一口气写下了《和平的最强音》的第一节。

动笔前后，关于长诗所应采用的形式，我几乎什么也没考虑到，我只是毫无牵挂、不受拘束地把早经酝酿组织过的东西写下来。后来有些朋友指责我写得太随便、太不讲究韵律格式了。平心而论，如果我当时真的拿起一种什么东西把自己约束住了。我就会连动笔的勇气都丧失掉；即使动了笔，写下来的会是什么样的一种东西，也很难说了。

后来关于格律诗和自由诗的问题，有过一场争论。我的想法始终非常简单：形式首先受内容所决定，格律诗和自由诗，只要真正是诗，都是好的。鱼与熊掌兼而得之，有什么不好呢？

长诗写完了，我总算了却一桩心事。被弄得神魂颠倒的生活，又正常了起来。没料到由于这一首长诗，不久之后我竟丢下了新闻工作而成为一个所谓"专业作者"。几年以来我写得很少，除了各种各样的原因以外，我也怀疑自己的才能。

几年来世界局势有了很大的变化，和平力量空前地壮大，战争贩子的阵地一天一天地缩小，正如中国人民的伟大领袖毛主席所说的，东风压倒西风，我们一天一天好起来，敌人一天天烂下去。但是只要战争的威胁依然存在，我们正义的斗争便一刻都不容放松。

作者 1959 年 4 月 26 日

——选自石方禹的《和平的最强音》，

人民文学出版社 1959 年版。

七 《繁星集》后记

严 阵

祖国呵,在你无尽的历史长河中,十年虽只是短短的一瞬,但开国的十年,却是超过以往千百年成就的十年,极其丰富极其光辉的十年。

十年来,你发生了多么巨大的变化,你的光芒射穿万物,你的声音使全世界震荡,你的色彩夺目耀眼,你的力量无与匹敌。

应该用十万支生花妙笔来描绘你,应该用十万章豪放的乐谱来讴歌你。

而我的秃笔却这样滞钝、这样笨拙,我的歌声却这样微弱、这样粗糙。

十年来所写下的,无论是数量和质量,内容和形式、思想和语言,都不能不感到惭愧。

而你却如此宽宏,在百花齐放千红万紫的园地里,也同样容纳了这苍白的小小的草花,又怎么能不使我感激奋发。

这里编选的诗,全是新中国成立以来写的。回顾过去,为的是惕厉现在。让我更好地深入生活,更好地向民歌和古典诗歌学习,以后能写出比较像样一点的东西来。

作者1959年2月
——选自严阵《繁星集》,
人民文学出版社1959年版。

八 《春莺颂》后记

袁水拍

这些是我从一九四九年新中国成立后到一九五九年夏季所写的诗。

新中国的十年是光辉灿烂的十年,可是我写的东西,却十分贫乏,无论就题材内容来讲,还是就思想感情来讲。这都是由于我接触群众生活太少,参加实际斗争太少,思想水低,对生活的认识窄狭而又肤浅。

掌握诗的艺术是不容易的,在编的时候再读一遍,就更觉得它们在艺术上的缺点是触目的。有些诗散文化,有些诗整齐一些,却也并不显得不随便——还是太粗糙。

我所敬爱的同志们指点我要深入群众生活,要在斗争中锻炼自己,要学习祖国伟大诗歌艺术传统,要严肃认真地从事写作,是完全正确的。我愿意尽力做去,十年做不到。再来个十年、二十年……

作者 1959 年 7 月 23 日

——选自袁水拍的《春莺颂》,
人民文学出版社 1959 年版。

九 《迎着阳光》自序

戈壁舟

祖国十年飞跃,我的步子跨得慢些,但总是在埋头前进。创作的道路,通向万重高山,我永远在克服困难中前进。

十年来我遵循着毛主席所指示的文艺方向。如果略有成绩,那都是党、人民和伟大时代的赐予;至于缺点和错误,那是自己改造不够,才能有限所致。

我学习毛主席在延安文艺界座谈会上的讲话,领会到现代中国诗歌首先应该学习民歌和古典诗词,其次对外国诗歌的优点,也应兼收。因此,我在创作中企图以中国为主,将三者熔于一炉,创造出具有浓厚中国气派的诗篇。即在一首诗中,既有民歌和古典诗的味道,又能吸收外国诗的长处,却又很难找出学习的痕迹。即是既要学习它,又不是模仿;既要学其规律,又要不受束缚。可惜十年于兹,离希望尚远。不偏于此,即偏于彼,三者很难完美融合。只是略具中国气派而已!

目前提出新诗要在民歌和古典诗的基础上发展的问题,据我理解:既然说在民歌和古典的基础上,即要求首先是中国的,首先踏在中国的土地上,但也不妨向外国学习。既然说在基础上,就绝非模仿,而是继承优良传统。既然说是发展,即不满于现状,而要更加提高。革命作家都是往前看,向先生求教,就要有超过先生的雄心。我们学习民歌和古典诗,目的就是要超过它,才能更好地为人民服务。这是伟大时代赋予革命诗人的使命。

这本诗集,选自我十年来十本诗集中。其中《陕北集》《战火集》,系选自《别延安》《延河照样流》两诗集。内中有少数的诗,系十年前初稿,解放后才完篇的,因此我将这类诗篇一并选入。

将这本诗集作为建国十年献礼,相当菲薄。但千里鸿毛,礼轻义重。愿与当代诗人共勉。

作者1959年5月3日于成都
——选自戈壁舟的《迎着阳光》,
人民文学出版社1959年版。

十 《召树屯》前记

陈贵培 刘绮 王松

傣族人民流传了几百年的长诗《召树屯》和《嘎龙》,经过我们翻译和初步整理,现在和全国人民见面了,它们又一次证明了祖国各民族的文学遗产是十分丰富多彩的。我们愿意就这个机会简单地向读者介绍一些傣族人民文学的情况,以及翻译整理《召树屯》《嘎龙》过程中的情况和问题。

傣族,是云南比较大的民族之一,他们大都住在祖国的边疆,其中以西双版纳和德宏为最多。这两首长诗都是流传在西双版纳傣族人民中间,因此,这里主要是介绍西双版纳傣族的情况。

凡是到过西双版纳的人们都不会忘记，每当黄昏的时候，那缭绕在树林和村寨中的傣族人民的歌声，他们在歌唱爱情，也在歌唱文学作品中的故事。傣族是一个具有悠久历史和优秀文学传统的民族，傣族人民过去的生活充满着痛苦，同时也充满着诗。

丰富多彩的傣族的文学遗产，主要是通过他们民族的歌手"赞哈"用口头来传播的（赞哈，不仅是傣族人民文学的传播者，往往又是他们民族文学的创作者和民族文学的继承者，因此傣族人民都十分尊敬赞哈）。但他们已经有了文字，很大一部分文学作品有了手抄本，有的还有许多不同的抄本；在傣族的寺庙里也保存着许多宗教文学作品和一部分记录民间传说的抄本。

从形式来说，据我们所知，傣族文学主要只有两种，一种是傣族人民做"感卡"的，直译就是说唱；另一种是"好尼埃"或叫"感木光"，直译是讲故事的意思。感卡是傣族文学中最发达的一种形式。在这个总名称下，又分"卡法"（意思是唱过去和现在的事）、"卡桑"（意思是唱情，应该译为情歌）、"卡主英"或"苏生"（意思是祝福或歌颂）。"卡法"，应该说是叙事诗的形式，也是傣族人民最喜爱的文学形式，许多神话、故事、传说都被人民编为唱词来唱，据我们所知，除这里所收的两首长诗之外，还有《松帕姆与卡西娜》《菲亚拉》《贺欢板嘎》《召马维》《兰嘎西贺》《勐都拉》《张巴西顿》等十多部长篇叙事诗，其中如《松帕姆与卡西娜》翻成汉文就有一万多行。此外也有《造酒的故事》《下一万年雨的时代》等短诗，情歌就更普遍了。有许多长篇叙事诗是吸收了一些情歌的；至今还有人把长诗中最精彩的情歌部分抄出来歌唱。我们曾经收集到一本情歌手抄本，我们觉得很好，经过翻译和对照，才知道是长诗《菲亚拉》中的一段，不知是《菲亚拉》吸收了流传着的情歌作为自己有机的部分，还是这些情歌是从《菲亚拉》中摘出的。但有一点是肯定了，那就是长诗和一些人们熟知的短篇情歌是有着十分密切关系的，这是长诗为人民所喜爱的一个很重要的原因。情歌中又分为"卡祝""冒扫""南色"等。卡祝的意思是唱给大家听的，赞哈为祝贺结婚的人唱的一般情歌就是这一类。"冒扫"是男女谈情说爱的对唱情歌;"南色"是用诗歌的形式写的情书,也成为一种文学形式。此外,盖新房,结婚都有人编歌祝贺,解放以后,傣族人民以无比的热情来歌颂共产党和毛主席,歌颂民族团结,这种形式他们叫"卡主英"或"苏生"。

好尼埃或者叫感木光,也就是讲故事。上面所说的许多叙事诗的故事,也有用散文的形式记下来的。有的故事很可能是从经书里选出来的,如"召树屯"和"贺欢板嘎"(即"千瓣莲花")的故事很相近,也许是"召树屯"变为佛教的经书后又被改变了主题,修改了故事变为"贺欢板嘎"的。在傣族的经书中,还有一种叫作"波感西灵",是指有讽刺或教育意义的小故事,很像汉族的"寓言"。此外,就是流传在各村村寨人民之中的历史故事,他们叫作"好尼当"。好尼当主要是讲述各个村寨的来历和斗争,其中大部分是用传奇或神话的形式表达出来的。

从我们所接触到的傣族文学作品来看,叙事诗和故事都富有传奇性和神话色彩,所以故事神奇古怪,曲折动人,很像汉族的唐宋传奇。收集在这里的"嘎龙",是我们所接触到的最接近现实的作品,但也不可避免地带有传奇神话味道。其他像"召树屯""岩苏、岩西、岩比格"等故事就更不必说了。我们想:形成这样一种傣族人民文学的特殊风格,是有许多原因的,其中有历史发展和社会生活的原因,有民族性格的原因,同时也与傣族人民的宗教信仰有不可分割的关系。宗教和傣族人民的文化是分不开的,西双版纳的"佛经"曾采用和改编了许多民间故事来宣传宗教。关于勐遮的故事就是一个明显的例子,比如海水干了以后,在人和巨蟒的斗争传说中加上了释迦牟尼的帮助等。因此,在许多传说故事中差不多都染上了浓厚的宗教色彩。但是,并没有因为这样而失掉了它们的意义,通过神奇、曲折的故事,同样表达了傣族人民追求美好生活的愿望,反映了他们的社会生活,历史情况,反映了他们在各个时期中的思想感情。《召树屯》不仅反映了傣族人民对于忠贞纯洁的爱情的歌颂,也反映了他们对于美好生活的追求,反映了他们厌恶战争的思想情绪,反映了在傣族人民中间多神教和佛教之间的斗争（据说把孔雀国王叫"披亚"——魔鬼的意思，就是佛教信仰者所窜改的）。而"岩苏、岩西、岩比格"三兄弟的故事，则更强烈地反映了他们对于上层人物的反抗，反映了多神教对于佛教进入的反抗。各个村寨的故事，反映了许多民族之间的斗争、演变，同时也反映了当时各族人民的生活。《嘎龙》也十分明显地表达了傣族人民的正直和纯洁的心灵，通过爱情反映了傣族人民鲜明的爱和憎。他们毫不掩饰地摒弃了奸狡的财主的儿子，把爱情和胜利大胆地给了对于爱情忠贞的穷苦人的儿子。因此，这种传奇和神话故事得到了广大人民的喜爱，也应该说是傣族人民文学的优良传统之一。

傣族是一个富有充沛情感的民族。他们的感情表现在生活和斗争的各个方面，当然也表现在男女之间的爱情生活中。我们发现大部分的叙事诗和故事都是歌颂爱情的，特别是用了很多优美的语言来歌颂男女青年们对爱情的忠贞和为爱情而进行的不屈的斗争。我们认为这和他们男女的爱情生活和婚姻制度都有密切的关系；而且，也是傣族人民道德观念的表现。譬如在《召树屯》和《嘎龙》这两首诗中，他们不仅用了十分丰富的想象去表达他们的情感，而且总是通过了他们的生活，通过他们的风俗习惯，通过美丽的亚热带风物，很形象地表达出他们内心的快乐和痛苦。如《嘎龙》里岩子演唱的：

> 请听啊，姑娘
> 我用比喻向你歌唱
> 我就像一阵微风
> 怎么能把大树吹动
> 我是一匹孤独的野马
> 每天奔走在草地上
> 豹子老虎想吃他
> 毒蛇野牛想咬他
> 他什么也不敢相信啊

很深刻地表达了一个穷人儿子对土司女儿爱恋的复杂心情。

下面我们想谈谈翻译整理这两首长诗的经过和其中的一些问题。

如上所述，傣族文学大都有了成文的抄本，这和仅只流传在口头的民间文学比起来，在翻译、整理工作上，是较为方便的。但是，它的另一个情况是仅仅还停留在传抄阶段，因此，每一部文学作品还不可能产生一个固定的本子来流传，而是随着手抄者的喜爱、才华、信仰和处境在不断地修改和发展。同时如上所述，傣族人民的文学主要还是通过赞哈的口头传播，因此，一个作品在人民的口头中，在赞哈的口头中，也还在不断地修改和发展。一个故事往往有几十种不同的本子。就以《召树屯》来说，我们所看到的就有九种本子，其中最大的区别，除掉语言之外，故事情节也有所不同，在我们获得的第一个本子中，喃婼娜是一个猎人捕捉到送给召树屯的，而我们在宣慰街所获得的第二个手抄本《召树屯与喃婼娜》和我们在勐海所收集的口头流传的《召树屯》中，则是召树屯自己去打猎时遇到的。其次是在"追赶"一节中，当召树屯追到金湖的时候，第一个本子是说"叭拉纳西"（佛教在人间的最高代表）给他几种神药和一只猴子帮助他去到了孔雀国的；而后两个本子则说是由神龙（多神教的一种神）的帮助。第一个本子中把孔雀国王称为"叭团"（魔王的意思），我们怀疑这是由于佛教取得了统治地位以后，对于所谓"女色"（喃婼娜）的一种歧视。另外据版纳勐海曼谢村的老赞哈波爱哉的口述：流传在勐海最早的口头传说《召树屯》中，勐东板（喃婼娜的国家）是信多神教的，而勐板加（召树屯的国家）是信佛教的，勐东板打败了勐板加，要杀死王子召树屯来报仇，勐东板国王的七女儿喃婼娜看到召树屯长得很好，就悄悄把他放走。以后喃婼娜自己又飞到喃婼娜勐板加与召树屯一起生活，这事又被召树屯的父亲发现，说喃婼娜是魔鬼的化身，要杀她，喃婼娜乘着献舞的机会逃回勐东板，最后召树屯跋山涉水几千万里，终于找到了喃婼娜。波爱哉又说，以后由于信佛教的人多了，就把孔雀国王称作"叭团"，这才出现"千瓣莲花"，因此，《召树屯》是傣族信仰多神教时的故事。另外，据我们了解，《召树屯》在经书上是没有记载的,而且宗教的上层,如勐海的都比龙(大佛爷),勐遮的古巴(长老),以及宣慰街的古巴勐(管理全勐佛教的人)对《召树屯》的故事都避而不谈,从这里可以看到多神教与佛教之间的一些斗争情况,而《召树屯》可能是多神教的故事。因此就不能随便按照一个本子翻译就完事了,必须经过一些必要的研究和整理工作。

　　关于《召树屯》的整理,我们把召树屯得到喃婼娜改为他自己在打猎时见到的另一个原因,那就是考虑到文学形象的更加完整,特别是有关他们之间的爱情问题。我们总感到那个猎人并没有起更多的作用,相反的在他们的爱情之间插进了这样一个人,对他们的情感是有所损伤的。当然插进一个猎人也许能够说明一些过去傣族社会的某些情况,不过其他的本子既然没有,也就索性改了。在第一个本子中,获得喃婼娜是和其他的本子一样,是由神龙来帮助的,"叭拉纳西"采取了旁观的无可奈何的态度,后面"追赶"的时候,却又由叭拉纳西来帮助了,前后显然是矛盾的。我们也曾经研究过,如果是经过后来窜改的,为什么不索性把前面也改为叭拉纳西来帮助呢?这样不是可以不留一点痕迹了吗?事实上,要一个佛在人间的代理人去做媒,对他们的教义是不适合的,正如做和尚的不能亲近女人是一个道理。这就是为什么没有修改前面的原因。也因此而显得作品里人物的多余和彼此间联系的松散。我们没有把叭拉纳西删去,这是因为希望由此去保留傣族人民生活中的一个方面,傣族人民几乎是全民信佛教的;其次他也在作品中起了一定的作用。关于"叭团",直译应该是"魔王",但是,我们总觉得"魔王"和美丽的喃婼娜是很难凑在一起的,而且也难叫人相信魔鬼会生出七个仙女;其次,从孔雀国的环境,人民对于国王的热爱来看也难以使人相信这是魔鬼统治的世界;另外,据西双版纳文工队队长康朗拉同志说:"叭团"两字,有神奇之王的意思,加上上述的原因,我们没有把"叭团"译成为魔王。关于《召树屯》的结尾,我们原想全部整理出来,后来经过再三考虑,觉得从情节来说是重复,多余,诗的价值也不高,所以就没有要了。

《嘎龙》我们只找到一本，另外在勐海搜集了口头流传的唱诗，但不完整，诗的语言却比我们所得的手抄本好，因此，我们以手抄本为基础，把口头流传的好的部分整理进去了。两个传说的故事基本一样，因此故事没有动，只在语言上作了整理，而且都是按他们原来的句子或意思翻译和整理的。

　　我们感到翻译整理民族文学作品最好由本民族的文艺工作者来做，但是在目前兄弟民族文学工作者缺乏的情况下，一方面应该大力培养民族文学干部，另一方面也应该尽量把各民族宝贵的文学遗产翻译整理出来。这样就必然产生许多困难，首先是语言不通，一个文学工作者，没有掌握武器，是十分痛苦的，我们在翻译中对于傣族人民的思想情感，生活习惯，甚至一个语汇的理解都要遇到困难，甚至闹笑话，有一次翻译到情人在分别的时候的一个动作，翻译同志说：他们在嘴对嘴耳朵对耳朵说话，我们猜了老半天，究竟是什么呢？是说悄悄话吗？还是站得很近说话？后来才知道，他们根本不是说话，而是在接吻，因为他们还没有"吻"这个名词，所以只好这样说。为了解决这个问题，我们在当地党委的帮助下，介绍了岩迭同志和我们合作，此外，陈贵培同志会傣话，这样凑成了我们这个班子。我们四个人在一起，先由岩迭译成傣语（因为是古文），又由陈贵培同志译成汉话，然后大家一起商量，再问岩迭同志译得妥不妥当，岩迭同志会说一些普通汉话，他说不出的又再用傣话解释，直到我们认为完善为止。我们觉得这样的合作有很大的好处，不仅帮助我们翻译了傣族人民的文学，而且帮助我们了解了许多傣族人民的风俗习惯，和他们特有的思想情感及表现方法，使我们学到许多东西。对于岩迭同志来说，我们相信也会有一定的帮助。

　　《召树屯》原来没有分段，为了眉目更清楚，我们分了段，并且加上了小标题。《嘎龙》只是分了小段，也在这里一并声明。另外，这两首长诗都译得较匆促，错误在所难免，希望同志们指出我们的错误。如果有可能，我们想尽力把存在的关于《召树屯》的手抄本都找齐来，再做一番整理，并且系统地研究一下。

最后，感谢中共思茅地委、西双版纳工委和自治州人委文教科、文化馆的同志们对我们的帮助。

陈贵塔　刘绮　王松　1957年8月11日
——选自《召树屯》，
人民文学出版社1959年版。

十一　写《百鸟衣》的一些感受和体会

韦其麟

我生长在南方的一个偏僻的山村中，在故乡度过了整个童年时代。

夏夜，山村美极了，人们经过一天辛勤的劳动，在打禾场或大榕树下面乘凉休息，一群群地在谈笑，聊天，讲故事。这时，孩子们最高兴了：捉迷藏，追逐萤火虫……而最使人沉醉的，是围着大人们听那些美丽动人的故事；听得高兴了，就纵情地笑，听得悲凉时，又默默地流起泪来……冬天，围在炉灶旁边，又是听着老人们讲着那古远的永也讲不完的故事。这些故事，吸引着我童年时代整个的心灵。

我也曾和伙伴们一起在深山野麓里放牧过，天真地唱过那"看牛难……日日骑牛过高山"的山歌，一起攀登过山崖上的树木和爬进荆棘丛中采摘那些可口的各种各色的野果，也曾一起浸在那山麓下清彻的溪水中……

这些有趣的童年生活，帮助了我写《百鸟衣》。当我要向读者介绍古卡的家时，一闭上眼睛，那些幽美的情景就呈现在眼前：山坡呀，溪流呀，鸟呀，果子呀；甚至也听到了那回响在深山中的优美的山歌声。这使我能够比较顺利地把南方山村的色彩描写了出来。

假如没有童年的生活，我是写不出那些山村生活气息和风土人情的。熟悉生活对学习写作的人是多么需要呵！

下面，我想谈一谈写作中碰到的一些具体的实际的问题。

"百鸟衣"的传说是童年时听到的，后来据我了解，它流传得很广,故事情节虽各有出入,但大体上还是一致的。故事的主题基本上是积极的,人物也基本上是正面的、典型的,但是,因为种种原因(如封建统治阶级思想意识对人民群众的侵蚀),尽管民间故事传说是人民群众所创作而借以表现他们的爱憎和愿望的,也免不了掺杂着一些非人民性的糟粕。所以为了使主题更加明朗起来,赋予它更积极的社会意义;为了使人物的性格更加突出、明朗和丰富,使人物的形象更趋于完美、鲜明,就不能单纯把原来故事不加选择原原本本地记录下来,而必须经过一番整理,在原故事的基础上进行艺术加工。

首先,古卡成长过程的叙述,原来是很繁杂的:打柴,做小贩,几次受别人欺侮,没办法,哭,遇仙人的援助,等等。这些情节有些是可有可无的,有些是不够合理的。结构也松散不集中。人物性格虽然基本上是真实的,但显得有一些软弱、单薄,作为一个后来成为英雄人物的基础是不够的。

为了使情节更加集中,结构更加紧凑,必须把古卡的成长过程通过比较简练的手法概括出来。我经过了很久的思考,决定把原传说中关于古卡成长的情节大部分抛弃,而根据自己对生活的理解加以补充,最后写成"绿绿山坡下"那一章。在这一章里,是这样来描写古卡的成长的:还在娘肚子里,爹就给土司做苦工累死了。这是那个时代所有受压迫受剥削受侮辱的人们必然的遭遇。古卡出世了,在娘的乳汁和眼泪抚养下天真烂漫地长大,他是那么可爱地在称赞他的人面前挺起胸脯说:"我自己长大的!"当别人提起爹时,小古卡自然而然地要问起娘来:"我为什么没有爹呀?"然而娘不愿幼小的心灵过早地受到打击和创伤,忍心骗了古卡:"爹出远门去了,为古卡找宝贝去了。"孤苦伶仃的、善良的母亲对自己的骨肉怀着无限的抚爱和希望,而天真的孩子又是悲苦的母亲的唯一的慰藉。古卡十岁了,要读书,娘才不得不告诉他,爹已离开人世。懂事的古卡开始打柴干活了,拿起了爹的柴刀,束起了爹的脚绑,这幼小的一代又开始继续步着老一代的脚步走向艰辛的生活的道路——这也就是那个时代千千万万受压迫的人们世世代代所经过的道路。就这样,通过上述这两三个主要情节的描写，概括了古卡的全部成长过程。我认为这样是真实的，人物的性格也是合情合理的，就没有必要再去重复传说中原来那些无关痛痒的琐碎的情节了。

其次，关于依娌这个人物，在原传说里她是由公鸡变的。但变成人后，她不是一个纯朴的劳动姑娘，而是一个善良的万能的漂亮的神仙，能要什么就有什么，能"点土成金"，于是古卡就变成了一个大富翁。土司的各种阴谋刁难，都被她易如反掌地对付了，最后土司要一百个依娌，她却没法对付而被土司劫去。

我认为，这些情节的思想基础是不健康的，也是不合乎传说本身发展的逻辑的。并且在极大程度上损害了这两个善良的劳动人民的纯朴的形象，因此，需要作适当的删改补充。

为了保持民间传说的神话色彩，仍然保留了依娌是由公鸡变成的这一个情节。我把她描写成一个美丽的、勤劳的、聪明的、善良纯洁又能吃苦耐劳的姑娘。她给古卡家带来不少的欢乐，她对生活有着无限美好的希望和追求，对爱情是那样纯真与和坚贞。

这样的处理是由整个故事的发展和人物的性格所决定的。首先，如果依娌是一个万能的神仙，那么她就不会被土司难倒，更不会给土司抢去，故事就完全可以以土司的失败，依娌仍然是万能的神仙，古卡仍是富人来终结了。而后来古卡和依娌为自由幸福跟土司作的斗争就不可能产生了，即使硬凑上去，也是使人不可理解的。另外，把依娌描写成一个劳动姑娘，表现出她和土司斗争中的那种机智和勇敢，就会使这个人物形象更加鲜明可爱。只有这样描写，故事才有可能发展下去：因为土司的目的是要人，不管依娌和古卡如何运用他们的聪明对付了土司，最后还是免不了遭土司的毒手，这样，故事不但不终止，而更加激动人心地向前发展，故事的发展就成为合理的必然的了。

其次，在人物的性格上，假如说，依娌是万能的，古卡又已成为富人，那么，古卡和依娌当然是过着饱食终日，无所事事的生活了，这样他们就脱离了劳动人民的队伍，他们的思想、感情和性格也必然跟着物质生活的改变而改变，后来对土司进行斗争的那种坚决的态度和英雄气概,就不会也不可能在他们身上产生了。所以,古卡和依娌应该是对生活有着深沉的热爱和美好的愿望的纯朴善良的劳动人民。只有这样,在后来的斗争中,古卡经历了许多困难,去到衙门杀死土司救出依娌,才成为可能,才使人相信。同样,依娌在衙门里,充满着信心,坚定地等待古卡的到来,最后终于和古卡"像一对凤凰,飞在天空里"的情节才不会使人奇怪,她那勇敢的坚贞不屈的精神才会被人承认。

为什么人民群众把古卡描写成为因依娌是万能的神仙而致富呢?我想这是广大人民的贫困的生活境遇所引起的,他们长期地生活在贫困和痛苦里,他们不甘忍受这样的生活,但又不能摆脱这种生活,他们不断地斗争,不断地希望——这种摆脱痛苦生活的希望,是使得他们把古卡描写为因神仙变成为富人的原因。劳动人民把希望寄托在他们创作的故事和人物身上,这一点我们是可以理解的。

再次,第四章"两颗星星一起闪",在传说中原是极简单的,只有古卡穿百鸟衣进衙门去杀土司救出依娌这一个情节,这就使人感到粗糙、单薄。为了求得全诗更充实和完美一些,我作了一些补充,结果写成了那么八段。这样的补充,是为了使人物性格得到更充分的刻画,为了表露人物的内心世界和精神状态的高尚、光明、美好和灿烂,也是为了给读者更深的印象。我尽量注意不使原来传说的精神和优秀部分受到损伤。

此外,民间故事和传说是人民群众所创作的,里面非常鲜明地体现着他们深刻的爱憎,通过他们所创造的故事和人物,给统治者以辛辣的讽刺和打击;而怀着深厚的感情对他们心目中的英雄以热烈的歌颂和赞美,把他们自己不可能在那个社会中实现的希望,寄托在英雄人物的身上。所以,整理民间故事和传说,或在这基础上进行创作,绝不能以冷淡的态度去进行,必须有强烈的阶级感情。在写的时候,我是非常注意这一点的。

另外,写的时候,我是注意使诗能从头到尾贯串民歌的情调,使诗保持着朴实、生动、活泼的风格。为了达到这一点,我主要从两方面下手：

　　运用群众语言。由于群众的斗争经历丰富，接触事物广泛，因此他们的语言是极其丰富多彩的，同时又是惊人的准确和富有形象性。当然，我自己对群众语言的提炼和运用还是很无知的。但由于自小生长在农村，对群众的语言还不太生疏，这一点，在写作时对我多少有些帮助。例如：在农村人们称赞一个人能干时，并不多加形容，往往简单说一句就够了"嘿！新扁担都挑断了。"或："连石碾也掀得起！"于是我就根据这来描写古卡，"别人的扁担，十年换一条，古卡的扁担，一年换十条。""上千斤的大石磙，十个人才抬得动，古卡双手一掀，轻轻地举起像把草。"我们家乡对妇女插田的技术很重视，一个人插田插得直的话，周围的乡村都传扬的，于是我描写依娌时写了这么一段："木匠拉的墨线，算得最直了，依娌插的秧，比墨线还直。"这不但描写了人物，并且也染上了一层地方色彩。

　　其次，从民歌的土壤中汲取营养。家乡的山歌我会唱，以前也背得很多。在民歌里，那大胆的带有浪漫色彩的夸张，和那丰富的比、起兴、重复，是那样形象、精确、具体、生动和恰到好处，给人的印象是那样强烈、新鲜、明朗。那重叠的章句在反复吟诵时是那样深深地引起读者内心的共鸣。但是，在运用这些特点时，不能硬搬和呆板的模仿。比如民歌中的比兴、夸张，都是以民间常见的东西来比、来夸张的。比如，为了加深地方色彩和民族的特色，当然是以本地区本民族的风俗习惯和自然环境去比、去夸张。在写《百鸟衣》时，我用了八角、菠萝、木棉花……那是桂西南的本地风光；假如用北方的积雪、风沙或其他北方的事物去比、去夸张，那就牛头不对马嘴了。

　　当然，单是熟悉生活，熟悉故事，如果不努力学习，提高自己的理论水平和认识、分析生活的能力，提高自己的文艺修养，也还是不能写出好东西来的。我自己各方面水都还很低，现在正在学习，提高自己。

　　《百鸟衣》应该说是群众的集体创作，我只不过是它的创作集体中的一个而已。由于自己的水平很低，以上这些认识也许会有错误，希望得到指正。

1955年夏天，武汉大学
——选自韦其麟的《百鸟衣》，
人民文学出版社1959年版。

附录二 新中国成立十周年诗选序跋

附录三　其他重要诗选序跋

一　五四以来新诗发展的一个轮廓(代序)

臧克家

一

"五四"时代，中国人民再也受不住封建军阀的黑暗统治和帝国主义侵略的双层压迫的痛苦，在十月革命炮火的震动和共产主义思想曙光的照耀之下，开始觉醒了起来。一种强烈的爱国主义思想和强烈的民主解放的要求，冲破了历史的闸口，形成了不可遏止的彻底反帝反封建的怒潮。这种"为辛亥革命还不曾有的姿态"之所以形成，一方面由于"在当时中国的资本主义经济已有进一步的发展"，另一方面俄国无产阶级革命的成功给予了"当时中国革命知识阶级"解放中华民族的希望和鼓舞力量。

这种彻底反帝反封建的新民主主义革命精神，促成了五四新文学革命，同时予它以庄严的历史使命和伟大具体的内容。新诗，是五四文学革命的一个信号弹。即使从一九一九年五四运动开始，到一九四九年新中国成立，算起来也已经有整整三十个年头的历史了。这期间，中国人民革命斗争海涛般的沸腾着。新诗，在每一个历史时期，留下了自己的或强或弱的声音，对于人民的革命事业作出了一定的贡献。从诞生的那一天开始，它就肩负着反帝反封建的历史任务，在阻碍重重的道路上艰苦地努力地向前走着。它的生命史也就是它的斗争史。在前进的途程中，它战胜了各式各样的颓废主义、形式主义，克服着小资产阶级的个人主义情调，一步比一步紧密地结合了历史现实和人民的革命斗争，扩大了自己的领域和影响。

中国旧诗到了五四以前的那个时期，已经丧失了它的生命力，从中再也找不到古典优秀诗歌里所具有的那种时代精神和人民性，虽然也还有几个人顶着诗人的头衔，其实他们只是在苦心摹拟古人，只"专讲声调格律"，那种腐朽的内容，和时代的要求相去是多么远呵。为了挽救旧诗的命运，企图使它在新的形势下发挥它的作用，一些受到过资本主义国家文化影响的上层知识分子谭嗣同、夏曾佑、黄遵宪等曾经提出过"诗界革命"的主张。他们在政治上怀着改良思想和热忱，也想把诗改良一下，以便适应他们的要求和需要，其中最为人所知的"人境庐诗草"的作者黄遵宪是最前进最突出的一个，他的诗里也表现出了一些比较新的思想、情感和爱国主义情绪，他要以"我手写我口"，其实，他的实践是远远落在他的这种要求后边的。这些热心的"诗界革命"的从事者，虽然在他们的某些诗句里，以轮船代替了风帆，以钟表代替了鼓、漏，但是几个新名词的调弄，并没能旧诗以新的生命力量。如同他政治上的改良主义的必然失败，他们的"诗界革命"在某种意义上也只能算作是新诗革命之前的一个短暂的过渡。

很显然地，新诗革命之所以能够取得成功，是由于五四时期中国人民在共产主义思想影响之下以反帝反封建去取得民族的解放与自由这一基本要求所决定的。这样一些新的复杂的革命思想和波涛澎湃的情感，要求一种比五七言旧诗的程式更为自由的一种体制，要求一种接近人民日常口语的白话去表现。当然，我们不应该过低的去估计接近人民的日常口语代替了文言的那种革命意义；但我们要弄清楚，白话只是一种表现工具，五四文学革命之所以提倡"白话文"，是为了更好地去表现、去普及那种革命的思想内容，也就是说，这是为内容决定形式这一法则所规定的。

这一点，今天看起来好像是已经成为常识，但在五四运动时期却成为统一战线中左右翼分界的一个重要标记。作为五四文学革命统一战线中右翼代表的胡适，他在形式与内容关系的看法上，就鲜明地表现出了他的资产阶级形式主义的立场和观点。从他所有的谈诗的文章里，我们看见他所注意的只是"试验白话"这一"利器"，他说"文学革命的运动"，都是先从"'文字的形式'一方面下手"，"都是要求语言文字文体等方面的大解放"。这完全是本末倒置地从资产阶级唯心论的立场观点出发的一种说法。因此，他说"白话诗"古已有之，唐朝的王梵志、寒山的诗不就是吗？这完全是抛开了时代的思想内容单从语言文字表面的近似来作比拟的一种彻头彻尾的形式主义的看法。他在《谈新诗》的时候，专在音节体制等形式方面着眼，几乎没有触及内容的问题，偶尔捎带一半句，也只是抽象地说什么"新思想"、什么"进取""乐观"精神。这种所谓"新思想""进取""乐观"精神，实际上就是他的改良主义思想和精神。

胡适在要求"诗体大解放"的幌子下，高喊"有什么话，说什么话；话怎么说，就怎么说"。这不论对新诗的内容或形式双方面都是有害的一种论调。既然"有什么话，说什么话"，也就不必强调主题的积极性、题材的时代意义了，具体的说，也就可以不必强调反帝反封建、要求民主与解放了。既然"话怎么说"，就可以随便"怎么说"，那么，作为新诗重要条件的锤炼语言、精密结构、寻求与内容谐和的一定形式的努力，就可以取消了。他这种对形式的不正确的主张，他这种贬抑了作为新诗骨干的那种反帝反封建的思想内容，这和当时具有共产主义思想的知识分子所领导的文艺思想路线是敌对着的。他的这种资产阶的唯心论的论调，给予当时的新诗创作以不良的影响。

胡适的思想和他对诗的主张，鲜明具体地表现在他的诗创作的实践上。分析一下他的《尝试集》的内容，不外自然风景的轻描淡写、闺情式的爱情的抒发，和对美国生活留恋深情的表露。从这本诗集里可以嗅到胡适的亲美的买办产阶级思想合掺合着封建士大夫思想喷发出来的臭味。这个集子里的四十几篇作品，除了旧诗旧词和旧诗词化的一些东西，有点像新诗样子的不过寥寥十几篇，大都是随意走笔，自由散漫，离诗所要求的艺术表现十分遥远。成仿吾在评《尝试集》时，说里边的作品没有一篇是诗，这不是没有道理的。

五四新诗革命所以取得成功，除了上面说过的那些基本条件，外国优秀的现实主义诗歌的影响也是一个因素。鲁迅先生为了号召中国人民起来反抗侵略，反抗黑暗社会，争取自由、民主解放，远在五四之前十二年就写了《摩罗诗力说》，介绍了"立意在反抗，指归在动作"的"摩罗"诗人拜伦、雪莱、普希金、莱蒙托夫、密茨凯维支以及匈牙利革命诗人裴多菲等。这对于五四时期新诗人的反抗精神，起了启发和号召作用。此外，歌德、海涅，特别是美利坚合众国民主主义进步诗人惠特曼的那种汪洋恣肆的革新精神和自由奔放的新鲜形式给予五四时期中国新诗人以很大的鼓舞。郭沫若"女神"的写作就曾受到过这些诗人们的影响。

毛主席说过："五四运动，在其开始，是共产主义知识分子、革命的小产阶级知识分子和资产阶级知识分子（他们是当时运动中的右翼）三部分人的统一战的革命运动。"而共产主义知识分子在文学革命的运动中是居于领导地位的。五四时期，共产主义思想，通过李大钊等人的那些火炬似的论文，放出了强烈的光芒，鲁迅、郭沫若等的初期作品里，已经闪耀着社会主义思想因素的火星，在某些新诗人身上，也可以清楚地看到共产主义思想的影响，中国新诗，它一诞生就向着现实主义的道路上走去，这和共产主义思想的领导与影响是决然分不开的。

在五四运动的那一年，《新青年》上就出现了李大钊拥护共产主义理的新诗：《欢迎独秀出狱》。刘半农，在《新青年》上也发表了许多诗，例如《相隔一层纸》《D——》以及《敲冰》等，带着相当浓厚的反抗意和阶级对立的思想，而最后一篇，还带一点革命的浪漫主义的味道。这表现了受到共产主义影响的小资产阶级知识分子的思想和情感。此外，像朱自清的《送韩伯画往俄国》，把革命成功后的苏俄比作"红云"，对于这"红云"，诗人表示了殷切期待的情怀。这也是共产主义思想影响的一个实证。

时代赋予新诗的历史任务是反帝反封建,诗人们在取材的时候就不能不面向社会和人生。这两方面的题材在五四时期的新诗中占有着首要的地位。以劳动工人生活为主题的有刘大白的《劳动节歌》《五一运动歌》,邓仲澥的《游工人之窟》等,然而被描写的最多的是农民生活的悲惨的情景。刘大白的《卖布谣》里的诗篇,把封建地主的残酷剥削和农民悲惨的命运对照起来,阶矛盾和阶级斗争的思想是很明显的。他的《成虎不死》,对于一个为革命牺牲了的青年农民,寄予无限的同情。这些诗篇表现了当时社会的主要矛盾,即封建地主与农民之间的矛盾,这是五四时期诗歌现实主义精神的体现。当然,在社会或人生问题方面的题材不止以上所提到的这几项,它们的范围还要宽广得多,例如,有关封建社会妇女命运的(如玄庐的《十五娘》)和男女恋爱的题材广泛地被采用着。这样一些有关社会和人生问题的题材的诗,是当时共产主义知识分子、一般小资产阶级知识分子的诗人们接触了生活现实,要求打破现状的进步思想情感所产生的。

另外,还有按其作品的内容来分析,资产阶思想占主要成分的诗人,例如冰心。冰心的作品在五四时代发生了一定的影响,但是,她的除了大自然的描写与欣赏(特别是对大海)、母爱与童真的歌颂与倾心,社会意义的主题触及的很少。不满意封建的黑暗社会,而对于革命又有些惧怕。冰心自己说,她写那样的小诗,是受了泰戈尔的影响,我觉得这种影响,形式是次要的,泰戈尔的那种对大自然和儿童的欣赏与爱慕,和冰心当时的思想情一经接触就水乳交融,这是主要的。冰心的那些歌颂大自然的诗篇,是经过了比较细密的具体的观察,所以写得比较细致、朴素,这和那些滥调的旧诗把"春花""秋月""枯树""寒鸦"作为死人身上的葬衣一般的装点品的情况已经不同;但这仍然是逃避现实的知识分子的个人趣味的吟弄,诗人描写的山川风物既不能人兴起热爱祖国的自豪感,更谈不上鼓舞起人们征服这"人类暴君"的力量了。歌颂母亲的爱和孩子的天真,固然有着她个人的亲切的经验和真实感,但在五四那样一个轰轰烈烈的反帝反封建的伟大斗争中对于一般青年所起的不是鼓舞作用，正相反，所起的作用是消极的。

一九二一年郭沫若《女神》的出世，在新诗的世界里，甚至在整个现实主义文学的领域里有着划时代的意义。在它的里面，充了叛逆的反抗的精神，和对于祖国未来的新生的渴望。一种"动"的力量使人感觉到20世纪的创造精神的脉搏，引起人的激动向上的情绪，从中得到鼓舞和力量。听《立在地球边上放号》的那雄壮的呼声，犹如听到一种新生的创造的力量声势浩大地向旧世界进军。《女神》的作者，用了高度的热情歌颂了近代的科学文明。他把轮船烟囱里冒出的烟比作"黑色的牡丹"——"二十世纪的名花"，他把"摩托车的明灯"比作"二十世纪的亚坡罗"（希腊神话中的太阳神）。这种反抗封建势力和军阀统治下的黑暗社会要求人民民主的精神，和歌颂唯物的科学的文明结合起来，不正是五四革命精神最典型的表现吗？

五四当时的郭沫若在日本的博多湾上，并没有参加这一历史性的伟大运动。他置身在一个资本主义国家，看到了科学文明的发达，也看到了资本主义这条"毒龙"的罪恶。他初步接触了新的社会主义思想，他在"匪徒颂"里歌颂了政治革命伟大的导师马克思和列宁，他也歌颂了工人和农民，认为他们是"全人类的保姆"。作者说自己是"无产阶级者"，那时候，他当然还不是的。他当时所想望所要创造的"未来"也还不仅是一个模糊的影子。在这时期，他的思想里也含有着杂质，如泛神论思想成分等，但在基本思想倾向上，是一个唯物论者，急进的民主主义者，而且其中含有社会主义思想成分。他本人虽然没有参加五四运动，没能够和祖国现实及人民的斗争紧密地结合起来，但五四精神——广大人民反帝反封建的要求，确是通过他的洪亮的声音表现出来了。如一般所说的，郭沫若的浪漫主义精神的革命性就在这里，它的现实意义和历史价值也在这一点上表现出来。郭沫若的这种革命浪漫主义精神，对当时的人民——通过知识分子——的巨大鼓舞作用，有如二月的惊蛰的春雷。

郭沫若的《女神》在许多方面有着创造的意义和价值。他第一次把新诗的题材伸展到历史神话的范里去，用了历史神话故事，而又不使它脱离现实的意义。他塑造了几个反抗的女性形象。他第一次创造了满含抒情味道的历史性的叙事诗。这一些创造性的试验，给予后来的新诗开辟了新的道路。在表现形式和语言运用方面，也随着内容的丰富多样达到各体具备、不拘一格的境地。郭沫若的《女神》像一道洪水，它的猛烈的冲击的力量，是不可能叫一种形式的堤墙范围住的。

五四时期的新诗，像一支时代的号角，《女神》就是它有力的一个尾声。

二

一九二一年到一九二七年，是一个大革命的时期。由于工人阶级踏上了革命的政治舞台，它的先锋队——共产党的组织成立了。这中间发生了反封建军阀、反帝国主义的"二七"、"五卅"划时代的伟大的工人运动，给了社会革命、"文化革命"思想和文艺运动以有力的推动。马克思列宁主义的文艺理论，在知识分子的范围渐渐地普及开来了。以无产阶级思想为指导的"革命文学"的理论和实践较"五四"时期大大的跨进了一步。一九二三年共产党的几位负责同志邓中夏、恽代英、萧楚女、瞿秋白等都在诗的理论方面作出了革命性的贡献。为了反驳所谓"文学无目的"的主张，邓中夏在《中国青年》上发表了《贡献于新诗人之前》，强调文学应发挥它的革命武器作用。他的另一篇论文《革命主力的三个群众——工人、农民、士兵》，单从题目上也可以看出它的革命观点和主张。在同一刊物上他还发表了新诗人的棒喝，说出了作为革命诗人所必备的三个条件："须多做能表现民族伟大精神的作品"，"须多作描写社会实际生活的作品"，"新诗人须从事革命的实际活动"。此外，恽代英的《八股》、萧楚女的《诗的生活与方程式的生活》、秋士的《告研究文学的青年》等论文，指斥了消极的形同"八股"的毫无战斗意义的"作品"、批评了"为艺术的艺术家"、认"文学为助进社会问题解决的工具"。这样一些马克思列宁主义的正确的战斗性强烈的文艺论文，在那样早的时期出现，它的意义和影响是很大的。在理论方面郭沫若的《革命与文学》这篇论文，虽然还有着它的局限性和缺点，但也已经接触到了革命文艺方面的一些主要问题。例如，把个人的自由和革命联系了起来，把创作实践和现实生活结合在一起。要求"表同情于无产阶级的社会主义的写实主义文学"，要文学家们"到兵间去，民间去，工厂间去，革命的旋涡中去"！在新诗的创作实践上也进一步地接近了无产阶级的思想情感，在新诗的园地里茁壮成长了社会主义现实主义诗歌的鲜芽。

郭沫若的《前茅》和《恢复》里面的许多诗篇，比他五四时期的作品更前进了一步，无产阶级思想成分起着有力的作用，发挥了诗的革命的社会性能。在《上海的清晨》里，他高呼："马路上，面的不是水门汀，面的是劳苦人的血汗与生命'，他相信"静安寺路"中央"总会有剧烈的火山爆喷！"他要"左手拿着《可兰经》，右手拿着剑刀一柄！"诗人充满革命热情的高昂的呼声，成为"五卅"雄壮的前奏曲，而诗人也实践了自己的誓言，不久就参加进革命的队伍成为一个出色的战士。在他的《恢复》里，他以"诗的宣言"宣告了自己是"属于无阶级"，他要用自己的诗句歌颂"新兴的无产阶级的生活"在《我想起了陈胜吴广》一诗结尾，他以整个精神的力量高呼："在工人领导之下农民暴动，朋友，这是我们的救星，改造全世界的力量"。

在这一个伟大的革命历史期间，另外还有一个热情地宣传无产阶级革命世界观的诗人，那就是蒋光慈。他带着对于革命胜利的信心和希望，从"亲爱的乳娘"——"第二故乡""摩西哥（莫斯科）"回来，他介绍了苏联先进的文学理论。他在倡导马克思列宁主义文学观方面，作出了宝贵的贡献。他的文艺论文《关于革命文学》《俄罗斯文学》《现代中国文学与社会生活》，与郭沫若的《我们的文学新运动》《革命与文学》等先后问世，就把五四文学革命运动向前推进了一大步。在他的这些论文里，正确地谈到了文学必须为革命、为被压迫的群众服务，必须"表现群众的力量，暗示人们以集体主义的倾向"的问题，鲜明地揭示了革命文学的任务在于暴露帝国主义和黑暗社会的罪恶，唤起弱小民族的解放斗争，促进新势力的进展。他的无产阶级思想和爱国主义情感是十分显著的。他的诗创作实践了他的理论。在他的诗里，反帝的声音很高强。

他的初期的诗创作乐观的情调有如朝霞一般的鲜亮，对于革命的狂热，使得他的歌声成为一种高亢的喊叫。他歌颂了苏联"十月革命的红雨"，引起人们对于一种新生活的渴望。他高呼："啊，我要登上乌拉高峰，狂歌革命"。最足以表现他的革命立场和情感的，要算他的那首有名的歌《中国劳动歌》了。犹如一声声战鼓，鼓动着被压迫的人民大众向帝国主义、凶暴的军阀作解放斗争！他号召"我们高举鲜艳的红旗，努力向社会革命走"。

如果说蒋光慈初期的诗，是在一种革命的信念和热情鼓动之下所产生的，由于没有能够和中国当时的现实斗争密切结合——也就是说，没有生活的实践或实践不够，因而作品的成功力量显得较弱的话，那么，他"新梦"之后的《哀中国》《战鼓》和《乡情集》里的作品情况就有了改变。在这几本集子里，他的反帝反黑暗社会的主题虽没有减弱，但，显然地，初期的那种强烈的乐观情绪，高亢的叫喊的声音，照耀着整个诗篇的那鲜红的亮色，是显得损弱了。在《哀中国》《乡情》《我应当归去》《写给母亲》这些诗篇里，使人感觉到在黑暗势力重重包围之中，一个斗士在奋勇力战，一方面他坚持着他的思想信念，愿"与民众共悲欢"，要勇敢的"歌吟"，愿为他所说的"伟大的"把一切贡献，和敌人不共戴天，"不是他们被我们杀死呀，就是他们死在我们面前"，而另一方面，对着眼前悲惨的现实，百孔千疮的祖国，那满怀苍凉悲愤的情感，不自觉地流露了出来。这种苍凉悲愤，如他自己所说的，是他"孤寂的一面"。很清楚地，这些感觉是抱有革命信念却不能与群众斗争结合所必然产生的一个结果。他后期的诗，真实性和感人的力量确实增强了，因为这些诗不仅是思想观念的传声筒而是产生于对现实生活的体验和感受。表现在这些作品里的战斗意志和为革命献身的精神还是很坚强的，只是初期的那种强烈的乐观主义的色彩多少有点减弱。所以从马克思列宁主义的历史观点看上去，蒋光慈还不能算是坚强的无产阶级诗人，只能算是无产阶级诗歌道路的开辟者。

反映了这大革命时代的历史现实各个方面的诗歌,我们还可以举出许多作品来,一九二三年发表在《新青年》上的秋白(瞿秋白)的《赤潮曲》、工人某的《颈上血》、刘半农的《出狱》、郑振铎纪念"二七惨案"的《死者》,以及《中国青年》上胡一声表的一些诗篇,都带着无产阶级的思想情感和反抗精神,体现了文艺与政治结合的要求,增强了诗歌的战斗性。

五四运动过后,由于革命运动的进展,五四时期文学革命的统一阵线起了分化。当年领导这一伟大运动的主力军——马克思列宁主义知识分子,更进一步地参加了革命工作,当时右翼的一些资产知识分子一步一步落在了时代的后面,成为革命文学的敌对者,而中间性的小资产阶级分子,则苦闷彷徨找不到出路,在诗歌方面,也表现出了这种情况。除了像郭沫若、蒋光慈等这样一些革命诗人,提倡并以创作实践给无产阶级诗歌开辟道路之外,各种各样的知识分子的思想情调,表现在各种各样的诗歌作品里。这里有没落贵族追忆往昔的哀伤;有爱情的甜蜜和悲苦;有田园的恬静风光的欣赏;有颓废、梦幻、阴影、唯美的陶醉;有"恶魔"的人生的诅咒;更多的是苦闷、失望、彷徨……

其中成为流派、发生很大的反面影响,值得提出来批判的是"新月派"和"象征派"。

一些谈新文学发展的人,往往把"新月派"看做是"格律诗派",认为它是五四时期"自由诗派"的一个反动。朱自清在《新文学大系诗集导言》的末尾以总结的口吻说:"十年来的新诗不妨分为三派:自由诗派,格律诗派,象征诗派。"这种说法,显然是抛开了它的时代意义和思想内容,专门从形式上来看问题的。

"新月派"包括的诗人,在取材、风格、情调,甚至形式方面虽不尽相同,然而作为一个文艺上的派别来评论,它是和当时革命文学对立斗争的一个反动的资产阶级文艺作家的集体,则是十分聪明的。他们的理论的旗帜上写着"超阶级的人性"——实际上是资产阶级的

"人性"。在共产党领导和影响之下的革命文学家们例如"创造社"的理论家和鲁迅就曾付出很大的力量,和他们作过尖锐的斗争。

作为"新月派"主要诗人的徐志摩、朱湘等,在他们的政治思想和文艺思想上,一开始就表现了同无产阶级思想和文艺观的对立。他们和胡适的思想立场是一致的,把革命思想看作"过激""功利";把带革命性的诗歌看作"恶烂"的滥调,认作是标语派。他们在自己的诗创作上,宣露这种资产阶级的个人主义的思想情感,把人们从阶级斗争里引开,使读者们回避眼前血淋淋的现实,趋向消极甚至反动方面去。在他们初期的作品里,还流露过一星半点的站在资产阶级立场上对封建社会不满的思想,但由于存在在他们身上的封建士大夫思想,使得徐志摩同情被赶出宫门的溥仪,写下了他的情调凄伤的"残春"。到了一九二七年大革命时代,他愤愤于"思想被主义奸污得苦";指革命者"借用普罗列塔里亚的瓢匙"喝"青年的血"。这种反动思想遗留给青年很深的毒害。在那样一个斗争极尖锐化的时候,徐志摩的思想表现得赤裸裸的,那就是站在和人民革命敌对的立场上,成为反动统治者文艺上的代言人了。而朱湘最后的结局是投水自沉,这正象征了资产阶级诗人的绝路。

那些"新月派"的诗人们,一方面以他们的"超阶级"其实是阶级的思想和"艺术至上论"模糊人民的阶级斗争意识,另一方面以"唯美主义"的形式诱导一般读者坠入形式主义的泥坑。

《死水》作者闻一多,虽然曾经是"新月派"的一分子,但他的情况和徐志摩、朱湘等是不同的。一九二七年大革命之后,他对于胡适、徐志摩的文艺观点和生活作风就表示不满。他的诗里贯彻着爱国主义的精神。这种精神,是他在美国留学的时候,体味到民族歧视,回国后对黑暗的现实深切失望之后所激起的。在这种强烈的爱国主义情感激动之下,他写下了像《太阳吟》《洗衣歌》《发现》《一句话》等一系列优秀作品。但可惜,这种爱国主义没有能够和当时人民的革命斗争相结合,而在夸示中国历史的"家珍"的时候,也免不了带一点怀古的情调,反映出狭隘民族主义思想的局限性。有些描写现实的题材也还仅是零星的，立场观点上当然也超不出个人主义人道主义的同情。那时候，他的思想情感还是资产阶级性质的，他对诗的看法和创作实践，也显然还带着"唯美主义"的倾向。他有意地努力着去试验建立与五四时期自由诗体正相反对的一种新的格律。这就是"节的匀称""句的均齐"、音组的等量和定额（每行有定数，隔行相等，或每行相等）。由此以求诗的建筑的美、音乐的美。当新诗正在摸索着创造不同形式的时候，闻一多的这种新格律的提倡和实验，是有一定的意义和价值的。这种形式的创造是借助于英国近代诗的。这种"豆腐干式"，对于当时的读者起了不小的影响，末流所趋，形成了一种脱离现实内容单纯追求形式的不良倾向。

闻一多自己说过，他是一座火山。早期的那种正义感，爱国主义思想就是埋藏在火山底下的熔岩。到了后来，现实打开了他广阔的眼界和伟大的心灵，愤怒的火花爆炸了这座火山，他终于以自己的生命写出了有力的反抗的伟大诗篇。

一九二一年到一九二七年，和革命诗歌对立而产生了很大影响的，除了"新月派"的诗，就要算以李金发为创始人的"象征派"诗了。"新月派"前期诗人模拟了英国近代诗，李金发创始的象征派诗显然是受了法国象征派诗的影响。一般的人说"象征派"是"新月派"的反动，因为它用了自由诗的形式，否定了诗与音乐的关系而把它看成视觉的艺术。其实，不管它们的形式如何不同，作为诗派来讲，它们以消极颓废的思想去毒害读者这一点是完全相同的。李金发留学法国，巴黎的那种霉烂生活，使他沉浸在感官的享受里，形成了他的颓废的买办资产阶级思想。李金发不单单是因为看中了法国象征派诗的那种形式，才拿它来在中国试验，首先是法国象征派诗那种逃避现实的以幻梦为真实、以颓废为美丽的"世纪末"的颓废思想和他的思想起了共鸣。李金发整个诗作表现了他否定现实生活的思想，他嗟叹"生命太枯萎"，甚至说"生命便是死神唇边的笑"。许多人目李金发为"诗怪"，嫌他的诗太朦胧神秘，有人认为这是由于他的表现方法的关系（例如"省略法""观念联络的奇特""藏起串儿"的"一串珠子"种种说法），其实这种表现方法是决定于它所要表现的内容的。像他那样一种恍惚迷离、神秘过敏的颓废的感觉和情调，根本就不能把它们放在一个"明白的间架"里去。怎样的内容就需要怎样一种形式去装它，这不是很明白的吗？

三

　　一九二七年大革命失败以后，革命运动在一种新的情况之下进行着。马克思列宁主义的革命文学理论这时候蓬勃的发展起来，有意识的配合政治，成为革命的有力武器。一九三〇年"中国左翼作家联盟"在中国共产党的领导之下成立起来，把许多革命的进步的作家团结在一起，有组织有计划地用理论和创作实践去开展无产阶级文艺运动。

　　这时候，许多革命作家，参加了实际的革命工作，接触了血肉的现实，扩大了生活的圈子，使个人的思想情感得到了初步的锻炼。"创造社"的革命诗人冯乃超和柯仲平创作了革命性很强烈的许多诗篇，而殷夫就是这时期在革命实践中锻炼出来的一个优秀的无产阶级的诗人。

　　从殷夫初期的诗里，可以看出在黑暗的社会中一个青春生命的苦闷、追求以及对于爱情和光明的天真渴慕。一九二九年以后的作品就不同了，他的每个诗句就是一声有力的战叫，在它的里面冲涌着贯彻着作为一个无产阶级斗士所具有的那种充沛热情、乐观主义精神和坚强无比的意志力量。像《一九二九年的五月一日》《我们》《让死的死去吧！》《议决》《血字》这样一些诗篇，读过之后，令人感到振奋，从它们汲取到一种雄壮的战斗力量。这样一些反抗帝国主义反抗反动统治的题材与主题不自殷夫开始，为什么他的这些作品特别打动我们？这就是因为这些题材与主题在他不只是一些政治观念和口号的体现，而是渗透了他具体感受的实情感。他不只想到这一切，而且看到了这一切，不只看到了这一切，而且是亲身参加了进去的。所以在他没有"我"，有的是"我们"。他是以无产阶级战斗队伍的一员的身份反映了这个战斗伍及其战斗的。所以，他的声音既真实而又雄壮！他不是为作诗去体验生活的。他是首先作为战士而后才作为诗人的。这样，他的诗，才能成为战斗的号角。在这些战斗性很强的诗篇里，他并没有故意夸张，他只是朴素地写了战斗的真实和他内心情感的真实。他夜里和工人秘密一道开会，才能写出《议决》那样的诗。他秘密的怀着传单到大街上去散发，他才写出"我在人群中行走，在袋子中是我的双手，一层层一叠叠的纸片，亲爱的吻我指头"这样动人的诗句。《别了，哥哥》使我们听到一个背叛了自己阶级的革命战士勇敢地坚决地走进无产阶级队伍来的雄壮的声音，虽然作为一个战士的殷夫是壮烈的牺牲了，他的鲜血与对无产阶级解放事业的忠诚保了他的诗篇的真实意义与价值。

　　殷夫牺牲的那个时期，由于国民党反动政权对于革命势力的双重"围剿"——"军事围剿"与"文化围剿"，白色恐怖到处笼罩，环境十分恶劣，革命诗歌在左联领导之下艰苦地进行着。一九三二年"中国诗歌会"成立了，并出版了《新诗歌》。它号召诗人们"捉住现实"，歌唱"反帝反日"的"民众的高涨情绪"。这主张就是现实主义诗歌"反帝反封建"的传统精神在新的环境之下的体现。"捉住现实"就意味着反抗蒋介石反动政权，在"反帝"之下加了"反日"，只要想到它的成立在"九一八"事变及"一·二八"之后这一点就够了。"中国诗歌会"，注意诗歌的大众化，提出利用歌谣形式和朗读的问题，同时，在组织方面也大力开展，对于现实主义诗歌起了一定的推动作用。

　　臧克家在一九三三年出版了他的第一本诗集《烙印》。不久以后《罪恶的黑手》等又接续问世。这些作品，表现了作者对革命的向往，对黑暗现实、帝国主义侵略的愤慨。他描写了工人的生活，对他们的未来寄托了热切的希望。在他的作品里占主要成分的是他比较熟习的农民生活的题材，他运用了比较严谨的字句，比喻的手法，反映出了那个历史时代农村破产的一个侧影。在他的笔下，出现了许多在黑暗角落里过着非人生活的劳动人民的形象，对于他们，他给予了真挚深厚的关切和同情。由于他的诗的题材比较现实，对待生活的态度比较严肃，在艺术表现方面也比较朴素，在读者群中，起了一定的积极作用。可是，因为作者没有能够进一步地和当时的革命斗联系在一起，所以，比起那个国难深重、阶级斗争剧烈的伟大历史时期的现实所要求的来，他的作品的思想性的强度和战斗力量就显得不足。抗日战争时期，抗战胜利以后，他凭着热情写下了大量的鼓舞抗战、暴露国民党反动统治的罪恶以及歌颂人民革命斗的诗篇。但是，由于对现实生活的不够深入，作者还没能够在实际斗争中克服本身所具有的小资产阶级的思想情感，因而大多数作品不够深刻，在艺术表现上，不及抗战以前作品的精炼。

蒲风，是"中国诗歌会"的发起人之一。一九三四年出版了《茫茫夜》，接连又有好几本诗集出版。从他的几本诗创作里，可以看出他所紧紧抓住的两个主题，那就是面临崩溃的火山口似的动乱农村和中国人民反帝的（特别是"反日"）激烈情绪。他的诗受到了马雅可夫斯基的一些影响，这不在形式上，而在于：叫诗紧密地配合革命任务，使它成为一个尖锐的武器。他写的很勤，有一个时期，每天要生产一篇或几篇诗，他提倡过诗的《斯达哈诺夫运动》。他的作品很朴实，战斗性也较强，但因为产量太多，艺术的锤炼不够，许多作品不免粗糙。

在一九三二年前后，这个革命斗争十分激烈的时期，许多左翼的文艺刊物如《拓荒者》《奔流》《萌芽》《文艺月报》以及秘密刊物《列宁青年》上，发表了许多红色的战斗诗歌，这些诗篇有着很大的鼓动力量，可以说是文艺战线上的短兵。

在这个时期，革命诗歌的影响和力量是很大的，它鼓舞人民起来反抗蒋介石反动统治、号召人民起来反抗日本帝国主义的侵略。它发展了五四以来的现实主义传统，它在党的领导之下作为政治斗争的一个力量。在这样一个伟大斗争的时代里，那些落后的起着反面作用的诗歌，也还在敌对地反抗着这现实主义诗歌的主导力量，散布它们的有害的影响。后期"新月派"和"现代派"诗就是这样的两股时代逆流。

"新月派"是从一九二八年创的《新月月刊》得名的，两年后又出版了《诗刊》。成员慢慢的增多了，形式方面也难了起来。它的内容已经到了暮气沉沉奄奄一息的地步。它的影响，比徐志摩、朱湘初期的创作已经差的远了。有的诗成了谜语，像卞之琳的某些作品，有的只剩了一个"美丽的形式，如同一朵纸花。它所有的诗，像陈梦家、林徽因、方玮德……的那些作品，真是达到了陈梦家在《新月诗选》序言中所要求的那个"纯"的火候了。记得饶孟侃有一首题名《懒》的诗，他用了许多具体形象去状那个"懒"劲，其中有一句仿佛是"懒得像四月的蚕眠"。这样的诗对人只能起一种催眠作用，除此之外毫无其他意义可言，这恰恰也象征了"新月派"诗的末日。

作为现实主义诗歌对立物的"新月派"诗衰落下去之后，"现代派"诗像一股逆风一样的紧接着吹了起来。这一派诗，是李金发倡导的"象征派"的一个继续与发扬，但是它的影响却比当年李金发大得多了。在表现形式和技巧方面，"现代派"诗比初期的象征派诗已经有所不同（字句虽然仍旧保持着那份朦胧神秘的色彩，但已经可以读得懂了）。但在颓废感伤的精神实质上却是一脉相承的。这可以拿现代派代表诗人戴望舒的两首著名的代表作品来说明。一篇是他作为第一本诗集题名的那首《我的记忆》，再就是被当时许多人传诵的那首《雨巷》。在《我的记忆》里，他把"记忆"作为最"忠实"的友人，他对于这位"友人"不胜其依恋，呈献出了自己整个的心灵，他在"破旧的粉盒上"，"在颓垣的木莓上"，在"喝了一半的酒瓶上"，在"压干了的花片上"……碰到他那位"声音是没有力气的""而且还夹着眼泪，夹着太息"的"友人"。诗人的生命仿佛全在昨天，目前的现实好像不存在，他的今日之存活的唯一实际意义就是追忆过去。"记忆"在这里就成为蜗牛身上的那个躯壳。

如果说《我的记忆》是逃避现实，向"记忆"去追求一点带着苦味的慰藉的话，而《雨巷》却是接触到现实了。但是，这是怎样一种现实呢？是一个人"撑着纸雨伞"，"独自在寂寥的雨巷""彷徨"。在"彷徨"中他也有希望，希望的是"逢着""一个丁香一样地着愁怨的姑娘"，而这个"姑娘"终于"到了颓垣的篱墙"，"走尽这雨巷"，消失在"雨的哀曲"里去了，带着她那"太息般的眼光"和"她"那"丁香般的惆怅"。

这几篇诗是带着象征意义的。从这里可以窥见整个"现代派"诗人们对待现实生活的态度，他们的思想情感表现得再清楚不过了。

轰轰烈烈的阶级斗和民族斗争的现实，他们不敢正视，却把身子躲进那样一条"雨巷"里去；不是想望一个未来的光明的日子，而把整个的精神放在对过去的追忆里去，这是个人主义的没落的悲伤，这是逃避现实脱离群众的颓废的哀鸣。

"现代派"诗所以在一九三二年前后发生了影响，是由于它的内容投合了资产阶级、小资产阶级落后知识分子，他们面临着九一八和一·二八以后的现实的斗争，彷徨无路，感到个人的无力，前途的渺茫，不胜其忧郁哀伤。他们看不到未来的出路，就索性躲到"梦"里去，躲到"过去"的"记忆"里去，这种没落的情感，对于这样一些人不是一种负累，反而成为一种宝贝，他们玩弄它，欣赏它。他们喜欢"现代派"诗，就是因为它给了他们这方面情趣的一种满足。但是现实作用于人的力量是伟大的，现实主义诗歌的主导作用是强有力的，"现代派"诗在风行过一个时期之后，于被读者所抛弃，抗战之后就连戴望舒也不得不面向不容逃避的血肉现实用另一种腔调发出他的《元旦祝福》《狱中题壁》和《我用残损的手掌》这一类带着民族反抗意志和要求自由解放的歌声了。

在抗战前夜的那个"山雨欲来风满楼"的时候，现实主义诗歌一方面反映了人民对民族危亡命运的关怀，抗日情绪的高涨；另一方面揭露了蒋介石反动统治下乡村破产，反映了人民生活的痛苦和反抗的斗争，在前一方面有"国防诗歌"的运动，后一方面的题材，也表现在许多诗人的作品里。艾青、田间是比较突出的两位诗人。艾青在一九三六年出版了他的《大堰河》。他以人子的身份和真实的情感歌颂了以自己的乳汁养育了别人的"大堰河",这是一个劳动妇女的动人的形象,通过了她,诗人艾青表示了他对农民的深厚同情。从《大堰河》的诗篇里,诗人表现对于资本主义社会的憎恶,从而表现了他的反帝思想,对于连"芦笛"都成为禁物的这个现实社会他也表示了他的反抗。他的这本诗把他有个性的"自己"的声音带到了诗坛上来,成为他以后更大发展的一个基础。田间以他独特的短行形式描写了当时农村的破败情况。从他那长篇的描写里、从他那粗壮的声音里可以约略窥见农民的苦痛不安的生活,可以听出诗人对于这些朴素的不满现实的对美好生活有着想望的农民的同情。

四

伟大的民族抗日战争,给新诗开辟了一个新的纪元。由于共产党团结抗战的伟大号召,由于民族解放思想的推动力量,诗人们从一向生活于其中的小天地里走了出来,走到战地、农村或工厂里去,参加了人民斗争的行列,扩大了自己的视野和精神天地;从而取得崭新的生活所培育出来的崭新的灵感。

卢沟桥的炮火,引发了中国人民火山似的积愤和反抗的情绪与行动。它点燃了诗人们的爱国主义的热情,给予他们一种雄伟的振奋力量。由于抗日民族统一战线的建立,阶级矛盾服从了民族矛盾,这就使得新诗的主题集中在抗战这一点上,诗人们以热情兴奋和极端乐观的调子歌颂了这关系着民族兴亡的伟大斗争。

新诗,尖兵似的最先出现在抗战文艺的阵地上。所有的诗人们,各自用了自己的声音,组成了雄壮的抗战交响乐。诗的园地和影响扩大了。朗诵运动开始了,诗和人民群众接近起来了。在学校里,在战地上,在工厂和农村里到处可以听到诗的战斗的声音。

抗战初期的诗是有很大收获的,它那充满着乐观主义情调的高昂的声音,表现了一个要求新生的伟大民族的气魄和在觉醒中的人民的力量。从另一方面看,抗战初期的诗,也相应地产生了一些缺点。那就是比较浮泛,比较粗浅。多数的诗,虽然在当时起了它战鼓的作用,鼓舞了人民，但那声音还不够深沉，感动力量觉得不足。因为这些诗，是诗人们在一种迫不及待的激情里听凭了对现实的敏感的情况下产生出来的，缺乏成功艺术作品所必需的那种长期孕育和苦心琢磨。但归根结底，这是由于诗人们对面前伟大广阔的现实缺乏具体地深刻地感受的缘故。比较抗战以前，诗人们接触到的现实生活面是宽广了，也参加了人民的斗争，但是这种接触和参加是一脚门里一脚门外的。所以对于工农兵以及广大人民群众的生活和他们的斗争、希望、痛苦和欲求的思想情感，了解得并不深切。当时的诗人们还没能够在实际战斗、在人民的队伍里彻底改造自己，这就使得作为一个伟大时代的回声的，作为人民大众的心声的诗歌减弱了它的艺术力量。

在抗战初期收获较大，成绩最好的是艾青。他连发表了许多优秀的诗篇，发生了很大的影响。这些诗，歌颂了中国士兵的英勇的大无畏精神，但不是概念化的或口号的而是通过了具体的人物形象的描写，在这具体描写里，沁透着诗人的真实的爱国主义的思想和情感。例如《他死在第二次》《吹号者》就是如此。而《向太阳》和《火把》则是革命诗人的丰满热情和美丽理想开出的花朵。《火把》接触到了小资产阶级青年知识分子克服个人主义情调向伟大的革命集体靠拢的主题，这个主题，在当时提出来是有着历史意义的，虽然表现得还不算深刻，但它真像火把一样使当时正在寻找革命道路的青年知识分子燃烧了起来。《向太阳》所表现的那种带点浪漫主义味道对光明的追求，对于在黑暗中伏处的人们也就成为一个有力的鼓舞和照耀。艾青写乡村的诗，是很出色的。《北方》和《献给乡村的诗》里的一些短诗，像刀子刻的似的深入。北方"乞丐"的那只"永不缩回"的手；"彻响着北国人民的悲哀"的那"手推车"的独轮出的"尖音"，它们永远在我们眼前伸着，在我们耳朵里响着。这声音是忧郁的悲哀的。但这忧郁、这悲哀不但是像艾青自己所说的是"农民的忧郁"的"感染"，实际上这正是对中国人民在解放之前所遭受的悲惨命运的抗议。当然艾青不只写了农民悲惨命运一面，到后来，他随着个人革命的实践与锻炼，在思想情感上都提高了，他进一步还写了农民的翻身和他们新生活的欢乐。

艾青的诗,采取了"自由诗"体的表现形式。这种形式虽然在"五四"时期就普遍地被应用着,但艾青的语言比"五四"时期的新诗语言在艺术的成就上却高得多了。他所以运用"自由诗"体,他自己说是为了"不受拘束"地"表现"他的感受,这种形式的确很自由也很精练地表达了他所要表达的。他不但用创作实践来扩大"自由诗"的影响,他还用《诗论》来倡导"诗的散文美",这在热情冲涌的抗战初期受到热烈的欢迎是势所必然,但模仿的多了,只图形式的自由而忘却艺术的艰苦的磨炼因而发生了一些流弊:认为新诗是最容易写的,结果许多"散文分行"的东西也以诗的名义出现,遭到了一般读者的误解,给予一部分平素对新诗有成见的人以攻击和诟病的借口。当然,这是不能由艾青来负责的。他自己也曾反对过这种不严肃的创作态度。

被闻一多称为"擂鼓诗人"的田间的作品,抗战初期,在鼓动人民奋起抗战方面,起了积极的战斗作用。他的《给战斗者》《她也要杀人》表现了中国人民强烈的爱国主义精神、宁死不屈的战斗意志和对于侵略者的要求复仇的庄严的铁石般的坚强的决心。"她"就是中国人民的化身,"她"的复仇决心和战斗的意志也就不单是她个人的。另外田间的一些街头诗,和其他的作品也像马雅可夫斯基那些政治讽刺诗一样,密切地配合了战斗要求,发挥了诗的武器作用。在田间的诗里所听到的是一片短刀相接的声音,他的一个个的短行,就是战斗迸出来的火花。因为他很早就到了解放区,在党的导下参加了实际生活斗争,思想情感得到了锻炼,所以他的诗里小资产阶级的情调刷洗得比较干净,显得健康、朴素。

田间的诗的形式,在抗战以前写《中国农村的故事》的时候就采用了的,到了抗战以后,这种短促的鼓点似的节奏,因为配合了内容的战斗情绪也就运用得更加成熟,成为一个创造性的形式了。这种形式,对于民族诗歌传统和一般读者的习惯来说,是一个崭新的东西,对于中国语言的法则和人民"喜见乐闻"的民族形式是有着距离的。

抗战初期的客观环境和诗人内心的激情，决定了抒情诗的大量产生，叙事诗很少。柯仲平的《边区自卫军》和《平汉路工人破坏大队》是这方面比较出色的作品。在这两篇叙事诗里，他以雄壮的气魄、奔放的热情描写了农民自卫军英勇的战斗气概和以工人为主人公的对日本侵略者进行的伟大斗争。这些作品是他到延安之后写的，这和他个人的参加战斗生活及思想情感的无产阶级化是分不开的。

柯仲平主张诗的口语化、大众化，尝试民族形式的建立，所以在他的诗里可以听到民歌说唱调子、旧诗的调子和现代新诗的调子在一起交响，因为只是一种试用，还没有达到集各种格调于一体的程度，听起来就有点不谐和的感觉。这样大规模的长篇叙事诗，不但需要诗人的雄伟气魄也需要艺术的雄伟创造力。我们读了这两篇长诗（《平汉路工人破坏大队》只开了个头）总觉得结构还是不够严密，好似一个大的建筑，它的间架还不太匀称似的。

抗日战争对于一般要求革命和进步的知识分子，是一声警钟，是一个锻炼和改造自己的最好机会，许多人在思想感情上都有着抛弃旧的生活投向革命的要求。何其芳的《夜歌和白天的歌》就是一个觉醒了的小资产阶级革命知识分子向无产阶级思想意识转变的歌唱。他向往着明天，可是还残留着昨天的情感。他的诗反映了旧中国和新社会的一些生活，以及他对这些生活的思想和情感。在艺术表现方面，作者有着他个人的特点，那就是比较朴素和精练地运用了现代口语，在形式方面，既不太拘谨也不流于放纵，所以显得比较自由活泼，但在一部分诗篇里，还表现出组织结构的松懈，和语法欧化的缺点。因为表现在他的诗里那种思想情况，在当时有着典型意义，所以他的歌声曾打动过许多青年的心，对他们的前进起过一定的推动作用。

抗战初期，许多诗人，都各以自己的声音，表现了抗日战争这伟大现实的一些侧面，写几行诗需要几千字去解释的卞之琳，抗战不久即进入解放区，写出了他的歌颂八路军和解放区革命现实的新作品

《慰劳信集》。

一九四二年皖南事变以后，由于蒋介石连续发动反共高潮，对抗战的革命力量加紧了压迫与摧残，国内政治空气马上沉闷了起来，在国民党统治区的革命进步的作家受到压迫和种种苛刻的待遇。诗人们也都带着失望和愤懑，抗议黑暗的反动统治，抗战初期的那种初升太阳似的心境，罩上了浓黑的云幕，激情退潮了，不少诗人用比较清明深沉的情感创造长诗。但由于诗人对现实生活把握得不够，对于这样大的题材一时还拿不大动，所以产生出来的东西，并不能反映那个时代的精神面貌作为一件艺术品留传下来。倒是以比较熟悉的劳动人民的悲惨生活和斗争为题材的长诗，还有写得比较出色的，力扬的《射虎者及其家族》就可以作为例子之一。

一九四二年毛主席的《在延安文艺座谈会上的讲话》发表以后，在蒋管区的文艺工作者中间，产生了很大影响，起了积极的指导作用。由于民族形式的讨论，在诗歌方面，批判了十四行诗、豆腐干式的欧化诗，引起了向民歌和古典优秀诗歌优良传统学习的热忱，使后来《马凡陀的山歌》一类的作品得以产生。

一九四五年日本投降之后，投靠美帝国主义的蒋介石不顾人民和平民主的要求，打击革命力量，挑起内战，对于人民实行法西斯蒂的恐怖统治和严重的剥削，弄得人人朝不保夕。美帝国主义分子，以主子的姿态在中国横行霸道，而蒋介石的特务组织如蛛网密布，使得蒋管区成为一座活地狱。

人人向往的北方的革命力量在发展着。蒋管区的人民在党的领导号召下在斗争着。而诗，作为人民的声音，也在斗争着。

本来，革命的、进步的诗人，从抗战开始就通过抗战这一伟大主题，表现了对祖国未来解放的希望，稍后，国民党黑暗统治越来越反动，诗人们一方面用政治讽刺诗，去揭露、打击国民党的腐朽政权，另一方面借着对苏联和红军的歌颂，对毛主席、延安革命根据地和解放区的歌颂和渴慕来表现个人的革命思想，加强了诗歌对人民的政治影响和战斗力量。从这对反动治的反抗、讽刺与对革命力量的歌颂、渴慕的两个方面的表现中，可以看出党的领导力量、共产主义思想的力量在革命、进步的诗人们身上、在现实主义诗歌方面所起的伟大的决定性的作用。

在蒋管区，政治讽刺诗，成为一九四五年以后的诗的主流。每一个诗人都在自己的诗里迸发出了愤怒和反抗的强烈情感。这些讽刺诗，不是一般含义的"讽刺"，实际上就是"暴露"和"打击"的代名词。讽刺诗，火焰似的投向黑暗腐朽的统治。这种讽刺，是对反动势力的一个有力的否定，这否定因为是由于在共产党、在共产主义思想指导下的革命的进步的诗人们为革命而斗的前提之下出发，所以就特别显出它的力量。

袁水拍的《马凡陀的山歌》，就是这样一些作品里代表性较强的一种。他站在革命的立场上，利用山歌的形式，对于蒋介石及其主子美帝国主义分子进行了有力的讽刺。他许多的诗篇，从人民大众日常生活里选取题材，亲切有力地表现了人民对反动统治的激愤情感，在争取民主的斗争中发生了相当大的影响。由于它的内容富于现实性和斗争性，而形式又比较通俗，所以，在许多群众集会的场合，常拿它做朗诵的材料，有些诗歌如《发票贴在印花上》《大胆老面皮》等，得到了普遍的流传。在这些山歌里也还有为数甚少的一部分脱不掉革命小资产阶级的情调，表现得还不够深刻有力。

抗战以后，袁水拍写了不少鼓舞人民保卫祖国和反映人民抗战时期生活情况的诗篇，《寄给顿河上的向日葵》就是为人所知的比较优秀的作品。《马凡陀的山歌》和这些作品比较起来，不论在内容和形式方面都不相同，它比那些作品的政治性加强了，在表现方面，更显得朴素、平易、深入浅出。《马凡陀的山歌》所以比他以前的作品更受到群众的欢迎，在政治斗争中，起了一定的作用。

正当蒋管区的诗人们纷纷写作讽刺诗的时候，解放区的诗人们正在唱出对于革命战斗和新生活的颂歌。从这些主题、人物和形式都带着新鲜色彩的诗篇里，可以听到延河的歌唱，可以听到人民为了和平民主自由解放对日寇对蒋介石匪帮对封建势力所作的轰轰烈烈的战斗的声音，可以看到在党的领导下人对自然所作的斗争。这些诗呈现一种新鲜的色彩，喷放出一种扑鼻的香味。像早晨阳光下闪耀的露珠，像新春园圃里初放的花卉。这些颜色和香气发自生活的本身，但是经过了诗人内心的点染和酿造。解放区的诗人们置身于革命的环境，参加了人民斗争的队伍，学习了马克思列宁主义的理论，个人的思想情感得到了改造，这是这样一些诗产生的条件。

一九四二年毛主席发表了《在延安文艺座谈会上的讲话》，解决了文艺上的许多原则性的问题，诗人们从中得到了教育，这不但表现在深入群众斗争的生活实践上，也表现在艺术创作的形式上。为了创造人民"喜闻见乐"的民族形式的诗歌，许多诗人承继了民歌的优秀传统，写出了新鲜活泼的民歌体的新诗来。《王贵与李香香》就是这方面的代表作品，它受到人民的热烈欢迎。

关于民歌形式的利用，"五四"时期就曾经注意到，刘半农的《瓦釜集》就是这方面的一个试验品，可是，那还仅仅是一种形式的仿造，而真正艺术品却必须是形式与内容的一致，而首先是内容决定形式。从李季的《王贵与李香香》写作经验的自白里，可以看出他也是先经过记录民歌的初级阶段的，这对于他后来写这篇长诗有着很大的用处，但问题的实质却在于诗人的思想情感由于战斗的锻炼和人民打成一片这一点上。《王贵与李香香》之所以得到成功，民歌形式的利用和它的战斗性的内容是分不开的。李季不亲自参加土地改革运动，在这个运动中丰富自己的生活经验，改造、提高自己思想情感，那，他是不会创造出这样的诗篇来的。这种民歌体一直在被试验着，成为新诗的主要形式之一，以后，其他的诗人也曾在这方面作出一定成绩。例如，阮章竞的《漳河水》。

一九四九年，全国解放了，中华人民共和国成立了，对于诗人来说，一个更伟大的新时代开始了。回顾了三十年新诗的发展，是为了更好地前进。现在新诗方面虽然还存在着对形式方面不同的看法，和创作上的一些问题，但其基本方向与任务，是确定了的。那就是诗人如何深入热火朝天的斗生活、彻底改造自己的思想情感，唱出对新中国的伟大现实的动人的颂歌来。

一九五四年十一月十四日写成

二　关于编选工作的几点说明

臧克家

　　中国青年出版社为了帮助青年读者丰富文学知识，了解"五四"以来中国新诗发展和成就的概况，委托我编了这部诗选。因为它是以一般青年读者为对象的，需要照顾青年们的阅读能力，也要适当照顾他们的购买能力，因此出版社希望选入的作品数量不要过多，尽可能选得更集中些。在这本诗选里，主要介绍一九一九年到一九四九年中国新诗创作中一些比较具有代表性的诗人和作品。一九四九年以后的优秀诗作，出版社还打算另外出版一部选集。五四以来三十年的诗坛上，有名的诗人很多，他们在不同的时代里，以不同的风格，反映了现实斗争的各个侧面。这本诗选，限于作品的数量，就无法按着整个新诗发展的道路，把那许多有过一定成绩的诗人的作品都包括进来。

　　这本诗选的编排次序，基本上是按照每个诗人第一本诗集出版年月的先后为准的。这样排列，也有它的缺点，那就是，有的诗人作品出现得早，但出版集子较晚，结果就被排列在比他发表作品在后、但出版诗集却在前的诗人的后边去了；而且不少诗人第一本诗集的确切出版日期，短期内很难查考确实，在这方面，花了一些考证的工夫，查考了几种新诗集编目，询问了一部分作者本人，彼此之间，往往还稍有出入。有些诗集同年出版，先后就必须取决于月份，但苦于找不到原著，连作者也不能回答这样的疑难，在这种情况下，就可能安排得不完全正确。好在这种情况到底是不多的，而排列的前后，影响也究竟不大。

　　为了帮助青年读者更清楚地了解诗人作品的时代精神和意义，在某些诗篇的末尾加了写作年份，必要的地方加了一点简单的注释。在每位诗人作品的后面，本来想附上作者小传，编者并已着手向诗人们、前辈们和朋友们搜集了材料，许多同志都曾热忱地给予帮助，但因为材料难于完善，终于未能编印出来，不免感到遗憾。

　　选入本集的这些诗篇，都曾向作者征求过意见（除了已故的诗人），个别作品还曾经往返商榷。许多诗人，对于选入的某些诗篇曾作了一些修改。

　　在编选工作中，碰到的最大困难是资料的不足。有不少诗人的重要作品，遍求不得。在不得已的情况下，除了原作，就不能不凭第二手材料——几种选本作为辅助了。

　　编选这部诗选，差不多花费了一年的时间。个人的健康情况不太好，又有许多别的工作需要去做，事实上，不过把一部分精力和时间放到这本诗选上。这样一份意义重大而又繁难的工作，对于我的能力和见识是一个严重的考验。我始终在惴惴的心情下慎重地工作着。我普遍地向朋友们请教过，我想尽可能地避掉错误和偏差。但实际上，缺点恐怕是难免的，希望广大的读者和从事诗歌工作的朋友们，多多加以指教，使它一步步接近正确与完善。

臧克家　一九五六年六月，北京
——选自臧克家编《中国新诗选》（1919—1949），
中国青年出版社1956年版。

三　《工人诗歌一百首》内容提要

　　社会主义建设大跃进的时代，是伟大的诗的时代。站在生产斗争最前列的工人阶级，不但以冲天的气概创造了史无前例的劳动业绩，而且热情奔涌、才思横溢，在劳动中，创造了很多豪迈动人的诗篇。这里所选的，就是大跃进中四十八位工人作者所写的一百首诗歌。这些诗，气魄雄大、思想深厚、语言爽朗、意境清新，为我国诗歌创作的繁荣，带来非常新鲜的气息。

　　书前，茅盾同志写了一篇序言，对于工人诗歌创作了深刻的分析。书后，编有一辑"工人谈诗"的附录，许多工人读者对于诗歌创作提出许多精辟的见解。

四 《工人诗歌一百首》序言

茅　盾

　　《诗刊》编辑部来信征询对于《诗刊》四月号特辑"工人百首诗歌"及"工人谈诗"的意见。我不会作诗，但读了工人诗歌百首及工人谈诗以后，很兴奋，愿意效"门外谈诗"，略述读后感。

　　"工人谈诗"这一辑想来是《诗刊》编辑部提出三个问题，征询工人同志的意见，而后就答案编排的。这些意见，比有些"诗论"好得多；它们很扼要地指出了今天我们的一部分专业诗人的毛病，并提出了治病的方案。毛病是什么？就是"作者对生活并没有深切的感受，往往只有一点点诗意，表现出来并不足以激动人心，但为了要写诗，而去求救于技巧，在语言上故意雕琢，追求所谓独特风格"；有些诗，"在情节上、感情上、语言上都多年是西洋化的"。这真是一针见血之论！怎样医治这些毛病呢？工人同志们除了指出诗人们必须深入生活，向工农兵学习，还提出了积极的具体的主张：一、"诗歌如何变成群众的东西呢？依我看，要短小，并且要注意有民歌的风格。你要用民歌的调子来写我们工人的劳动，我看也没有力量。意思是如何把民歌和我们新的内容创造性地结合起来，变成一种既继承传统又新颖的新形式"。这个意见，十分重要，我完全拥护；这个意见，好像还不见有人提过。二、要求"主题突出、感情丰富、节奏明快、情绪高昂、气势磅礴、语调豪迈、有板有韵、通俗易懂的诗"。三、"我们的诗人写了许多高原的、草原的、平原的诗，但，铜的、钢的、铁的诗写得太少了"。

　　工人同志提出了这些正确的主张，同时也付之实践。《诗刊》四月号的百首诗歌就是眼前的证据。例如温承训的《不老松》，李成荣的《学徒的问话》，邹积禄的《通风工》，侯钺的《火车上》，沈彻的《验布姑娘》，孙迎谟的《深夜了》，沈国梁的《女广播员可忙透了》，陈振坤的《女板车手》：这几首诗，或长（如《不老松》）或短（如《深夜了》），可是都塑造了先进的人物形象，让我们就同看见了那些人物，听见了他们的声音一样。这些诗，各有自己的风格；例如《验布姑娘》和《女广播员可忙透了》不同，和《女板车手》也不同。《验布姑娘》只短短八句，第一、二句描写验布姑娘的形象，实只一句，可是我们就像看见了那么一双精明的眼睛，同时也像看见了她的整个的身形。这样简单几笔勾勒出人物的手法，在《深夜了》这首诗中又让我们看见了忠心耿耿、为党为国的党委书记的形象。但是，《验布姑娘》和《深夜了》这两首诗，除了这一点是相同，就各有其不同的风格。前者是两句一章的四章，共八句；后者是四句一章的两章。前者是夹叙（描）夹议（抒情），第一、二句是描写，但同时也抒情，第三、四句表面看是抒情了，可是再三讽咏，便觉得这还是描写，第五、六、七、八句也是同样的手法。后者却是通体叙述（描写），但我们读了，一种景仰赞叹的情感（抒情）就自然出来了。《女广播员可忙透了》另是一种风格。这诗是每章四句共三章，通篇一气呵成，让我们的耳朵里洋洋乎充满了快乐的声音，同时我们也仿佛看见了这位忙透了的可爱的姑娘。这首诗的第二章的第一句就是第一章的最后一句，第三章的首句又是第二章的末句，这样勾连而下的手法（我们古典诗歌中亦有之）可以加强诗的主题（忙透）的气氛。而且第三章的四句只有一句（第二句）不是重唱，其余三句除第一句重唱上章的末句，三四两句都是重唱第一章开头两句，可又颠倒了原句的次序：这样就加强了诗的跳踉欢乐的气氛。《女板车手》的风格和前二诗又自不同。这是用了浓重的笔触刻画新时代的新女性群象。开头四句，用一句老话来形容，就是"掷地作金石声"。最后一章（第四章），设想很新颖，造句也简洁遒劲。你看："人催车，车催人，赶上去呵赶上去，赶得小伙们唱乱了得意的歌声。"这形象还不生动？还不热惹惹地？不过，这诗的第二章却嫌弱些，为的是意境和语言都落了陈套。

《通风工》共六章，章四句。前五章都是用细致的笔墨描写这个可敬可爱的通风工，第六章却笔锋一转，用想象和抒情唱出对社会主义的颂扬，意境很新颖，语言也是庄严中带着欢笑。《火车上》是一首抒情诗，共四章，章四句；这首诗就其题材和布局看来，很难写得不落陈套，可是，作者在紧要去处创造性地笔锋一顿，就使通篇灵活：

纪念章吸了每双眼睛，
我不由得挺起胸膛。
看吧，同志，没有什么秘密，
成千的建筑工人的都跟我一样！

这里的第二句是又新颖又有力的一句，它引起了下面两句，却又是读者料不到的，可又十分顺理成章。从这里，又生发出最后一章，十分自然、又十分感人地描写了这一位建筑工人（成千中的一个）的高度的社会主义自觉。

"工人谈诗"中，许多工人同志都指出：写诗需要技巧，但技巧不等于矫揉造作、扭扭捏捏，也不等于堆砌辞藻。上面讲到的这几首诗，就是有技巧的，然而并无矫揉造作、扭捏堆砌等毛病。这样的"妙手偶得"的技巧，还可以再举几个例子：

稀疏的星，夜色朦胧
碎石的路坎坷不平
咚咚的汽锤想把大地震醒
路灯溶化了一个奔忙的人影

（不老松）

这里一共只有四句，然而它写了夜景，写了深夜中紧张工作的工厂气氛，写了"人退休了心没退休"的老师傅在此时此际奔向车间去。而且，第四句，炼字炼句，多么新颖，又多么生动；这是写行动中的人，传神处全在"溶化"二字。

> 你看那些亮晶晶的针药呵
> 吵闹着要早点出厂！
>
> （火种）

这两句在全诗中是警句。很可惜，这首诗的其余诗句缺少新鲜的意境，所以，这首诗只能算是工稳而已。同一作者的另一首诗，"交通车上"，却比这一首好。这是四章，章四句；红领巾的形象虽只简单几笔，却很突出。但富有抒情味，使人感到新时代的温馨的，是最后一章。这里首二句是重唱，下边两句从现实的红领巾转到"沉沉地睡着"的那位工人的梦境中可能有的红领巾，意味深长。同一作者还有一首《学徒的问话》，写得那么自然而真切，正所谓"如见其人，如闻其声"。

这些技巧，是从生活中来的，而不是雕琢、模拟的结果。雕琢只能产生技巧，模拟只能产生矫揉造作。前人称这样的从生活中来的技巧为"妙手偶得"，虽然跟我们的说法不同，意义还是一样，就是说，不能靠雕琢和模拟来取得技巧。这一点，却正是一部分专业诗人常常犯的毛病。

百首诗歌中，也有少数几首有"言之无物""为作诗而作诗"的毛病；正因为"只有一点点诗意"而硬要写，便不得不求救于所谓"技巧"，于是，雕琢、堆砌的毛病一齐都来了。不过，平心而论，这些毛病，在百首诗歌中，它的百分比是很小的，只有两三首。还有几首尽管有毛病，然而也有它们的优点。例如《冲压机上放歌》，意境未见怎样新颖，可是有气魄；《春在人间》微嫌空泛，可是渲染出一种"春"的气氛，给人以"洋洋乎盈耳"的快感。《向浪费开炮》有民歌风味，妙在最后一句把全诗（共五句）活跃起来。

限于时间，我的读后感就到此为止。我以为我们的专业诗人有不少地方应当向业余的工人作家们学习；同时，我也觉得，工人百首诗歌中有些毛病，说不定还是多读了不好的诗歌集无意中传染来的。我们有些坏诗集却还名气很大呢，例如号称已有国际声誉的右派分子艾青，我看他诗集中，装腔作势的东西就很多。然而因为他有这么一点虚名，而且他又骄傲自负，他从没对自己的作品来一次自我批评，反而时时以导师面目出现，于是有些青年有意模仿他，或者无形中受他影响。因此，我以为富于生活斗争经验的工人同志们要发挥创造性，尽量不落既成诗人们的那一套调。

最后，我打算奉赠工人作者四句话：

"劳者歌其事"，何必专业化；发挥创造性，开一代诗风。

1958年5月4日作

——选自诗刊社编《工人诗歌一百首》，

中国青年出版社1958年版。

五 《战士诗歌一百首》内容提要

在社会主义建设总路线的照耀下，解放军战士们的文艺创作活动，跃进到一个大丰收的新时期，并且正以空前未有的规模和声势，在全军范围内遍地开花般地展开了。

解放军的诗歌，是战斗的诗歌。一首诗就是一面红旗，一首诗就是一面战鼓，一首诗就是一声前进的军号。在这些短小精悍的诗歌里，洋溢着革命英雄主义和革命乐观主义的精神，足以激励我们战斗的意志。它们不但富有战斗性，而且富有群众性。它们的感情深挚，语言朴实，与民族的、民间的诗歌传统有着极其自然的深刻联系。

六 《战士诗歌一百首》序

让战士诗遍布军营

（代序）

……………

　　直唱的满天星斗睁大眼，
　　直唱的月里嫦娥想下凡，
　　直唱的英国佬在下边把脚跺，
　　直唱的美国强盗打哆嗦，
　　直唱的和平人民齐鼓掌，
　　直唱的战争贩子翻了车。

　　这是一首战士诗中的一段。他们唱的什么，直唱得嫦娥也想下凡，战争贩子的车都翻了。不是别的，正是千千万万人歌唱我们祖国的社会主义大跃进。一个轰轰烈烈的战士写诗运动正在全军展开。一个连在一夜之间写出几百首诗歌，已不是什么奇事。昨天还只知道一个部队要写万首诗，今天却听说另一个部队要写十万首。战士们把写诗当作斗争的武器和生活的乐趣，不写不痛快，不写好不罢休。周扬同志在"新民歌开拓了诗歌的新道路"（载《红旗》第一期）一文里曾说："解放了的人民在为多、快、好、省地建设社会主义的伟大斗争中所显示出来的革命干劲，必然要在意识形态上，在他们口头的或文字的创作上表现出来。不表现是不可能的。"主要表现之一，在全国是新民歌，在军队就是战士诗。这里所说的战士诗，包括快板诗、枪杆诗、墙头诗、顺口溜等各种样式；所谓"战士"，包括士兵，也包括军官和其他的军队成员。

　　战士诗是社会主义民歌在军队中的一种表现形式，它一方面反映了全国人民不断高涨的社会主义热情和豪迈气概，另一方面又反映了作为社会主义保卫者和建设者的人民解放军所特有的思想感情。这些用真挚情感和火一般的言词所写成的诗歌，热烈地歌颂了党、毛主席和党的社会主义建设总路线；歌颂了在党领导下的人民军队，它的英雄主义的气魄，如"一脚踢翻长江水，一拳击倒昆仑山，一手掌着翻天印，一手举起打神鞭"之类，以及军人的宏图壮志和冲天干劲，"人民战士志气大，不用云梯敢登天，小苦小累当点心，大苦大累当便饭，越累越活跃，越苦越乐观，官兵个个干劲足，不得红旗非好汉"，这是多么雄伟的豪言壮语！至于对劳动的热爱和赞美，对人们在劳动过程中的新的相互关系的褒扬和描述，对先进事物的支持表扬和对落后事物的批评，对先进经验的传播，等等，在战士诗中更是连篇累牍，读了使人喜爱，使人惊讶，又使人深思和警惕。所有这些，表现了我们战士纯朴、美丽、丰富的精世界，远大的理想和美妙的幻想，勇敢、乐观、幽默的风格和实事求是的实践精神，即毛主席所说的革命的现实主义和革命的浪漫主义的结合。

从已有的事例中可以看出，战士诗已经起了并且正在起着它应有的作用。它作为锐利的政治鼓动工具，促进了军事训练、政治教育和支援社会主义建设的劳动。它丰富了部队的文化生活，增强了战士运用文字的能力。它打开了部队诗歌创作的源泉，开拓了部队诗歌的新道路。可以毫不夸大地说，战士诗确是我们事业的一个促进因素，是军队文化革命的一个重要方面和活生生的表现；它的出现，是我们军队文艺、特别是诗歌大革新、大发展的光辉的开始。

目前摆在我们面前的任务，是更有组织、更普遍地开展战士诗活动，使它遍布我们的军营和阵地。我们必须动员和吸引尽可能多的人来做这个工作。一部分部队已经开展了战士诗的活动，还有相当多的部队正准备开展或尚待开展。经验证明，事情是难在开始。有两种观念常常阻碍诗歌创作的开展：第一是对于诗的迷信，认为写诗是诗人、作家的事，"老粗"干不来。千万首有相当高的思想水平和艺术价值、由普通战士作出来的诗歌，已经击破了这种迷信；在我们这个时代，只要是有一颗永远忠实于党和社会主义的心，有澎湃的热情和战斗的气概，就可以写诗，就可能当诗人，完全用不着望而却步。第二是某些干部对于诗歌的轻视，和害怕写诗妨碍中心任务的完成。许多部队也正在用事实破除了这种疑虑。写诗不仅不妨碍而且会促进战备训练和施工等任务的进行！只要积极提倡和引导，战士诗就将如雨后春笋般生长壮大，一天比一天多，一天比一天好。我们希望有关政治机关，应当组织必要的人力，对写出的千千万万的诗歌进行挑选整理，并运用一切可能的办法，使它广为流传，使它起到应有的宣传作用。在一定的时候，还要组织文艺工作者学习战士诗，从中吸取养料和得到教育。

我们的时代是一个出诗的时代。让我们人人动起口和笔来，为创作更多、更好的战士诗而付出我们宝贵的劳动。愿我们人人成为诗人，愿诗歌成为我们每人的武器和朋友，愿我们的军队成为一支诗化的军队！

《解放军报》1958年7月5日社论
——选自诗刊社编《战士诗歌一百首》，
中国青年出版社1958年版。

七 《百花齐放》后记

郭沫若

《百花齐放》写了一零一首。

普通说"百花"是包含一切的花。只选出一百种花来写，那就只有一百种花，而不包含其他的花。这样，"百花"的含义就变了。

因此，我就格外写了一首《其他一切花》，作第一零一首。

我倒有喜欢一零一这个数字，因它似乎象征着一元复始，万象更新。这里有"既济、未济"的味道，完了又没有完。"百尺竿头更进一步"，这就意味着不革命。

写这些诗是三月三十日正式开始的。一九五六年做过三首（牡丹、芍菜、春兰），除此之外，一共费了十天工夫，感谢全国生产大跃进的东风，这东风一吹，便使百花齐放了。

在写作中，多朋友帮了我的忙。有的借书画给我。有的写信我，还有的送我花的标本或者种子。我还到天坛、中山公园、北海公园的园艺部去访问过。北京市内卖花的地方，我都去请过教。我在这向他们表示谢意。

当然，我要特别提到《人民日报》编辑部同志们的鼓舞。

我出要感谢一切的朋友——抄写、排印、校对、阅读、批评……一切的朋友。

我也要感一切的花。他们的发言，我作了记录，恐怕记得不大正确。原谅吧，百花同志请让我日后再逐步仔细打磨。

一九五八年四月九日晨
——选自郭沫若《百花齐放》，
上海文艺出版社 1959 年版。

八 《西郊集》后记

冯 至

远在一九二一年，我是一个没有满十六岁的青年，从一个四年制的中学毕了业，不知道将来要做什么，看不清前面的道路。那时的北京城是一片灰色，街头巷尾，到处都是贫苦的形象和声音，我们爱说当时青年口头上的一句话："没有花，没有光，没有爱。"傍晚时刻，我常在一条又一条的胡同里散步。在这些胡同走来走去，好像永久走不完，胡同里家家狭窄的黑门都紧紧地关闭着，隐藏些什么样的生活，只觉得门内门外同样是死一般地沉寂。

一天，我又在散步，对面走来一个邮务员，穿着一身绿色的制服，他的面貌是平静的，和这沉寂的街道一样平静，他手里握着一束信件，有时把信件投入几家紧紧关闭的门缝里。我看着这个景象，脑里起了幻想，我想这个多灾多难的国家，不是天灾，就是兵祸，这些信又给那些收信的人家送来了什么样的不幸的消息呢？这些信会使那些收信的人家想起些什么样的变化呢？我当时根据这点空洞的、不切实的想象写下了我青年时期第一部诗集里的第一首诗。我写诗，是这样开始的。

这不能说是一个好的开端。这个开端不是健康的，它不能预示什么远大的前途。此后十年内，我虽然不断地写诗，诗里也向往光明，诅咒黑暗，但基本的调子只表达了小资产阶级知识青年的一些稀薄的、廉价的哀愁，很少接触到广大人民的苦难和斗争。所以写着写着，就写不下去了，到一九三一年以后，我竟有一个长时期停止了诗的写作。抗日战争期间内，我一度又写诗，但是写了不久，又是同样地写不下去了。

随着中国的解放，中华人民共和国的成立，我才又重新写起诗来。

我忘不了的是一九四九年十月一日的下午三时，毛主席在北京天安门上城楼前宣布："中华人民共和国中央人民政府已于本日成立了。"这句话洪亮的声音立即传遍全世界，传遍全国，传到国内大小城市村镇的家家户户。人们听到这千载难逢、令人兴奋的消息，都欢欣鼓舞，因为中国人民从此站起来了，掌握了自己的命运。同是一个北京城，它再也不给人以一片灰色的印象了，好像立即开遍了花，洋溢着光明和对于共产党和毛主席的敬爱。胡同里一个挨着一个住户再也不会引起一种说不定什么时候会有不可知的命运来敲它们的门的感觉了。

新中国的诞生使每个中国人民亲自经历了一次新生。我于是又利用我业余的时间重新写诗，又重新把诗当作我生命里的一部分，不肯割舍。诗里基本的调子和过去的也迥然不同了，有信心，有前途，歌颂中国共产党，歌颂共产党领导下的伟大的事业。同时对于人民的敌人也给以讽刺和攻击。

我的诗无论在数量上或者质量上都是不能令人满意的。我曾经一再迟疑，不想把它们收集成一个集子出版。但是在今年的春夏之交，从最阴暗的角落里冒出来一些别有居心的右派分子，他们对共产党，对社会主义事业横加污蔑，就是解放后的诗歌，他们也不会放松。其中有人给诗人们写了"公开信"，说当前的诗歌界是处在"冻结"状态，还有人指着我的脸骂我，说我解放后写的诗没有人爱看——其实，这位骂我的先生根本没有读过我解放前的诗，就是我解放后的诗也不过只是读过我在人民日报上发表过的几首,他这样说,无非是表示他对"解放"两个字有不共戴天的仇恨而已。由于这些恶毒的叫嚣,我才决定出版这部集子,作为对他们的回击。我的诗数量不多,但是我愿意再重复前边说过的一句话,随着中国的解放,中华人民共和国的成立,我才又重新写起诗来。这说明,新中国并不会"冻结"我写诗,而恰恰相反,对于我正是春风解冻。这些诗在质量上也是粗糙的,但是比起我解放前的诗,我是走上了正确的道路,这道路不是旁的,就是一切为了人民,不是为了自己。在这美好的今天,诗人若不为广大的劳动人民的利益而歌唱,那么无论有多么新奇的感觉或巧妙的比喻,都不免是徒劳无益,枉费心机。当然,我在诗的语言上,将来还要尽更大的努力。

因为这些诗绝大部分是在北京西郊写的或修订的,并且其中的第一首诗是《我们的西郊》,所以把这部集子命名为《西郊集》。

1957年8月30日北京
——选自冯至《西郊集》,
作家出版社1958年版。

九 《回声续集》后记

蔡其矫

一九五五年,我怀着惶恐的心情整理"回声集"。那时,我对自己有克制,并且踌躇了整整一年。在那第一本诗集的后记中,也坦白地向读者指出我的诗歌的主要缺点,希望在以后的写作中有所弥补。可是,在这第二本诗集付印时,我又不得不要请求亲爱的读者原谅,因为我的努力并没有能使我完全克服过去的缺点。我觉得它基本上还是"回声集"的继续,因此没有理由给它以新的集名。

在这一诗集中,除了第五辑是作于民族抗日战争时期外(我以为在这些诗歌中保存了当时的心理和事迹),其余四辑大都写于近两年。第一辑是我北自塘沽新港南至西沙群岛的海上旅行的点滴记录和片断歌声（我把大部分有关描写东海南海的人和生活的诗另编一本《涛声集》同时出版）。第二辑是从几个不很重要的侧面反映故乡的历史和她的性格（福建南部贫瘠的海岸过去的苦难和今日的斗争）。第三辑是我感染南方美丽山川的气质，把它化为诗歌的呼吸和声音，唱给热爱祖国山河的读者的心；这些诗又同时是我作为继承古典山水诗中某些优良传统的一种尝试。第四辑是企图记录并解释过去一年中——20世纪50年代最紧张的一年中所发生的几件震撼人心的政治事件，在这里，我又重新回到现代革命诗歌——自由诗的传统主题和歌唱方法的路上来。

　　文学，包括诗歌在内，它的至终目的是要在读者心中得到回应，它要从书本上走入生活。为达到这一崇高目的，诗人和诗歌要与读者一同前进。从这一要求出发，来检查这一本诗集，我觉得，它所未曾达到的比已经达到的多得多。

　　在我写这些诗歌的两年中，祖国发生了多少令人震奋的政治的和经济的重大变革，这些变革又将在人们心理上产生多么深远的影响，这是无论谁都能看到和体会到的。同时，祖国的建设也是以最大的速度在进展着。然而我的心和我的眼睛、总追不上这一现实变化。虽也企图捕捉它，表现它，但也总感到我的歌声配不上这时代的宏大气魄。面对这丰富多采的现实，为什么歌声喑哑了？这只有从我的生活方式取得真正的解答。

　　我依然在从事教学工作，有机会短期接触下面的生活，由于希望早些收效，也由于习惯和惰性的缘故，只继续去接近自己所偏爱并为自己所比较熟悉的环境和生活，而没有能自觉地走向今日生活最活跃的地方，没有投身于当前最严重的斗争中和最沸腾的建设中。我还不能唱出最为读者所需要的心中的歌。我希望在以后的实践中能再作更多的努力去克服这个最大的缺点。

　　近一年来，中国诗坛上有不少最有才气的年青和年老的诗人，都在继承古典诗歌优秀传统的道路上作着各种方式的探索。我也追随在他们后面，按照自己的理解，去创造一种既是作为古典诗歌和民间诗歌的继承者，又同时是用新时代诞生的孩子的语调来写作的诗歌。我学习古典诗歌中绝句的构造（如《福州》和一些四行诗）；也学习律诗的结构（如《中流》）；也用词上下阕字数相等的方法写短诗（如《惊哥海月夜》）；这些形式上的模仿也仅是一种偶然的尝试，但已感到它对思想情感过甚的束缚。我感到有信心的是从精神上，从表现意境上去学习古典诗歌（如《桂林》等三首山水诗，在意境上得到旧诗词不少启发，但又自觉地把古典山水诗中的出世思想，变为现代人心理上所必然具有的欣赏山水和热爱生活的天然联系）。我也不忘记民间诗歌的财富。我认为在情歌中应推民歌为最优秀，正如歌咏自然的诗歌中应推中国古典诗歌为最优秀一样，都是其他国土其他类型的歌所望尘莫及。但我也不忘记，是创造，无论是古典的山水诗和民间的情歌，都不可能在现代诗人的个人创作中原样再现，要用现代的思想和语言去改造它，写出完全属于自己的诗（《武夷山歌》就是这样的一种尝试）。

在这社会主义阳光普照的春天里，一切生命都以不平常的速度在生长着。我也分沾了时代的温暖和雨露，感到读者的鞭策和鼓励，我也要和时代一同生长，和读者一同前进。

1957年7月29日于北京文学习所

——选自蔡其矫的《回声续集》，

作家出版社1958年版。

十 《夜歌和白天的歌》重版印记

何其芳

这个诗集一九四五年由诗文学社在重庆印了第一版，一九五〇年又由文化生活出版社在上海印过第二版，这次，趁人民文学出版社在北京重印它的机会，我把它改编了一下。

第一版和第二版，这个集子都叫《夜歌》，这次我把它改为《夜歌和白天的歌》，这本来是我最初想用的名字，在内容方面，我就第二版的本子删去了十篇诗，并对其他好几篇做了局部的删改，我是想尽量去掉这个集子里面原有的那些消极的不健康的成分。然而，由于这个集子原来是我在整风运动以前的作品的结集，它的根本弱点是无法完全改掉的。因此，我把第一版的"后记"仍然附在后面，以供读者参考。只是为了适应这次改编后的内容，我对它也作了一点删节。

整风运动以后，我可以说是停止了写诗。仅仅发表过三篇，这次也编入了这个集子。我爱好文学并学习写作，都是从诗开始的。我写诗的时间最长久。虽然成绩太差，我仍然爱好诗这一文学形式，并不打算永远放弃它。但为什么这样多年不写呢？这是因为有相当长一个时期，我觉得当务之急是从学习理论和参加实际斗争来彻底改造自己的思想情感，写诗在我的工作日程上就被挤掉了。另外，如《初版后记》所说的，新诗的形式问题也曾苦恼过我。整风运动后写的三篇诗，虽然在内容上没有了过去的那种不健康的情感，但在形式上仍没有什么显著的改进。这是自己也并不满意的。

一切问题的解决都需要时间。直到近来，我才对新诗的形式问题有了一个初步的确定看法。我觉得首要的事情还是我们需要广泛地深入地生活，从工农兵群众那里去取得原料；形式的问题虽然也应该认真探讨和实验，但并不是很难解决的。像这个集子里面的写法，句子太长，运用欧化的句法过多，都是缺点。但以口语的节奏来作新诗的节奏的基础这一点，恐怕还是应该肯定的。写得句子更短一些，更精练一些，节奏更鲜明一些，更有规律一些，同时仍然保持口语的自然，我想这就是比较可以行得通的写法。

很想歌颂新中国的各个方面的生活，并用比较新鲜一点的形式来写。但可惜我目前的工作不允许我经常到处走动，不允许我广泛地深入地接触工农兵群众。又不愿使自己的歌颂流于空泛，我就只有暂时还是不写诗。但我相信，以后我仍然有接触新中国的各种生动的现实生活的机会，仍然有可能写出比这个集子好一点的作品出来。这个旧日的集子，虽然其中也有一些诗是企图歌颂革命中的新事物的，但整个地说来，却带着浓厚的旧中国的气息。因此，它不足以作为新中国的读者的理想读物。只是它总算是我长期学习写诗的一点结果，关心新诗研究新诗的人或许还可以看看而已。

一九五一年十二月二日夜
——选自何其芳《夜歌和白天的歌》，
人民文学出版社1952年版。

十一 《刘大白诗选》出版说明

本书作者刘大白，1880年10月2日生于浙江绍兴平水镇，1932年2月13日病故于杭州。是五四时期"白话诗"的倡导者之一。1919年开始新诗写作。生前著有新诗集《旧梦》（后重编为《丁宁》《再造》《秋之泪》《卖布谣》）《丁宁》《再造》《秋之泪》《卖布谣》《邮吻》，旧诗《白屋遗诗》，及《旧诗新话》《白屋说诗》《白屋文话》《白屋书信》《文字学概论》《中国文学史》《故事的坛子》《五十世纪中国历年表》《中诗外形律评说》等书。

本书是根据上述几本新诗集选辑而成的。此次编印时，除对个别文字、标点作了必要的校正外，余如分辑方法以及各辑标目等，均按原样刊行，尽量保持了本来面貌。

这里的诗，在风格上显示了由旧诗脱化而来的独特性，在题材上也比较广泛、多样化。作者在《旧梦付印自记》里自己说，"因为沉溺于旧诗词中差不多有三十年的历史，所以我底诗统的气味太重"，又说，"我底诗用笔太重，爱说尽，少含蓄"，这正表现了他的诗的特点。

人民文学出版编辑部
1957年8月
——选自《刘大白诗选》，
人民文学出版社1958年版。

十二 《殷夫诗文选集》本书出版说明

这本选集，分为四辑：前两辑是作者在一九二四——一九三〇年期间写的抒情短诗六十二首；第三辑是翻译裴多菲的诗九首；第四辑是两篇随笔。一九五一年新文学选集编辑委员会曾编印过一册选集，此次又经我社多方搜集和整理遗稿，较原选篇幅增加约两倍。增选的诗绝大部分是由作者生前未发表的《孩儿塔》手稿中选出的；个别诗篇则是由当时上海出版的秘密刊物《列宁青年》上抄录的。在编辑时，我们曾改正了书中的一些错别字和标点，并加了几处必要的注释。

人民文学出版社编辑部
一九五四，五
——选自《殷夫诗文选集》，
人民文学出版社 1954 年版。

十三 《马凡陀山歌》出版说明

《马凡陀山歌》是袁水拍同志用马凡陀的笔名，于一九四四年到一九四八年在国民党统治区所写的政治讽刺诗。

这些战斗性和现实性很强的诗歌，大都是采用我国劳动人民喜闻乐见的民歌、民谣以及传统的五七言诗的形式和格调；风格简朴通俗，朗朗可诵。它们广泛而生动地反映了那个历史时期，日薄西山、气息奄奄的反动统治者内部极端混乱的情况，以及广大人民，特别是城市下层居民的饥寒交迫的状况。其中有不少诗篇都曾在群众集会上朗诵过，有的还谱了曲在游行队伍里唱过；在及时配合当时的反美、反内战、反饥饿、反迫害等民主斗争中，曾发挥过一定的宣传鼓动作用。

作者的火热而犀利的笔触，对敌人是毫不留情的，而对于广大受难的劳苦大众，则寄予满腔的热情和希望。

敌人的祸国殃民的罪行、荒淫无耻的勾当,在作者的笔下,被讽刺得淋漓尽致。其中有囤积居奇、大发国难财、在美国存款三亿美元的贪官污吏;有乌烟瘴气、相互倾轧的"国民参政会"以及蒋匪帮豢养的伪造民意的反动社团;有满胸脯金质银质勋章、行李箱笼堆成山的"抗日建国英雄"和接收大员,他们一面高喊"还政于民",一面以武力镇压工人运动和学生运动,一面又摇尾乞怜向美国主子伸手要钱;还有打着"遣送日俘,任务未毕"的幌子,在上海等地街头横冲直撞、任意杀人的美国军队;有汉奸带着铜床在牢里养神;有美帝国主义伪装正人君子"调停内战"、国民党的停战阴谋;还有那一个臭名远扬、愚弄人民的"新生活运动";还有丑态百出的伪国民大会竞选狂想曲;还有半吞半吐、小骂大捧的伪善的报纸;还有那些所谓第三方面的"英雄"们的嘴脸;等等,不胜列举。

所有这些,都激起作者无比的愤慨和强硬的抗议,活活地撕破了美帝国主义、国民党反动派的一切粉饰的假面具和遮尸布,把他们的丑恶面目,赤裸裸地暴露于人民的面前。让千千万万善良的人们,在严峻的生活前,触目惊心,觉醒起来;从个人的苦难和悲惨中,走向集体的斗争的洪流。

毛主席的《在延安文艺座谈会上的讲话》里讲到作家如何为工农兵服务时说:"革命的文艺,应当根据实际生活创造出各种各样的人物来,帮助群众推动历史的前进。例如一方面是人们受饿、受冻、受压迫,一方面是人剥削人、人压迫人,这个事实到处存在着,人们也看得很平淡;文艺就把这种日常的现象集中起来,把其中的矛盾和斗争典型化,造成文学作品或艺术作品,就能使人民群众惊醒起来,感奋起来,推动人民群众走向团结和斗争,实行改造自己的环境。"《马凡陀山歌》的作者正是遵照这一指示进行了自己的创作。同时在形式和风格方面,也是符合毛主席在延安文艺座谈会上的指示的精神的。这种在形式和内容上都为人民群众所喜闻乐见的诗歌,在当时国民党统治区并不多见。毛主席又说:"对于过去时代的文艺形式,我们也并不拒绝利用,但这些旧形式到了我们手里,给了改造,加进了新的内容，也就变成革命的为人民服务的东西了。"《马凡陀山歌》的作者正是这样创作的。作者能够根据彼时彼地广大劳动人民的思想特点和他们的痛苦、欢乐、兴趣等，灵活机智地利用了我国许多民歌、民谣以及流行的小调，因此这些讽刺诗得到了普遍的欢迎，能够真正深入普及到广大群众中去成为群众的读物。群众把它们当作自己的歌曲歌唱，把它们当作自己的诗朗读，并不是偶然的事。

袁水拍同志的政治讽刺诗，绝大部分都曾在当时国民党反动统治下的报刊上发表过；一九四六年和一九四八年，曾分别编为《马凡陀山歌》及《马凡陀山歌续集》由生活书店出版；一九五〇年又从以上两集中选辑一部分由生活·读书·新知三联书店出版；一九五五年经作者增删后交由我社出版；现据原版印行。

人民文学出版社编辑部

1958 年 12 月

——选自袁水拍《马凡陀山歌》，

人民文学出版社 1958 年版。

后　记

　　本书是我再次挺进中国当代诗歌历史腹地的学术勘探之作，意在观乎当代文艺之变，以察诗歌现象之异，钩沉庞杂的诗歌副文本资料，重审有价值的诗学命题。

　　回望自己在学术之路上的艰难前行历程，最难忘的莫属读博三年的时光，在此期间，我满怀期待地寻觅中国当代诗歌留下的原始足迹，喜欢轻轻地拂去那些被历史遗忘的"旧纸堆"上的灰尘，喜欢怀着好奇心另辟蹊径探问他们的前世与今生。博士毕业后，我始终与这些烙上时代印痕和散发生命体温的资料朝夕相处，发现它们有些已在理论的微光烛照之下或自洽的逻辑推演之中苏醒过来，重新获得了新生命；有些则依然沉睡在历史深处等待着实现新的组合。比如中国当代诗歌生成与发展中孕育了大量的诗选序跋、诗刊发刊词、诗讯、编后记、诗画、诗广告、诗人传记和书信等副文本资料，它们含纳了丰富的文艺风云变幻信息，蕴藏着诗歌生长的基因密码，显露出诗人隐秘的心路历程，呈现了诗歌迭代更生的多重面相。经过多年在发黄、变脆的书刊杂志里爬梳剔抉，我逐渐厘清了1949—1966年中国当代诗歌副文本的复杂形态与基本谱系，努力尝试用跨学科知识探察序跋、广告、图像与当代诗歌生产、流布之间的互动关系，分析诗人书信、传记与当代诗歌独异风貌生成的内在关联，揭示当代诗歌正/副文本如何在相互嵌合、渗透与转化中转译社会、政治和文化思潮，建构有助于诗人传情达意的言像系统、表意系统和言志系统。同时我以问题之微光照亮有意味的诗歌副文本，围绕某一学术话题展开深入思辨，长久的凝神苦思与辛勤笔耕终于有了这本专书，书中的部分成果已发表在《文艺研究》《当代作家评论》《北京社会科学》《西南民族大学学报》《现代中文学刊》《内蒙古社会科学》《现代中国文化与文学》《中国诗歌研究》等学术期刊上，得到一些同行专家的认可，这算是给不惑之年的自己一点欣喜和安慰吧。

2016年我到南京大学中国语言文学博士后流动站，师从黄发有、沈卫威教授从事学术研究工作，他们通过对相互关联、融合、参证的多元化史料的开掘与阐释，努力推动中国现当代文学学科建设的研究方法，给我提供了诸多有益启示；他们止于至善的治学态度，一直激励着我在寂寞的科研路上砥砺前行。书稿即将付梓之际，黄发有教授在百忙中欣然为本书赐序，其荐拔后学的精神让我感佩不已。在课题研究过程中，易彬、李松睿、王秀涛、袁洪权、古大勇、谢刚、王炳中、陈宗俊、申燕、齐晓红、薛祖清、林瑞燕、董瑞兰、郑成志、邱福庆、邱立汉等师友，以及许多核心期刊的编辑与匿名评审专家都给我很多指导与帮助，在此谨致谢忱！感谢中国社会科学出版社陈肖静女士，她为本书顺利出版付出了许多辛劳！

从博士毕业至今，我在中国当代诗歌园地默默耕耘十余年了，个中甘苦心自知。为了在不断嬗变的时代语境中延拓新诗研究空间，实现自我精神成长，我开始把研究目光聚焦于中国现当代朗诵诗与诗朗诵。本书既是自己过往研究的精神结晶也是转向新学术领地时的深情回眸，谨此呈给那些始终关爱我的师友和我爱着的亲人们。

是以为记

巫洪亮

2022年3月15日，龙津河畔